Robert Solé, né au Caire en 1946, est arrivé en France à l'âge de 18 ans. Il est l'un des meilleurs spécialistes français de l'Égypte. Longtemps journaliste au *Monde*, il a également dirigé *Le Monde des Livres*. Auteur de plusieurs romans à succès *(Le Tarbouche, Le Sémaphore d'Alexandrie, La Mamelouka, Mazag)*, Robert Solé a également publié des essais remarqués, comme *L'Égypte, passion française* et le *Dictionnaire amoureux de l'Égypte*.

Robert Solé

# LE SÉMAPHORE D'ALEXANDRIE

ROMAN

Éditions du Seuil

TEXTE INTÉGRAL

ISBN 978-2-7578-1951-7
(ISBN 2-02-019360-4, 1re publication
ISBN 2-02-028517-7, 1re publication poche)

Mai 1885

J'aime ces débuts d'été à Alexandrie. La saison, qui n'a pas encore commencé, m'apparaît pleine de promesses. Tout est possible, tout est encore ouvert. Je suis comme l'enfant amoureux de jadis qui attendait fébrilement le dimanche.

Parents et amis vont arriver dans quelques jours, les uns après les autres, avec leurs malles, leur argenterie, leurs bonnes, leurs domestiques, les enfants qui ont grandi… En ce moment, au Caire, des jeunes femmes troublantes et des jeunes filles que je ne connais pas finissent de préparer leur trousseau d'été. Je suis déjà ému par leurs pieds nus que nous apercevrons furtivement sur la plage.

– Tu as trente-cinq ans, Maxime, tu as une jolie position, c'est le moment de te marier, m'a dit tante Angéline le mois dernier, entre deux coups d'éventail. Laisse-moi faire, je vais te trouver une vraie poupée…

Infatigable Angéline ! Cet ouragan est annoncé pour mardi prochain. Le pauvre Mahmoud est déjà dans tous ses états.

Pour le moment, nous vivons dans le silence. Les seuls bruits sont ceux de la mer, et des cigales à la tombée du jour.

Mon arrivée ici, avant tout le monde, a ressemblé exactement à celle de l'année dernière. Ce rituel m'enchante.

Le petit train de Ramleh qui me conduit à la villa semble ne rouler que pour moi. À la gare, déserte, l'unique cocher m'accueille avec son sourire édenté, comme si nous nous étions quittés la veille. Le temps de hisser les bagages, et nous partons dans un grand coup de fouet.

Le cheval trop maigre se traîne sur les chemins de sable entre les figuiers. Un soleil lourd nous engourdit. Il faut gravir la petite dune en évitant l'enlisement. Et, soudain, la mer surgit devant nous, bleue et verte, avec ses ourlets d'écume. Une petite brise me caresse le visage. Je ferme les yeux et respire à pleins poumons.

Quand nous nous arrêtons devant la villa, mon cœur bat à tout rompre. Le portail grince – il a toujours grincé. Des traînées de rouille balafrent les volets clos. L'allée est couverte de plantes rampantes et assoiffées qui craquent sous mes pas. Je me dis qu'il faudra repeindre le bois des balcons et les chambres du premier. Je choisirai un rose pâle pour Nada. C'est sa couleur préférée.

L'année dernière, au mois d'août, mon père a pris un bain de mer. Quelle émotion cela a provoquée ! Toute la plage de Fleming bruissait de commentaires.

– Si, à soixante-treize ans, le docteur Touta se baigne, c'est que vraiment la mer est bonne pour la santé ! a lancé la veuve de Nassif bey.

Le lendemain, plusieurs messieurs s'aventuraient dans l'eau jusqu'à mi-cuisse. Même des dames mouillaient le bas de leurs robes en poussant de petits cris. Épuisées, ravies, elles allaient en parler toute la soirée à la terrasse du Miramare… Papa souriait intérieurement… Je le connais : c'est sa manière à lui de continuer à soigner les gens.

Cet été risque d'être encore plus animé que le précédent. Les trois familles Dabbour ont loué à Bulkeley et Albin Balanvin a retenu une chambre à l'hôtel. De l'autre côté de la dune, des ouvriers sont en train de terminer la somptueuse villa de Rizkallah. Même Boctor viendrait passer quelques semaines sur la côte…

En ville, de grands préparatifs sont en cours pour égayer nos soirées d'été. Il paraît que le jardin du consulat de France abritera des concerts, des pantomimes et un théâtre d'opérette. Les arbres seront éclairés à la lumière électrique. Ne voulant pas être en reste, les Anglais ont construit un kiosque à musique, un peu plus loin, sur la place des Consuls. Nous aurons droit, j'imagine, à l'orchestre du Devonshire Regiment qui a installé son campement d'été en bordure de mer, près du palais Moustapha pacha.

L'arrivée du khédive à Alexandrie est fixée au 28 mai. Un arc de triomphe a déjà été dressé à l'entrée de la rue Franque ; d'autres suivront certainement. Les Européens ont constitué un comité d'accueil, et les notables indigènes veulent faire de même… Comme je suis bien ici, à l'écart de toute cette agitation !

Chaque matin, au réveil, j'ouvre doucement les volets. Si la mer est d'huile, mon cœur chavire. J'enfile ma tenue de bain et cours vers le rivage.

Couché sur cette eau sans rides, les bras en croix, je me laisse aller. Tout revient à la surface : les bonnes années et les mauvaises, Nada, Ismaïlia… Et tout me ramène à ce mois de janvier 1863. Comment oublierais-je ma première visite à Alexandrie ? Cela fait vingt-deux ans. Vingt-deux ans déjà…

# PREMIÈRE PARTIE

# La place des Consuls

# 1

À notre arrivée à Alexandrie, la nuit était déjà tombée. Je ne vis ni la mer, ni la place des Consuls dont j'avais tant entendu parler. Devant la gare, mon père s'engouffra dans le premier fiacre venu et demanda au cocher de fouetter son cheval. Nous partîmes au petit trot, par des rues mal éclairées, vers la maison de Nassif bey.

Mon seul contact avec cette ville insaisissable était un petit vent tiède, à peine perceptible. Il y avait dans l'air une odeur inconnue, qui me troublait.

– Les algues…, murmura papa.

Le docteur Nassif bey n'était pas à son domicile. Il avait laissé un message à mon père, l'invitant à le rejoindre d'urgence au palais n° 3. Nous repartîmes donc aussitôt. Dans le noir, des arbres gigantesques tendaient leurs branches vers nous, de manière un peu effrayante.

Les lourdes portes du palais étaient ouvertes. Deux rangées de torches grésillantes conduisaient au kiosque où le vice-roi avait été transporté. Le fiacre nous déposa au milieu d'une petite foule d'infirmiers, de parents, d'amis et de courtisans qui allaient et venaient dans une belle pagaille.

Nassif bey tira mon père par la manche :

– Je te remercie d'être venu. As-tu mon stéthoscope ?

Ce stéthoscope, oublié au Caire une semaine plus tôt et réclamé par télégramme, me parut sur le coup d'une extrême importance. Le collègue de mon père n'était-il pas l'un des six ou sept médecins traitants de Saïd pacha ? J'ignorais que la famille du souverain, ne faisant aucune confiance aux médecins indigènes, avait convoqué à son chevet tous les praticiens européens d'Alexandrie et que, de toute façon, l'état du malade était jugé sans espoir.

– Les urines sont mauvaises, murmura Nassif bey. Sucre et albumine… Si tu veux le voir, c'est par ici.

Je les suivis, et des inconnus nous emboîtèrent le pas. Personne ne semblait vraiment contrôler l'entrée de la chambre du vice-roi, éclairée par de nombreux chandeliers. Je m'arrêtai au bout de quelques pas, pris de panique, me disant que je n'aurais jamais dû m'avancer aussi loin. Que répondrais-je si l'on m'interrogeait ? Que j'étais le fils du docteur Boutros Touta ? Mais qui connaissait ici le docteur Touta ?

Des effluves désagréables se dégageaient de cette pièce mal aérée – une odeur de vomissure et de fleurs fanées. Le corps volumineux de Saïd reposait à terre, sur plusieurs couches de fins matelas. Je n'avais, bien sûr, jamais vu le vice-roi auparavant. Son strabisme me glaça. Je m'éloignai d'un pas rapide.

Mon père ressortit de la chambre quelques minutes plus tard et eut l'air surpris en m'apercevant, comme s'il avait oublié mon existence. Nassif bey nous rejoignit dans le couloir au bout d'un moment. D'un signe de la tête, il désigna trois hommes en noir, au visage de fouine, qui devisaient dans un coin. Je mis quelque temps à comprendre que c'étaient les informateurs d'Ismaïl pacha, le prince héritier.

Le collègue de mon père tenait à nous faire les honneurs de sa maison, et nous l'attendions pour partir. Mais il ne cessait de saluer du monde ou de se déplacer d'une pièce à l'autre. Papa lui-même bavardait avec des inconnus. Je finis par m'affaler sur une banquette, épuisé par les fatigues du voyage et par toutes ces émotions. C'est sans doute le manège des trois hommes en noir qui m'empêcha de m'assoupir. De temps en temps, l'un de ces espions au regard redoutable se faufilait jusqu'à la chambre du malade, puis revenait informer les autres. On sentait que chacun d'eux était prêt à bondir au bureau du télégraphe pour être le premier à annoncer à son maître l'heureuse nouvelle…

Il était un peu plus de minuit quand le long cri d'une femme me réveilla en sursaut. Saïd pacha était mort. On courait dans les pièces voisines. Les fonctionnaires du palais se réunirent aussitôt pour rédiger un télégramme au prince héritier. Celui-ci les convoqua au Caire, et ils partirent par le premier train.

Le kiosque s'était brusquement vidé. Nous retrouvâmes Nassif bey dans le jardin presque désert, où seuls quelques proches du défunt pleuraient en silence. L'air de la mer commençait à fraîchir. Nous mîmes nos paletots et montâmes dans une victoria attelée de deux chevaux. Alexandrie, privée de lune, était sinistre en cette nuit de janvier.

La maison de Nassif bey, comme celles de tous les bons Alexandrins, tournait le dos à la mer. Papa eut droit à une belle chambre sur la façade. Moi, j'étais logé plus petitement, de l'autre côté. Le lendemain matin, en ouvrant les volets, j'eus un choc : la baie s'étalait majestueusement devant moi, avec ses nombreux voiliers. Et, toujours, ce parfum d'algues…

Au petit déjeuner, Nassif bey nous apprit que le vice-roi avait déjà été enterré. Cela s'était fait à l'aube, presque en cachette, sur un ordre venu du Caire. C'est dire si ma tante Angéline fabule quand elle raconte que nous nous trouvions en tête du cortège mortuaire, parmi les princes, les ulémas et les consuls généraux ! Mais s'il fallait recenser toutes les histoires à moitié fausses ou totalement inventées de tante Angéline…

– Cette nuit, après notre départ, précisa Nassif bey, une voiture couverte de poussière est entrée au galop dans la cour du palais n° 3. C'était Ferdinand de Lesseps, accouru de Suez à l'annonce de l'agonie du vice-roi. Il arrivait trop tard. Il ne lui restait plus qu'à se recueillir devant la dépouille de son ami. On me dit qu'il a pleuré.

Quel dommage ! J'aurais tant aimé apercevoir M. de Lesseps ! Le président-fondateur de la Compagnie universelle de Suez était une célébrité. Dans notre collège, on ne parlait que de lui. Depuis que Saïd pacha l'avait autorisé à creuser le canal des deux mers, il suscitait des controverses passionnées. Ses adversaires qualifiaient l'entreprise d'irréalisable ou de ruineuse, quand ils ne craignaient pas, comme les Anglais, de voir l'isthme de Suez devenir une colonie française.

– Crois-tu qu'Ismaïl pacha remettra en cause la concession accordée à la Compagnie de Suez ? demanda mon père à Nassif bey.

– Va-t'en savoir ! Le défunt lui-même se posait la question pendant son agonie.

Notre voyage à Alexandrie n'avait rien à voir avec la maladie mortelle du vice-roi, même si Nassif bey en avait profité pour récupérer son stéthoscope. En réalité, papa était venu accueillir au bateau une jeune réfugiée syrienne, une certaine Nada Sahel, de confession grecque-catholique comme nous, dont les parents avaient péri lors des massacres de Damas. Il avait pensé me faire connaître Alexandrie à cette occasion, puisque je fêtais mes treize ans en ce mois de janvier 1863. Rien ne pouvait me faire davantage plaisir : c'était la première fois que je quittais Le Caire, la première fois que je voyageais avec mon père, la première fois que je verrais la mer.

Nous nous rendîmes au port en milieu de matinée. Le bateau en provenance de Beyrouth était bien au rendez-vous, mais sans Nada : au dernier moment, faute de place, la jeune fille avait été inscrite sur un autre bâtiment qui arriverait une semaine plus tard. Notre séjour à Alexandrie serait donc prolongé, pour ma plus grande joie.

Il n'était pas question d'aller à l'hôtel : Nassif bey en aurait été offensé, lui qui considérait l'hospitalité comme la cinquième vertu cardinale. Il nous avait dit dès la première minute que sa maison nous serait ouverte aussi longtemps que nous le voudrions.

Nous déjeunâmes en sa compagnie, et je fis la connaissance de son épouse, une femme énergique de petite taille, aux cheveux noués en chignon, qui se retira discrètement de la salle à manger après s'être assurée que rien ne manquait au service.

Nassif bey m'impressionnait. J'avais du mal à saisir les liens qui l'unissaient à mon père. Ce riche médecin, de rite copte, introduit à la cour, était un notable d'Alexandrie, alors que le docteur Boutros Touta, d'origine syrienne, n'avait au Caire qu'une clientèle de quartier.

Dans l'après-midi, papa m'emmena sur la place des Consuls pour saluer mon cousin Rizkallah. Cette fameuse place, longue de quatre cents mètres et plantée d'arbres, était garnie à chaque extrémité d'une fontaine jaillissante. Ses lourdes bâtisses de pierre abritaient les banques, les principaux hôtels, les compagnies maritimes et les consulats étrangers dont on apercevait les pavillons et les sémaphores.

Âgé de vingt-deux ans, Rizkallah occupait depuis peu le poste de troisième *drogman* au consulat général de France à Alexandrie. Un poste modeste mais qui devait lui valoir, tôt ou tard, le statut enviable de « protégé français ». La fonction lui allait comme un gant : on imaginait très bien ce débrouillard de Rizkallah en homme à tout faire, servant d'intermédiaire et d'interprète entre les Européens et l'administration indigène.

Nous fûmes accueillis au consulat général de France par un *cawass* de haute stature, habillé à la turque, portant deux gros pistolets à la ceinture. Il alla quérir mon cousin, qui arriva quelques instants plus tard, en sifflotant. Rizkallah avait pris de l'assurance depuis sa nomination. Je constatai que mon père l'intimidait moins désormais : il s'adressait à lui de manière plus familière, presque en égal.

Rizkallah nous entraîna dans un café où il avait ses habitudes, derrière les Messageries impériales ottomanes. Ayant commandé des boissons d'une voix puissante, il nous parla avec gravité de l'arrivée d'Ismaïl pacha au pouvoir :

– Le nouveau vice-roi doit recevoir demain tous les consuls étrangers à la Citadelle du Caire. Une cérémonie sans précédent, à l'européenne. Il y aura des discours.

À entendre Rizkallah, on aurait dit qu'il était l'organisateur de cet événement diplomatique… Mon cousin nous confirma que Ferdinand de Lesseps était allé se recueillir devant la dépouille mortelle de Saïd pacha au cours de la nuit. Il nous expliqua aussi combien les Français regrettaient le vice-roi défunt, tout en espérant que le nouveau souverain ne remettrait pas en cause les bonnes relations de l'Égypte avec Napoléon III.

Moins de dix minutes plus tard, le *cawass* du consulat vint avertir Rizkallah qu'il était attendu d'urgence au Grand Hôtel de France : un banquier parisien, désireux de visiter le quartier arabe, avait besoin de lui. Mon cousin, un peu vexé, prit congé de nous pour aller exercer sa science diplomatique dans les souks.

Les jours suivants, papa me fit voir les belles villas qui bordaient le canal Mahmoudieh. Il m'emmena aussi une fois en excursion, à dos d'âne, dans la campagne de Ramleh. Mais il était la plupart du temps à l'hôpital avec Nassif bey, me laissant découvrir tout seul le centre d'Alexandrie. Pouvais-je, à treize ans, mesurer le caractère étonnant de cette ville cosmopolite, où l'on passait sans transition de la rue du Pirée à Lombart Street, du Midan Attarine à via Garibaldi ?

J'avais repéré une petite crique déserte, près de la place des Consuls. J'y restais des heures, assis sur un rocher, à regarder la mer. Des voiliers et des vapeurs passaient au loin. L'air était très doux. De temps en temps, on entendait siffler la sirène d'un paquebot.

# 2

Depuis la mort de Saïd pacha, une certaine tension régnait en ville. Mon cousin Rizkallah s'en inquiétait. Papa le rassurait en souriant :

– C'est toujours ainsi. Quand un vice-roi meurt et que son successeur attend le firman de Constantinople pour être officiellement investi, la population s'échauffe et des Européens sont pris à partie. Cette fois, le climat est peut-être un peu plus tendu que d'habitude, mais il faut dire que le défunt a accordé tellement de privilèges aux Européens…

L'affaire Xavier-Saillard éclata sur ces entrefaites, mettant toute la ville en émoi. Même Nassif bey, d'ordinaire imperturbable, semblait inquiet.

Un négociant français, Adolphe Xavier-Saillard, circulait calmement dans le quartier du port quand son cheval fut frappé par un soldat égyptien armé d'un bâton. La monture se cabra, avant de s'abattre dans le ruisseau, les quatre fers en l'air. Le Français se releva, furieux, et décocha un coup de poing à son agresseur. Celui-ci fit alors appel à d'autres soldats qui se ruèrent sur M. Xavier-Saillard, lui lièrent les mains et lui passèrent une corde au cou. Le négociant fut traîné ainsi jusqu'au commissariat de police de la Zaptieh, suivi d'une foule hurlante. Des enfants lui jetaient des pierres, des femmes lui crachaient au visage…

Le consulat avait été alerté par des témoins européens. Aussitôt, le premier *drogman*, assisté de Rizkallah et de plusieurs hommes armés, s'était précipité au commissariat pour délivrer M. Xavier-Saillard.

– Je n'ai jamais vu le consul dans un tel état d'agitation, nous précisa mon cousin. Il a télégraphié au vice-roi, réclamant un châtiment exemplaire pour les coupables.

– Trente coups de fouet sur la plante des pieds, j'imagine, selon le barème habituel, fit papa.

– Mais non ! Il exige que les soldats soient enchaînés sur la place des Consuls, et que leur chef soit dégradé en public. La cérémonie devrait se dérouler en présence d'une force militaire imposante et durer une heure au minimum.

Mon père hocha la tête :

– Ismaïl pacha ne peut accepter cela. Pour lui, qui vient d'entrer en fonction, ce serait une véritable humiliation.

– Le consul menace de faire débarquer des soldats français pour défendre nos compatriotes.

Rizkallah disait « nos compatriotes ». Sans doute sa fonction de *drogman* ferait-elle bientôt de lui un protégé français. Mais tout de même… Papa ne releva pas.

Le lendemain, dans un climat fébrile, le consulat de France recueillait les dépositions des témoins européens. Plusieurs personnes avaient entendu la foule crier : « Mort aux chrétiens ! Le pacha qui protégeait les chrétiens est mort ! » Ces témoins confirmaient que M. Xavier-Saillard avait reçu des coups de bâton, à diverses reprises, sur le chemin de la Zaptieh.

En fin d'après-midi, un jeune ingénieur français, qui venait d'arriver en Égypte pour prendre ses fonctions sur le chantier du canal de Suez, se présenta au consulat. Il avait assisté au tout début de l'incident et précisa que le soldat, voulant frapper M. Xavier-Saillard, avait touché le cheval.

– S'étant relevé, ajouta-t-il, M. Xavier-Saillard se dirigea vers son agresseur et le cingla de plusieurs coups de cravache.

Le consul lui demanda de ne pas inscrire « ce détail inutile » dans sa déposition.

– C'est pourtant vrai ! s'étonna le jeune Français.

– Que notre compatriote, sauvagement agressé, ait donné ou non un coup de cravache à son assaillant n'a aucune importance, répliqua le consul.

– Si cela n'a aucune importance, je ne vois pas pourquoi…

– Écoutez, mon vieux, lui lança le consul agacé. Vous êtes en Égypte depuis cinq minutes, vous ne connaissez rien à ce pays. Hier, on a failli assassiner l'un de nos nationaux. Et les coupables appartiennent aux forces de l'ordre ! Il ne s'agit pas seulement de punir un crime incontestable, mais de faire un exemple public, éclatant. Il faut montrer aux indigènes que la France entend être respectée.

Le jeune homme, très troublé, préféra renoncer à sa déposition. Rizkallah, à qui rien n'échappait, le rejoignit devant la porte du consulat et jugea bon de le raccompagner jusqu'à son hôtel.

– Il s'appelle Étienne Mancelle, nous précisa-t-il. Je vous le présenterai.

La place des Consuls n'avait jamais vu autant de monde. Tous les Européens d'Alexandrie semblaient s'y être donné rendez-vous. Mais ils n'étaient pas seuls à déambuler autour des fontaines, où les marchands de maïs grillé avaient installé leurs voiturettes : c'était un festival de turbans, de tarbouches, de casquettes et de melons, auxquels s'ajoutaient les chapeaux de nombreuses dames européennes qui ne voulaient pas rater le spectacle. Les deux jets d'eau donnaient un air de fête à cette cérémonie punitive.

Le consul de France, qui trônait à son balcon, avait placé à sa droite M. Xavier-Saillard, nez pincé, moustache lustrée et costume blanc. Des notables européens les entouraient, ainsi que de nombreux officiers de marine français dont les bateaux étaient ancrés à Alexandrie.

« J'ai reçu votre télégramme, avait répondu Ismaïl pacha au consul de France. Moi aussi, je tiens à faire un exemple et à rectifier l'opinion des gens malintentionnés. Je vous accorderai plus que vous ne me demandez. J'arrive à Alexandrie, et je prouverai à l'Europe et à la France que je n'ai pas cessé de mériter votre confiance. »

– Encore heureux, murmura papa, que le vice-roi ne soit pas venu présider lui-même la cérémonie…

Annoncés par un roulement de tambour, des hommes de troupe firent leur entrée sur la place. Ils encadraient une demi-douzaine de soldats, enchaînés les uns aux autres, et suivis de leur lieutenant, un jeune homme d'une vingtaine d'années, qui pleurait. La vue de cet officier en larmes me troubla. J'eus envie de me rapprocher de lui et fis en sorte d'entraîner mon père dans cette direction.

Au bout d'un long moment, un général s'avança vers le coupable. D'un geste sec, il lui arracha ses galons. Puis il prit son épée et la remit à un *cawass* du consulat de France, en uniforme bleu et or, qui se tenait à ses côtés. Des applaudissements éclatèrent, bientôt couverts par un nouveau roulement de tambour.

Nous avions réussi à nous rapprocher du jeune lieutenant. C'est alors que mon père aperçut sa cicatrice à l'oreille.

– Mais je connais ce garçon ! murmura-t-il. Je me souviens de lui.

C'était en Haute-Égypte, sept ou huit ans plus tôt, dans un village appelé Mendela. Papa, qui y effectuait une inspection sanitaire, était tombé sur un curieux attroupement : tous les habitants défilaient devant le collecteur d'impôts, un Turc, assis sous un palmier. Ce fonctionnaire, débordant de graisse, devait comptabiliser le nombre d'adultes de chaque famille. Mais comment distinguer les adultes des enfants ? Le *nazir* appliquait une méthode très personnelle, à l'aide d'un anneau de fer tenu par l'un de ses sbires : toute personne dont la tête pouvait passer à travers cet anneau étroit n'était pas redevable de l'impôt. Chaque famille obligeait donc ses enfants à coiffer la couronne de fer. Pour les plus âgés, c'était une véritable torture. Les enfants pleuraient, le visage endolori et parfois ensanglanté ; les parents criaient, en les menaçant ; et le Turc fumait tranquillement son *chibouk*… Mon père fut amené ainsi à soigner un garçon de douze ou treize ans qui avait l'oreille fendue. Un garçon au regard perçant, que cet officier en pleurs, sur la place des Consuls, lui rappelait irrésistiblement.

– Curieux spectacle, docteur ! Vous ne trouvez pas ?

Je me retournai, surpris par une voix inconnue, à l'accent français. Un homme élégant, armé d'une canne à pommeau de nacre, s'avançait vers nous en boitillant. Il ôta son chapeau et se présenta d'un ton un peu théâtral :

– Albin Balanvin, journaliste.

– Enchanté. Mais comment savez-vous que je suis médecin ? demanda mon père, étonné.

– Oh, je sais beaucoup de choses…

Et, avec le même air arrogant :

– Pourquoi a-t-on enchaîné ces soldats, docteur ? Ce n'est pas très prudent. Il aurait fallu les crucifier, vous ne trouvez pas ?

Je n'avais pas le cœur à sourire, mais il était difficile de résister au charme de cet homme sans âge, à l'air un peu efféminé.

– Et mon consul qui agite un drapeau tricolore ! N'est-ce pas d'un goût exquis ? J'aperçois d'ailleurs votre neveu, pas très loin de lui…

Rizkallah s'entretenait, en effet, avec plusieurs personnes présentes sur le balcon. Il allait de l'une à l'autre, avec des sourires, et un air de larbin que je n'aimai pas.

– Parce que vous connaissez aussi mon neveu ? demanda le docteur Touta.

– Mais je connais tout le monde ! répondit le journaliste d'un ton désolé, comme s'il était affligé d'une déformation professionnelle.

Quand mon père l'interrogea sur l'attitude de son consul, il se mit à ricaner.

– Allons, docteur, vous le savez bien : le consul de France a voulu, dès le début du règne, mettre au pas votre nouveau vice-roi… Je dis « votre » vice-roi, excusez-moi. Vous êtes syrien, n'est-ce pas ? Enfin, syrien d'Égypte… Je me perds dans toutes ces catégories…

Albin Balanvin semblait, au contraire, se repérer parfaitement dans notre univers. Nous apprîmes qu'il vivait en Égypte depuis une bonne trentaine d'années et qu'il participait au lancement prochain d'un hebdomadaire dont il serait le correspondant au Caire. Ce journal devait s'appeler *Le Sémaphore d'Alexandrie*.

La cérémonie touchait à sa fin. Le jeune lieutenant pleurait toujours. Mon père se promit d'entrer en contact avec lui dès le lendemain matin.

Rizkallah s'approchait de nous, accompagné d'un jeune homme au regard très doux. Avec le sourire qui ne le quittait plus, il fit les présentations :

– M. Étienne Mancelle, qui vient d'arriver en Égypte pour prendre ses fonctions d'ingénieur au canal de Suez… Mon oncle, le docteur Touta.

À son tour, papa présenta le journaliste. Albin Balanvin s'inclina profondément, puis demanda à son jeune compatriote, un peu étonné, s'il était satisfait de sa demi-pension au Grand Hôtel de France.

Ce soir-là, pour remercier le vice-roi d'avoir rendu justice, de nombreuses maisons du quartier européen furent illuminées *a giorno*. Les consulats avaient hissé leur pavillon, à l'exception de celui d'Angleterre.

– Les Anglais nous détestent, commenta Rizkallah.

Toujours ce « nous »…

Le lendemain, grâce à une recommandation de Nassif bey, mon père put pénétrer à la caserne d'Alexandrie.

On lui servit la pipe et le café dans une pièce crasseuse et on fit appeler Walid el-Ahlaoui.

Le lieutenant dégradé avait séché ses larmes. Mais il affichait un visage fermé et méfiant. Le docteur Touta mit un bon quart d'heure à le persuader qu'il n'était ni un policier ni un espion du consulat de France, et qu'il ne lui voulait aucun mal.

– Je n'ai rien fait, répétait l'ex-officier d'une voix sourde. Je ne savais même pas que mes hommes avaient arrêté un Européen.

Finalement, il accepta de répondre. Il était bien originaire de Haute-Égypte, mais n'avait jamais entendu parler du village de Mendela. Quand mon père l'interrogea sur sa cicatrice à l'oreille, il le regarda de travers et sa méfiance revint. Cette blessure lui avait été faite par un camarade maladroit, au cours d'un entraînement. Il se demandait dans quel piège on voulait l'entraîner.

– Ici, à la caserne, tout le monde sait comment j'ai été blessé.

L'embarras de mon père dut sans doute le rassurer, car il perdit peu à peu son air de bête traquée et commença à le dévisager avec une certaine insolence.

– Vous vouliez peut-être d'autres détails sur ma cicatrice ?

Pour changer de sujet, papa lui demanda ce qu'il allait devenir.

– Comment le saurais-je ? fit Walid el-Ahlaoui en s'emportant. Je ne suis plus qu'un simple soldat. Un simple soldat, bon pour prendre un bâton et aller frapper un chien d'Européen. C'est ce que vous vouliez me faire dire ? Vous voyez, je l'ai dit. Il faut me punir maintenant.

Cet entretien ne pouvait aboutir à grand-chose... En quittant Walid el-Ahlaoui, mon père voulut lui glisser une guinée dans la main. Le jeune homme refusa d'un geste vif et lui décocha un regard furibond.

– Si un jour vous avez besoin de quelque chose, dit alors papa simplement, vous pouvez venir me trouver. J'habite au Caire, dans la rue Neuve du Mouski. Il suffit de demander le docteur Touta.

Walid el-Ahlaoui tourna les talons, sans répondre.

# 3

Les passes d'Alexandrie étaient trop dangereuses pour permettre à un navire d'y pénétrer de nuit. Arrivé après le coucher de soleil à cause d'une avarie, le *Phénix*, en provenance de Beyrouth, avait dû attendre le matin pour entrer dans la rade. Et comme le port n'était pas assez profond pour débarquer à quai, il fallait que des chaloupes aillent chercher les passagers. À dix heures, ceux-ci n'étaient toujours pas sortis de la douane. Mon cousin Rizkallah, qui avait tenu à nous accompagner, manifestait des signes d'impatience grandissants.

– Les bateliers, expliqua-t-il avec indignation, prennent les navires d'assaut. Avant même que l'on ait baissé l'escalier, ils grimpent à bord par les cordages, s'emparent des malles et obligent les voyageurs à les suivre. Une fois arrivés au milieu du port, ces bandits demandent un prix astronomique et menacent de jeter les bagages à l'eau. Les autorités sont incapables de mettre de l'ordre dans le système.

Rizkallah pestait pour la dixième fois contre « l'inorganisation congénitale des indigènes » – une expression qu'il avait dû apprendre au consulat de France – quand nous vîmes brusquement tous les portefaix se ruer vers la porte du hangar et se disputer les malles des passagers.

Hissés sur la pointe des pieds, nous cherchions des yeux une jeune fille que nous n'avions jamais vue. Âgée de seize ans, Nada Sahel était une lointaine cousine, fille unique d'un négociant en soieries de Damas, qui avait été tué, ainsi que son épouse, lors des massacres de 1860. Elle vivait depuis lors à Beyrouth chez des parents. Ceux-ci avaient écrit à mon père pour lui demander de l'accueillir en Égypte où arrivaient chaque semaine de nombreux réfugiés chrétiens.

– C'est elle ! lançai-je soudain en montrant du doigt une voyageuse à la taille élancée et aux cheveux très noirs, qui avait laissé glisser son châle.

Papa n'eut même pas le temps de s'étonner de ma remarque… Nada se tournait spontanément vers nous. Je m'attendais à voir une orpheline en pleurs, encore marquée par la mort tragique de ses parents. Et c'était une jeune fille souriante qui nous interrogeait du regard.

– Nada Sahel ? demanda mon père.

Ses yeux noirs répondaient pour elle. Je n'avais jamais vu un visage aussi troublant.

À quelques pas de nous, Rizkallah s'agitait. Voulant sans doute se faire remarquer, il engueulait comme du poisson pourri les deux portefaix qui s'étaient emparés de la malle.

Moi, je n'avais plus de voix. Mon cœur tremblait. Il ne m'avait fallu que quelques secondes pour tomber amoureux de Nada. Désormais, je ne verrais plus rien d'Alexandrie. Tout serait suspendu à elle. Je n'en finirais pas de penser à ses mains brunes, à son regard, à son rire…

Papa avait prévu de la loger pour une nuit dans une maison religieuse, près de la place des Consuls. Au Caire, elle serait pensionnaire chez les Dames du Bon Pasteur, plus qualifiées qu'un médecin veuf de cinquante-deux ans pour aider une jeune orpheline à entrer dans la vie.

Le lendemain, Rizkallah, tout sourire, nous attendait sur le quai de la gare :

– J'ai pu prendre une journée de congé. Je vous accompagne au Caire.

C'était une surprise – une mauvaise surprise pour moi qui me faisais une joie de passer plusieurs heures dans le train en compagnie de Nada. Elle ne parut même pas étonnée de la présence de mon cousin. Tout était tellement nouveau pour elle depuis son départ de Beyrouth…

Aux guichets, des passagers discutaient le prix du billet, qui avait encore changé depuis la veille. C'étaient des marchandages à n'en plus finir. Ayant toujours eu en horreur ce genre de négociations, mon père laissa faire Rizkallah. Celui-ci courait d'un guichet à l'autre, déplaçait du vent, faisait l'important.

– Si je comprends bien, docteur, nous aurons le plaisir de voyager ensemble ! lança une voix familière derrière nous.

Albin Balanvin s'avançait en boitillant, avec sa canne à pommeau de nacre. Il était accompagné du jeune Étienne Mancelle, en tenue de voyage. Le journaliste s'inclina profondément devant Nada et lui baisa la main :

– J'espère, mademoiselle, que la traversée à bord du *Phénix* ne vous a pas été trop pénible et que Le Caire vous plaira.

Intimidée, elle ne sut que répondre. Le jeune ingénieur intervint alors d'une voix douce pour lui demander si le voyage en train ne l'incommodait pas. Nada répondit qu'elle n'était jamais montée dans un train.

Rizkallah faisait de grands signes au milieu du quai : il avait pu obtenir un compartiment entier, grâce à un léger bakchich glissé au chef de gare. Nous le rejoignîmes.

– Mettez-vous à la fenêtre, mademoiselle ! lança le journaliste de sa voix théâtrale. Et vous aussi, Mancelle ! L'Égypte va se faire un plaisir de défiler sous vos yeux. Savez-vous qu'il y a dix ans encore, nous aurions remonté le Nil sur une cange ? Ce n'était pas six heures de voyage, mais six jours et six nuits…

Au bout d'une demi-heure, la locomotive ne se décidant pas à partir, mon cousin alla aux nouvelles.

– On attend Chérif pacha, un gros propriétaire terrien, qui a annoncé qu'il prendrait le train.

Albin tapota sur le pommeau de sa canne :

– Je vous disais donc, mademoiselle, que le chemin de fer est beaucoup plus rapide…

Nada se mit à rire. Elle était encore plus belle quand elle riait.

Vingt minutes plus tard, plusieurs chariots, chargés de malles, firent leur apparition sur le quai. Chérif pacha marchait derrière, d'un pas lent, protégé par une ombrelle que brandissait son secrétaire. Le chef de gare agita une cloche. Aussitôt, de nombreux fellahs coururent s'entasser dans les wagons de troisième classe à ciel ouvert. La cloche sonna encore une fois. Le train démarra dans une énorme secousse qui fit tomber la mallette d'Albin Balanvin sur les genoux de Rizkallah. Nada pouffa, et la bonne humeur s'installa dans le compartiment.

À la sortie d'Alexandrie, le lac Mariout ressemblait à un immense tapis rose déroulé à l'infini. Étienne Mancelle, penché à la fenêtre, était fasciné par ce spectacle. La locomotive fonçait, à soixante kilomètres à l'heure, vers les plaines verdoyantes du Delta. J'osais à peine regarder Nada, assise sur la même banquette que moi.

– J'ai appris des choses intéressantes sur ce pauvre Xavier-Saillard, lança un peu plus tard Albin Balanvin à mon père. Figurez-vous que, la veille de son accident, il avait gagné trente mille francs à la Bourse du coton.

– C'est une jolie somme…

– Ce n'est rien à côté de tous les millions qu'il avait amassés précédemment.

Mon père hocha la tête. Puis, ravi de pouvoir apprendre quelque chose au journaliste :

– Et moi, figurez-vous, j'ai parlé pendant une heure avec le lieutenant qui a été dégradé sur la place des Consuls.

– Walid el-Ahlaoui ? Mais c'est un héros dans sa caserne ! Sans doute vous a-t-il donné des détails, docteur, sur l'ovation que lui ont faite ses camarades après la cérémonie de la place des Consuls. Et sur la nouvelle épée qu'ils lui ont offerte. Racontez, docteur, racontez !

Ce type commençait à m'énerver… Une forte secousse dispensa papa de répondre. Le train ralentissait brusquement à l'approche de la gare de Kafr-el-Dawar. Nous nous arrêtâmes dans un crissement de freins assourdissant.

Le tombereau de troisième classe se vida, pour être rempli aussitôt par une foule de nouveaux passagers en *gallabeya*. D'autres paysans, accroupis au bord de la voie, recevaient la fumée de la locomotive en plein visage, comme indifférents à ce qui se passait. Des balles de coton et divers colis étaient jetés sur le quai dans un désordre indescriptible.

Un quart d'heure plus tard, le train filait à nouveau dans la campagne où mille canaux formaient comme les mailles d'un gigantesque filet. Étienne Mancelle semblait subjugué par ces villages limoneux, garnis de quelques touffes vertes. De temps en temps, il poussait une exclamation en voyant des hommes de bronze, aux trois quarts nus, courbés dans leur champ, comme immobiles…

Nada semblait perdue. Je m'étais aperçu depuis la veille qu'elle ne savait rien de l'Égypte. Même le nom de la capitale devait lui être inconnu. J'aurais bien aimé lui parler, mais la présence de toutes ces personnes savantes me paralysait.

Rizkallah avait essayé d'engager une conversation avec Nada, mais il était accaparé par le journaliste qui ne cessait de lui poser des questions, apparemment futiles, sur l'organisation du consulat général de France à Alexandrie :

– Et vous me dites, cher ami, que le consul ne travaille pas l'après-midi ? Mais peut-être a-t-il besoin de faire une longue sieste…

Les champs de *bersim* et de coton s'étendaient à perte de vue. On voyait de temps en temps de grandes voiles glisser sur un cours d'eau invisible, derrière un rideau de palmiers.

– Est-ce bien le Nil ? demandait fébrilement le jeune ingénieur.

Le fleuve apparut enfin, dans toute sa majesté. Le train ralentit pour s'engager sur le nouveau pont de fer à douze arches.

– Vous qui êtes ingénieur, mon cher Mancelle, vous devez apprécier la qualité de cet ouvrage, lança Rizkallah. Même les piliers sont en fer ! Savez-vous que si ce pont avait existé il y a cinq ans, Ismaïl pacha ne serait pas aujourd'hui vice-roi ?

Étienne l'interrogeait du regard. Mon cousin, très fier de son effet, se fit alors un plaisir de raconter l'histoire, en n'ayant d'yeux que pour Nada.

– Avant la construction de ce pont, le train s'arrêtait sur la berge, et les wagons traversaient le Nil sur un bac. Lors d'un voyage qu'il fit en 1858, le prince héritier, Ahmed pacha, voulut rester dans son wagon pour la traversée. De nombreux hommes des environs, attirés par la perspective d'un bakchich consistant, vinrent le pousser jusqu'au bac. Ils poussaient en courant, aidés par le vent. Le wagon allait de plus en plus vite. Emporté par l'élan, il passa au-dessus des taquets et tomba dans le Nil. Certains passagers purent sauter par la portière, mais le prince héritier, que son embonpoint rendait moins agile, périt noyé.

– Et à cause de cet accident…

– … son cousin, Ismaïl pacha, est aujourd'hui vice-roi.

Nada se mit à rire. Étienne Mancelle, qui avait cru devoir prendre un air grave, pouffa à son tour. Au bout de quelques instants, tout le compartiment se tenait les côtes… Je me rendis compte ce jour-là, pour la première fois, que le rire de Nada était irrésistible.

À la station de Tantah, où un assez long arrêt était prévu, Étienne Mancelle descendit sur le quai. Nous le vîmes revenir au bout d'un quart d'heure, tout essoufflé, le visage épanoui :

– Figurez-vous qu'un ânier vient de me proposer « le baudet de M. de Lesseps » !

Nos rires le surprirent.

– Mon cher Mancelle, fit Albin Balanvin d'un air désolé, vous avez décidément tout à apprendre de ce pays. Nous nous y emploierons, ne vous inquiétez pas.

En attendant, je vous en prie, ignorez les dix mille autres âniers d'Égypte qui, tous, vous proposeront le baudet sur lequel ce cher Ferdinand aurait posé les fesses.

Notre ingénieur rosit. Le sentant gêné, mais sans avoir compris cette histoire de baudet, Nada lui posa une question qui la tourmentait depuis le début du voyage :

– C'est quoi, le canal de Suez ?

Un éclair traversa le regard d'Étienne Mancelle.

– Le canal de Suez, mademoiselle, c'est l'une des entreprises les plus ambitieuses de l'histoire humaine, lança-t-il d'une voix fébrile. Tous les grands hommes qui sont passés en Égypte en ont rêvé : César, Alexandre, Bonaparte… Grâce au génie et à la détermination de M. de Lesseps, cette œuvre historique est en train de voir le jour. Nous allons relier la Méditerranée à la mer Rouge, en creusant un canal de cent soixante kilomètres dans le désert. Ce canal, figurez-vous, va réduire de moitié la route des Indes : les bateaux en provenance d'Europe ou d'Amérique n'auront plus besoin de contourner l'Afrique…

Le jeune ingénieur n'avait encore jamais mis les pieds dans le désert de Suez, mais il semblait en connaître la moindre colline, le moindre pli. Combien d'études avait-il lues sur le sujet ? Combien de conférences avait-il entendues ?

– Je devrais vous faire embaucher comme correspondant scientifique au *Sémaphore d'Alexandrie*, lança Balanvin avec un sourire.

Le nom de ce futur journal me paraissait bizarre : les sémaphores que j'avais vus sur la côte n'étaient-ils pas des postes destinés à envoyer des signaux aux navires ? Quels signaux Balanvin et ses amis voulaient-ils lancer ? Et à quels navires ?

Nada s'était à moitié assoupie. Je lançais de temps en temps des regards furtifs dans sa direction. Je débordais d'amour.

Il devait être six heures du soir quand, brusquement, Étienne Mancelle tendit l'index vers la fenêtre : des ombres pointues se profilaient à l'horizon.

– Les pyramides, balbutia-t-il.

– C'est quoi, les pyramides ? demanda Nada.

# 4

Le premier numéro du *Sémaphore d'Alexandrie* parut quelques semaines après notre retour au Caire. Un éditorial en demi-teinte, bien compliqué pour l'enfant que j'étais encore, annonçait que le nouvel hebdomadaire « défendrait résolument les progrès de la civilisation en Égypte » et les intérêts des Européens, mais dans l'indépendance à l'égard de tous les pouvoirs. L'éditorialiste se permettait même, en jouant sur les mots, une remarque ironique sur « la place des consuls » dans le pays.

L'article d'Albin Balanvin ne fut pas le moins remarqué. Des gens un peu au fait de l'actualité politique, comme mon père ou Nassif bey, surent le lire entre les lignes. Moi, j'étais évidemment trop jeune pour en saisir les sous-entendus.

*CORRESPONDANCE DU CAIRE*
*À Monsieur le Directeur*
*du Sémaphore d'Alexandrie*

*Le 1er mars 1863*

*Ai-je besoin de vous dire, Monsieur, que le nouveau règne s'est ouvert sous les auspices les plus favorables ?*

*Depuis son investiture, Ismaïl pacha s'est lancé dans la tâche avec une ardeur et un zèle qui font l'admiration de tous. Ce prince si sobre, tôt levé, tard couché, ne semble être immodéré que dans ses heures de travail.*

*À Constantinople, où il est allé présenter ses hommages au sultan, le meilleur accueil lui a été fait. Il est vrai que le vice-roi y a généreusement prodigué ses largesses. Plutôt que d'offrir trente mille carabines à Son Auguste Maître, comme certains le lui suggéraient, il a préféré lui remettre sa frégate à vapeur, le* Feizi-Djihad, *qui a été acceptée de manière très gracieuse.*

*Au Caire, le nouveau vice-roi fait une forte impression sur tous ses visiteurs. Âgé de trente-deux ans, c'est un homme de taille moyenne et de constitution robuste, portant une barbe rousse. Son masque de sphinx cache des passions violentes et ses yeux, souvent mi-clos, peuvent lancer des éclairs.*

*Agréable de manières, brillant causeur, le petit-fils de Mohammed Ali est capable d'aborder tous les sujets. Le français, qu'il parle à la perfection, est sa langue habituelle : il l'a appris à Vienne, enfant, avant de faire des études à Saint-Cyr.*

*Ismaïl pacha passe pour un excellent administrateur, et l'a démontré dans la gestion de ses biens privés : ses revenus qui étaient de deux millions de francs il y a huit ans ont été multipliés par cinq. On augure qu'il fera de même des intérêts du royaume !*

*Ce prince éclairé est jaloux de faire bénéficier son pays des bienfaits de la civilisation. Notre compatriote Mariette bey a appris de sa bouche la construction d'un musée monumental à l'Ezbékieh dont il aura la charge. Un autre Français, Bruguières bey, vient de se voir confier la réorganisation de l'École de médecine du Caire.*

*Mais sans doute vous interrogez-vous, Monsieur, sur l'avenir du canal de Suez. Vous n'êtes pas sans savoir que le premier discours d'Ismaïl pacha après son investiture avait fortement ému le consul général de France. Devant tout le corps diplomatique, réuni à la Citadelle, le vice-roi s'était déclaré contre le système de la corvée, et cela pouvait passer pour une condamnation de la manière dont sont conduits les travaux du canal. Ferdinand de Lesseps s'était empressé de répondre que la corvée n'a pas cours sur les chantiers de l'isthme : les milliers de fellahs réquisitionnés par le gouvernement égyptien reçoivent un salaire. Travail forcé peut-être, mais pas corvée…*

*Toujours est-il que l'on continue de creuser. Les contingents fellahs arrivent régulièrement sur place. Aux vingt mille hommes travaillant dans le désert de Suez, s'ajoutent vingt mille autres qui sont en route pour prendre la relève. Et vingt mille autres encore qui sont en train de regagner leurs foyers. Cela fait, me direz-vous, soixante mille bras retirés à l'agriculture. Mais, après tout, Monsieur, l'Égypte compte au moins cinq millions d'habitants !*

*Depuis quelques semaines, Ferdinand de Lesseps est couvert de caresses. « Personne n'est plus canaliste que moi », lui a déclaré le vice-roi, au cours d'une conversation. Son Altesse aurait ajouté cependant, de manière un peu énigmatique : « Mais je veux que le canal soit à l'Égypte et non l'Égypte au canal. »*

*L'affaire Xavier-Saillard, me dit-on, a laissé une certaine amertume dans le cœur d'Ismaïl pacha. Je ne suis pas en mesure, Monsieur, de vous confirmer les bruits selon lesquels le vice-roi aurait demandé à l'empereur le rappel du consul général de France. Ni de vous affirmer que l'empereur y a opposé une fin de non-*

*recevoir. Ce ne sont peut-être, après tout, que des bruits malveillants. Le mandat du consul général doit, de toute façon, se terminer bientôt. Si cette échéance était avancée de quelques semaines, ce serait simplement pour permettre à notre éminent compatriote de prendre un repos bien mérité.*

*Albin Balanvin.*

# 5

De notre séjour à Alexandrie, tante Angéline avait déjà fait une épopée. Elle racontait à ses amies la mort de Saïd pacha, l'agression contre M. Xavier-Saillard et la cérémonie punitive sur la place des Consuls avec un luxe de détails impressionnant. Papa avait pourtant bien pris soin d'en dire le moins possible à sa sœur cadette, connaissant sa propension à exagérer le moindre fait.

Soyons juste. Si tante Angéline déforme constamment la réalité, elle la déforme positivement : c'est toujours pour la grossir ou l'embellir. Ma tante multiplie les chiffres, ne divise jamais. Et elle cultive le superlatif avec un véritable naturel : son frère a toujours été « le meilleur médecin » du Caire, son mari « le plus grand bijoutier »…

Personne n'imaginerait qu'Angéline est la sœur de mon père. Tout les distingue, et l'écart d'âge ne fait qu'accentuer ces différences. À la peau de lait et aux rondeurs de l'une répond chez l'autre un corps brun et maigre, presque décharné. Le docteur Touta parle peu, alors que sa sœur se déverse continuellement. Et s'il cherche toujours le mot juste – marqué sans doute par sa double formation d'interprète et de médecin –, elle donne l'impression de piocher dans les mots à grandes poignées puis de les jeter en l'air, un peu au hasard.

À cette époque, tante Angéline trichait déjà sur son âge, déclarant n'avoir que trente-cinq ans, alors qu'elle venait d'atteindre la quarantaine. Ses quatre-vingts kilos, en revanche, étaient impossibles à cacher. Que de fois mon père ne lui avait-il conseillé de maigrir un peu, pour atténuer ces bouffées de chaleur qui la tourmentaient !

Angéline était constamment en ébullition, dans tous les sens du terme. Elle parlait, s'agitait et transpirait, tout en s'aspergeant d'eau de bergamote. Ce parfum me rassurait. Auprès de tante Angéline, je sentais une chaleur maternelle qui nous manquait sans doute, à mon frère Alexandre et à moi.

Je la revois chez elle, en début d'après-midi, affalée dans une ottomane lilas, les chairs débordant de sa robe entrouverte, et s'éventant furieusement en réclamant de l'air, de l'air :

– *Hawa, hawa !*

Angéline Falaki dénonçait la canicule dès les premières lueurs du printemps, parfois même en plein hiver… Un peu comédienne, elle se tournait vers son fils et murmurait d'une voix mourante :

– Lolo, amour de sa mère, apporte-moi une goutte d'eau. Je meurs, parole d'honneur !

Ce grand benêt de Lucien, âgé de vingt-trois ans, était en train de traquer une mouche sur la vitre du salon. Il se levait lourdement et versait un verre d'eau fraîche à la gargoulette, avant de reprendre son manège. Seul enfant à la maison depuis le mariage de ses trois sœurs, mon cousin portait des guêtres grises en toute saison, croyant ressembler ainsi à un ingénieur français du canal de Suez.

Le dimanche, quand elle venait déjeuner chez nous, Angéline entrait en criant :

– *Hawa, hawa !*

Notre bonne, qu'elle terrorisait, se tordait les mains en geignant :

– Mais toutes les fenêtres sont ouvertes, *ya sitt Angelina !*

Avec mon frère, nous l'avions surnommée « tante Hawa ». Lolo, dont l'horizon était assez limité, lui disait :

– *Ya mami*, tu es faite pour les pays froids. Tu aurais dû vivre à Damas ou à Constantinople.

La bijouterie d'Alfred Falaki se trouvait dans la rue du Mouski, bruyante fourmilière d'où s'exhalaient des odeurs de poussière, de friture et de mouton grillé. Toute la journée, des ânes et des chameaux, lourdement chargés, se frayaient un chemin entre les passants, les mendiants, les chiens errants, les enfants qu'on allaitait, qu'on battait ou à qui on rasait la tête sur le bord de la chaussée.

En attendant le client, l'oncle Alfred se tenait devant sa bijouterie, la bedaine rayonnante. Il en était la vraie vitrine, avec une montre de gousset en or, un diamant rose piqué à la cravate et une énorme bague au doigt – jamais les mêmes. Rien ne lui échappait de l'agitation du Mouski. De sa voix puissante, il hélait l'un, lançait des conseils à un autre, ordonnait au cafetier d'en face de lui préparer un *mazbout*, ou commentait le temps qui passe.

La boutique du « plus grand bijoutier » du Caire ne payait guère de mine. Lolo, qui y officiait mollement six jours sur sept, en était l'unique employé. Il ouvrait le rideau de fer à dix heures du matin, le refermait à une heure, avant le déjeuner et la sieste. Mais la bijouterie restait ouverte jusque tard dans la soirée, toutes bougies allumées.

Le mari d'Angéline n'était certainement pas le plus grand bijoutier du Caire. Il passait néanmoins pour un habile commerçant, un roi du marchandage. L'un de ses principaux numéros consistait, dans le feu d'une discussion, à arracher sa bague ou son nœud de cravate en criant au client :

– Tenez, je vous le donne, je vous l'offre ! Gardez-le, ne m'achetez rien, je n'en peux plus…

Angéline a toujours appelé son frère « le docteur ». Ce titre la flatte. Elle s'en gargarise devant ses amies, en vantant à n'en plus finir les exploits supposés de l'intéressé. Et s'il la surprend en flagrant délit d'affabulation, elle hausse les épaules et agite son éventail, en se disant que si elle était à la place du docteur Touta, dans sa position, elle aurait tutoyé tous les puissants de la terre…

À cette époque, Angéline cherchait encore à remarier son frère. Elle trouvait anormal qu'un veuf, flanqué de deux jeunes enfants, ne se remette pas en ménage. Papa était pourtant très bien ainsi : il avait décidé, une fois pour toutes, de vivre seul, dans le souvenir de son épouse, et de gérer sa maison avec l'aide d'une bonne à tout faire.

Tout était prétexte chez Angéline pour aborder le sujet. Le dimanche, quand elle déjeunait chez nous, il lui arrivait de lancer, la bouche pleine, avec une grimace :

– La *tehina* manque de citron. Du temps de ta pauvre femme…

Mais si la sauce au sésame était préparée sur place, le plat principal venait toujours de chez tante Hawa. Elle arrivait chez nous accompagnée de sa propre bonne qui portait un plateau fumant sur la tête.

Angéline se renseignait sur de possibles épouses pour le docteur, ce qui provoquait la fureur de celui-ci.

– Bon, bon, disait-elle, je ne ferai plus rien. D'ailleurs, qu'est-ce que j'ai fait ? *Ayou !* On va me reprocher bientôt de parler à mes amies ! Quoi ? Il est interdit de parler à ses amies ? Qu'on me le dise si c'est interdit…

Elle allait parfois jusqu'à provoquer une entrevue avec une jeune veuve. Dans ces cas-là, le docteur se fâchait vraiment. Angéline se déclarait alors offensée, faisait mine de pleurer et jurait sur la tête de son mari, le précieux Alfred Falaki, de ne plus jamais remettre les pieds à la maison. Cette rupture durait en général vingt-quatre heures : idolâtrant son frère aîné et ne pouvant se passer de lui, elle débarquait chez nous dès le surlendemain, les bras chargés de friandises.

Mais Angéline souhaitait-elle, au fond d'elle-même, un remariage du docteur ? Tout le monde se souvenait de sa jalousie à l'égard de ma mère, même si elle la portait aux nues depuis sa mort. Cette première femme lui avait en quelque sorte volé son frère, et on ne voyait pas pourquoi une deuxième serait exempte d'un tel délit.

Tante Angéline avait conduit elle-même Nada chez les Dames du Bon Pasteur. Ces religieuses françaises accueillaient des externes, mais aussi des orphelines, des enfants trouvées et même de petites négresses du Darfour ou du Soudan qui avaient été rachetées par des missionnaires. Leurs élèves apprenaient le français et des rudiments de calcul, mais surtout le travail d'aiguille, les bonnes manières et les exercices de piété.

Au cours des premiers mois de cette année 1863, Nada ne sortit guère de son couvent. Les religieuses jugeaient nécessaire de la garder sous leurs yeux, toute la semaine.

Le dimanche après-midi, j'inventais un prétexte pour sortir et allais rôder autour de la maison du Bon Pasteur, à Choubra. Naturellement, je ne voyais rien. Ce pensionnat était aussi hermétique qu'une prison. Mais mon cœur s'embrasait à la seule idée de savoir que Nada était là, derrière ces murs gris, à quelques mètres de moi.

Avec le peu que je connaissais de l'architecture intérieure, je m'étais constitué tout un univers. Je voyais Nada, avec ses camarades, en rang par deux, traverser le long corridor sombre où des bancs étaient adossés à la muraille. Je la voyais dans la cour, penchée vers de petites niches où l'on cultivait des clématites et des rosiers. Je croyais l'apercevoir dans l'une des trois chapelles grillagées qui formaient une croix latine avec la quatrième, réservée au public. Je n'osais pas la voir dans le dortoir des pensionnaires, où chaque lit était surmonté d'un crucifix noir…

Abandonnant mon poste d'observation, je faisais un petit détour par l'avenue de Choubra, bordée de sycomores géants, où les plus beaux équipages du Caire se pavanaient le dimanche à la tombée du jour. Des *saïs* couraient, pieds nus, devant les voitures de harem pour leur ouvrir le passage. Assis au pied d'un arbre, je rêvassais. Je m'imaginais en général, en amiral, en prince de la famille vice-royale. Je galopais dans la plaine, derrière les sycomores, emportant Nada sur mon cheval blanc.

# 6

Peu de temps après être arrivé dans le désert de Suez, Étienne Mancelle écrivit à mon père pour nous donner de ses nouvelles. Il se portait bien, malgré des conditions de vie assez rudes. Son admiration pour Ferdinand de Lesseps n'avait fait que croître, et il parlait avec lyrisme de « la grande entreprise civilisatrice » à laquelle il participait. Dans un post-scriptum, le jeune ingénieur priait mon père de bien vouloir présenter « ses hommages à Mademoiselle Nada ». Il lui demandait aussi de me remettre une grande carte coloriée de l'isthme qui était jointe à sa lettre.

Rarement cadeau fut autant contemplé, aussi bien utilisé ! J'accrochai cette carte en bonne place sur le mur de ma chambre. Ce ne serait pas seulement une leçon permanente de géographie, mais un champ immense ouvert à tous mes rêves.

La plus grande partie de la carte était occupée par le désert, couleur terre de Sienne. Les espaces déjà cultivés figuraient en vert, tandis que les deux mers étaient en bleu pâle. Un pointillé rouge indiquait le tracé du fameux canal qui devait les relier. Un autre pointillé, marron celui-là, désignait le canal d'eau douce. Je les remplirais d'un trait plein, au fur et à mesure de l'avancée des travaux.

Je me revois, une règle à la main, expliquant pour la dixième fois « la grande entreprise civilisatrice » à mon jeune frère Alexandre :

– Là, en haut, c'est la Méditerranée. En bas, c'est la mer Rouge. Le canal part de Port-Saïd, en haut, et doit atteindre Suez, en bas. Pour le moment, il est arrivé au lac Timsah, à mi-course.

– Et le marron ?

– Le marron, c'est le canal d'eau douce.

– On aurait eu assez d'un seul canal…

– Mais non, *ya fellah !* Ils n'ont pas la même utilité. Le canal maritime, c'est pour relier les deux mers. Et le canal d'eau douce, c'est pour donner à boire à toute cette région désertique. Tu ne veux tout de même pas que l'eau potable continue à être transportée à dos de chameau ?

Alexandre ne voulait rien. Mes exposés l'ennuyaient.

Au collège, pourtant, les Très Chers Frères ne cessaient de nous vanter les mérites de Ferdinand de Lesseps. C'était un Français comme eux, c'était un chrétien. La Compagnie universelle de Suez était une œuvre française, réalisée avec la bénédiction de Dieu.

– Ce canal est la grande voie de la lumière, de la civilisation et des intelligences, expliquait notre directeur, le Frère Ildefonsus. C'est le grand fleuve qui fait de deux mondes un seul monde et de tous les peuples une seule humanité.

Il le disait sur le même ton que le *Credo*, en rappelant que Moïse avait erré avec son peuple près du lac Timsah et que la Sainte Famille y avait fait une halte. Pour nous, qui l'écoutions, tous ces événements semblaient s'ordonner avec une parfaite cohérence, dans l'univers visible et invisible. Nous avions toutes les raisons de croire en la Compagnie universelle, comme en l'Église, une, sainte, catholique et apostolique.

L'hagiographie de saint Ferdinand commençait en 1832, sous le règne de Mohammed Ali.

– De Lesseps avait été nommé vice-consul de France à Alexandrie, racontait le Frère Ildefonsus. Dès son arrivée sur le sol égyptien, il fut obligé de se soumettre à la quarantaine, comme les autres voyageurs. Au lazaret, il occupait ses journées à lire. C'est là qu'il prit connaissance de l'étude d'un ingénieur français, rédigée pour Bonaparte, sur une possible jonction de la Méditerranée et de la mer Rouge. Cette idée n'allait plus le quitter.

Au cours de ce séjour en Égypte, le Français fit la connaissance du prince Saïd. Un enfant trop gros, que son père contraignait à monter à cheval plusieurs fois par jour, à sauter à la corde et à observer un régime alimentaire draconien. Le vice-consul de France lui offrait du macaroni en cachette. Ils devinrent amis.

Le Frère Ildefonsus passait très vite sur le règne suivant, celui de l'inquiétant Abbas qui n'aimait pas les Français. Ferdinand de Lesseps avait d'ailleurs quitté l'Égypte pour d'autres fonctions.

– En 1854, Abbas fut assassiné par deux mamelouks et Saïd devint vice-roi. Dès qu'il apprit l'heureuse nouvelle, de Lesseps se précipita dans le premier bateau pour Alexandrie. Il voulait défendre son projet, longuement mûri au cours de toutes ces années : le creusement d'un canal entre les deux mers. Saïd pacha l'accueillit en ami. Il lui offrit un beau cheval arabe et l'invita à le rejoindre dans le désert, près du lac Mariout, où il campait avec son armée. Excellent cavalier, Ferdinand de Lesseps fit la meilleure impression sur le vice-roi.

Un après-midi, au coucher du soleil, alors qu'il venait de franchir d'un bond un parapet de pierre, Saïd pacha le prit par la main et le fit asseoir près de lui sur un divan. Le Français estima que l'heure était venue d'exposer son projet. Il parla longuement des avantages d'une jonction des deux mers, avant de lancer : « Quel beau titre de gloire pour votre règne, Altesse ! Si on a oublié les souverains égyptiens qui ont élevé les pyramides, ces monuments inutiles de l'orgueil humain, le nom du prince qui aura ouvert le grand canal maritime de Suez sera béni de siècle en siècle, jusqu'à la postérité la plus reculée. »

Enthousiasmé, Saïd pacha appela ses généraux. Il les invita à s'asseoir sur des pliants, devant sa tente, et demanda au Français de leur expliquer son projet. Les généraux ouvrirent des yeux ronds. On ne leur demandait pas leur avis. Le canal de Suez se ferait. Il se ferait malgré l'opposition des Anglais, malgré les inquiétudes de Constantinople, malgré le scepticisme de tous ceux qui le déclareraient irréalisable ou ruineux…

– Cinq ans plus tard, concluait le Frère Ildefonsus d'une voix vibrante, le premier coup de pioche était donné. Ainsi s'ouvrait la route magnifique où passeront un jour et à jamais, entre les flancs entrouverts de l'Égypte, la paix et la justice, la lumière et la vérité.

Pour rejoindre la ville naissante de Timsah, près de laquelle se trouvait son chantier, Étienne Mancelle avait dû prendre le train pour Benha, et, de là, un autre train jusqu'à Zagazig. À Zagazig, il était monté à bord d'une dahabieh-poste, halée par deux mules sur la berge, qui franchissait en douze heures la portion du canal d'eau douce déjà creusée.

Les premières habitations de Timsah commençaient à surgir de terre, sur un vaste plateau, à trois cents mètres du lac. Mancelle avait eu droit à une maisonnette sans étage, dans le quartier dit « des Célibataires ». Son voisin, Félix Percheron, appartenait lui aussi au corps des Ponts et Chaussées. C'était un pionnier, un vieux de la vieille, l'un de ces ingénieurs débarqués cinq ans plus tôt dans l'isthme quand le site de Port-Saïd n'était encore qu'une plage sauvage, inaccessible aux bateaux. Le visage brûlé par le soleil du désert, Percheron posait à l'ancien combattant :

– Vos douze heures de voyage, mon cher, c'est de la gnognote ! Si vous croyez que nous avions, nous, une dahabieh-poste pour nous conduire dans le golfe de Péluse… Nous vivions sous la tente, menacés par les rats. Et l'arme au pied, je vous prie de le croire, parce qu'on se demandait à tout moment si les Bédouins n'allaient pas nous attaquer !

Pour creuser le premier chenal dans le lac Menzaleh, les ouvriers arabes de Percheron devaient s'enfoncer dans la vase. Ils ramassaient la boue avec leurs mains, la pressaient contre leur poitrine pour l'égoutter, puis la plaquaient sur le dos de leur voisin qui la transportait comme une hotte. De cette boue s'exhalait une odeur insupportable d'hydrogène sulfuré. On la disposait de part et d'autre du chenal. Séchant sous le soleil brûlant, elle formait comme une digue. Mais il suffisait d'une tempête pour tout emporter…

Percheron racontait la construction des premières baraques sur pilotis, balayées par le vent, la pluie et les bancs de sable. Il racontait la construction du phare, des ateliers, des forges, du bassin de carénage… La plage marécageuse était devenue Port-Saïd, une vraie ville de plusieurs milliers d'habitants, avec ses cafés, ses coiffeurs, ses tailleurs, et même sa fabrique d'eau de Seltz.

– Et nous avons fait tout ça sous les quolibets des Anglais ! Jamais, disaient-ils, les navires n'accepteront d'aborder une côte aussi dangereuse. Ah, je rigole… Mais il a fallu se battre, Mancelle ! Se battre.

Il répétait cette phrase en tapant du poing dans sa main.

Étienne avait été affecté au chantier n° 6. Un matin, moins de trois semaines après son installation, il eut l'immense surprise de voir arriver Dieu en personne : Ferdinand de Lesseps faisait une tournée d'inspection dans le désert. Le président-fondateur de la Compagnie universelle de Suez circulait à bord d'un étrange attelage : une sorte de char à bancs, équipé de larges roues de fonte et mené par six dromadaires qui étaient montés chacun par un Arabe.

Les ingénieurs présents vinrent l'accueillir. Étienne s'approcha avec émotion. Il vit un sexagénaire de constitution robuste, souriant sous sa petite moustache et dont le front était encadré d'épais cheveux de soie blanche. Ferdinand de Lesseps serra la main de chacun, avant de lancer :

– Rappelez-vous, messieurs, les sornettes des ennemis de l'isthme ! Ils avaient commencé par nous dire que les deux mers n'étaient pas au même niveau. Puis, que les navires refuseraient de s'approcher de Port-Saïd et que la navigation en mer Rouge était trop dangereuse. Aujourd'hui, il se trouve encore quelques bons esprits pour nous affirmer que le canal deviendra un fossé d'eau stagnante ou qu'il sera comblé de sables voyageurs. J'ai même entendu dire qu'il faudrait le creuser à nouveau tous les ans !

Les ingénieurs s'esclaffèrent.

– Vous riez, messieurs, et vous avez raison, poursuivait Ferdinand de Lesseps. Mais songez à nos pauvres actionnaires, à Paris, qui sont harcelés en permanence et incités à se débarrasser de leurs actions. On colporte de faux bruits, on imprime de fausses nouvelles. On sème les alarmes. On veut faire croire que, même si le canal voyait le jour, les navires s'en détourneraient. Toutes nos études démontrent, bien sûr, le contraire. Mais il vous appartient, messieurs, d'achever cette œuvre. Vous êtes en train d'enlever le seul obstacle laissé par la Providence sur la grande route du commerce du monde !

Dix jours plus tard, mon père reçut d'Étienne Mancelle un billet plein d'émotion :

> Timsah, le 6 mars 1863
>
> Cher docteur,
>
> Chaque soir, au crépuscule, je vais me promener sur les berges du lac. Un coup de fusil fait lever une armée de flamants qui forment un nuage rose, traversé par les rayons du soleil couchant. Ce spectacle sublime résume Timsah à lui seul. Mais ai-je encore le droit de parler de Timsah ?
>
> Avant-hier, tous les employés présents sur le site ont été réunis par le président-fondateur. M. de Lesseps

a d'abord prononcé quelques-unes de ces paroles encourageantes de bienfaisance que son cœur sait si bien imaginer. « Vous trouverez toujours en moi, nous a-t-il dit, un ami et un père ; car pour moi vous êtes, sans exception ni distinction, les membres d'une même famille. »

C'est au cours de cette affectueuse allocution qu'il a déclaré solennellement : « À l'entrée du canal, une ville, Port-Saïd, consacre la mémoire du vice-roi défunt ; une autre ville s'élève rapidement ici. Avec Saïd, nous avons commencé le canal ; avec Ismaïl, nous l'achèverons. Que dès aujourd'hui donc le nom de Timsah soit remplacé par celui d'Ismaïlia, et que les eaux de la Méditerranée s'unissant à celles de la mer Rouge unissent également dans l'avenir les noms de Saïd et d'Ismaïl, tous deux chers à notre cœur. »

Cette annonce a été saluée par une triple salve de hourras. Voilà pourquoi je ne vous écris pas et ne vous écrirai plus de Timsah, mais d'Ismaïlia.

Votre dévoué,

Étienne Mancelle.

Tous les matins, Mancelle rejoignait à cheval le chantier n° 6. Avant d'arriver, il s'arrêtait en haut d'une dune, fasciné par le spectacle qui s'offrait à lui. Le canal, encore sans eau, était une tranchée de plusieurs dizaines de mètres de large qui filait vers le sud. Le jeune ingénieur ne parvenait pas à détacher son regard de cette profonde entaille, faite à main d'homme, entre l'Afrique et l'Asie. Ici, la carte du monde était en cours de modification.

Une nuée de fourmis grises s'affairaient à ses pieds : des centaines d'ouvriers-fellahs, munis de pelles et de pioches, creusaient le lit du futur canal. Des centaines d'autres chargeaient la terre dans des paniers de jonc qui passaient de main en main jusqu'au sommet du talus. Là, d'autres hommes à moitié nus les transportaient sur leur dos pour aller les vider un peu plus loin… En quatre ans, sept millions de mètres cubes avaient été déblayés ainsi, dans l'ensemble des chantiers de l'isthme.

Étienne observait pensivement ces paysans analphabètes, amenés d'autorité, parfois de l'autre bout de l'Égypte, pour participer à « la grande entreprise civilisatrice ».

– Ceux-là sont dociles, expliquait Percheron. Mais vous auriez vu les premiers contingents ! Croyant qu'ils ne seraient pas payés, ces imbéciles tentaient de fuir pendant la nuit. Nos cavaliers bédouins allaient les rattraper, comme des chiens de berger.

– Il faut les comprendre, murmura Étienne. Ils ont dû quitter leur famille et leurs champs pour venir travailler ici…

– Je vous dis qu'ils sont payés, Mancelle : trois piastres par jour pour les hommes forts, deux piastres et demie pour les hommes ordinaires et une piastre pour les moins de douze ans. Allez trouver de meilleurs salaires en Égypte ! Généralement, les fellahs mobilisés pour des travaux publics ne sont payés qu'à coups de bâton ou de *courbache*.

– Comment dites-vous ?

– Mon petit vieux, vous reconnaîtrez très vite le *courbache* au charmant bruit qu'il fait. Clac, clac ! Ce fouet n'a pas son pareil pour calmer les Arabes et les remettre sur le droit chemin.

Étienne avait du mal à sourire.

– Le fellah, poursuivait Percheron, est comme la femme de Sganarelle : il demande à être battu. Attention ! Battu par ses pairs, pas par nous. D'ailleurs, la chose qui nous répugne le plus, c'est d'avoir à sévir par nous-mêmes... Les contingents d'ouvriers-fellahs arrivent ici accompagnés d'officiers et de cheikhs. C'est à eux qu'appartient la responsabilité du travail à exécuter, donc celle de sévir. Je vous emmènerai voir, dans le village arabe, une charmante peau de bœuf étendue par terre : c'est le lit de la justice. Il est rempli des arguments les plus persuasifs. Vous constaterez avec quelle bonne volonté les coupables acceptent leur châtiment.

Quelques jours plus tard, dans le village arabe, Étienne assistait en effet à la punition d'un jeune homme qui avait volé une caisse de figues. Le coupable fut couché à plat ventre et on lui attacha les pieds sur un bâton à l'aide de courroies. Un grand gaillard, complètement nu pour ne pas être gêné dans ses mouvements, s'empara d'un fouet. Sur la plante des pieds calleuse du voleur, neuf coups secs résonnèrent comme sur du métal.

N'osant détourner la tête, Étienne se contenta de baisser les yeux. Les paroles du président-fondateur lui revenaient en mémoire :

– Traitez bien les indigènes, ce sont des hommes.

Le lendemain, il ramena la conversation sur le principe du travail forcé. Percheron l'interrompit avec agacement :

– Mon petit vieux, vous ne connaissez encore rien à l'Égypte. Ce pays n'est qu'un désert, traversé par un fleuve. Un fleuve inestimable mais capricieux, qu'il faut constamment surveiller. Depuis l'aube des temps, les fellahs sont mobilisés pour bâtir des digues et curer les canaux. Croyez-vous qu'ils le feraient spontanément, sans y être obligés ?

– Mais, justement, l'agriculture est perturbée par l'absence de tous ces hommes que nous faisons travailler ici…

– Et alors ? Le canal de Suez ne va-t-il pas rendre l'Égypte prospère ?

– La Compagnie aurait pu engager des ouvriers dans d'autres pays.

– Vous plaisantez ! D'abord, ce serait trop cher. Et puis, je vous rappelle que c'est interdit : dans l'acte de concession, il est clairement stipulé que les quatre cinquièmes des ouvriers doivent être égyptiens. Savez-vous qui a exigé une telle clause ? Ce sont les Anglais ! Oui, les Anglais, mon cher, parce qu'ils craignaient que l'isthme de Suez ne devienne une colonie française. Alors, je vous en prie, Mancelle, cessez de m'opposer des arguments de jeune fille ! Les Anglais, qui nous abreuvent aujourd'hui de leur philanthropie hypocrite, n'avaient pas eu autant de scrupules en construisant le chemin de fer d'Alexandrie au Caire. Je peux vous dire que leurs contingents d'ouvriers-fellahs ne bénéficiaient pas de la même assistance sanitaire que les nôtres. Sachez, mon petit vieux, que les rails du chemin de fer reposent sur des centaines de cadavres égyptiens.

# 7

Nada étouffait chez les Dames du Bon Pasteur. Rien ne lui ressemblait moins que cet univers étriqué où il fallait baisser les yeux en permanence. On la sentait désireuse de s'en libérer au plus vite. Mon père avait fait en sorte qu'elle puisse sortir du couvent, une fois par mois environ, quand les déjeuners familiaux étaient organisés chez nous. J'en rêvais des semaines à l'avance.

Tante Angéline pensait qu'il fallait marier Nada, et avait une idée derrière la tête :

– Lolo, amour de sa mère, demain nous allons déjeuner chez le docteur. Il y aura l'orpheline. Tu habilleras ton costume blanc. Il te va si bien…

Mais papa ne voulait pas entendre parler pour le moment d'un mariage de Nada. Il avait été frappé par l'ignorance de la jeune fille, due sans doute à ses deux années et demie d'errance, entre Damas et Beyrouth, après la mort tragique de ses parents.

– Elle n'a que seize ans, l'entendis-je dire un jour à tante Angéline. Nous avons le temps.

Moi, j'en avais treize, et je trouvais que le temps ne passait pas assez vite, même si j'étais prêt, dans mes rêves, à toutes les folies pour enlever Nada et l'épouser…

Lolo n'était pas le seul à *habiller* son costume blanc : Rizkallah avait pris l'habitude de venir spécialement d'Alexandrie, tous les mois, pour participer à nos déjeuners dominicaux. Rien qu'à son allure, je savais qu'il venait pour Nada. Je me souviens de sa mauvaise humeur, une fois, quand il apprit que la jeune fille était retenue au Bon Pasteur pour une adoration du Saint-Sacrement.

Grâce à son emploi de *drogman* au consulat général de France, mon cousin avait toujours mille choses à raconter. Et il racontait bien, avec l'autorité de quelqu'un qui approche les puissants. À table, je souffrais chaque fois que Nada lui prêtait attention.

Rizkallah semblait néanmoins gêné par la présence de son père, Boctor Touta – et comment ne l'aurait-il pas été ? Le demi-frère de papa avait toujours un juron à la bouche. S'exprimant en arabe, il proférait des insultes à tout propos. On le voyait lever la main, tordre la bouche et assener son imprécation d'une voix tonitruante, en détachant chaque syllabe, avec une véritable volupté. Boctor traduisait parfois en français l'une ou l'autre de ses insultes favorites : elles sonnaient alors un peu faux mais n'en étaient que plus obscènes.

Plus d'une fois, je m'étais fait pincer la joue avec familiarité par ce grossier personnage, qui me criait aux oreilles :

– Alors, espèce de maquereau, il paraît que tu étudies bien en classe…

Rizkallah, l'aîné des treize enfants de Boctor Touta, avait quitté la maison pour aller travailler à Alexandrie. Boctor lui-même passait une partie du temps en province où il se livrait à toutes sortes de transactions mal définies. Il achetait et il vendait : des bouts de ferraille, de vieilles charrettes, des harnais usagés… Quelques terres aussi, qu'il arrachait à des débiteurs insolvables, après les avoir copieusement insultés. On le voyait souvent en train de crayonner des chiffres sur des morceaux de papier graisseux qu'il enfouissait ensuite, de manière assez bizarre, dans sa chaussure, parfois même sous son tarbouche.

Notre bonne, Oum Mahmoud, n'aimait pas le demi-frère de papa. Elle employait diverses techniques superstitieuses pour faire en sorte qu'il ne revienne pas à la maison : après le passage de Boctor, elle cassait une gargoulette et, d'un coup de balai énergique, effaçait les traces de ses pas…

Quand le père de Rizkallah participait aux rencontres familiales, personne ne s'étonnait de ses propos orduriers : ils faisaient en quelque sorte partie du décor. Mais, en présence de quelqu'un d'extérieur, surtout une jeune fille, cela pouvait être embarrassant.

Nada ne semblait rien entendre. Elle évitait même de sourire quand Boctor Touta traitait, le plus naturellement du monde, l'un de ses enfants de « fils de chien ».

À table, mes grands cousins cherchaient généralement à s'asseoir en face de Nada. Moi, je préférais me glisser à sa gauche ou à sa droite, pour sentir son souffle tout près de moi. Sans même tourner la tête, je pouvais apercevoir sa main posée sur la table. Je n'avais pas besoin de parler. J'entendais son rire. Ces moments étaient les plus exaltants de ma semaine.

•

De Nada, au fond, je ne savais à peu près rien. On m'avait seulement dit qu'elle ne se trouvait pas à Damas au moment de la tuerie de 1860, mais chez des cousins de Beyrouth. Elle avait vécu chez eux plus de deux ans, avec d'autres réfugiés chrétiens qui ne rêvaient que de la paisible et prospère Égypte.

Nada ne parlait jamais de son enfance. Je n'osais lui poser de questions. Une ou deux fois, avec son sans-gêne habituel, mon frère Alexandre l'avait interrogée sur sa maison à Damas. Elle avait répondu de manière évasive, et je m'étais empressé de changer de sujet.

Quand tante Angéline disait « l'orpheline », papa bougonnait :

– Cette jeune fille a un nom.

N'étais-je pas orphelin moi aussi ? De ma mère, morte quand j'avais trois ans, il ne me restait que de vagues souvenirs. Notre bonne, Oum Mahmoud, nous parlait de cette inconnue avec des larmes dans les yeux. Elle n'en avait pas été seulement la domestique, mais la confidente et la conseillère au cours des premières années de son mariage. Ma mère était stérile, en effet, et toute la science du docteur Touta n'y pouvait rien. Oum Mahmoud, quoique parfaitement analphabète, connaissait des techniques ancestrales pour combattre ce genre de fatalité. Son nom, à lui seul, semblait en témoigner : elle était « mère de Mahmoud », même si personne n'avait jamais vu ce fils mystérieux, qu'elle-même d'ailleurs paraissait avoir oublié.

En cachette du docteur, ma mère se rendit chez une sorte de marabout qui, moyennant dix piastres, lui fit boire du sang de tortue de mer. Elle attendit les effets de cette médecine pendant plusieurs mois, sans résultat. Oum Mahmoud la conduisit alors chez un autre spécialiste, qui la fit marcher sur de l'encens allumé. La jeune femme n'en garda que la trace d'une brûlure. Il ne lui restait plus qu'à faire sept fois le tour de la grande pyramide, en invoquant je ne sais quel démon. Ce soir-là, elle revint à la maison épuisée, atteinte d'une forte fièvre et bien décidée à ne plus suivre les conseils de sa bonne.

– Deux mois plus tard, elle attendait un enfant, me racontait Oum Mahmoud. Elle t'attendait, toi, l'enfant de la pyramide. C'est d'elle que tu tiens ces yeux clairs.

L'enfant de la pyramide… Cette histoire m'a longtemps fait rêver, avant de me faire sourire. Aujourd'hui, j'y repense avec attendrissement, en me disant que ma mère s'était tordu les pieds sur les cailloux du désert pour me donner le jour. Au-delà de ma petite personne, je me plais à y voir un symbole : en tournant sept fois autour de la grande pyramide, cette jeune femme, née dans la montagne libanaise et arrivée sur les bords du Nil pour se marier, n'était-elle pas devenue égyptienne ?

Pour tante Angéline, ma mère avait le grave défaut d'appartenir à une famille maronite. Certes, elle s'était mariée dans une église grecque-catholique, mais comment effacer totalement cette tare originelle ? Angéline disait « la maronite », comme elle dirait plus tard « l'orpheline » à propos de Nada. Dans les deux cas, je crois qu'elle leur reprochait de ne pas être nées en Égypte.

Nada m'attirait d'autant plus qu'elle venait d'ailleurs. Un ailleurs mystérieux et inquiétant, mais qui constituait en quelque sorte notre identité : les Touta n'étaient-ils pas originaires de Syrie ? Plus de cent vingt ans après l'arrivée de notre ancêtre en Égypte, n'étions-nous pas encore, aux yeux de tout le monde – et à nos propres yeux –, des « Syriens », des *Chawam* ?

Un dimanche de mai, alors que le déjeuner allait commencer, Nada ne se trouvait ni au salon ni dans la salle à manger. Un peu intrigué, je me dirigeai vers les chambres du premier étage quand je la vis assise sur la haute banquette de frêne, derrière l'escalier. Elle faisait sans doute une pause après avoir beaucoup marché. L'une de ses jambes était repliée sous sa robe, l'autre se balançait légèrement dans le vide. Ne s'attendant à voir personne, Nada avait retiré sa petite chaussure à lanière. Elle était nu-pieds ! J'en fus extrêmement troublé, n'arrivant pas à détacher le regard de ce pied charmant, un peu endolori, qui s'était immobilisé.

En m'apercevant, Nada aurait pu rabattre vivement sa robe pour cacher sa nudité. Elle n'en fit rien.

– Tu as une drôle de tête ! me dit-elle de son air enjoué. Ça ne va pas ?

Parce que j'avais trois ans de moins qu'elle, Nada me considérait un peu comme un enfant. Cela nous permettait une certaine familiarité dont ne pouvaient se prévaloir mes cousins plus âgés, comme Lolo ou Rizkallah. Je ne savais trop si je devais rester un enfant ou m'affirmer de manière plus virile pour me rendre intéressant. J'oscillais en permanence entre ces deux attitudes.

– Tu as de beaux yeux, Maxime, me dit-elle, avec le même sourire.

Ce pied bien cambré de Nada, qui se balançait légèrement… J'aurais aimé le prendre dans mes mains, le masser doucement. J'aurais aimé me mettre à genoux, me pencher vers ce pied brun, le mettre contre ma joue…

D'un geste leste, elle enfila sa chaussure et se leva :

– Allons déjeuner !

# 8

Rizkallah était donc devenu, sans le savoir, mon adversaire, mon concurrent. Je haïssais son costume blanc.

Un dimanche, Oum Mahmoud eut la bonne idée de trébucher avec le plat fumant de *molokheya* dans les mains et d'en verser une giclée sur cet habit honni. Outre le fait que mon cousin avait failli se brûler, je constatai avec plaisir que la tache verte résistait au sel que la pauvre bonne, au bord des larmes, était allée chercher à la cuisine. Tante Angéline conseilla à Rizkallah de frotter la manche souillée avec une brosse de crin trempée dans un mélange de savon noir, de miel et d'arak. Mais, le mois suivant, la tache n'avait pas entièrement disparu. On en voyait assez bien le contour, à l'endroit du coude.

À cette époque, mon cousin n'avait pas encore les moyens de s'offrir un nouveau costume blanc. Ce n'est que deux ans plus tard qu'il arrondit sa paie de misère, au consulat de France, en se mettant au service de M. Adolphe Xavier-Saillard. Papa l'apprit incidemment de la bouche d'Albin Balanvin, au hasard d'une rencontre en ville :

– Alors, docteur, il paraît que votre neveu est venu en aide à ce pauvre Xavier-Saillard…

Rizkallah nous confirma lui-même qu'il rendait « quelques services » au Français. Sans doute avait-il fait sa connaissance lors de la fameuse agression de janvier 1863. Mon cousin figurait parmi les fonctionnaires du consulat qui étaient allés délivrer le négociant au commissariat de police. Il avait dû beaucoup s'agiter dans les jours suivants, en sachant se faire remarquer... Rizkallah était ainsi : il observait les gens, les écoutait, puis les enjôlait et ne les lâchait plus. Nous n'aurions jamais connu Étienne Mancelle, à Alexandrie, si mon cousin n'avait suivi le jeune ingénieur jusqu'à son hôtel, après l'entretien malheureux avec le consul de France. Et j'imagine que, dès le moment où Adolphe Xavier-Saillard avait été arraché à la foule hurlante, il s'était vu entouré de la sollicitude du troisième *drogman*...

Je n'ai jamais très bien su à quoi l'employait M. Xavier-Saillard dans ces années-là. Rizkallah allait-il vérifier le nombre des balles de coton en partance sur le quai d'Alexandrie ? Contrôlait-il la récolte, pour être sûr qu'aucun contremaître indélicat ne mélangeait le coton de luxe, blanc comme du lait, à un coton grisâtre de deuxième catégorie ? Ou servait-il simplement d'intermédiaire entre M. Xavier-Saillard et les autorités locales, comme il le faisait au consulat de France ?

Le négociant passait déjà à cette époque pour l'une des plus solides fortunes d'Alexandrie. Sa mésaventure avait réveillé quelques souvenirs. On racontait, en particulier, qu'il avait soutiré une très grosse somme d'argent au vice-roi défunt, Saïd pacha.

– Un million de guinées, précisa Albin Balanvin à mon père.

– Un million !

Le journaliste tapota sur le pommeau de sa canne :

– Voyez-vous, docteur, M. Xavier-Saillard réclamait cette somme à titre d'indemnité. Il faisait valoir que le père de Saïd pacha lui avait promis verbalement, quinze ans plus tôt, la concession de l'un des services du Transit, et que cette fonction ne lui était pas revenue.

– Une promesse verbale… Saïd pacha pouvait l'envoyer promener.

– Mais, vous savez bien, docteur, que le défunt vice-roi détestait les tracasseries ! M. Xavier-Saillard n'arrêtait pas de frapper à sa porte. Mon sympathique compatriote, qui avait l'appui de deux ou trois consuls européens, finit par décrocher un très joli lot de consolation : le droit de péage de la nouvelle écluse du canal Mahmoudieh.

– C'est scandaleux.

– En effet. Mais les choses n'en restèrent pas là. Plusieurs membres de la cour, très jaloux, reprochaient au vice-roi d'avoir concédé ce privilège à un étranger. Saïd pacha était, de nouveau, bien embêté. Il finit par reprendre son écluse, gratifiant ce pauvre Xavier-Saillard de deux cent cinquante mille francs d'indemnité. Ce qui fait bien un million de guinées, n'est-ce pas ?

À l'époque où Rizkallah commençait à lui rendre « quelques services », la fortune du Français était en train de grossir encore grâce au boom du coton. Toutes les marchandises en provenance des États-Unis avaient été stoppées en raison de la guerre de Sécession, ce qui faisait flamber les prix. Et comme Adolphe Xavier-Saillard était, à la fois, cultivateur et négociant, il en profitait doublement. Partout dans le monde, on s'arrachait les fibres longues d'Égypte. À Liverpool, l'or blanc avait vu sa cotation tripler, dans un climat de spéculation effrénée.

– Certains stocks, nous expliqua Rizkallah, l'œil brillant, sont vendus, revendus, encore vendus, jusqu'à quarante ou cinquante fois, sans jamais quitter l'entrepôt.

Toute l'Égypte était prise de folie. Du haut en bas de la vallée du Nil, du plus petit fellah au plus gros possédant, on ne plantait plus que du coton. Le vice-roi lui-même achetait des terres à tour de bras, et les propriétaires qui avaient le mauvais goût de résister à ses offres voyaient leurs canaux obstrués ou leurs ouvriers disparaître en une nuit. Les céréales, qui n'intéressaient plus personne, vinrent à manquer. Les prix des produits alimentaires grimpaient en conséquence, mais les salaires ne suivaient pas.

– Il faut bien que je complète mes fins de mois, expliquait Rizkallah, la lèvre gourmande.

Son père était admiratif :

– Il se débrouille, ce fils de chien !

# 9

Un vendredi de février 1864, alors que nous finissions de dîner, on frappa à la porte. Mon père prit la lampe pour aller ouvrir, s'attendant à une urgence.

Un jeune homme maigre, à la peau sombre, se tenait devant la porte, d'un air gêné.

– Je suis Walid el-Ahlaoui, lança-t-il en arabe.

Ce nom ne disait rien au docteur Touta. Il haussa machinalement la lampe et vit alors la cicatrice à l'oreille.

– Vous m'aviez dit que si j'avais besoin de quelque chose…

Le jeune officier n'affichait plus le regard fier et un peu insolent qui était le sien, un an plus tôt, à la caserne d'Alexandrie. Mon père se rappelait, en effet, lui avoir donné son adresse. Walid el-Ahlaoui était sans doute dans le besoin.

– Combien voulez-vous ? lui demanda-t-il sans détours inutiles.

Le jeune homme hocha lentement la tête. Puis, d'une voix timide, à peine audible :

– Je voudrais apprendre à lire.

Stupéfait, mon père l'invita à s'asseoir. La lampe tempête, qu'il avait reposée un peu trop vite, faillit s'éteindre. Sa flamme vacillante lécha le verre avant de projeter de grandes lueurs sur le mur.

Cet homme, que j'avais vu pleurer sur la place des Consuls et auquel j'avais souvent pensé depuis lors, était là, devant moi, dans notre salle à manger. Cela me semblait irréel.

Walid el-Ahlaoui s'était bien comporté en Haute-Égypte où il avait été muté après l'affaire Xavier-Saillard. Cela lui avait valu de retrouver très vite son grade de lieutenant, comme si les autorités militaires égyptiennes, humiliées par le consul de France, s'étaient empressées d'annuler la sanction. Le jeune homme venait d'être affecté à la caserne d'Abbassieh, aux portes du Caire, mais il se rendait compte que son illettrisme l'empêcherait de gagner le moindre galon supplémentaire.

– Je sais bien, dit-il à mon père, que les hauts postes de l'armée seront toujours réservés aux officiers d'origine turque. Mais, en apprenant à lire et écrire l'arabe, je pourrais au moins accéder un jour au grade de *yousbachi*.

– Je suis médecin. Pourquoi ne pas vous adresser à un cheikh qui, lui, au moins, vous enseignerait les textes du Coran ?

– Je ne connais pas de cheikh, répondit-il simplement.

Walid el-Ahlaoui refusa de partager notre repas et se leva pour prendre congé, malgré la faim qui, visiblement, le taraudait. On mangeait toujours aussi mal dans les casernes… On ne devait pas beaucoup se laver non plus car le jeune officier sentait le fauve.

À partir de la semaine suivante, Walid vint chez nous tous les vendredis soir. Mon père commença par l'alphabet, lui faisant ânonner comme un enfant *alef*, *bé, té, cé…* Au bout de trois ou quatre séances, il lui apprit à tenir un crayon, et le jeune homme se mit à dessiner maladroitement ses premières lettres.

À la fin de la leçon, je me glissais dans la pièce avec mon frère Alexandre, sous prétexte d'apporter du thé ou du café. Nous entendions Walid raconter comment, à l'âge de treize ans, des soldats l'avaient emmené de force, avec tous les hommes et la plupart des femmes de son village, pour aller curer le canal Mahmoudieh.

– Je me suis enfui une première fois. Ils m'ont rattrapé. Je me suis enfui une deuxième fois. Ils m'ont rattrapé et administré douze coups de *courbache* sur la plante des pieds. Il n'y a pas eu de troisième fois. Mais j'ai bien cru mourir à plusieurs reprises en transportant des couffins de terre en plein soleil. Sur les chemins de halage, on voyait encore les ossements des fellahs qui étaient morts en creusant ce canal, au temps de Mohammed Ali.

– Vingt-neuf mille morts, précisa mon père, en faisant dessiner à son élève un 2, un 9 et trois petits points.

Walid el-Ahlaoui avait une petite croix tatouée sur le poignet.

– Mais tu n'as pas un nom chrétien ! lui fit remarquer un jour Alexandre.

– Pourquoi aurais-je un nom chrétien ? répliqua le jeune officier d'un air furieux.

Walid el-Ahlaoui était bien musulman. Il nous avoua que ce tatouage visait à le faire échapper au service militaire : ses parents avaient besoin de lui aux champs et ne disposaient évidemment pas de la somme nécessaire pour le racheter. Les jeunes partaient à l'armée, on ne savait jamais quand ils reviendraient, la conscription n'ayant pas de durée définie. Dans certaines familles, on coupait l'index du fils, on lui arrachait des dents ou on lui supprimait un œil en y appliquant de la mort-aux-rats.

– Mes parents ont préféré me faire passer pour copte. Dois-je leur en vouloir ?

Malheureusement, la loi avait changé en cours de route, et les coptes des campagnes se faisaient enrôler comme les musulmans. Le tatouage de Walid ne lui servait plus à rien… Un matin, à l'aube, il fut donc emmené avec les autres jeunes gens de son village. Un bateau les attendait sur le Nil. Ils partirent, enchaînés les uns aux autres, malgré les cris et les pleurs des mères, qui imploraient les soldats, se frappaient les joues, se couvraient le visage de poussière…

Bien qu'ayant énormément souffert les premiers temps, Walid choisit de rester dans l'armée. Il devint sergent, à quarante piastres par mois, puis réussit à s'élever jusqu'au grade de lieutenant. En le faisant dégrader à Alexandrie, en janvier 1863, le consul de France lui avait arraché le cœur. Jamais il n'oublierait cette humiliation. Mais son rêve, maintenant, était d'être capitaine, *yousbachi*, à cinq guinées par mois.

Un vendredi soir, alors que Nada était exceptionnellement là, elle se joignit à nous à la fin de la leçon. Sa manière de parler l'arabe, à la syrienne, amusa l'officier.

– Pourquoi dites-vous *jim*, et pas *guim* comme tout le monde ? demanda-t-il à la jeune fille.

Il écrivit la lettre *guim* sur la feuille posée devant lui, puis ajouta deux points pour la transformer en *jim*, très fier d'étaler son savoir. Nada se pencha, essayant de déchiffrer : les Dames du Bon Pasteur ne lui apprenaient que le français… Cette leçon se termina par un fou rire général.

# 10

À coups de pelles et de pioches, le canal de Suez se frayait lentement un chemin dans le désert. Je suivais sa progression, pas à pas, sur ma carte murale de l'isthme, en y piquant de petits drapeaux rouges fabriqués avec des épingles et du papier. Le canal d'eau douce avançait lui aussi : l'une de ses branches était même arrivée jusqu'à la mer Rouge, ce qui nous valut une lettre vibrante d'Étienne Mancelle. L'ingénieur racontait avec enthousiasme que les populations du désert étaient accourues sur place et que les hommes, couchés à plat ventre, humaient l'eau avec délices. « Le Nil ! Le Nil ! criait la foule, tandis que le dernier barrage était abattu et que le canal courait jusqu'à la mer étonnée pour y mêler ses eaux… »

Ébloui par le désert, notre ami semblait ignorer la grande bataille diplomatique qui se livrait autour du canal de Suez. À Constantinople, le sultan s'agitait. Ce canal ne lui disait rien de bon, et les Anglais entretenaient habilement ses craintes. Pourquoi creusait-on une telle tranchée au cœur de son empire ? Pourquoi laissait-on la France établir une colonie entre mer Rouge et Méditerranée ? Ayant été mis devant le fait accompli, le sultan avait refusé de ratifier l'accord conclu entre son vassal, le vice-roi d'Égypte, et Ferdinand de Lesseps. Il posait maintenant des exigences précises : la Compagnie universelle de Suez devait rétrocéder les terres qui lui avaient été accordées dans l'isthme et cesser de recourir au système de la corvée.

– Je ne savais pas que le sultan était aussi soucieux du sort des fellahs d'Égypte, remarqua ironiquement mon père.

– Et le vice-roi, alors ! fit Nassif bey. Quand je pense que c'est grâce à la corvée qu'Ismaïl est devenu le plus riche propriétaire terrien du pays…

Le vice-roi ne voulait plus permettre à la Compagnie de mobiliser des milliers d'ouvriers-fellahs, mais Ferdinand de Lesseps s'opposait avec force à toute modification des accords conclus du temps de Saïd pacha.

– Ismaïl a proposé de recourir à un arbitre, nous annonça Nassif bey, toujours bien informé : il a demandé à Napoléon III de bien vouloir trancher le conflit qui oppose l'Égypte à la Compagnie.

Mon père était stupéfait :

– Napoléon ! C'est donc la France qui va arbitrer le conflit franco-égyptien ?

– Oui, en quelque sorte… Mais l'empereur est obligé de jouer finement, pour ne pas pousser l'Égypte dans les bras de Londres ou de Constantinople.

Tout cela était un peu trop compliqué pour moi.

L'empereur rendit sa sentence, et celle-ci occupa plusieurs pages du *Sémaphore d'Alexandrie*. C'était un modèle de compromis diplomatique. Napoléon III se prononçait pour la suppression de la corvée et pour la rétrocession à l'Égypte de soixante mille hectares dans l'isthme de Suez, ainsi que d'une partie du canal d'eau douce. En contrepartie, le gouvernement égyptien devait prendre en charge le creusement de la portion restante de ce canal et verser de forts dédommagements à la Compagnie.

Étienne Mancelle vit partir ses ouvriers-fellahs avec un serrement de cœur. Mais, au fond de lui-même, il était soulagé, n'ayant jamais admis le principe de ce travail forcé. Il avait découvert que ces paysans, venus de très loin, devaient payer eux-mêmes leur voyage de retour, ce qui absorbait une bonne partie de leur salaire. Et puis, Étienne ne supportait pas la brutalité de certains surveillants de chantiers. Le jour où l'un des ses hommes avait eu le poignet brisé par un coup de *courbache*, il avait fait une véritable scène, jugée ridicule par son collègue Félix Percheron :

– Vous êtes fou, Mancelle ! Vous voulez peut-être aussi qu'on leur organise des activités récréatives ? Ce n'est pas avec vos méthodes, mon petit vieux, qu'on aurait construit les pyramides.

Pour remplacer les contingents fellahs, la Compagnie lança une vaste opération de recrutement d'ouvriers libres, tout autour de la Méditerranée. Étienne se retrouva à la tête d'une escouade internationale, comprenant beaucoup de Grecs et de Piémontais. De nouveaux engins, inventés spécialement pour le canal de Suez, furent acheminés sur place. Avec les machines, Mancelle se sentait en terrain connu. Une nouvelle étape, encore plus exaltante, s'ouvrait pour lui, sous le signe du Progrès et de l'Industrie.

Le gouvernement égyptien versa bien la somme d'argent qui lui était réclamée, mais il ne se décidait pas à exécuter les travaux à sa charge. Ce n'est qu'au bout de plusieurs réclamations de Ferdinand de Lesseps que le vice-roi organisa enfin le creusement de la portion restante du canal d'eau douce. Il le fit selon les bonnes vieilles méthodes, en levant une armée d'ouvriers-fellahs, à coups de *courbache*. Si la corvée était supprimée pour la Compagnie, elle ne l'était pas pour l'Égypte, comme allait le constater Albin Balanvin.

*CORRESPONDANCE DU CAIRE*
*À Monsieur le Directeur*
*du Sémaphore d'Alexandrie*

*Le 10 février 1865*

*Vous vous souvenez certainement, Monsieur, que l'arbitrage de l'empereur assignait au gouvernement égyptien le soin d'achever le canal d'eau douce. Eh bien, après un léger retard, probablement nécessité par la préparation technique de l'entreprise, je puis vous assurer que les travaux sont en cours. Son Altesse a pris les choses personnellement en main, couvrant l'entreprise de sa sollicitude vigilante.*

*En quelques jours, plus de cent mille fellahs ont été mobilisés sur le parcours s'étendant du Caire à l'Ouady. Ces hommes, retirés à leurs champs, mais qui ne demandaient qu'à servir leur pays, ont fait un travail merveilleux qui défie toutes les critiques. Je viens de parcourir trente-cinq kilomètres de canal creusés ainsi en moins de trois semaines, presque sans aucun instrument. Vous auriez vu, Monsieur, la bonne grâce et l'entrain qui régnaient sur ce chantier ! Imaginez cent mille hommes s'activant au son des fifres, sans même chercher à se nourrir. C'était à qui achèverait le plus promptement sa tâche. L'approche du ramadan a stimulé le zèle de ces braves paysans dont l'état d'esprit paraîtrait incroyable si on ne les avait vus à l'œuvre.*

*La Compagnie peut être rassurée. L'effort fait par le vice-roi en cette circonstance dépasse tous ceux qui furent tentés sous ses prédécesseurs, et on ne peut que le louer de son empressement à exécuter ses promesses.*

*Albin Balanvin.*

# 11

Tante Angéline devait sa réputation de marieuse à un exploit assez rare : au cours de l'hiver 1862, elle avait casé en même temps ses trois filles, Rose, Marguerite et Violette, en leur faisant épouser trois frères, les Dabbour.

– Angéline a réussi la triangulaire, disaient ses amies avec admiration et respect.

C'était le résultat de plusieurs années de travail. Du jour où « tante Hawa » avait été mise sur la piste des trois frères Dabbour, employés dans la fonction publique, elle ne les avait plus lâchés. Alfred Falaki apportait sa pierre à l'entreprise, faisant miroiter des dots considérables : à l'entendre, chacune de ses filles partirait de la maison avec une montagne de bijoux. Il ne le disait pas ouvertement, mais les frères Dabbour mordaient à l'hameçon. Ils s'aperçurent – un peu tard – que tout cela était des mots qui n'engageaient à rien. Leurs épouses hériteraient un jour, mais en attendant on comptait sur les salaires de la fonction publique.

Tante Angéline prétendait que ses trois filles avaient fait des mariages d'amour. Elle s'extasiait sur chacun des jeunes couples, qu'elle appelait « les tourtereaux », ce qui avait le don d'agacer mon père.

La famille Dabbour était très connue dans notre communauté grecque-catholique. C'était l'un de ces noms familiers, entendus depuis toujours. Que *dabbour* veuille dire frelon en arabe ne venait même pas à l'esprit. C'est seulement quelques jours avant le mariage que quelqu'un fit le rapprochement entre Rose, Marguerite, Violette et les frelons. Dès lors, tout le monde s'en donna à cœur joie. Les jeux de mots sur les *dabbours* butinant les trois fleurs Falaki devinrent un chapitre du folklore familial.

Les premiers fruits de ces unions ne tardèrent pas à se manifester, mais au plus mauvais moment. Dans mes souvenirs, j'ai tendance à confondre un peu les différents malheurs qui s'abattirent sur nous à cette époque. Il faut dire qu'ils survinrent l'un après l'autre, presque sans intervalle, comme si le ciel voulait absolument punir l'Égypte d'une excessive prospérité.

C'est au début de l'été 1863 qu'un mal étrange fit son apparition dans les villages du Delta. Les bêtes étaient saisies de langueur puis, brusquement, s'effondraient, foudroyées. Aucun bœuf, aucune *gamousse* ne paraissait à l'abri de cette hécatombe que mon père qualifiait du nom barbare d'épizootie. J'avais cru entendre « les petites otites », et cette expression me trottait dans la tête.

Quand tout le bétail de la Basse-Égypte fut décimé, le fléau se mit à remonter le Nil. Les fellahs, privés d'animaux, ne pouvaient plus faire tourner leurs machines à irriguer, et la récolte de coton s'en trouvait compromise. Le vice-roi décida alors d'importer du bétail en grande quantité, de Syrie, de Grèce, d'Anatolie et d'Italie. Mais ces convois n'arrivaient jamais à destination. On disait que les bêtes mouraient dès leur débarquement en Égypte, ou alors qu'elles étaient accaparées au passage par les habitants d'Alexandrie qui les consommaient comme viande de boucherie.

Au Caire, nous étions privés de tout. La *molokheya* dominicale se servait sans viande et sans poulet, ce qui était une véritable aberration. L'épizootie devint le principal sujet de conversation à table, avec des détails peu ragoûtants. Alfred Falaki excellait dans ce genre de récits, comme si de la vitrine de sa bijouterie il avait vue plongeante sur la campagne :

– Les cadavres d'animaux sont jetés dans le Nil. On les voit flotter, emportés par le courant. Parfois, ils viennent s'échouer sur les berges ou obstruent les canaux. Je vous laisse deviner l'odeur !

Cette dernière phrase, qu'il répétait souvent, était redoutable, car la salle à manger me semblait alors traversée de vents suspects.

– Il y a un endroit, poursuivait l'oncle bijoutier, où des centaines de charognes se sont entassées. Elles ont formé comme un barrage, empêchant le Nil de couler. Parole d'honneur, il a fallu tirer à coups de canon pour les disperser !

« Les petites otites » disparurent aussi mystérieusement qu'elles étaient arrivées, mais pour céder la place à une autre catastrophe qui nous occuperait tout autant : le Nil montait de façon anormale.

Comme chaque été, nous suivions les progrès de la crue grâce au crieur public, le *mounadi* de notre quartier. Ce vieil homme n'avait pas l'outrecuidance d'annoncer d'emblée le nombre de coudées atteintes par le fleuve. D'une voix éraillée, il commençait par rendre hommage au Prophète. Puis il se tournait vers Allah tout-puissant pour lui demander de protéger chacun des habitants de la maison généreuse devant laquelle il se trouvait :

– Allah tout-puissant, protège le docteur Boutros… Allah tout-puissant, protège son fils Maximos…

À chacune de ces litanies, l'enfant borgne qui l'accompagnait criait *Incha'Allah !* de sa voix pointue, en tendant la main pour saisir au vol la demi-piastre qu'on lui lancerait peut-être.

Cette année-là, le *mounadi* semait le trouble sur son passage. Dans la montée des eaux limoneuses, charriant la terre rouge de Nubie, on avait vu tout d'abord une belle et bonne crue qui promettait des récoltes magnifiques. Mais, au fil des jours, le péril se précisait. En une semaine, le fleuve s'enfla de deux coudées supplémentaires. Le nilomètre de Rodah finit par dépasser vingt-trois pics, ce qui ne s'était jamais vu.

L'air grave, mon cousin Rizkallah nous annonça ce dimanche-là que la récolte de coton était menacée. Il repartit à temps pour Alexandrie : le surlendemain, le Nil dépassait la hauteur maximale prévue par l'ingénieur Stephenson, le constructeur du chemin de fer, et la voie ferrée fut inondée.

Nassif bey, qui revenait d'Assiout dans le bateau à vapeur d'un prince de la famille vice-royale, avait vu des villages entiers submergés. Les habitants étaient massés sur des monticules ou sur des digues, et appelaient l'équipage au secours. Le collègue de mon père se sentait mal à l'aise.

– Il faut faire quelque chose, dit-il au prince qui se trouvait près de lui sur le pont.

– Faire quoi ? répondit le pacha en haussant les épaules.

Et le bateau continua sa route.

C'est à la suite de cette fameuse inondation que le vice-roi mit en place un système original de surveillance des eaux du Nil. À chaque période de crue, des milliers de fellahs étaient réquisitionnés. On les plaçait tout au long du fleuve, chacun devant un tas de pierres, avec pour mission de colmater immédiatement les brèches si une digue commençait à céder. La nuit, on allumait des torches. Pour empêcher quiconque de s'endormir, un cri était lancé, qu'il fallait se passer de bouche en bouche. Ce hurlement descendait toute l'Égypte. Puis il remontait, de torche en torche. Et il repartait de nouveau, comme un immense serpent bruyant et éclairé. Cette invention me fascinait.

J'avais quinze ans quand le choléra fit son apparition à Alexandrie. C'était en juin 1865, après le retour des pèlerins de La Mecque. On ne signala tout d'abord que quelques cas isolés, et personne ne s'en alarma vraiment. Mais, au milieu du mois, le nombre des morts se mit brusquement à augmenter. Le fléau atteignit Tantah puis Le Caire…

Ismaïl pacha se trouvait dans son palais de Ras-el-Tine, à Alexandrie. Un après-midi, le bruit courut qu'il allait quitter l'Égypte pour fuir le choléra. Aussitôt, de nombreux Européens de la ville se rendirent au palais, en proie à la plus vive inquiétude. Le vice-roi les reçut, très à l'aise. Dans la salle des Pas perdus, il allait d'un groupe à l'autre, avait un mot aimable pour chacun. Jusqu'au moment où il lança un « Bonsoir, messieurs ! » et disparut dans ses appartements privés. Un peu plus tard, les personnes présentes, massées aux fenêtres, le virent monter dans la barque vice-royale et rejoindre son yacht, qui gagna le large. Le *Mahroussa* ne fut bientôt plus qu'un point à l'horizon : Ismaïl pacha était hors d'atteinte du choléra.

Ce fut la panique. Tous les paquebots en partance pour Marseille, Beyrouth ou Constantinople étaient pris d'assaut. On se battait même pour monter à bord des voiliers. Accompagné de sa famille, Adolphe Xavier-Saillard allait quitter Alexandrie en quelques heures, sans réussir à donner des instructions à un seul de ses principaux collaborateurs : ils avaient tous pris la fuite. Il courut alors au consulat de France où mon cousin Rizkallah était en train de discuter avec plusieurs personnes vociférantes qui réclamaient des places sur un bateau. M. Xavier-Saillard l'entraîna à l'écart :

– Cher ami…

C'était la première fois qu'il l'appelait ainsi.

– Cher ami, je pars en cure, comme chaque année, à Carlsbad. Je sais que je peux compter sur vous…

Rizkallah, qui avait eu lui-même la tentation de fuir, décida alors de rester à Alexandrie. Au consulat de France, il gérerait la désorganisation. Et, de l'autre côté de la place, il garderait les coffres de M. Xavier-Saillard.

En apprenant la fuite du vice-roi, le docteur Touta hocha la tête :

– Son grand-père, Mohammed Ali, nous avait fait le même coup en 1831…

Nassif bey était moins fataliste. Lui, l'Égyptien de souche, il s'indignait contre ces pièces rapportées, incapables de partager les malheurs de leur peuple d'adoption :

– Voilà ce que c'est d'avoir une dynastie turque ! répétait le médecin copte.

Marguerite, la deuxième fleur des Falaki, donna naissance à un petit Dabbour dans des circonstances difficiles, l'accoucheuse du quartier ne voulant se déplacer à aucun prix. Tante Angéline elle-même se garda de traverser la rue. Barricadée dans son appartement, elle refusait d'ouvrir la moindre fenêtre. C'était d'autant plus étonnant de sa part que les autorités sanitaires préconisaient la circulation d'air pour prévenir la maladie. Mais il faut dire qu'un grand débat agitait les médecins eux-mêmes. Le choléra était-il contagieux ou pas ? Et comment se propageait-il ?

– Par le contact direct, par les linges et les déjections, affirmait Nassif bey, qui recommandait entre autres de ne pas se saisir des pièces de monnaie sans les avoir trempées dans du vinaigre.

Le docteur Touta défendait l'autre thèse :

– Il y a une sorte d'aura cholérique, expliquait-il. Son influence malfaisante atteint ceux qui se trouvent sur son rayon, pour peu qu'ils n'aient pas usé des précautions nécessaires. Il faut éviter les excès alimentaires et les travaux excessifs qui jettent nos organes dans un affaissement favorable à l'invasion du choléra. Il faut surtout se garder des passions tristes : les personnes agitées par la crainte de la maladie en sont les premières atteintes…

Fort de cette conviction, mon père allait au-devant des malades, comme l'avait fait son maître Clot bey trente-quatre ans plus tôt. Il se partageait entre l'ambulance qui avait été installée sur l'esplanade de l'Ezbékieh et celle que les Frères des écoles chrétiennes avaient mise en place près du collège.

Toutes les nuits, de grands coups étaient frappés à notre porte. Mon père allait ouvrir puis, équipé de sa mallette et coiffé de son tarbouche, il partait soigner une personne du quartier.

Un matin, à l'aube, alors qu'il était à l'extérieur, j'entendis frapper avec insistance. Un homme très agité me réclama, au nom du docteur Touta, de l'acétate d'ammoniaque. Je savais qu'il ne fallait jamais remettre à quiconque l'un des flacons qui étaient enfermés dans le cabinet du rez-de-chaussée. Après un moment d'hésitation, je décidai de m'habiller et de porter moi-même le médicament à l'adresse indiquée.

– Faites vite ! hurla l'homme. Elle va mourir.

Dix minutes plus tard, nous pénétrâmes dans une petite pièce obscure, à l'odeur nauséabonde, presque entièrement occupée par un haut lit à trois places. Une femme d'une quarantaine d'années, au visage exsangue, était adossée contre plusieurs oreillers. Mon père lui prenait le pouls d'un air préoccupé, tandis qu'une dizaine d'enfants apeurés se tenaient dans un coin.

Saisie de crampes, la malade vomissait tous les quarts d'heure. Ses diarrhées, impossibles à arrêter, souillaient les couvertures. On n'arrêtait pas de lui faire boire des infusions de camomille ou de thé. Ayant dilué l'acétate d'ammoniaque dans de l'eau, le docteur Touta commença à lui masser les mains. Puis il releva les couvertures au bout du lit et demanda à l'enfant le plus âgé de lui masser les pieds.

J'allais partir quand mon père m'ordonna d'aller acheter des sangsues.

– Des sangsues ? fis-je d'un air stupide.

– Débrouille-toi, Maxime ! lança-t-il d'une voix sèche qui ne lui ressemblait pas. Il me faut rapidement des sangsues.

Je fis toute la rue Neuve du Mouski, frappant à chaque boutique ou maison. Les injures pleuvaient derrière les portes closes. Quelques bonnes âmes m'indiquèrent de fausses pistes. On m'envoya chez une sage-femme à la retraite, chez un épicier grec, un loueur de chameaux… Une heure plus tard, honteux et inquiet, je revins bredouille, mais personne ne me prêta attention. Les vomissements de la malade avaient cessé. Son visage avait même repris quelques couleurs. Elle était sauvée.

Toutes les nuits, en entendant frapper à notre porte, je pensais à Nada. Je rêvais qu'elle était pourchassée par le choléra et croyais entendre la voix sentencieuse de Nassif bey :

– Le fléau a une marche capricieuse. Il semble parfois hésiter, parce qu'il cherche ses victimes, compte les malheureux qu'il veut frapper. Ayant concentré ses forces, il fond sur ses proies à une vitesse foudroyante…

Je me réveillais dans un état de grande agitation. Les murs épais du couvent de Nada me rassuraient. Elle est à l'abri, me disais-je. Et je commençais à apprécier grandement ces Dames du Bon Pasteur, si soucieuses de tenir leurs pensionnaires à l'écart du monde extérieur.

Albin Balanvin avait été appelé en France à la fin du mois de mai pour une affaire de succession. Il regrettait sûrement de se trouver loin de l'épidémie et de ne pouvoir commenter avec jubilation la lâcheté de certains responsables et le manque d'organisation des autres.

Que de belles chroniques manquées ! Mais il est vrai que *Le Sémaphore d'Alexandrie* avait suspendu sa publication…

Étienne Mancelle, lui, ne quittait plus la ville d'Ismaïlia, devenue sa nouvelle patrie. Pour rien au monde, il n'aurait suivi les fuyards, partis de Suez et qui remontaient de station en station, jusqu'à la Méditerranée, laissant à chaque étape des malades et des morts. À la fin juin, il serra chaleureusement la main de Ferdinand de Lesseps qui avait eu le bon goût de revenir en Égypte pour diriger lui-même les secours dans l'isthme.

Tous les lits de l'hôpital européen d'Ismaïlia étaient occupés. Le travail sur les chantiers avait été interrompu, et les menuisiers demeurés aux ateliers ne confectionnaient plus que des cercueils.

Étienne, ne voyant pas pendant deux jours son collègue Félix Percheron, alla frapper à sa porte. Personne ne répondit. Il tambourina avec plus de force, sans succès. C'est alors qu'il se résolut à forcer la serrure.

Percheron délirait dans son lit. Ses phrases incohérentes évoquaient l'épopée des premiers ingénieurs du canal. Il y était question du golfe de Péluse balayé par les vents, des rats qui attaquaient les tentes, des Bédouins… Mancelle courut chercher du secours à l'hôpital. Une heure plus tard, il était de retour avec un médecin de la Compagnie.

– Encore un ! lâcha celui-ci, qui ne voyait plus que du choléra.

Étienne était effondré. Il rentra chez lui très triste, à la nuit tombée, se souvenant de ses nombreuses discussions avec Percheron. L'avant-veille encore, il avait subi une longue tirade de son collègue sur l'âme égyptienne :

– Le jour où vous comprendrez, mon petit vieux, que le fellah baise la main qui le frappe…

Et, un peu plus tard :

– Ne creusez pas, mon petit vieux, ne creusez pas. Vous trouveriez de vilaines choses. Dans ce pays, il faut vivre en surface.

Le lendemain, Étienne fut réveillé par des hurlements. Il ouvrit sa fenêtre, le cœur battant d'émotion. Percheron se tenait dans la rue, habillé et rasé de frais : guéri de ce qui n'était qu'une forte fièvre, il fulminait contre le salaud qui avait fracturé sa porte.

En août, quand le *Mahroussa* revint enfin à Alexandrie, le vice-roi fut accueilli par des officiers en grand uniforme. On lui fit savoir, avec tous les ménagements nécessaires, que plus de soixante mille de ses sujets avaient péri dans l'épidémie. Ismaïl pacha distribua quelques récompenses. Curieusement, le nom de Boutros Touta ne figurait pas sur les listes des personnes méritantes. Mon père ne dit rien : ce n'était pas son genre de réclamer.

Napoléon III rattraperait cet oubli l'année suivante. Le docteur Touta reçut de Paris une lettre officielle lui indiquant que sa conduite honorable avait été signalée à l'empereur, lequel daignait lui décerner une médaille en argent. Les Frères des écoles chrétiennes avaient collectivement reçu une lettre similaire. Parmi les médaillés figuraient aussi les Dames du Bon Pasteur : trois d'entre elles étaient mortes en portant secours aux malades. Les inconscientes ! J'en frissonnais rétrospectivement.

# 12

Le choléra m'a fait découvrir mon père. Je ne parle pas de son attitude héroïque pendant l'épidémie, mais de ce qui a suivi : cet homme, si discret jusque-là, a commencé à nous parler de lui. Comme si quelque chose s'était dénoué, qui le réconciliait avec son histoire.

Certes, le nom de Clot bey ne nous était pas étranger, à mon frère Alexandre et à moi. Mais nous ignorions que ce médecin français avait joué un tel rôle. Et nous découvrîmes avec une certaine surprise que notre père – comme Nassif bey, d'ailleurs – avait exercé au départ le métier d'interprète et n'était devenu médecin que par hasard.

Sa première rencontre avec le docteur Clot eut lieu un après-midi de septembre 1827. Boutros Touta avait à peine seize ans. À cette époque, on portait encore le turban – un turban bleu ou noir, la couleur blanche étant réservée aux musulmans.

– Il fait chaud, vous pouvez ôter votre coiffure, lui dit d'emblée le médecin marseillais, qui ne connaissait pas encore très bien les usages locaux.

Mon père bafouilla un remerciement, mais n'en fit rien, tout intimidé par ce personnage exubérant qui avait, à ses yeux, l'immense mérite d'être français. Venu occuper le poste de médecin-chef d'Égypte, André-Barthélemy Clot avait établi lui-même les plans de l'école d'Abou Zaabal, qui n'était encore qu'un vaste chantier en bordure du désert. Pour y arriver, Boutros était parti du Caire deux heures plus tôt, sur un petit âne gris qui transportait sa modeste garde-robe.

Le docteur Clot le reçut dans une pièce sans meubles, encombrée de gravats. Des piles de livres et divers objets s'alignaient le long des murs. Il y avait là tous les trésors que le Marseillais s'était procurés en France avant de partir : les soixante volumes du grand dictionnaire médical, des instruments de chirurgie, des planches d'anatomie… Boutros eut un haut-le-cœur en apercevant un squelette assis par terre, dans un angle de la pièce. Il apprendrait par la suite que cette merveille avait été spécialement préparée à Toulon, par les forçats attachés à l'hôpital de la Marine.

Le docteur Clot lui posa deux ou trois questions auxquelles il lui laissa à peine le temps de répondre.

– Bon, dit-il avec son accent de Marseille, vous savez le français à peu près correctement. Pour l'arabe, c'est un uléma qui jugera. Mais je vous préviens : j'exigerai de mes interprètes qu'ils s'initient aussi à la médecine. Êtes-vous prêt à apprendre l'anatomie ? Êtes-vous capable d'apprendre la pathologie ? Et la chirurgie ?

Pris de court, mon père balbutia quelques mots qui durent être pris pour une approbation. Le docteur lui demanda enfin son nom.

– Je m'appelle Boutros Touta.

– Boutros, c'est votre prénom ?

– Oui, cela veut dire Pierre en arabe.

– Je vous appellerai Pierre, c'est plus simple.

Puis, marchant à grandes enjambées dans la pièce, il se lança dans une virulente tirade :

– Le pays d'Avicenne est tombé dans la barbarie. La médecine égyptienne, aujourd'hui, est une honte. Peut-on même parler de médecine ? Dans ce pays, l'art de guérir n'est exercé que par des barbiers ignorants qui exploitent les pires superstitions. Ah, le pauvre Bonaparte n'a pas eu le temps d'y changer grand-chose ! Heureusement, votre vice-roi, Mohammed Ali, est un grand homme qui veut ramener l'Égypte à la civilisation. Il m'a chargé de réorganiser le service de santé. On va réorganiser, je vous préviens !

Pour apprendre la médecine, cent cinquante élèves musulmans avaient été sélectionnés dans les écoles coraniques. Mais ils ne parlaient que l'arabe, alors que les professeurs seraient tous français ou italiens. Le docteur Clot avait donc eu l'idée de faire appel à huit jeunes chrétiens qui serviraient d'interprètes et de traducteurs. La majorité étaient grecs-catholiques ou maronites, des *Chawam* comme papa, mais il y avait aussi parmi eux deux coptes (dont Nassif, le futur bey) et un Arménien.

Les collègues de Pierre Touta, tous plus âgés que lui, ne devaient arriver que le lendemain. Seul, dans le dortoir qui leur était destiné, il passa une nuit blanche. Devant une fenêtre encore sans vitre, qui donnait sur la plaine, il se demandait ce qu'il était venu faire dans ce lieu effrayant. Il avait peur du docteur Clot et il avait peur des ulémas. Il avait peur de la médecine, il avait peur du squelette assis. Et sa peur, dans cette nuit sans lune, était nourrie par les cris de hyènes venues déterrer des cadavres dans le cimetière voisin. « On va réorganiser, je vous préviens ! » Le docteur Clot l'avait dit sur un ton menaçant, comme s'il lui reprochait personnellement la mauvaise organisation sanitaire du pays. Ce pays qui ne le reconnaissait même pas vraiment comme l'un des siens…

Les premières semaines à l'école de médecine furent horribles. Au bord du désespoir, Pierre Touta faillit, plus d'une fois, tout abandonner et s'enfuir. Les jeunes interprètes commençaient par apprendre la leçon ; puis, ils la récitaient au professeur ; celui-ci vérifiait s'ils avaient parfaitement compris, ce qui n'était jamais le cas. Mon père et ses camarades présentaient ensuite la leçon à un uléma, lequel ne s'intéressait qu'à la pureté de la langue, beaucoup plus importante à ses yeux que le contenu de l'enseignement. Il fallait recommencer une fois, deux fois, trois fois… À la fin, les interprètes ne savaient même plus ce qu'ils disaient.

Pierre Touta ne trouvait guère de réconfort parmi ses camarades d'infortune. Dans cette tension permanente, chaque interprète ne se souciait que de lui-même, en se gaussant des malheurs du voisin. Mais c'était l'impossibilité de se situer qui pesait le plus à mon père : il avait le sentiment de ne posséder aucune langue et de n'appartenir à aucun camp. Son français laissait à désirer, son arabe aussi. Les professeurs le considéraient comme un élève, et les élèves le méprisaient souverainement. Il était entre deux langues, entre deux cultures, entre deux statuts. Un sentiment que je connaîtrai moi aussi par la suite…

C'est à un moine de notre Église melkite que Pierre Touta dut, si je puis dire, son salut. Linguiste de haut niveau, don Raphaël traduisit en arabe, pour le docteur Clot, deux ouvrages fondamentaux : un traité de physiologie en 1827 et un traité d'anatomie pathologique l'année suivante. Les huit jeunes chrétiens consultaient ces trésors à tout bout de champ. Peu à peu, à force de chercher le mot juste, de manier des concepts précis, ils devinrent des interprètes convenables, en attendant de devenir d'excellents élèves, sans doute parmi les meilleurs d'Abou Zaabal.

– Je vous préviens, avait dit le docteur Clot dès le premier jour, j'exigerai de mes interprètes qu'ils s'initient aussi à la médecine.

Sur le coup, trop ému, Pierre Touta ne s'était guère préoccupé de ce détail. Lui, qui ne supportait pas la vue d'une plaie ouverte, il allait être servi !

Un matin, on transporta dans le grand amphithéâtre un soldat souffrant le martyre : il s'était brisé l'épaule trois mois plus tôt et avait été trimballé d'une caserne à l'autre, avant d'arriver finalement à Abou Zaabal. Jamais mon père n'oublierait les cris de cet homme, maintenu de force sur un siège tandis qu'on dégageait la zone à soigner.

Mais, dans l'esprit du docteur Clot, les interprètes ne devaient pas seulement être présents à toutes les démonstrations. Plus d'une fois, au cours de l'hiver 1828, il mit un bistouri dans les mains de Boutros en l'invitant à répéter le geste qu'il venait d'exécuter. Le jeune homme s'y employait en tremblant, ce qui mettait le médecin hors de lui.

– Vous voulez vraiment agrandir la plaie ? tonnait-il.

Les élèves n'avaient pas besoin d'un interprète pour accabler Pierre Touta de leurs ricanements.

L'année suivante, l'école d'Abou Zaabal fut le théâtre d'une délicate polémique : le docteur Clot voulait enseigner la dissection, et les ulémas s'y opposaient vivement, au nom de l'islam. Cet obscurantisme révoltait le médecin français.

– Ils trouvent normal, criait-il, de châtrer de pauvres enfants pour en faire des eunuques, et ils ne veulent pas faire souffrir les cadavres !

L'un des camarades de mon père – je crois bien que c'était Nassif – suggéra alors une parade au docteur Clot : pourquoi ne pas faire venir des cadavres de soldats nègres ? L'islam serait sauf puisque l'exercice se déroulerait sur des idolâtres, inférieurs aux juifs eux-mêmes… L'idée parut astucieuse, et les ulémas voulurent bien fermer les yeux. Les premières dissections eurent lieu tout de même en secret, dans le grand amphithéâtre fermé à double tour et protégé par des gardes qui ignoraient ce qui s'y passait. Une porte discrète communiquait avec la salle où les morts étaient entreposés et lavés selon les prescriptions islamiques.

C'est au cours de l'une de ces séances qu'un certain Achmouni, un élève au regard sombre, s'avança vers le docteur Clot. Arrivé à sa hauteur, il tira de son vêtement un bistouri à lame mobile et lui porta plusieurs coups. Par chance, la lame se referma. Le médecin-chef saignait néanmoins de la tête et présentait une blessure au bras.

Le ministre de la Guerre vint en personne à l'école d'Abou Zaabal pour juger l'agresseur, mais refusa d'entendre la déposition du docteur Clot parce qu'il était chrétien. Le coupable fut condamné aux galères d'Alexandrie. On ne sut jamais si cette peine fut effectivement exécutée.

À partir de ce jour, Pierre Touta se sentit plus proche du docteur Clot, qui l'avait pris en amitié. Le médecin français semblait moralement atteint par ce drame, mais sa détermination était intacte. Et quand éclata la guerre de Syrie, peu après, il n'hésita pas à faire sabrer et fusiller des cadavres dans le grand amphithéâtre pour apprendre aux élèves à réduire certaines fractures. Voyant que la main de Boutros continuait à trembler, il finit par lui lancer :

– Cessez donc, mon cher Pierre, de penser à votre petite personne. Pensez à ceux qui souffrent et que vous allez soulager.

Je crois que ce jour-là mon père est devenu médecin.

# 13

Tante Angéline fabule évidemment quand elle affirme que le jeune docteur Touta, à sa sortie de l'école de médecine, donna des cours d'arabe à l'un des principaux cheikhs de l'Azhar. Mais il est vrai que mon père connaît cette langue à la perfection. En frappant à sa porte, Walid el-Ahlaoui n'avait pas fait un mauvais choix.

Les leçons du vendredi soir furent interrompues pendant l'épidémie de choléra. Elles s'arrêtèrent définitivement quelques mois plus tard quand le jeune officier fut mobilisé pour aller combattre en Crète.

J'avoue que je le vis partir sans déplaisir : la complicité qui s'était instaurée entre lui et Nada à deux ou trois occasions m'inquiétait, même s'ils n'avaient eu aucune autre possibilité de se rencontrer. Nul, d'ailleurs, n'aurait imaginé une histoire d'amour entre un fils de paysans musulmans et une jeune fille chrétienne en pension chez les Dames du Bon Pasteur. Cela ne m'empêchait pas de faire des cauchemars épouvantables : je rêvais que Nada me suppliait de transmettre à Walid un billet, curieusement rédigé en turc ; qu'elle rencontrait l'officier dans une ruelle, derrière son couvent ; qu'elle était même enceinte de lui et que, pour étouffer le scandale, mon père faisait appel à une accoucheuse discrète, après avoir marié en catastrophe Nada à Rizkallah…

En Crète, Walid el-Ahlaoui fit une guerre étrange. C'est à la demande insistante du sultan que les soldats égyptiens avaient été envoyés combattre les insurgés grecs dans l'île. Ni la France ni l'Angleterre ne voyant d'un bon œil cette opération militaire, Ismaïl pacha louvoyait. Ses généraux avaient pour mission de séduire les Crétois, de les acheter au besoin, et de ne faire la guerre qu'en dernière extrémité, avec un luxe de précautions.

Le bataillon de Walid campait près d'Apocorona, dans une région malsaine, où sévissaient des fièvres pernicieuses. Par une cruelle ironie du sort, c'est sur les Égyptiens et non sur les troupes turques que les premiers coups des insurgés allaient pleuvoir. Cernés, manquant de vivres et affaiblis par la maladie, ils subirent le feu de l'adversaire pendant plusieurs jours, sans vraiment réagir. Walid interrogeait fébrilement ses supérieurs directs : ils semblaient aussi perplexes que lui. La tactique du général en chef ne relevait d'aucun manuel militaire… Cette non-bataille, qui se termina par une honteuse retraite, laissa un souvenir cuisant au jeune officier.

Devenu méfiant à l'égard des soldats égyptiens, le commissaire impérial ottoman décida de les incorporer dans les troupes turques. C'est donc aux côtés des bachi-bouzouks, quelques semaines plus tard, que le régiment de Walid donna l'assaut au monastère fortifié d'Arcadi. Cette citadelle, occupée par un demi-millier de Crétois, était protégée par une tour, bourrée de munitions. Huit compagnies égyptiennes reçurent l'ordre de s'en approcher et d'y mettre le feu, tandis que les forces impériales attaquaient de l'autre côté. Ce fut une furieuse bataille, avec de nombreux morts de part et d'autre.

Le drapeau du 7e régiment d'infanterie égyptienne flotta, le premier, sur les murailles du monastère dévasté. Le lendemain, Walid el-Ahlaoui fut promu *yousbachi*. Il l'annonça fièrement à mon père dans une lettre – la première qu'il rédigeait. Le docteur Touta y releva quatorze fautes, se promettant d'en faire part à son élève à une prochaine occasion.

Entré à reculons dans cette guerre, le vice-roi avait dû, au fil des semaines, engager de plus en plus de moyens pour éviter une humiliation à l'armée égyptienne. Son propre yacht, le *Mahroussa*, avait transporté deux mille hommes en renfort sur le champ de bataille. Ismaïl pacha voulait maintenant profiter des événements de Crète pour arracher au sultan de nouvelles concessions, qui rendraient l'Égypte un peu plus indépendante.

Nassif bey, toujours bien informé, avait dit à mon père :

– Le vice-roi est décidé à se doter d'une véritable armée. Il veut l'équiper de fusils à aiguille et garnir les côtes de canons américains. Nous aurons même une marine militaire.

– Il faudra payer tout ça…

– Eh oui ! Il faudra payer les armes, et payer le sultan pour qu'il nous autorise à les acheter… J'imagine qu'un nouvel impôt sera levé dans les campagnes. Mon cher Boutros, pour les gens qui nous gouvernent, le fellah est comme un sac de farine : même vide, il en reste toujours quelque chose ; il suffit de le battre.

Mais Ismaïl pacha préparait d'autres nouveautés, avec de nouvelles dépenses en perspective. J'avais seize ans, en mai 1866, quand nous apprîmes qu'un firman lui accordait l'hérédité en ligne directe : le trône d'Égypte ne reviendrait plus au membre le plus âgé de la famille vice-royale mais à l'aîné de ses propres enfants. Cette annonce fit sensation au Caire et occupa nos discussions familiales.

– C'est une mesure de bon sens, disait mon père. L'hérédité en ligne directe supprime toutes les manœuvres en vue de la succession.

Rizkallah apporta un éclairage diplomatique :

– Le sultan Abdel Aziz a concédé à Ismaïl la succession en ligne directe parce qu'il aimerait bien appliquer cette formule à sa propre famille. Il ne lui déplaît pas que l'Égypte en fasse l'expérience la première et lui ouvre la voie.

– Et combien le sultan va-t-il encaisser pour l'hérédité directe ? demanda Alfred Falaki, qui ne comprenait que les explications chiffrées.

– On parle de soixante-dix mille bourses par an.

– C'est beau.

L'oncle bijoutier disait toujours « c'est beau » dans ces cas-là, comme un amateur de peinture devant une toile de maître.

Moins d'un an après, Ismaïl obtint le titre de khédive. La nouvelle fit encore plus de bruit au Caire, même si personne ne savait très bien ce que signifiait ce mot. Pour certains, c'était « celui qui succède » ; pour d'autres, « le seigneur ». Mais tout le monde s'accordait à dire que khédive sonnait très bien et donnait au vice-roi une place à part dans l'Empire ottoman. Dix autres appellations avaient été proposées au sultan Abdel Aziz, qui les avait toutes refusées.

– Ismaïl aurait préféré le titre d'aziz, précisa Rizkallah. Mais c'était impossible.

– Je ne vois pas pourquoi c'était impossible, dit Lolo, qui ne voyait jamais rien.

– Réfléchis. Le sultan s'appelle Abdel Aziz.

– Bon.

– Et Abdel Aziz signifie « le serviteur du puissant ».

– Bon, et alors ?

– Et alors, abruti, on n'imagine pas que le commandeur des croyants puisse être le serviteur de son vassal, le vice-roi d'Égypte !

À l'autre bout de la table, Alfred Falaki demandait :

– Et combien, pour le titre de khédive ?

– On ne le sait pas encore. Mais Ismaïl vient d'avancer à la Porte trois cent soixante-cinq mille livres sterling.

– C'est beau.

# 14

La médaille décernée par Napoléon III était venue rappeler le scandaleux oubli dont mon père avait été victime de la part des autorités égyptiennes. Il était un peu tard désormais pour se rattraper en lui octroyant, par exemple, le titre de bey : une nomination effectuée plus d'un an après l'épidémie de choléra n'aurait fait que souligner l'erreur commise.

Au printemps 1867, l'idée d'un lot de consolation fut discrètement suggérée au palais par Nassif bey : pourquoi ne pas inclure le docteur Boutros Touta parmi les personnalités qui accompagneraient le vice-roi à Paris pour l'Exposition universelle ? La suggestion fut retenue par le grand chambellan et, un matin de juin, mon père apprit par un messager à cheval qu'il devait préparer ses bagages pour embarquer à Alexandrie huit jours plus tard.

Il en fut extrêmement ému : non pas de l'honneur qui lui était fait – Boutros Touta se fichait des honneurs – mais de la possibilité de se rendre en Europe pour la première fois de sa vie, à cinquante-six ans.

Le khédive Ismaïl, accompagné de Ferdinand de Lesseps et de plusieurs pachas, quitta le port d'Alexandrie à bord du *Mahroussa*. Mon père se trouvait avec diverses personnalités d'un rang moins élevé dans un autre bateau, le *Masr*, commandé par Poisson bey, le bien nommé. Les portes intérieures de ce palais flottant étaient en bois de citronnier, avec des serrures et des charnières en argent. Sur le pont, par mer calme, mon père eut d'intéressantes conversations avec le célèbre astronome Mahmoud bey, directeur du service cadastral, dont plusieurs travaux devaient être exposés à Paris. Le savant se plaignait amèrement du manque d'étalons officiels en Égypte :

– Trouvez-vous normal, docteur, que pour les mesures de longueur nous ayons cinq espèces de piks, différents selon l'usage qu'on en fait ? Pourquoi ne mesure-t-on pas les étoffes avec la même unité que pour les soieries ou les draps ? Et pourquoi chaque ville a-t-elle son propre instrument de mesure ? Le pik de Tantah n'est pas le même que celui d'Alexandrie, qui n'est pas celui du Caire… Un pays civilisé ne peut vivre de la sorte ! J'en parlerai à Son Altesse.

L'entrée de la frégate vice-royale dans la rade de Toulon fut saluée par les vaisseaux pavoisés de la flotte, tandis que l'artillerie des forts tirait sans discontinuer. Ismaïl pacha, accompagné de Ferdinand de Lesseps et des autres membres de sa suite, monta dans le train impérial mis à sa disposition. À Marseille, où une garde d'honneur de cent hommes l'attendait, les tambours battaient aux champs. Le khédive soupa au buffet de la gare, tandis que la musique du 38e régiment jouait des airs. Une petite foule était massée derrière les vitres de la galerie, partageant sa curiosité entre le souverain d'Égypte et le promoteur du canal de Suez.

C'est le baron Haussmann, préfet de la Seine, qui reçut Ismaïl à sa descente de train à Paris. Cinq voitures de la cour en grande livrée, escortées de lanciers de la garde impériale, le conduisirent au palais des Tuileries, avec tous les honneurs dus à une tête couronnée. L'ambassadeur du sultan faillit s'étrangler en entendant un chambellan annoncer d'une voix puissante : « Sa Majesté le roi d'Égypte ! » Ce n'était qu'une erreur…

Napoléon III, souffrant d'une crise de rhumatismes, ne se montra pas, mais l'impératrice attendait Ismaïl dans le salon du Premier Consul. Le khédive fut ébloui par Eugénie, sans se douter que Son Auguste Maître, le sultan, tomberait amoureux d'elle quelque temps après… Ismaïl fut reconduit avec le même cérémonial qu'à l'arrivée jusqu'au bas du grand escalier, bordé par deux rangs de cent-gardes. Des voitures de la cour l'amenèrent avec sa suite au pavillon de Marsan où des appartements leur étaient réservés.

Mon père découvrit Paris avec stupéfaction. La majesté et la richesse de la ville dépassaient tout ce qu'il avait imaginé. Il se laissa conduire des Tuileries à l'Hôtel de Ville, de l'Hôtel de Ville à l'Opéra, de l'Opéra au Châtelet… Ce fut un tourbillon de dîners, de concerts, de promenades en tous genres, sans compter les visites aux différents pavillons de l'Exposition universelle, sur le Champ-de-Mars.

Ismaïl pacha lui-même, qui avait fait des études à Paris du temps de Louis-Philippe, semblait très impressionné par les transformations apportées par M. Haussmann. En compagnie de son ministre des Affaires étrangères, l'Arménien Nubar pacha, il découvrait les Grands Boulevards, la rue de Rivoli, l'avenue de l'Opéra, les nouveaux ponts jetés sur la Seine, le jardin du Luxembourg, le parc Monceau…

Avant d'arriver au pavillon égyptien, les visiteurs pouvaient voir une dahabieh amarrée sur la Seine. Ce bateau à voile triangulaire, somptueusement décoré, avait été remorqué d'Alexandrie à Marseille, puis était monté jusqu'à Paris par les canaux et les fleuves. La princesse Mathilde y fut solennellement accueillie un après-midi. Pour la conduire à Saint-Cloud, douze Nubiens en uniforme d'apparat descendirent la Seine à l'aviron.

Le pavillon égyptien attirait tous les regards. Sous la direction du célèbre Mariette bey, un temple pharaonique avait été scrupuleusement reconstitué, avec des statues en plâtre peint et de nombreux objets précieux provenant du musée du Caire. Une momie vieille de vingt siècles fut ouverte en présence de l'empereur et de l'impératrice. Eugénie se boucha le nez, mais le prince impérial s'y intéressa vivement et emporta même une partie des bandelettes en souvenir.

Un bazar arabe avait été installé un peu plus loin, avec une galerie couverte, percée de moucharabiehs aux mailles serrées. Des artisans venus du Caire, accroupis par terre et entourés de leurs ustensiles, s'activaient devant les visiteurs. Orfèvres, tourneurs et chibouquiers offraient le café turc à leurs clients.

Ismaïl avait fait construire aussi un somptueux *selamlik*, où il recevait les notabilités parisiennes. Ce bâtiment au portail monumental, flanqué d'une coupole et de colonnettes en marbre blanc, était couvert d'arabesques. Assis sur un divan de satin rouge, fumant le narguilé, le khédive semblait d'excellente humeur. C'est là que mon père put le voir de près et même s'entretenir brièvement avec lui à deux reprises.

À l'Exposition, Ismaïl pacha était toujours coiffé du tarbouche. C'est, du reste, à cela qu'on le reconnaissait. En ville, quand il voulait passer inaperçu, il ôtait sa coiffure, tirait de son paletot un chapeau à ressort, le faisait bondir d'un coup de poing et le posait sur sa tête avec élégance.

– Un matin, racontait papa, nous l'avons vu arriver au pavillon égyptien avec une heure de retard : il venait de passer chez un célèbre tailleur pour commander quatorze douzaines de pantalons, huit douzaines de gilets et autant de redingotes !

En l'honneur du khédive, le baron Haussmann donna un grand dîner à l'Hôtel de Ville, auquel assistèrent tous les ministres de l'empereur, les présidents des grands corps de l'État et les maréchaux de France. La salle du trône était décorée de drapeaux tricolores et de drapeaux rouges au croissant et à l'étoile d'or. Le dîner fut suivi d'un concert dans le salon des Arcades, en présence de cinq cents personnes, et Mlle Roze chanta *Plaisir d'amour*.

Le khédive était infatigable. Un jour, il recevait le conseil d'administration de la Compagnie de Suez, déjeunait chez le baron de Rothschild, puis suivait un débat au Palais législatif ; le lendemain, il assistait au steeple-chase de Vincennes, visitait l'hôtel de la Monnaie ou les écuries de l'empereur… Sa passion pour le théâtre trouvait presque chaque soir des occasions de s'exprimer. Il se montra à l'Opéra, au Châtelet, au Français et, bien sûr, aux Variétés pour écouter et réécouter l'éblouissante Mlle Schneider, sa maîtresse du moment, qu'il n'était pas le seul à honorer. La loge de la célèbre actrice avait été baptisée « le passage des princes »…

Mais, pour mon père, l'un des moments les plus marquants de ce séjour à Paris fut l'audience accordée par le khédive aux adversaires de l'esclavage. Il se trouvait dans la salle, en compagnie de l'astronome Mahmoud bey, quand ces messieurs, français et anglais, demandèrent à Ismaïl quelles mesures il entendait prendre pour mettre fin à ce scandale.

– Je suis très sensible à votre démarche, répondit le vice-roi, étant moi-même fermement opposé à l'esclavage. Mais, voyez-vous, cette pratique dure en Égypte depuis douze siècles. Elle ne saurait être abolie en un jour. Le seul moyen d'y mettre fin est d'attaquer le mal à la racine : il faut supprimer la traite. Moi, je la réprime tant que je peux. Mais le gouvernement égyptien ne peut sévir que contre ses propres sujets : ce sont des Européens, protégés par leurs pavillons, qui, sous prétexte de chercher de l'ivoire au Soudan, enlèvent des hommes, des femmes et des enfants pour les vendre ensuite comme esclaves. Si la traite persiste, c'est à l'Europe qu'il faut le reprocher.

Ces messieurs prirent poliment congé du khédive, sans avoir été vraiment convaincus par son argumentation.

– Quand je pense, murmura Mahmoud bey en souriant, qu'Ismaïl a quatre épouses légitimes, que chacune d'elles a six esclaves blanches, des dizaines d'esclaves noires, et que ce sont des hommes émasculés qui surveillent son harem…

Mon père évita de répondre : un chrétien n'avait pas à commenter ces choses, qui ne le regardaient pas. Il était tout prêt, en revanche, à débattre de nouveau des questions qui préoccupaient réellement l'astronome : par exemple, l'existence en Égypte de cinq calendriers différents.

– C'est absurde, disait Mahmoud bey. Tout le monde s'embrouille. Trouvez-vous normal, docteur, que les propriétaires se servent du calendrier arabe parce qu'il leur fait gagner dix ou onze jours par an ? Un pays civilisé ne peut continuer à vivre ainsi. J'en parlerai à Son Altesse.

Ils regagnèrent l'Égypte, après un détour par Constantinople. Le *Masr*, toujours conduit par Poisson bey, transportait les cargaisons d'objets achetés par le khédive dans les magasins parisiens. Quant au *Mahroussa*, il abritait un certain nombre de passagers supplémentaires : les cuisiniers et domestiques français qu'Ismaïl pacha avait recrutés à Paris pour donner un nouvel éclat à son règne.

# 15

Nous vîmes très vite, au Caire, les effets du voyage khédivial. La voiture d'Ismaïl pacha n'était plus précédée par des *saïs* pieds nus, mais par des piqueurs à cheval, portant la veste rouge, comme les postillons des services des postes de l'empereur des Français. Au palais d'Abdine, les invités croisaient des laquais aux perruques poudrées, en culotte courte, et des huissiers vêtus de noir, avec une chaîne sur la poitrine.

Certains Cairotes ricanaient peut-être. Moi, j'étais fasciné par ce souverain qui disait autour de lui :

– Mon pays n'est plus en Afrique. Nous faisons partie de l'Europe.

N'ayant pas eu, comme mon père, la chance d'aller à Paris, je laissais Paris venir à moi. Le dimanche, à la tombée du jour, j'aimais me poster sur la promenade de Choubra pour voir passer le vice-roi en grand équipage. Parfois, ce n'était pas Ismaïl qui se montrait, mais ses épouses ou ses filles, dans des voitures fermées, avec des cochers anglais ou français portant le chapeau et la cocarde.

À Paris, le khédive avait été ébloui par les travaux d'urbanisme du baron Haussmann. Il voulait, à son tour, percer des avenues, dessiner des places et aligner les façades des maisons, pour faire du Caire une ville moderne qui impressionnerait les visiteurs étrangers lors de l'inauguration du canal de Suez.

– Le Caire va devenir un vrai Paris, expliquait Alfred Falaki, en commentant les projets du khédive.

Des dizaines d'hectares avaient été dégagés et nivelés entre la place de l'Ezbékieh et les palais de la rive du Nil. Ismaïl concédait gratuitement des lots à toute personne qui s'engageait à construire rapidement un immeuble d'au moins deux mille livres. L'oncle bijoutier figurait parmi les premiers inscrits.

*CORRESPONDANCE DU CAIRE*
*À Monsieur le Directeur*
*du Sémaphore d'Alexandrie*

*Le Caire, le 25 novembre 1867*

*Je vous écris, Monsieur, au milieu de la poussière et du bruit. On n'entend plus ici que le choc des marteaux. Le centre du Caire est devenu un immense chantier. On rase, on abat, on détruit avec fureur, en appliquant scrupuleusement les recettes de M. Haussmann. Cette ville jadis pleine de charme a été sommée de ressembler à Paris dans les plus brefs délais. Tout doit être prêt pour l'inauguration du canal de Suez dont la date n'est pas encore fixée.*

*Vous connaissez l'Ezbékieh, cette immense esplanade en pleine ville, plantée de sycomores, de gommiers, de caroubiers et de citronniers. Oubliez-la, Monsieur. J'ai l'honneur, sinon le plaisir, de vous annoncer que l'Ezbékieh sera remplacée par un vulgaire Bois de Boulogne.*

*Cette oasis a été réduite de moitié pour céder du terrain à la spéculation. On est en train de l'entourer d'une haute grille, comme le parc Monceau. Quatre grandes routes bordées de trottoirs la traverseront, et un bassin gigantesque prendra place à leur intersection. Tout autour, on nous annonce un opéra, un théâtre et un cirque. Oui, vous avez bien lu, un cirque qui sera confié à M. Raincy.*

*Partant de l'Ezbékieh, un boulevard a pour mission d'aller jusqu'à la Citadelle, à n'importe quel prix. Selon mes calculs, cette fantastique trouée devrait supprimer ou écorner quelque sept cents maisons ou monuments. Les bâtiments récalcitrants seraient détruits au canon. Si certains habitants ont été expropriés, d'autres se retrouvent avec une moitié de maison, et sont invités à rebâtir une nouvelle façade, à l'alignement.*

*Soyons honnêtes, Monsieur : toutes les mosquées un peu délabrées du Caire n'ont pas été décapitées. Beaucoup sont seulement repeintes. L'ocre et le rose cèdent la place à des rayures éclatantes de couleur blanche et rouge sang. C'est du plus joli effet, comme vous pouvez l'imaginer.*

*Les propriétaires de plusieurs palais ne se contentent pas de remplacer leurs moucharabiehs par des persiennes et d'adopter les matériaux les plus prétentieux du néo-gothique italien. Ils font détruire leurs plafonds à solives enluminées et leurs carreaux d'ancienne faïence persane. Ce ne sont plus que salons blanc et or, aux ciels d'azur, avec des meubles d'acajou tendus de moleskine.*

*Dans les rues, les arbres cèdent la place à des réverbères de fonte. Nous commençons à être éclairés au gaz. Vive le progrès, Monsieur ! Le Caire des Fatimides et des Abbassides, Le Caire des Omeyyades est en train d'adopter un style de casino.*

*Albin Balanvin.*

# 16

Jusqu'à cette année 1867 – l'année de mes dix-sept ans –, je crois qu'aucun Français n'avait franchi le seuil de notre maison. Il faut dire que nous vivions dans des univers différents. Les Européens nous considéraient plus ou moins comme des indigènes et, dans les circonstances où nous les côtoyions, ils étaient toujours nos supérieurs : à l'hôpital, jadis pour mon père, sous les ordres du docteur Clot ; au collège, pour moi, sous la coupe des Très Chers Frères ; au consulat général de France, pour Rizkallah... Dans cette Égypte fascinée par l'Europe, les Européens se sentaient en terrain conquis. Nous ne jouissions ni du même prestige ni des mêmes privilèges.

Mais, depuis l'Exposition universelle, le regard de mon père avait changé. Il paraissait beaucoup plus à l'aise devant les Français, comme si le simple fait d'avoir aperçu leur pays, avec ses merveilles et ses limites, l'autorisait à les fréquenter. L'excellent accueil fait au khédive à Paris rejaillissait en quelque sorte sur lui. Le docteur Touta avait vu l'Égypte admirée et respectée sur les bords de la Seine. Et c'est peut-être parce qu'il se sentait un peu plus égyptien désormais qu'il pouvait mieux entrer en contact avec les Français.

Mon père nous annonça ainsi, le plus naturellement du monde, qu'Étienne Mancelle était de passage au Caire et qu'à cette occasion il avait invité aussi Albin Balanvin à notre prochain déjeuner dominical. Deux Français d'un coup ! Je m'inquiétais secrètement de cette rencontre avec la famille. Comment se comporterait tante Angéline ? Lolo ne nous ridiculiserait-il pas avec ses guêtres ? Et l'oncle Boctor ? Mon Dieu, l'oncle Boctor !

C'était surtout le regard de Balanvin qui me préoccupait, car chez nous à table on parlait à tort et à travers. Personne ne résistait au plaisir de bien raconter une histoire, fût-elle fausse. Et il se trouvait toujours cinq ou six intervenants pour contester bruyamment les propos de l'orateur, avec des affirmations tout aussi approximatives, proférées avec le même aplomb. Comment réagirait le journaliste, soucieux par définition de la véracité des faits ? Avec son style caustique, Balanvin risquait de créer un incident.

À mesure que le dimanche approchait, je me faisais tout un monde de ce déjeuner. Le docteur Touta, au contraire, paraissait ravi d'offrir une *kobeiba* à ses hôtes et avait été étonné de m'entendre suggérer un menu moins oriental. Mon frère Alexandre ne m'était d'aucun secours dans cette épreuve : avec son insouciance habituelle, il se promettait de demander à Albin Balanvin un numéro dédicacé du *Sémaphore d'Alexandrie*. Quant à Lolo, ayant appris la venue d'un ingénieur français du canal de Suez, il ne se tenait plus…

Ce dimanche-là, une grande agitation régnait à la maison. On s'était dit au dernier moment que les Français préféreraient peut-être du vin à l'arak, et il avait fallu aller en acheter en catastrophe.

Notre bonne, Oum Mahmoud, avait perdu ses repères. Au point de laisser choir une gargoulette *avant* l'arrivée des hôtes redoutés, comme si cela pouvait empêcher leur venue…

Nada était à la maison depuis le milieu de la matinée pour participer aux préparatifs. Ses éclats de rire ne suffisaient pas à dissiper l'angoisse qui m'étreignait.

À une heure tapante, Étienne Mancelle frappa à la porte. Il semblait ravi de nous retrouver et me serra chaleureusement la main. Toujours aussi maigre, l'ingénieur portait la marque du désert sur son visage. Ce hâle lui donnait un air plus viril. On lui offrit aussitôt du vin, mais il préférait boire de l'arak.

À peine avait-on commencé à l'interroger sur son voyage que j'entendis avec effroi la voix de tante Angéline :

– *Hawa, hawa !*

– Mais toutes les fenêtres sont ouvertes, *ya sitt Angelina !* gémissait Oum Mahmoud dans l'entrée.

Avec une grosse chaîne de montre sur sa stambouline noire, Alfred Falaki, le bijoutier, ressemblait à un huissier du palais. Il avait au doigt une émeraude du plus mauvais goût. Lolo suivait, équipé de ses guêtres, évidemment. Et leur bonne fermait le ban, portant sur la tête un immense plateau de *kobeiba* dont le fumet se mêlait au parfum de bergamote de tante Angéline.

D'autres membres de la famille arrivaient, les uns après les autres, dans un grand désordre et des éclats de voix. Rose, Marguerite et Violette, accompagnées de leurs époux, les trois frères Dabbour, employés dans la fonction publique, donnaient des nouvelles de leur progéniture respective. Il y avait toujours un enfant en route chez l'une de mes cousines. C'était leur seule raison d'être, leur principal sujet de conversation.

Je faillis ne pas voir entrer Albin Balanvin, boitillant, avec sa canne à pommeau de nacre. Mais mon père l'entourait déjà et faisait les présentations. Le regard d'aigle du journaliste me transperça.

– Tout à l'heure, monsieur, pourriez-vous me dédicacer un numéro du *Sémaphore d'Alexandrie* ? demanda mon frère, à qui j'avais pourtant défendu d'importuner notre hôte.

– Pourquoi tout à l'heure ? répliqua Balanvin avec le demi-sourire qui ne quittait pas ses lèvres. Apportez-moi une plume.

Je me détendis peu à peu. Rizkallah, élégant et très à l'aise, faisait parfaitement la liaison entre les deux invités et les membres de la famille : j'avais oublié qu'à Alexandrie mon cousin rencontrait des Français à longueur de journée.

Un verre d'arak à la main, Albin Balanvin semblait intéressé par ce que lui racontait Alfred Falaki sur les prix fluctuants du diamant. Étienne Mancelle avait trouvé en Lolo un auditeur attentif qui buvait ses paroles et heureusement ne disait rien. Mon père, souriant, bavardait avec Nada dans un coin de la pièce. Je me sentais mieux.

– À table ! La *kobeiba* n'attend pas ! cria tante Angéline qui, depuis la mort de ma mère, faisait office de maîtresse de maison.

Le docteur Touta plaça sa sœur en face de lui, encadrée par les deux Français. L'oncle Boctor fut exilé en bout de table, entre Rose et Violette dont les criailleries étaient censées couvrir ses jurons. Quant à moi, j'avais réussi à me glisser à la gauche de Nada.

Très vite, le déjeuner prit son rythme de croisière, avec des cris, des rires et mille conversations enchevêtrées, interrompues de temps en temps par la voix talentueuse d'un orateur qui retenait l'attention de l'auditoire par un récit un peu arrangé.

Angéline agitait son éventail en faisant les gros yeux à l'une des deux bonnes qui passait le plateau du mauvais côté.

– J'imagine, cher monsieur Mancelle, que vous connaissez la *kobeiba*, fit mon père.

– Oh, ce n'est pas un menu très fréquent dans notre isthme, répondit l'ingénieur. Mais cela me tente énormément.

– Vous n'auriez pas dû mettre de *tehina* sur la viande, dit tante Angéline. Ça change le goût.

Un débat bruyant et désordonné s'engagea aussitôt sur la meilleure manière de manger la *kobeiba*. Alfred Falaki soutenait avec force que le goût du sésame s'imposait, au contraire, et qu'il fallait même badigeonner la viande de *tehina*. Plusieurs dames s'élevèrent immédiatement contre cette théorie dangereuse.

– Parole d'honneur, vous ne connaissez rien à la *kobeiba* ! criait le bijoutier.

Ses gendres entraient dans la discussion, et même l'oncle Boctor vociférait au bout de la table pour exposer son point de vue… Le docteur Touta jugea bon de clore provisoirement ce débat éternel :

– Alors, monsieur Mancelle, où en sont les travaux du canal de Suez ?

– Comme vous le savez, docteur, il n'y a plus de fellahs sur nos chantiers…

– Ils ont tous été transférés dans les propriétés du vice-roi, remarqua Balanvin.

Un chahut approbateur lui fit écho. L'ingénieur attendit une accalmie pour poursuivre :

– La Compagnie a dû engager, à grands frais, des ouvriers libres. Aujourd'hui, nos terrassiers sont arabes, mais nos marins sont grecs. Et ce sont des mineurs piémontais qui manient les explosifs. Il y a aussi des Dalmates, des Monténégrins… Beaucoup de têtes chaudes et de cerveaux brûlés, mais dans l'ensemble cette armée de travailleurs combat vaillamment pour le Progrès.

– L'Angleterre pensait condamner le canal en faisant supprimer les contingents fellahs, remarqua mon père.

– Son plan a avorté, cher docteur, grâce à la Machine. Les excavateurs conçus par Couvreux et les dragues à long couloir de MM. Borel et Lavalley font merveille. Je puis vous assurer que, nulle part dans le monde, la mécanique et la vapeur n'ont été employées de manière aussi intelligente et aussi vigoureuse. De Port-Saïd à Suez, le canal maritime est attaqué sur toute la ligne, à toute profondeur et à toute largeur.

– Mais qui creuse ? demanda Lolo qui n'avait pas bien compris.

– Les machines, monsieur ! Les machines ! Certaines d'entre elles peuvent extraire jusqu'à trois mille mètres cubes dans la journée. Les dragues du canal de Suez dépassent en force et en dimension tout ce qui a été construit dans le genre. Imaginez ces colosses mécaniques vomissant leurs sombres panaches de fumée en plein désert, sur le fond bleu du ciel… Ce sont des chapelets de godets, tournant au moyen de la vapeur, qui creusent le sol et enlèvent la terre. Mais il ne suffit pas de creuser. Encore faut-il pouvoir évacuer les déblais.

– Je ne vois pas…

– Normalement, il suffit d'une rigole en bois. Mais lorsque les dragues reculent, pour creuser au centre du canal, à plusieurs dizaines de mètres du rivage, ce couloir ne fonctionne plus. On peut l'allonger, mais alors il n'y a plus de pente. Que faire ?

– Oui, que faire ? dit Lolo, préoccupé.

– Rassurez-vous. M. Lavalley, qui est un génie, a inventé des dragues très hautes, équipées d'un couloir pouvant atteindre soixante-dix mètres de longueur. Des torrents de terre et d'eau sont déversés ainsi sur les berges toute la journée, et même la nuit à la lueur des fanaux.

– À combien revient chacune de ces machines ? demanda Alfred Falaki qui faisait scintiller l'émeraude à son doigt.

– Quelque chose comme six mille francs par drague et par jour.

– C'est beau.

À la deuxième tournée de *kobeiba*, Étienne Mancelle était reparti sur la technique. Emporté par son enthousiasme, il ne nous privait d'aucun détail :

– Le remorquage de ces dragues géantes demande des précautions infinies. Imaginez un peu, sur chaque rive du canal, deux files d'hommes halant à la corde. Ils marchent très lentement de peur de donner à l'engin une vitesse trop grande. Quatre autres équipes tiennent des amarres, tandis que le capitaine dirige la manœuvre sur le pont. Comptez encore deux contremaîtres sur chaque berge pour relayer ses ordres…

À ma droite, Nada écoutait d'une oreille distraite. Toutes ces histoires de dragues, d'excavateurs, de déversoirs et de chalands-flotteurs devaient l'ennuyer. Ou alors pensait-elle à autre chose… En face de nous, tante Angéline agitait son éventail. Ne trouvant aucun intérêt à la conversation, elle lança négligemment, pour dire quelque chose :

– Mais je pensais que tous les ouvriers du canal étaient morts du choléra.

Étienne Mancelle eut un moment de surprise, puis se reprit poliment :

– Il y a eu des morts, en effet… Notre personnel médical, en particulier, a payé un lourd tribut à l'épidémie, ce qui est une regrettable preuve de son dévouement.

Et, se tournant vers mon père :

– Je sais que d'autres médecins, au Caire, ont fait preuve d'un zèle remarqué…

Des exclamations fusèrent. Tout le monde s'accordait à reconnaître le compliment très bien amené.

Albin Balanvin leva alors son verre d'arak pour porter un toast à mon père. Le journaliste amusa beaucoup l'assistance avec un petit discours improvisé :

– Vous, au moins, docteur Touta, vous vous consacrez à votre art. Vous n'avez pas les prétentions de mon compatriote, le docteur Rigaudier, qui s'est découvert des compétences en égyptologie. Ce brave homme ne cesse d'aller remuer des pierres dans le désert, derrière les pyramides. Ses clients commencent à s'inquiéter. On dit de lui : il enterre les vivants et il déterre les morts.

Étienne Mancelle nous assura qu'Ismaïlia était la ville la plus salubre du monde. Elle comptait déjà quatre mille âmes et ressemblait de plus en plus à une oasis luxuriante.

– Les palmiers et les acacias-lebeks de la place Champollion commencent à avoir une taille raisonnable. Tous les jardins du quartier européen sont fleuris. J'ai même vu l'autre jour les premières boutures de vigne…

– Vous ne devez pas beaucoup vous amuser à Ismaïlia, remarqua Rizkallah.

– Détrompez-vous ! Les gens se reçoivent pour de petites réceptions. Des dames chantent, des messieurs jouent du violon ou de l'accordéon. Et je ne vous parle pas des courses à cheval à travers le désert, des parties de chasse sur le lac Timsah… Le 15 août dernier, pour la fête de l'empereur, on y a même organisé des régates.

– Je préfère quand même Alexandrie, dit Rizkallah avec un sourire.

– Mais Ismaïlia sera la nouvelle Alexandrie ! Après l'achèvement du canal, elle deviendra le grand port sur la route des Indes. Un port de mer en plein désert !

On leva encore un verre, cette fois à l'achèvement des travaux du canal de Suez. Étienne Mancelle lança avec enthousiasme :

– C'est le vent du siècle qui gonfle nos voiles et nous conduira au port !

Il était cinq heures de l'après-midi, le jour commençait à tomber. Le dernier de nos invités venait de partir, et nous allumions les lampes à huile.

– Nada va se marier, me lança mon père d'un ton très dégagé.

D'un geste maladroit, je faillis me brûler.

– Nada va se marier, répétai-je après lui, d'une voix blanche, comme s'il me fallait épeler l'objet de ma stupéfaction.

Il me regarda en souriant :

– Tu ne me demandes pas avec qui, Maxime ?

– Je ne te demande pas avec qui, dis-je lentement, en posant la lampe éteinte sur la table, avec des gestes d'automate.

Il me lança un regard perplexe. Je fis un effort surhumain pour cacher le feu qui brûlait mes tempes.

– Alors, avec qui se marie-t-elle ?

– Étienne Mancelle. C'est un beau parti, tu ne trouves pas ?

– Oui, oui, fis-je sourdement, avant de prétexter un besoin urgent et m'éclipser à l'étage.

Mes jambes me portaient à peine. En entrant dans ma chambre, je n'eus même pas la force d'arracher la carte coloriée de l'isthme de Suez que m'avait offerte Mancelle. Je m'affalai à plat ventre sur le lit et me mis à pleurer, comme jamais je n'avais pleuré.

Cela dura un temps infini. Sans doute avait-on frappé à ma porte pour le souper. Peut-être avais-je répondu que j'étais fatigué et que je voulais dormir. Ce n'est qu'à l'aube que je me réveillai, et aussitôt une idée me traversa l'esprit, un poignard me transperça : Nada allait se marier. J'avais de la fièvre, je grelottais.

Au matin, mon père vint me voir. Il m'examina à peine, diagnostiquant une indigestion. J'étais invité à ne pas aller au collège et à faire diète toute la journée. Comme si je pouvais seulement me mouvoir et avaler quoi que ce soit…

Nada allait se marier. Elle allait épouser Étienne Mancelle, ingénieur au canal de Suez. Je me souvenais qu'en entrant chez nous, la veille, il lui avait remis un petit bouquet de roses, en disant :

– Des fleurs nées dans les jardins de notre désert.

Notre désert… Leur désert… Nada allait se marier. Jamais je ne prendrais entre mes mains son pied nu, jamais je ne le porterais contre ma joue.

# 17

Dans les jours et les semaines qui suivirent, je tentai en vain de penser à autre chose. Tout me ramenait à ce mariage. Je me réveillais plusieurs fois la nuit, et la tristesse m'envahissait brusquement.

J'aurais voulu m'indigner. Nada me quittait. Mais avions-nous jamais été ensemble ? Elle n'était sans doute même pas au courant de mon fol amour pour elle.

J'aurais aimé hurler à la trahison. Nada épousait un Français. Mais comment l'accuser de passer à l'ennemi ? Elle rejoignait ce que nous admirions le plus : la France…

Bien sûr, je songeai à me pendre, à me laisser mourir de faim, à me taillader les veines, à me jeter dans le Nil avec un boulet.

Et, bien sûr, je n'en fis rien. Mais je ne m'intéressais plus à grand-chose. Au collège, les Très Chers Frères s'en aperçurent et exprimèrent leur étonnement à mon père.

Celui-ci se doutait-il de mes sentiments pour Nada ? Il ne m'en parla pas. Il ne m'en a jamais parlé. Nos relations ont toujours été empreintes de la plus grande pudeur.

J'allais de plus en plus souvent rêvasser au pied d'un arbre, sur l'allée de Choubra. Je guettais le passage de quelque voiture aux volets clos transportant une dame de harem. Je l'imaginais princesse, amoureuse de moi et voulant m'épouser. Nada, folle de jalousie, se laissait mourir dans son désert…

J'apprenais à m'apitoyer sur moi-même. « L'enfant du Nil » se redécouvrait orphelin et pleurait la mère qu'il avait à peine connue.

– C'est elle qui t'a donné ces beaux yeux clairs, me répétait tante Angéline. La pauvre, elle est morte trop tôt. *Maskina !*

Lolo opinait de la tête, ajoutant lourdement :

– C'est Alexandre qui l'a tuée.

Ce meurtre présumé concernait la naissance de mon frère mais, pour le comprendre, il fallait remonter beaucoup plus loin : au début des années 1830, quand le docteur Clot avait voulu créer une école médicale pour les femmes.

À cette époque, les maladies vénériennes faisaient des ravages dans l'armée égyptienne. Il fallait s'attaquer au foyer de la contagion, c'est-à-dire aux femmes. Or, aucun médecin n'était autorisé à les soigner. Comment former des musulmanes à la médecine sans les mettre en contact avec des hommes, européens de surcroît ? Le médecin français eut l'idée de faire appel à des esclaves noires et abyssiniennes. Mohammed Ali, très sensible à la bonne santé des troupes, approuva son projet. Mon père, Nassif et les autres interprètes chrétiens allèrent donc un matin, en compagnie du docteur Clot, chez les marchands d'esclaves pour choisir dix jeunes femmes de constitution vigoureuse. Elles furent placées dans un local attenant à l'école, sous la surveillance de deux eunuques, et on leur apprit quelques rudiments de médecine.

Les résultats de cette formation dépassèrent tous les espoirs du médecin français. Bravant l'interdiction des ulémas, il décida alors de recruter des jeunes filles arabes. Une douzaine d'entre elles entrèrent à l'hôpital comme malades et furent instruites secrètement. Je crois savoir que les jeunes interprètes ne se contentèrent pas de traduire les leçons : une certaine Zannouba, particulièrement délurée, livrait son corps aux plus habiles, dans une arrière-salle, derrière le pavillon de pharmacie…

Il fut beaucoup question d'elle dans la famille, des années plus tard, lors de ma naissance. Normalement, ma mère aurait dû recourir à l'une des deux *dayas* grecques-catholiques qui faisaient accoucher toute notre communauté. Mais le docteur Touta n'avait confiance qu'en Zannouba qui était devenue entre-temps sage-femme en chef à l'École d'accouchement du Caire.

École est peut-être un grand mot pour désigner cette institution modeste dont les jeunes pensionnaires se trouvaient enfermées comme dans un harem. Outre l'accouchement sur la chaise percée, on leur apprenait la pratique de la saignée, des cautères et des vésicatoires. Un vieux cheikh venait leur enseigner à lire et à écrire, tandis que Zannouba était chargée, entre autres, de vérifier une fois par mois qu'elles étaient toujours vierges. On les mariait à la sortie de l'école.

Mon père s'y présenta un matin de décembre 1849 et demanda la sage-femme en chef. Le vieux portier ne fut guère impressionné par le titre de médecin du visiteur, mais quelques piastres l'amenèrent à reconsidérer aussitôt sa position. Le docteur Touta entra dans la salle de cours où Zannouba faisait, devant les élèves, une manœuvre sur le mannequin. Les jeunes filles se levèrent et, en guise de salut, se cachèrent pudiquement un œil avec la main.

– Tu viens chercher une *aroussa* à marier ? demanda Zannouba à mon père.

– Non, c'est de toi dont j'ai besoin.

Elle le regarda d'un air étonné, et il comprit sa maladresse. Mais tout cela était tellement loin…

Je vins au monde en douceur, grâce aux mains expertes de Zannouba. Comme s'il était écrit que « l'enfant de la pyramide » ne pouvait être accueilli ici-bas que par une vraie fille du Nil…

Deux ans plus tard, quand ma mère fut enceinte d'Alexandre, la sage-femme en chef avait cessé d'exercer et s'était retirée dans son village natal. On fit donc appel à l'une des deux *dayas* de notre communauté. Je ne crois pas qu'elle fut directement responsable de la mort de maman pendant l'accouchement. Mon père, en tout cas, ne lui en fit jamais le reproche, même s'il se disait peut-être, au fond de lui-même, qu'avec Zannouba un tel drame aurait été évité.

– Ta pauvre mère n'a pas eu de chance, répétait tante Angéline.

– *Maskina !* enchaînait Lolo. C'est Alexandre qui l'a tuée.

# 18

Les préparatifs du mariage de Nada me brisaient le cœur. Je fuyais la maison dès que j'entendais parler de voyage ou de trousseau. La moindre allusion à la ville d'Ismaïlia provoquait chez moi des tremblements nerveux.

Malgré ses revenus modestes, mon père avait tenu à marier Nada dignement. Il irait lui-même la conduire jusqu'à l'autel. Nous étions invités, Alexandre et moi, à l'accompagner là-bas.

La forte angine qui me cloua au lit la veille du départ ne fut pas feinte. Mais, comme aime à le répéter le docteur Touta, « le mauvais sang finit toujours par provoquer de mauvaises fièvres »… Ils partirent donc sans moi, laissant Oum Mahmoud me soigner, ou plutôt me bercer comme un enfant. Un enfant de dix-sept ans…

Oum Mahmoud pénétrait de temps en temps dans ma chambre, avec sa démarche de canard. Elle s'asseyait sur le rebord du lit et posait sa main sur mon front en marmonnant. Je crois bien qu'elle m'appelait Mahmoud…

La petite église d'Ismaïlia était pleine à craquer : on ne convolait pas tous les jours dans « la Venise du désert », et aucune dame de la colonie française n'aurait voulu manquer une telle cérémonie. Mal à l'aise dans sa robe de mariée, Nada salua d'innombrables inconnus, affronta d'innombrables regards, surprit ou devina d'innombrables murmures… Étienne Mancelle, radieux, n'en finissait pas de serrer des mains, persuadé que sa jeune épouse était aussi euphorique que lui.

Il venait de quitter le quartier des Célibataires pour occuper une maison de cinq pièces, avec véranda et jardin, près de la place Champollion. Son voisin, Félix Percheron, l'avait aidé à déménager son maigre mobilier, complété par divers achats à La Belle Jardinière d'Ismaïlia.

– À votre place, je n'achèterais rien et j'attendrais de voir, avait dit Percheron. Les Levantines ont des mœurs différentes des nôtres.

Il disait « les Levantines » d'un air pincé, ne comprenant visiblement pas le choix de son collègue. Percheron comprit un peu mieux en voyant Nada, éblouissante sous sa voilette de mariée…

Dès le premier jour, Étienne voulut tout montrer à sa femme : le quartier européen où ils habitaient, mais aussi le quartier grec, très animé, et même la ville arabe, avec ses cafés et sa mosquée en bois. Nada en était étourdie. Ce désert, qui enveloppait la ville de toutes parts, l'angoissait. Elle se coucha, la tête en feu, dans le grand lit de cuivre équipé d'une moustiquaire. Quelques heures plus tard, elle était toujours éveillée, les yeux rougis de larmes. Allongée au côté d'un inconnu qui ronflait joyeusement, elle passa une bonne partie de la nuit à regretter Le Caire et son couvent.

Alexandre, dont c'était le premier voyage hors du Caire, me rebattit ensuite les oreilles, pendant des semaines, avec l'isthme de Suez. Je mettais brutalement un terme à ses récits : cette histoire de canal ne m'intéressait plus du tout. Je ne voulais connaître ni la couleur de l'église d'Ismaïlia ni la taille de la place Champollion. Les berges du lac Timsah me laissaient indifférent et je me fichais éperdument des dragues à long couloir de MM. Borel et Lavalley. Mais Alexandre insistait, ravi d'étaler son savoir et de commenter ses impressions…

Quand, un mois plus tard, mon père me tendit la première lettre du couple, je la pris d'une main tremblante, avec la ferme intention de ne pas la lire. Mais j'avais sans doute besoin de me faire mal.

> La direction générale [écrivait Étienne] a donné un grand bal à l'occasion du carnaval. Il y avait un piano et deux cornets à piston. Les polkas et les quadrilles chantés se sont succédé jusqu'au souper. À cinq heures du matin, on dansait encore…

Nada avait ajouté quelques lignes très sages, d'une écriture ronde, un peu penchée – la même que sur l'enveloppe. C'était la première fois que je voyais son écriture. Désormais, le moindre courrier arrivé à la maison me ferait trembler d'émotion.

Ismaïlia ne manquait pas de charme. Nada s'habitua peu à peu à sa nouvelle vie. Elle passait la plus grande partie du temps à la maison. De sa véranda, elle voyait pousser les jeunes palmiers de la place Champollion et, au loin, les montagnes de l'Attaka qui lui rappelaient vaguement sa Syrie natale. Toute la journée, passaient sur le canal d'eau douce des barques chargées de pierres, de barriques ou de bois qui se dirigeaient vers Suez et semblaient glisser dans le sable.

L'après-midi, Nada faisait parfois des emplettes à La Belle Jardinière. Elle était invitée pour le thé, le mercredi, chez l'épouse du chef du dragage, une Lyonnaise assez snob qui la regardait de haut. Les dames présentes échangeaient des recettes de cuisine et trouvaient matière à cancans.

Mancelle rentrait à la tombée du jour, gorgé de soleil, couvert de poussière. De temps en temps, il emmenait sa femme faire un tour dans le souk, mal éclairé, du quartier arabe. Le Café Soliman – quatre murs en brique crue, avec une toiture en nattes – était le lieu le plus animé d'Ismaïlia. Une musique stridente s'en échappait jusqu'au milieu de la nuit. Quelques almées de bas étage venaient y danser et étaler leurs charmes, mais on ne faisait que passer devant : ce n'était pas un endroit pour une jeune épouse, éduquée chez les Dames du Bon Pasteur.

Deux ou trois fois par mois, de petits dîners étaient organisés dans la colonie française. On se recevait les uns chez les autres, on causait, on musiquait. Il y avait toujours un piano ou un violon pour accompagner une voix de soprano. Un jeune ingénieur des Mines, affecté au même chantier qu'Étienne, amusait l'assistance par ses facéties. Il prétendait lire dans le marc de café. Les dames le piégeaient en échangeant discrètement leurs tasses, et c'étaient des fous rires à n'en plus finir. Nada se prenait de temps en temps au jeu, mais elle avait du mal à se détendre vraiment dans ce milieu où on ne l'admettait que parce qu'elle était l'épouse d'un ingénieur français.

Quelques rares événements, organisés par la Compagnie, agitaient ce petit monde. Mancelle nous racontait avec son lyrisme habituel une partie de chasse sans intérêt, ou un concours nautique sur le lac Timsah :

> Les régates ont commencé à deux heures de l'après-midi, après une cérémonie religieuse présidée par Mgr l'archevêque d'Alexandrie. Suez et Port-Saïd se disputaient les prix. Les marins de l'Occident et de l'Orient étaient réunis pour cette lutte pacifique au centre du futur canal des deux mers, préfigurant le rendez-vous que se donnera dans peu d'années, au même point, le commerce du monde…

Nada, elle, nous parlait des boutures de vigne qui poussaient dans son jardin. Ses lettres me remplissaient d'émotion. Je l'imaginais en fin d'après-midi dans sa véranda, regardant passer des barques silencieuses, chargées de pierres, de barriques ou de bois, tandis que le soleil se couchait au loin, derrière les monts roses de l'Attaka.

## 19

Ismaïlia ne cessait de m'occuper l'esprit. C'était moi, désormais, qui posais des questions à Alexandre, m'étonnant de son imprécision. Comment étaient disposées les maisons de la place Champollion ? Les vérandas se faisaient-elles face ? Est-ce que les palmiers alternaient avec les buissons de roses ? Les réponses très vagues de mon frère m'agaçaient.

– Mais alors, tu n'as rien vu ! lançai-je avec énervement.

Il me regardait d'un air étonné.

C'est Ismaïl qui réussit à détourner un peu mon attention d'Ismaïlia… En cet été 1868, tout le monde se demandait ce que le khédive était allé faire à Constantinople et, surtout, pourquoi il ne revenait pas en Égypte. On le disait souffrant d'une laryngite et désireux de suivre une cure de raisin sur le Bosphore. Mais les nouvelles de sa santé semblaient excellentes, alors que son séjour se prolongeait et qu'aucune date de retour n'était fixée.

– Je ne comprends pas, disait mon père. Ismaïl voulait l'hérédité directe, il l'a obtenue. Il voulait le titre de khédive, il l'a acheté aussi. Que cherche-t-il encore ? Chaque faveur du sultan nous coûte une fortune.

En juillet, il fut annoncé à grands sons de trompe que Tewfik, le fils aîné du khédive, avait obtenu le titre de vizir. Le *Masr*, commandé par Poisson bey, quitta aussitôt Constantinople pour venir chercher le prince et repartir avec lui à toute vapeur.

– Les fellahs n'ont plus qu'à se préparer à une nouvelle taxe, grommela mon père. Cette cure de raisin ne me disait rien de bon…

Le khédive avait dépensé beaucoup d'argent pour financer l'expédition militaire en Crète et réaliser de grands travaux, comme l'achèvement du chemin de fer entre Alexandrie et Suez. La dette gouvernementale s'alourdissait, et il avait fallu vendre par anticipation la récolte de sucre à l'Anglo-Egyptian Bank. Mais un nouvel emprunt de huit millions de livres sterling, contracté auprès de la banque Oppenheim, venait de donner un nouveau ballon d'oxygène aux finances publiques.

Le retour du khédive fut finalement annoncé pour le 22 septembre. Un accueil exceptionnel devait lui être fait à Alexandrie.

– Nassif bey m'invite chez lui à cette occasion, me dit mon père. Si tu veux venir…

Comment résister à une telle proposition ? Cela faisait près de cinq ans que je n'avais pas revu la mer, et la petite crique, près de la place des Consuls. Mais ces paquebots qui passaient… Mon premier voyage à Alexandrie m'avait fait rencontrer Nada. Le second ne ferait que souligner son absence. Je m'en aperçus dès que le train quitta la gare du Caire, dans un grand nuage de fumée noire et d'horribles crissements d'essieux.

L'odeur des algues, que je reçus en plein visage, me rendit joyeux. Nous n'étions plus en janvier comme l'autre fois mais en septembre. La maison de Nassif bey tournait toujours le dos à la mer, mais j'avais heureusement retrouvé la même chambre, du côté opposé à la façade.

Le lendemain, au réveil, j'eus la folle envie de me baigner. Ce n'était pas encore entré dans les mœurs – les fameux bains Palloni venaient à peine d'être inaugurés – mais, à mon grand étonnement, mon père proposa de m'emmener en dehors de la ville, sur une plage de Ramleh.

Nous prîmes un petit train et descendîmes à la dernière station. De là, nous marchâmes un bon moment dans les dunes, avant de découvrir la mer.

Mon père se dévêtit entièrement. Je ne l'avais jamais vu ainsi et j'osais à peine le regarder. Mais, déjà, il s'avançait vers la mer et s'y jetait. Il ne me restait plus qu'à l'imiter… Jamais je ne m'étais senti aussi proche de lui. Quand nous sortîmes enfin, rassasiés d'eau et de sel, je ne songeais même plus que nous étions nus l'un et l'autre. Nous nous séchâmes au soleil, allongés côte à côte sur le sable chaud, et je l'entendis murmurer :

– C'est ici qu'il faudrait construire une villa.

Cela peut sembler banal aujourd'hui, mais à l'époque seuls quelques originaux auraient songé à estiver au bord de la mer. Le khédive venait tout juste de se faire construire un palais à Ramleh ; la mode des bains n'était pas encore lancée. Alexandrie se targuait d'être une ville de jardins, non de plages. Pour concurrencer Le Caire, elle comptait sur ses banques, ses maisons de négoce, ses beaux magasins, ses cafés-concerts et ses deux célèbres théâtres, étonnamment jumeaux : le théâtre Zizinia, appartenant au comte Zizinia, consul général de Belgique ; et le théâtre Debbane, appartenant au comte Debbane, consul général du Brésil.

Le 22 septembre, à six heures du matin, une impressionnante canonnade m'arracha à mes rêves. Le *Mahroussa* entrait dans la rade. On disait que la khédiva mère était allée en mer, en dehors des passes, pour accueillir Ismaïl.

Nassif bey s'habilla en vitesse et fit atteler : il voulait être parmi les premières personnalités d'Alexandrie à se rendre au palais de Ras-el-Tine. Les corps constitués allaient défiler toute la matinée. À midi, les consuls furent reçus en audience solennelle, et le khédive les rassura sur sa santé.

– Il se porte comme un charme, nous assura Nassif bey à son retour à la maison.

– Rien ne vaut le raisin, fit le docteur Touta en souriant.

Le collègue de mon père avait réussi à figurer dans la liste des médecins traitants du khédive, comme sous le règne précédent. Cela contribuait à m'impressionner. Je me sentais tout petit face à cet homme de belle allure, à la crinière déjà blanche, qui avait, aux yeux de tante Angéline, le mérite d'être riche et le défaut d'être copte.

Mon père était lié à lui par une foule de souvenirs. Leurs années passées ensemble à l'école de médecine avaient fait naître une profonde complicité entre les deux hommes, pourtant si différents l'un de l'autre. Je me dis parfois que c'est cette différence qui a sauvé leur amitié. Nassif bey, parti de plus haut, accumulait les atouts. Boutros Touta le considérait comme plus brillant que lui, sans y voir une injustice de la nature. C'était ainsi, et c'était tout. Leurs bonnes relations tenaient pour partie à ce fatalisme de mon père. Ne se situant pas au même niveau, ils n'avaient aucune chance de se heurter. Nassif bey était trop ambitieux, trop soucieux de dominer son entourage pour supporter un concurrent aussi proche de lui. Promu bey à quarante-deux ans, comptant plusieurs princes dans sa clientèle, appelé régulièrement au chevet du patriarche de l'Église copte, il exerçait le métier de médecin avec autant de passion que d'élégance.

Boutros Touta, lui, avait toujours eu conscience de la relativité des choses et de la fragilité de sa vocation. Un jour, alors que tante Angéline venait de se référer une fois de plus à « mon frère le docteur », je l'entendis murmurer :

– Suis-je vraiment médecin ? Ai-je choisi de l'être ? Mon maître, le docteur Clot, aura choisi pour moi…

L'épouse de Nassif bey ne se montrait guère, mais elle dirigeait activement les domestiques dans cette grande maison où le café était servi en permanence à une foule de visiteurs masculins. Le collègue de mon père ne cessait de recevoir du monde. Il passait pour l'homme le mieux informé d'Alexandrie après le gouverneur.

Je lui posai une question sur la place des Consuls. Il me répondit d'une voix sévère :

– Il n'y a plus de place des Consuls.

J'étais consterné. Tous mes repères s'effondraient. Mais Nassif bey voulait seulement dire que la place avait été débaptisée pour porter le nom du fondateur de la dynastie égyptienne : elle s'appelait désormais place Mohammed Ali. Je me rendrais compte, heureusement, qu'il n'en était rien. Pour tous les Alexandrins, le poumon de la ville restait la place des Consuls, et le resterait longtemps…

Rizkallah nous y avait donné rendez-vous à cinq heures de l'après-midi. Lorsque nous arrivâmes, une petite foule joyeuse se bousculait déjà autour des jets d'eau pour assister aux derniers préparatifs. On finissait d'installer une multitude de becs de gaz et de *fanous* en fer, aux papiers multicolores, qui devaient assurer un éclairage exceptionnel.

Nous trouvâmes Rizkallah en compagnie d'un Européen en tenue de cavalier, une cravache à la main, que je ne reconnus pas tout de suite. Mon cousin fit les présentations, avec son ton de chambellan :

– Le docteur Pierre Touta… M. Adolphe Xavier-Saillard…

Celui-ci nous regarda à peine. Il surveillait des ouvriers, hissés sur une échelle, qui mettaient la dernière main à la décoration de l'impressionnante façade ocre et rose de sa maison de négoce. Avec énervement, le Français lança à Rizkallah :

– Dites à ces abrutis de ne pas monter à quatre sur l'échelle. Ils vont finir par me la casser.

Et il s'éloigna, avec ses jambes arquées, sans nous saluer.

– La décoration le préoccupe beaucoup, expliqua Rizkallah. Il veut faire aussi bien que la Compagnie de Suez.

De cette première nuit de festivités, qui allait être suivie de deux autres, je garde le souvenir d'une débauche de lumières. Les principaux établissements commerciaux et bancaires rivalisaient d'audace. Les grands magasins Cicolani brillaient de mille feux, avec tous leurs lustres allumés. Les centaines de lampes vénitiennes de la maison Xavier-Saillard répondaient à celles de la Compagnie universelle de Suez. Quant à la banque Oppenheim, qui venait de prêter des millions au khédive à un taux exorbitant, elle avait cru devoir dresser devant sa façade un arc de triomphe monumental sur lequel quatre transparents représentaient le Nil, le désert, la mer Rouge et la Méditerranée.

Un mouvement de foule nous entraînait vers la maison de M. Antoniadis, décorée à la Pompadour, dont le somptueux jardin était illuminé. Le bruit des jets d'eau masquait un peu la voix de la célèbre Sekkina qui chantait dans un salon, toutes fenêtres ouvertes. Cette voix un peu rauque, mais qui pouvait monter très haut, électrisait le moindre auditoire. Devant elle, toute l'Égypte tombait en pâmoison.

Les applaudissements crépitèrent, accompagnés de cris et de vivats. Sekkina apparut dans l'encadrement d'une fenêtre pour nous saluer d'un petit geste de la main. Elle avait bien cinquante ans. Je la croyais plus jeune et plus jolie.

– C'est une ancienne porteuse de boue sur les chantiers, précisa mon père quand nous nous éloignâmes. Saïd pacha, qui était fou d'elle, lui avait offert ce petit tarbouche décoré de diamants. Elle le prête gratuitement, paraît-il, à des familles riches qui le mettent sur la tête de leurs jeunes mariées.

– Elle peut prêter, parole d'honneur ! commenta Rizkallah. Sekkina possède une vraie fortune, et tous ses revenus ne proviennent pas de ses tours de chant… Son mari, plus jeune qu'elle, ne la lâche pas d'une semelle. Il lui sert d'entremetteur, peut-être aussi de domestique. L'autre jour, quand Sekkina se promenait sur la berge du canal Mahmoudieh, il courait devant son âne…

Notre conversation fut interrompue par les premiers sifflements des feux d'artifice. Tout le ciel était strié de traînées multicolores. Les explosions se succédaient à un rythme effréné. Jamais, sans doute, Alexandrie n'avait assisté à un tel déchaînement.

– Que fêtons-nous exactement ? murmura mon père.

Ce n'est que dix ou douze jours après notre retour au Caire que fut communiquée la stupéfiante nouvelle : lors de la première soirée de festivités à Alexandrie, le khédive avait échappé à un attentat. Il passait en voiture découverte devant l'ancienne Bourse quand deux lourdes boules métalliques, hérissées de lames aiguës, étaient tombées du deuxième étage. L'une avait touché le sol à quelques mètres de la voiture ; l'autre avait frappé le garde-crotte avant de rouler par terre.

– Mais nous étions devant la vieille Bourse ce soir-là ! s'exclama mon père. Nous étions là, au moment du passage du cortège, et nous n'avons rien vu…

Personne, à vrai dire, n'avait vu quoi que ce soit. Les circonstances de cet attentat paraissaient d'autant plus étranges que le deuxième étage de l'ancienne Bourse était inoccupé depuis plusieurs mois et qu'aucune perquisition n'y avait été faite après l'attentat.

D'innombrables messages de sympathie parvinrent à Ismaïl pacha de toute l'Égypte. La communauté arménienne poussa même le zèle jusqu'à célébrer un office religieux d'action de grâces.

– Qui donc a armé la main des criminels ? répétait Alfred Falaki.

Les soupçons se portèrent sur les deux princes qui briguaient le trône malgré la nouvelle règle de succession directe : le frère du vice-roi, Moustapha, et son oncle, Halim. Mais y avait-il eu réellement tentative d'assassinat ? Les sceptiques dénonçaient à voix basse un grossier montage pour faire expulser le prince Halim ou, simplement, pour poser le souverain.

– N'est-ce pas au régicide que l'on reconnaît un vrai roi ? commentait mon père.

L'attentat d'Alexandrie était déjà oublié quand survint l'affaire du théâtre du Caire. Et là, Albin Balanvin s'en donna à cœur joie.

*CORRESPONDANCE DU CAIRE*
*À Monsieur le Directeur*
*du Sémaphore d'Alexandrie*

*Le Caire, le 9 avril 1869*

*Je vais devoir, Monsieur, vous parler avec tristesse et perplexité d'un événement qui vient de causer ici la plus grande émotion.*

*Dans la soirée du 2 avril, les habitués du théâtre du Caire remarquèrent avec une certaine surprise que la loge vice-royale était inoccupée. Diverses rumeurs agitaient les coulisses. Mais ce n'est que le lendemain matin que le directeur du théâtre, M. Séraphin Manasse, fit sensation en révélant qu'il avait déjoué un attentat contre la personne de Son Altesse. Ainsi donc, pour la deuxième fois en quelques mois, une main misérable avait tenté un régicide !*

*M. Manasse précisait que l'un des piliers de bois, situé sous la loge du souverain, était percé de haut en bas et qu'il était traversé par une mèche à mine. Une perquisition confirma aussitôt ses dires. La mèche, communiquant avec un bec de gaz du couloir, aboutissait à un mortier en bronze, contenant des balles et de la poudre, placé sous le fauteuil même du khédive.*

*Vous imaginez sans peine, Monsieur, l'indignation qu'ont provoquée ces détails, répétés de bouche en bouche. C'est avec un vif et indicible sentiment de reconnaissance que, de tous côtés, on remerciait la Providence d'avoir empêché un horrible drame.*

*Le premier mouvement d'indignation passé, on se demanda cependant comment un pareil acte était possible. Son Altesse ne pouvant avoir d'ennemis, on ne trouvait pas. Les circonstances de cet odieux attentat semblaient, du reste, étranges. Comment une main criminelle avait-elle pu percer ainsi un pilier de haut en bas, placer une mèche, disposer un mortier incendiaire, alors que le théâtre est ouvert toute la journée pour les répétitions, qu'il est rempli de monde tous les soirs et surveillé la nuit par des gardiens ?*

*Le gouvernement, auquel il faut rendre hommage, a prêté son concours à la manifestation de la vérité en nommant une commission d'enquête composée de MM. les consuls au Caire de France, d'Angleterre, de Grèce et d'Italie. La première initiative de la commission a été la mise en arrestation de M. Manasse et de plusieurs artistes et employés du théâtre.*

*Je peux vous révéler qu'une reconstitution vient d'être organisée, non pas au théâtre mais à l'Abbassieh. Les auteurs de cette expérience ont poussé l'exactitude jusqu'à charger le fauteuil sur lequel devait s'asseoir Son Altesse d'un poids suffisant. Eh bien, l'explosion de la poudre a été assez violente pour lancer le fauteuil à... moins de cinquante centimètres au-dessus du sol, et le tapis a pris feu. Voilà tout.*

*Certains se demandent si ce n'était pas un simulacre d'attentat, organisé par quelque intrigant, pour se poser ensuite en sauveur, faire parade de son dévouement et réclamer au khédive le paiement du soi-disant service rendu.*

*Je constate, en tout cas, que l'intervention de la Providence a été moins exaltée dans ce cas-ci que dans l'attentat manqué d'Alexandrie. Quelques députations ont présenté des adresses, on a chanté une cantate en petit comité, mais le corps consulaire n'a pas engagé de démarche collective pour exprimer ses félicitations au souverain si heureusement préservé.*

*Le théâtre a été rouvert malgré l'absence de M. Manasse, et Son Altesse a le bon goût de continuer à le fréquenter pour ne pas entraver, par son abstention, les plaisirs du public. Elle démontre ainsi, une fois de plus, la fermeté d'âme dont elle est douée.*

*Oublions, Monsieur, ce fâcheux épisode. Et puisque nous parlons de théâtre, laissez-moi vous confirmer que les travaux du nouvel Opéra ont commencé à l'Ezbékieh. À la demande de Son Altesse, ils seront vigoureusement menés. La salle doit être prête pour l'inauguration du canal de Suez dans quelques mois, mais j'aurai certainement l'occasion d'y revenir en détail dans une prochaine chronique.*

*Albin Balanvin.*

# 20

L'attentat d'Alexandrie faisait l'objet de discussions passionnées en famille, ponctuées par les jurons de l'oncle Boctor. J'y participais activement, ayant été l'un des témoins, si je puis dire, de ce drame invisible. L'affaire du théâtre du Caire relança la controverse, même si l'article d'Albin Balanvin la ramenait à une pantalonnade.

Balanvin m'intriguait. Je l'enviais de tout savoir, avant tout le monde. Qui était exactement cet homme énigmatique ? D'où venait-il ? Comment connaissait-il si bien l'Égypte ? On racontait beaucoup de choses sur son compte. Tante Angéline prétendait qu'il n'avait de français que le nom, qu'il était le fils naturel d'un pacha, élevé à Constantinople. Elle donnait divers détails sur l'enfance du journaliste, glanés Dieu sait où, et qui se modifiaient d'ailleurs au fil de ses récits successifs.

Nassif bey, mieux informé, croyait savoir que Balanvin était un ancien saint-simonien. L'intéressé nous le confirma lui-même, à la fin d'un déjeuner au cours duquel l'arak avait coulé un peu plus que d'habitude.

Son vrai nom était Victor Dussolier. Issu de la petite bourgeoisie versaillaise, il avait rompu très jeune avec sa famille pour s'établir à Paris, dans le quartier de Ménilmontant. L'atelier où il travaillait comme aide-typographe était situé à moins de cent mètres de la maison dans laquelle Prosper Enfantin, chef suprême de la religion saint-simonienne, avait installé une quarantaine de ses apôtres. C'est à l'occasion d'une commande d'imprimerie qu'Albin entra en contact avec la secte. Il allait y trouver une famille de remplacement, suffisamment utopique et excentrique pour emballer un garçon de dix-sept ans.

Portant barbe et cheveux longs, les saint-simoniens étaient affublés d'un costume étrange qui les faisait ressembler à des chevaliers de la Renaissance. Ils rêvaient beaucoup à la Turquie et à l'Égypte, attendant une femme-messie dont l'apparition en Orient était annoncée comme imminente.

Le jeune Dussolier, fasciné par le Père Enfantin, choisit un pseudonyme de même sonorité : Balanvin. Le prénom s'imposa de lui-même : Albin Balanvin claquait comme un drapeau. Le nouvel apôtre logea quelque temps dans la maison de Ménilmontant avant d'être admis dans le premier groupe en partance pour l'Égypte, en mars 1833.

Les saint-simoniens firent sensation dans le port de Marseille. Entonnant des hymnes, ils portaient le costume de la Mission d'Orient : pantalon blanc (couleur de l'amour), gilet et béret rouges (couleur du travail), tunique bleu-violet (couleur de la foi), justaucorps à manches bouffantes et écharpe au vent… Chacun d'eux avait son nom brodé en grandes lettres sur la poitrine. Les débardeurs voulaient les jeter dans le bassin du port, mais c'est sous les acclamations de la foule que les disciples d'Enfantin embarquèrent à bord de la *Clorinde*.

Ils arrivèrent à Constantinople après vingt-quatre jours de voile. Le temps de se montrer, d'être arrêtés et expulsés. La Mission d'Orient commençait mal, mais le jeune Albin prenait beaucoup de plaisir à ces péripéties… Cap sur Salonique, puis Alexandrie où un autre groupe de saint-simoniens avait déjà débarqué.

En Égypte, les disciples du Père Enfantin furent bien accueillis par le vice-consul de France, qui n'était autre que Ferdinand de Lesseps. Ils réussirent à approcher Mohammed Ali pour lui exposer leur grand projet : transformer l'Orient par la pratique industrielle et le marier à l'Occident… Le pacha les écouta, un peu sceptique.

Diplômé de l'École polytechnique, le Père Enfantin rêvait d'un canal qui relierait la Méditerranée à la mer Rouge. Albin fut de ceux qui l'accompagnèrent dans le désert de Suez pour inspecter les lieux. Une expédition un peu rocambolesque, comme tout ce que faisait le chef de la nouvelle religion universelle… On en resta là, Mohammed Ali ayant d'autres priorités.

Albin ne vit pas apparaître la femme-messie. Mais il découvrit les femmes, à travers Cécile Fournel, Suzanne Voilquin et quelques autres militantes saint-simoniennes aux mœurs très libres. Étant le benjamin du groupe, il devint le chouchou de ces dames, curieuses de tout, qui n'hésitaient pas à l'associer à leurs escapades. Elles l'applaudissaient bruyamment quand il jouait la comédie au Mouski sur les planches du petit *Teatro del Cairo* de l'époque. Mais sans doute Albin était-il plus sensible aux charmes des garçons arabes de son âge…

Les saint-simoniens se montrèrent très actifs pendant l'épidémie de peste de 1835. Comme le docteur Clot bey, ils ne croyaient pas à la contagion et affrontaient donc le fléau à mains nues. Ils pratiquèrent plusieurs autopsies pour comprendre les mystères du « mal jaune » que les indigènes attribuaient à un esprit mauvais. Le Caire perdit cette année-là trente-cinq mille habitants, soit le tiers de sa population, et Albin vit mourir plusieurs de ses compagnons.

L'année suivante, on célébra au champagne l'anniversaire du Père Enfantin. Ce fut une nuit endiablée, agrémentée de danses et de hachisch. Mais le cœur n'y était plus vraiment. L'expédition d'Égypte s'enlisait dans les désillusions.

Enfantin regagna la France quelques mois plus tard. Albin, lui, décida de rester au Caire, où il se sentait bien. La grandiloquence et les idées nébuleuses du pape du saint-simonisme ne l'impressionnaient plus. Ayant fait la connaissance de Français établis sur place, il trouva divers petits emplois. Il parcourut l'Égypte dans tous les sens, en compagnie d'un jeune guide, et remonta le Nil jusqu'à la troisième cataracte. Ses récits de voyage, très colorés, commencèrent à trouver place dans des journaux parisiens.

À Paris, justement, le Père Enfantin s'agitait. Sa Société internationale d'études du canal de Suez avait fait une découverte capitale : contrairement à une vieille croyance, la Méditerranée et la mer Rouge étaient au même niveau. Le projet d'un canal direct, soutenu par Ferdinand de Lesseps, s'en trouvait renforcé. Mais, bizarrement, Enfantin en tira une autre conclusion : sans dénivellation, pas de courant ; et sans courant, pas de canal profond. Il plaida donc pour un tracé indirect par Alexandrie et Le Caire, avec un pont-canal d'un kilomètre de long, suspendu à vingt mètres au-dessus du Nil.

Albin Balanvin, devenu le correspondant attitré du *Gaulois*, fustigea cette ultime fantaisie. Cela lui valut une lettre de félicitations de Ferdinand de Lesseps. Mais le journaliste, jaloux de son indépendance, s'empressa de critiquer la manière dont de Lesseps s'était approprié l'idée du canal…

Pendant tout le règne de Saïd, Balanvin eut matière à écrire, et à rire. Sa plume caustique révélait à mots couverts les extravagances d'un vice-roi qui aimait jouer à la guerre et ne se déplaçait d'une ville à l'autre qu'entouré de ses généraux et suivi de son armée. Ferdinand de Lesseps se méfiait de ce journaliste inclassable, visiblement favorable au canal de Suez mais qui ne lui laissait rien passer. Un article qui fit beaucoup de bruit en 1860 les brouilla pendant des années.

– Que voulez-vous, racontait Balanvin, Ferdinand de Lesseps n'a pas été très correct quand il a fallu constituer le capital de la Compagnie universelle de Suez. En janvier 1860, il lui restait encore de nombreuses actions sur les bras. Ne sachant qu'en faire, il souscrivit pour le compte du vice-roi, et sans le consulter, le chiffre de quatre-vingt-huit millions de francs, représentant cent soixante-seize mille actions.

– Quatre-vingt-huit millions ! s'exclama mon père.

– C'est beau, fit Alfred Falaki.

Saïd pacha reçut une feuille volante qu'il remit à son secrétaire sans même la lire. Quelques jours plus tard, de Lesseps lui réclama le premier versement de la souscription.

– Quel versement ? dit le vice-roi stupéfait.

– Mais je l'ai écrit à Votre Altesse ! répliqua le fondateur de la Compagnie universelle. Par son silence, Votre Altesse a confirmé sa souscription…

Saïd n'aimait pas les complications. Il accepta, un peu amer, en lançant au consul de France, dans son langage de soldat :

– Votre Lesseps, il m'a enfoncé jusqu'à la troisième capucine.

# 21

Les anges du ciel s'étaient-ils ligués pour me faire oublier Nada ? Mon premier emploi, à dix-neuf ans, aura été le plus délicieux qui soit : servir de guide et d'interprète à de jeunes ballerines françaises, venues en Égypte pour l'inauguration du canal de Suez.

Je venais de terminer mes études chez les Très Chers Frères. Il n'était alors question au Caire que de l'inauguration du canal, et l'excitation croissait à mesure qu'approchait l'événement. Dans l'attente de l'impératrice Eugénie et des mille autres invités du khédive, les rumeurs les plus folles couraient en ville. Certains soutenaient que le sultan s'opposerait par la force à ces festivités. D'autres croyaient savoir que l'empereur d'Autriche avait renoncé à venir en Égypte et que cette défection entraînerait celle de la plupart des princes européens. Quant à Alfred Falaki, il assurait aux clients de sa bijouterie qu'un énorme rocher avait été découvert dans le canal, entre Port-Saïd et Ismaïlia ; un rocher tellement énorme qu'aucune drague ne pouvait en venir à bout…

Nassif bey nous avait fait savoir que le Palais cherchait des jeunes gens connaissant convenablement la langue française pour les mettre au service des invités du khédive durant leur séjour. Certains les accompagneraient même en Haute-Égypte. Je fus embauché sans peine, grâce à la recommandation du collègue de mon père, et affecté à l'Opéra du Caire.

Construit en six mois sur la place de l'Ezbékieh, l'Opéra fut inauguré le 1er novembre 1869 en présence d'Ismaïl. Les princesses, couvertes de bijoux, assistaient au spectacle derrière leurs loges grillagées. Au lever du rideau, huit artistes entonnèrent une cantate composée par le prince Poniatowski en l'honneur du khédive dont le buste se dressait au milieu de la scène. Ce fut une immense ovation. Puis on joua *Rigoletto*. Quinze autres œuvres étaient inscrites au répertoire de cette saison exceptionnelle pour laquelle avaient été recrutés quelques grands noms de l'opéra italien, ainsi qu'une quarantaine de jeunes ballerines parisiennes. Choisies pour leur talent mais aussi pour leur beauté, ces demoiselles avaient été conduites jusqu'au Caire sous haute protection et logées, pour plus de sûreté, dans le poste de police désaffecté de l'Ezbékieh.

Avec un autre élève des Frères, mon rôle, très modeste, se limitait à escorter deux fois par jour le convoi, pour les répétitions. Nous pouvions à peine nous entretenir avec les ballerines, dont certaines étaient chaperonnées par leurs mères. Nous n'avions même pas le droit de pénétrer dans la salle pour les voir répéter. Mais il avait suffi de quelques mots échangés avec une charmante rousse, accompagnés de clins d'œil et de sourires, pour me mettre dans un état proche de l'extase. Jusque-là, je n'avais connu que quelques étreintes tarifées, dans un bouge, derrière l'Ezbékieh, précisément…

Les cinq mille Français d'Alexandrie préparaient depuis plusieurs semaines l'arrivée de l'impératrice Eugénie. Un comité d'organisation avait été constitué, et M. Xavier-Saillard en était l'un des vice-présidents.

Le 23 octobre au petit matin, *L'Aigle* entra dans le port. Toute la colonie française était sur pied. Les fillettes, pomponnées, répétaient leurs révérences. Le comité d'organisation siégeait en permanence au consulat général, attendant les instructions du consul qui était parti sur un petit vapeur, avec Ferdinand de Lesseps, pour prendre les ordres de Sa Majesté.

Les heures passaient. Un peu avant midi, le comité d'organisation fut informé que l'impériale visiteuse était partie directement pour Le Caire et qu'elle regrettait de n'avoir pu recevoir la colonie... La déception fut immense. On se consola, tant bien que mal, en illuminant le consulat et la plupart des maisons dans la soirée.

C'est au cours de ce séjour au Caire qu'Eugénie manifesta le désir d'assister à une noce arabe.

– Quelle heureuse coïncidence ! fit le khédive, qui était aux petits soins pour elle. Nous avons justement une noce aujourd'hui au palais.

Ayant pris congé de l'impératrice, il convoqua aussitôt l'un de ses jeunes collaborateurs :

– Tu te maries ce soir.

Le fonctionnaire, interloqué, n'eut pas le temps de poser de questions. On lui trouva une épouse dans l'heure, que le vice-roi eut la délicate attention de doter convenablement.

Eugénie fut enchantée par la cérémonie. Elle souhaita au jeune couple beaucoup de bonheur et de nombreux enfants.

Je ne pense pas exagérer en disant que *Le Sémaphore d'Alexandrie* consacra au total une trentaine de pages à l'inauguration du canal de Suez. Le directeur de cet hebdomadaire de plus en plus influent avait eu la bonne idée de confier la couverture de l'ensemble des festivités à sa meilleure plume, Albin Balanvin. Ce fut un feu d'artifice. Les articles de l'ex-saint-simonien tranchaient sur ceux de tous ses confrères européens invités par Ismaïl. Même aux moments les plus émouvants, il conserva ce regard ironique, si particulier, qui commençait, disait-on, à agacer sérieusement le khédive.

*À Monsieur le Directeur*
*du Sémaphore d'Alexandrie*

*Port-Saïd, le 16 novembre 1869*

*Venant d'Alexandrie,* L'Aigle *a fait son entrée dans la rade de Port-Saïd un peu avant sept heures du matin, salué par une soixantaine de navires pavoisés aux couleurs de toutes les nations. Dans les heures qui ont suivi, les souverains et les princes présents se sont visités mutuellement, et, à chaque visite, d'un bateau à l'autre, des salves d'artillerie ont retenti. On me précise, Monsieur, que le vaisseau hollandais a tiré, à lui seul, quelque six cents coups de canon. Je ne sais pas si cette musique a charmé l'impératrice, mais son sourire radieux ne l'a pas quittée.*

*L'empereur d'Autriche a été le premier à se présenter à bord de* L'Aigle *pour saluer Eugénie. Il était arrivé la veille ici, en provenance de Palestine, après un voyage des plus mouvementés. La tempête faisait rage, en effet, et tout le monde avait essayé de le retenir à Jaffa. Mais François-Joseph tenait à honorer sa promesse. Le canot l'a conduit jusqu'à son yacht au milieu d'une mer déchaînée. Pour monter à bord, il a fallu l'attacher et le hisser. Deux marins indigènes seraient tombés à la mer au cours de cette vaillante expédition.*

*Cet après-midi, une cérémonie religieuse sans précédent en Orient a eu lieu sur la plage, devant le quai Eugénie. Deux estrades avaient été dressées, l'une pour le culte musulman, l'autre pour le culte catholique. Je regrette de n'avoir pu me procurer une traduction de l'allocution du grand cheikh du Caire. Je peux vous dire, en revanche, que l'éloquence de Mgr Bauer, aumônier des Tuileries, a traversé la mer avec lui. La qualité de l'organe et la beauté du geste ont été remarquées par toute l'assistance. « L'heure qui vient de sonner, a assuré l'éminent ecclésiastique, est non seulement l'une des plus solennelles de ce dix-neuvième siècle, mais encore l'une des plus grandes et des plus décisives qu'ait vues l'humanité depuis qu'elle a une histoire ici-bas. »*

*Ce soir, Port-Saïd est illuminé par mille fusées. La ville et la rade sont en feu. Permettez-moi, Monsieur, d'aller prendre un repos que je crois mérité, avant la traversée historique du canal, prévue demain.*

Balanvin dormit peu cette nuit-là. À une heure du matin, en sortant d'un dîner, il constata une vive agitation autour de la résidence du gouverneur : on venait d'apprendre qu'un bateau obstruait le canal. C'était la panique dans les milieux officiels. Déjà, des dépêches couraient sur le fil du télégraphe, annonçant l'annulation de la traversée…

*Ismaïlia, le 17 novembre 1869*

*Il s'est passé la nuit dernière un incident malheureux auquel je ne veux plus penser. Figurez-vous, Monsieur, qu'à la suite d'une mauvaise manœuvre, une frégate égyptienne, le* Latif, *s'est échouée au kilomètre 28, entre Port-Saïd et Kantara. Tous les efforts pour la déplacer s'avérèrent vains. Le canal était bloqué !*

*À trois heures du matin, le khédive s'est rendu de sa personne sur les lieux, accompagné d'un millier de marins. « S'il le faut, déclara-t-il, je ferai sauter le* Latif. » *En entendant ces courageuses paroles, M. de Lesseps l'a embrassé… Pendant plusieurs heures, Son Altesse a excité le zèle des travailleurs, dirigeant personnellement les travaux, et sa sagacité a permis de déséchouer la frégate.*

*Ce matin, le moment de l'épreuve décisive était enfin arrivé. À huit heures et demie,* L'Aigle, *battant pavillon impérial, a fait son entrée dans le canal, suivi à distance par les bâtiments de l'empereur d'Autriche, du prince royal de Prusse, du prince des Pays-Bas, des ambassadeurs de Russie et d'Angleterre et de plusieurs dizaines de navires de guerre ou de commerce qui s'étaient fait inscrire pour ce passage d'une mer à l'autre.*

*L'impératrice, le visage tendu par l'émotion, se trouvait sur la dunette de* L'Aigle *en compagnie de M. de Lesseps. Avançant prudemment, le bateau ne dépassait pas la vitesse de deux nœuds et demi. Mais au bout de quelques kilomètres, il atteignait six nœuds, puis sept. Sur tout le parcours, les campements étaient décorés et saluaient le passage de la flottille. Le* Latif *aura au moins servi à quelque chose : lorsque le premier bâtiment est arrivé à sa hauteur, il s'est couvert de pavois et a salué de tous ses canons. Les souverains, qui n'étaient pas au courant de l'incident de la nuit, ont jugé charmante cette attention du khédive.*

*Dans l'après-midi, une foule immense attendait près du lac Timsah, sur les dunes du chantier n° 6. Des milliers de lorgnettes étaient anxieusement braquées sur le canal, car on était sans nouvelles de la flottille. On ignorait si l'impératrice s'était arrêtée en route ou poursuivait son voyage sur* L'Aigle. *Des cavaliers arrivaient constamment de Kantara et on les interrogeait avec impatience. Ils ne savaient rien.*

*Soudain, on entendit des cris. Un immense brouhaha se propagea sur les dunes. Les sommets des mâts du yacht impérial étaient en vue. Bientôt surgit du tournant, derrière une montagne de sable, la masse sombre du bateau qui transportait Sa Majesté et la fortune de M. de Lesseps. Tous les marins de* L'Aigle *étaient groupés à l'avant. Sur la dunette, l'impératrice, entourée de toute sa suite, agitait son mouchoir en contemplant l'admirable tableau qui se déroulait sous ses yeux. Le premier coup de canon retentit. La foule laissa alors éclater son enthousiasme. On criait, on s'embrassait. Les chapeaux volaient en l'air. Les larmes aux yeux, des ingénieurs de la Compagnie se serraient la main en silence.*

*Le bateau autrichien, qui suivait à cinq cents mètres, eut droit à d'autres salves et à d'autres hourras. L'empereur François-Joseph était debout sur le tambour. En veste de voyage, le chapeau couvert de mousseline flottante, il adressait à la foule de gracieux saluts.*

*La moitié du canal de Suez avait été franchie en huit heures et demie.* L'Aigle *jeta l'ancre dans le lac Timsah et, tout autour de lui, prirent position les bâtiments des souverains et des ambassadeurs qui l'avaient suivi pendant ces soixante-dix-huit kilomètres de traversée.*

*Le khédive monta à bord et, après avoir présenté ses hommages à l'impératrice, se jeta dans les bras de M. de Lesseps. C'était leur deuxième embrassade en moins de vingt-quatre heures... Nous n'aurions jamais cru à une telle effusion de la part de Son Altesse. Cela prouve qu'Elle a complètement oublié les légers dissentiments qui ont existé entre son gouvernement et la Compagnie universelle dont M. de Lesseps a toujours été la plus complète expression.*

*Le dîner allait être marqué par un touchant incident. L'impératrice venait à peine de se mettre à table lorsque, vaincue par une émotion trop longtemps contenue, elle dut se retirer quelques instants dans ses appartements pour donner libre cours à ses larmes. Ai-je besoin de vous dire, Monsieur, que c'étaient des larmes de joie ?*

À Ismaïlia, Albin Balanvin avait été accueilli par un Étienne Mancelle euphorique, mais un peu étourdi par l'invasion dont sa ville était l'objet. Depuis la veille, des dizaines de milliers de personnes de toutes races et de toutes provenances sillonnaient bruyamment « la Venise du désert ». Les membres du Jockey-Club côtoyaient des Tcherkesses en pelisse et des derviches tourneurs. Il avait fallu dresser, le long du canal d'eau douce, de nombreuses tentes, équipées de lits ou de simples matelas, pour loger les invités et les touristes européens. De leur côté, les Bédouins des environs étaient venus planter leurs propres tentes, décorées d'étoffes multicolores.

Eugénie fit sensation, le lendemain matin, en se rendant à cheval jusqu'au seuil d'El-Guisr, escortée par un escadron de jolies amazones. Elle portait un chapeau de paille à larges bords, garni d'un voile vert. À sa ceinture pendait un chasse-mouches en palmier… Au retour, l'impératrice enfourcha très élégamment un dromadaire, et alla au chalet de M. de Lesseps pour recevoir les dames de l'isthme. Nada aurait bien aimé se joindre à cette foule pomponnée et parfumée, mais le médecin le lui avait formellement interdit.

*Ismaïlia, le 19 novembre 1869*

*M'autorisez-vous, Monsieur, à ne rien vous dire de la réunion qui, sous le nom de bal, s'est tenue hier soir dans le nouveau palais du vice-roi ? Le nombre des invités était hors de proportion avec les lieux, pourtant vastes. On se marchait sur les pieds. Je me suis enfui dès le premier assaut donné aux buffets, évitant de voir l'horrible bousculade qui a suivi. Laissez-moi seulement vous indiquer les entrées du menu de ce dîner, parfaitement bien venu en plein désert : pâtés de gibier à la Dorsay, langues de bœuf à l'anglaise, aspics de Nérac, galantines de cailles en belle-vue, filets à l'impériale…*

*J'hésite un peu à vous faire part d'une petite fête, préparée dans l'ombre et le mystère, qui a eu pour cadre une luxueuse dahabieh amarrée dans le canal d'eau douce. Le maître des lieux n'avait guère invité de journalistes, mais ces diables de chroniqueurs se fourrent partout, et ce qu'on ne leur dit pas, ils le devinent.*

*À bord de la dahabieh se trouvaient quelques chanteuses célèbres et de bien provocantes almées. Les invités arrivaient discrètement, les uns après les autres. Nous ne reconnûmes, bien sûr, aucun des très hauts personnages présents. Quand tout le monde fut là, la dahabieh largua ses amarres pour aller passer deux heures dans le lac Timsah.*

*Nos informations s'arrêtent là. Nous avons promis de ne pas nommer les invités et craindrions de désobliger le propriétaire de la dahabieh en disant qu'il s'agit de Son Excellence Ismaïl Saddik pacha, ministre des Finances de Son Altesse le vice-roi.*

*Albin Balanvin.*

Le 20 novembre, à onze heures et demie du matin, *L'Aigle* entra triomphalement dans la mer Rouge. Le désert était vaincu. Toutes les cartes de géographie de la planète devenaient caduques. Le khédive sauta au cou de Ferdinand de Lesseps et l'embrassa pour la troisième fois.

Étienne Mancelle, qui se trouvait sur place, aurait fait volontiers de même. De la berge, il observait, fasciné, ce paysage féerique et les cinquante bâtiments partis quelques jours plus tôt de Port-Saïd. Un appel le tira de sa rêverie.

– Mancelle ! Mancelle !

Son collègue Félix Percheron brandissait un télégramme :

– Désolé, mon vieux, c'est une fille…

Étienne faillit s'évanouir de bonheur. Un enfant ! Il avait un enfant ! Sa fille, née avec le canal de Suez, se prénommerait, bien sûr, Eugénie.

# DEUXIÈME PARTIE

## Un désert et des roses

# 1

Pourquoi serais-je devenu médecin ? Je sentais trop bien la méfiance, et souvent le mépris, qui entourait mon père et ses confrères locaux. Les Européens ne les considéraient pas comme de vrais praticiens. Quant aux indigènes, ils ne faisaient confiance qu'aux rebouteux… Seules nos familles de *Chawam* avaient un réel respect pour le docteur Boutros Touta, surtout depuis la médaille décernée par Napoléon III. Mais ce respect-là ne me suffisait pas.

Mon père ne cherchait pas à nous entraîner dans son sillage, Alexandre et moi. N'ayant lui-même pas choisi de devenir médecin, il ne voulait peut-être pas nous forcer la main. Je n'ai jamais senti chez cet homme pudique une passion affichée pour son métier, une de ces passions entraînantes qui font des disciples.

De toute manière, il me manquait l'envie de soigner les malades et de panser les plaies. La générosité naturelle du docteur Touta ne s'était pas transmise à son fils. Je cherchais plutôt à me mettre en avant et à briller. Ne serait-ce que pour attirer le regard de Nada…

L'exemple d'Albin Balanvin me fascinait. Dès l'âge de quinze ou seize ans, je dévorais les chroniques du *Sémaphore d'Alexandrie*, avec l'envie secrète de pouvoir, un jour, signer moi-même de tels articles.

La première fois que je lui fis part, bien timidement, de mes projets, mon père me regarda avec stupéfaction :

– Journaliste ? Tu veux être journaliste ?

À ses yeux, ce n'était pas un métier – pas un métier pour moi, en tout cas. Il fronça les sourcils, et je devinai sa pensée : les rares journaux qui existaient en Égypte étaient tous rédigés par des Européens ; personne ne voudrait m'embaucher, sous prétexte que j'avais fait des études au collège des Frères.

– On m'a parlé d'un poste de sous-caissier à la Banque impériale ottomane, enchaîna mon père d'une voix un peu hésitante. C'est une maison solide. Tu devrais peut-être t'y présenter…

Le soir même, prenant mon courage à deux mains, je frappai à la porte d'Albin Balanvin.

Le domestique noir qui m'ouvrit me dévisagea de la tête aux pieds, d'un air méfiant, avant d'aller appeler son maître. Celui-ci apparut dans une robe de chambre de satin vert. Il était chaussé de babouches brodées d'or.

– Entrez donc, mon jeune ami, entrez donc !

Il me prit la main et la garda un peu trop longtemps dans les siennes.

– Quel bon vent vous amène ?

Je soupçonne ce diable d'homme d'avoir tout de suite compris l'objet de ma visite, dont il se plut à prolonger les préliminaires :

– Vous ne m'apportez aucune mauvaise nouvelle du docteur, j'espère ?

Albin Balanvin, parlant de mon père, n'a jamais dit « le docteur » avec ironie. Dès notre première rencontre, sur la place des Consuls, j'avais été frappé par la sympathie naturelle qu'il semblait lui porter. Dieu sait pourtant s'ils étaient différents l'un de l'autre !

Nous pénétrâmes dans un vaste salon, éclairé par plusieurs chandeliers, où flottait comme une odeur d'encens. Les murs étaient recouverts de tableaux, et les fenêtres masquées par de lourds rideaux grenat. Des portières, des capitons et des plantes grasses encombraient la pièce, au milieu de laquelle trônait une statue d'éphèbe grec, en marbre blanc, qui se reflétait dans une immense glace murale.

– Asseyez-vous près de moi, fit Balanvin en prenant place sur un canapé aux accoudoirs d'acajou. Hassanein va nous apporter du café. Comment le prenez-vous ? Très sucré ? Non, *mazbout*. Vous avez bien raison…

Mal à l'aise, j'exposai péniblement l'objet de ma visite. Il me laissa m'exprimer, m'emmêler. Il ne disait rien, suçotant le bec de son narguilé.

– Vous avez raison de préférer le café *mazbout*, finit par lancer le journaliste. Le café doit en effet se prendre ainsi : ni amer ni trop sucré.

Je le regardais d'un air ahuri.

– Oui, oui, je suis formel, le café doit être entre deux. C'est vrai aussi pour la température : vous ne le buvez pas brûlant, j'espère ?

Je sentais des picotements dans les cheveux. Une rougeur commençait à me monter au visage.

Il changea brusquement de ton :

– Mais le journalisme, voyez-vous, c'est le contraire du café : quand on écrit, il faut être net. Il faut choisir son camp. Surtout pas d'eau tiède !

Je l'interrogeai du regard, l'air perdu.

– Pourquoi voulez-vous faire du journalisme ? demanda Balanvin de sa voix tranchante.

– Pour raconter, balbutiai-je. Pour raconter ce qui se passe…

– On se fiche de vos idées, mon jeune ami !

Il criait presque.

– Vos idées, vous pouvez les mettre où je sais !

Le nez dans ma tasse de café, j'étais incapable d'émettre le moindre son. Balanvin ne décolérait pas :

– Être journaliste, c'est interpréter le monde. L'in-ter-pré-ter, vous entendez ?

J'approuvai de la tête, sans bien comprendre son propos.

– Il faut chercher, fouiller, essayer de savoir, tout savoir. Il faut comprendre. Mais, après, il faut en faire une œuvre d'art. Une œuvre d'art, vous entendez ?

– Je ne voudrais pas vous déranger plus longtemps, murmurai-je.

Changeant de visage, comme s'il avait retiré un masque pour en mettre un autre, Balanvin me lança :

– Vous connaissez l'arabe, n'est-ce pas ? Vous allez peut-être pouvoir m'aider. J'ai besoin de savoir comment la corvée est pratiquée à la sucrerie du khédive, dans la région de Tantah. Seriez-vous prêt à aller sur place et vous renseigner ?

Après tant d'émotions, je ne sus que répondre. J'étais partagé entre le bonheur de me voir confier une mission dans le journalisme, et la déception d'en être réduit à jouer les commis voyageurs à la campagne. Moi qui rêvais déjà aux allées du pouvoir…

En prenant congé d'Albin Balanvin, une heure plus tard, j'étais aussi ému qu'à l'arrivée. Mais mille idées se bousculaient dans ma tête.

Quand je repense à cette expédition dans la région de Tantah, je suis frappé par ma naïveté et mon inconscience d'alors. Partir ainsi, à l'aveuglette, sans avoir réfléchi à la manière de recueillir discrètement les informations demandées par Balanvin… Mais j'étais jeune. J'avais vingt ans.

Mon père me laissa partir en marmonnant. Il ne semblait croire ni à l'utilité de ma mission ni à ma capacité à la remplir. Au moins était-il satisfait de mon embauche à la Banque ottomane où un modeste poste à l'essai m'attendait une semaine plus tard, juste à mon retour de voyage.

Je n'eus aucun mal à trouver les propriétés du vice-roi : elles occupaient toute la région. Dès la sortie de la gare, on voyait des cohortes de paysans se rendre sur place, encadrés par des soldats. Il n'était pas question de les aborder. Lequel de ces fellahs savait-il d'ailleurs comment la corvée était organisée ? Les bras ballants, je les regardais passer, sans la moindre idée sur la manière dont je pourrais remplir ma mission.

J'avais trouvé une auberge mal famée, près de la gare, qui portait le nom pompeux de Locanda khédiviale. On m'offrit, pour quelques piastres, un réduit sentant la pisse, équipé d'une simple paillasse. À la lueur d'une bougie, je passai la soirée à pourchasser de gros cafards noirs qui s'étaient glissés sous la porte et couraient au plafond. Ce fut une nuit cauchemardesque, peuplée de ces horribles bêtes, montant et descendant à toute allure sur le corps lisse et blanc de l'éphèbe grec du salon de Balanvin…

À l'aube, la voix nasillarde du muezzin me réveilla en sursaut. Il faisait froid et humide. Cette ville entièrement arabe, dont je ne connaissais rien, me semblait au bout du monde. « Une œuvre d'art », avait dit Balanvin. J'en étais loin… Un grand désespoir m'envahit.

Dans la matinée, ne sachant que faire, je m'attablai à un café. Une idée folle me traversa l'esprit. Ne devais-je pas tester moi-même la corvée ? Il me suffisait, après tout, d'acheter une *gallabeya*, de retirer mes chaussures et de me glisser parmi un groupe de paysans mobilisés… Mais comment ferais-je ensuite pour fuir le chantier ?

À la table voisine, une vive discussion opposait deux hommes à propos d'un pot de miel. Ils criaient, tempêtaient. C'en était agaçant et ridicule. Je faillis me lever quand j'entendis une allusion à la sucrerie. La sucrerie du khédive… Je tendis l'oreille. Il ne me fallut pas très longtemps pour comprendre que c'étaient des surveillants de l'établissement.

Dès lors, je ne perdis plus un mot de leur conversation. Ils finirent par s'en apercevoir, et l'un d'eux me prit à témoin. J'approchai mon siège, j'offris des cafés. Ils les voulaient *mazbout*, et je fis tout un dégagement sur ce thème. Un café ne devait être, en effet, ni amer ni trop sucré…

– Le sucre, on en a assez ! lança l'un d'eux, en éclatant d'un rire gras, interminable.

Nous parlâmes de leurs horaires de travail. Puis de la corvée. Les fellahs étaient amenés sur place par groupes de cent ou de deux cents. Étaient-ils payés ?

– Mais oui, on leur paie le voyage d'aller et de retour.

– Non, je veux dire rétribués…

– Chaque mois, ils reçoivent un pot de miel.

Nous parlâmes encore des horaires, des rations, des coups de *courbache*... J'offris une nouvelle tournée de café. Ils étaient intarissables, ravis de raconter l'usine à sucre où ils travaillaient pour de maigres salaires, mais avec quelques avantages annexes. Des pots de miel, par exemple...

Je les quittai à l'heure de la prière de midi, n'ayant plus rien à leur soutirer. Et je me précipitai dans mon réduit de la Locanda khédiviale pour noter furieusement tout ce qu'ils m'avaient dit. Je n'avais plus besoin de me déguiser en fellah. Je savais tout.

Le lendemain de mon retour au Caire, je portai à Albin Balanvin douze feuillets, bien léchés, racontant ce que j'avais appris sur place. Il les parcourut rapidement, me posa quelques questions et me remit une petite somme d'argent de la part du *Sémaphore d'Alexandrie*. J'étais aux anges.

Son article devait paraître deux semaines plus tard. Je l'attendais avec une impatience grandissante.

Les premières lignes m'étonnèrent : c'était une série de considérations sur la corvée que j'ignorais totalement. Le reste de la chronique me laissa pantois : il était bien question de la sucrerie du khédive, il n'était même question que de cela, mais je ne retrouvai aucune des idées que j'avais si bien exprimées dans mon texte. L'article de Balanvin se terminait par le pot de miel : c'était bien la peine de m'avoir envoyé si loin ! J'étais furieux et horriblement vexé.

Cette chronique allait faire grand bruit dans les allées du pouvoir. Le journal *L'Égypte*, financé par le Palais, publia un éditorial indigné sur « les personnes qui diffusent de grossières calomnies ». On disait que l'un des principaux collaborateurs du khédive s'était rendu au siège du *Sémaphore*, à Alexandrie, pour formuler des menaces à peine voilées : une nouvelle incartade vaudrait à l'hebdomadaire une suspension immédiate.

Albin Balanvin fut félicité de son audace par des adversaires d'Ismaïl et par des Européens. Mais il vit se dresser contre lui de riches propriétaires, parmi lesquels Adolphe Xavier-Saillard. Celui-ci lâcha une bordée d'injures en présence de mon cousin Rizkallah :

– *Sémaphore* de merde ! J'espère que le gouverneur de Gharbieh ne se torche pas le cul avec cette feuille pourrie. Il pourrait l'avoir lue – s'il sait lire – et me priver des deux corvées qu'il me donne chaque année pour ensemencer mes champs et récolter mon coton !

Le pot de miel frappait les esprits. Je comprenais maintenant pourquoi Balanvin, en excellent journaliste, avait conclu son article par ce détail. Un détail dont j'étais à l'origine, après tout… Je commençais à être fier d'avoir collaboré à une telle œuvre. Cet article devenait peu à peu le mien. J'y voyais ma propre signature, et le lisais avec les yeux d'une Nada éblouie…

Mes collègues de la Banque ottomane ne savaient pas que le nouveau caissier était un homme important, un journaliste, qui venait de révéler les secrets de l'usine à sucre du khédive. Une prudence élémentaire m'incitait à me taire. Je brûlais pourtant de brandir ma véritable identité. J'imaginais déjà le jour où je prendrais congé de ces ronds-de-cuir en leur lançant avec panache :

– Adieu, messieurs, je deviens journaliste !

En attendant, j'apprenais à compter les liasses de billets, en mouillant mon doigt. Je naviguais entre les guinées égyptiennes, les tallaris de Constantinople, les shellings, les paras, les roupies, les sequins, les napoléons… Lors du voyage à Paris, pour l'Exposition universelle, l'astronome Mahmoud bey avait dit à mon père :

– Trouvez-vous normal, docteur, que nous utilisions six ou sept monnaies différentes ? Un pays civilisé ne peut vivre de la sorte. J'en parlerai à Son Altesse…

Mais Son Altesse ne payait qu'en pots de miel.

# 2

Depuis qu'elle habitait le nouveau quartier du Caire, situé entre le jardin de l'Ezbékieh et les palais du Nil, tante Angéline avait de grandes ambitions pour Lolo. L'épouse qu'elle lui cherchait devait être fortunée, de belle allure, douce mais vive, titrée si possible et, bien sûr, grecque-catholique. Peu de jeunes filles réunissaient toutes ces qualités, même en étendant les recherches aux villes de Damiette, Mansourah et Alexandrie. Mais la future belle-mère était intraitable :

– Une maronite ? Jamais ! Qu'est-ce qu'il a fait mon fils pour devoir épouser une maronite ?

Lolo ne demandait rien, pourtant. « Amour de sa mère » était ravi de son existence de célibataire, logé, nourri, éclairé au gaz et réchauffé par l'atmosphère familiale. Même ses besoins les plus impétueux étaient satisfaits à domicile, par les soins de la bonne des Falaki, une vraie garce.

Cette Fawzia troublait tous les jeunes gens de la famille. Quand on frappait chez les Falaki, elle avait une manière d'entrebâiller la porte comme s'il s'agissait d'un lupanar. Sa bouche gourmande susurrait des mots de bienvenue. Le corsage échancré retenait le regard, et quand elle se penchait en avant – elle se penchait souvent –, on apercevait le bout de ses seins.

Fawzia réévaluait régulièrement le montant de ses services nocturnes. Lolo protestait, mais elle s'approchait de lui, levait le bras et l'enveloppait d'un parfum d'aisselles qui le mettait en transe. Vers minuit, quand ses parents étaient couchés, il la rejoignait dans l'office, éclairé par une bougie. Il arrachait sa robe et s'emparait à pleines mains de cette chair sombre. Les braiments de Lolo résonnaient dans la maison endormie.

Les Falaki avaient fait une bonne affaire. S'étant engagés à construire une maison de plus de deux mille livres, ils avaient obtenu gratuitement le terrain dans ce nouveau quartier, aéré et bien dessiné, qui était devenu le plus résidentiel du Caire. L'oncle bijoutier se félicitait chaque jour d'avoir saisi l'offre du khédive. Rien ne lui plaisait autant que d'aller apercevoir sa demeure du haut de la Citadelle. Il y montait régulièrement, ne manquant jamais de se faire accompagner par un client :

– Vous la voyez, ma maison ? lançait-il avec enthousiasme, en pointant l'index vers la forêt de minarets qui s'étalait à leurs pieds.

Le client s'extasiait, sans rien voir, se disant peut-être que ce voleur de Falaki lui ferait un rabais…

D'autres membres de la famille profitaient des initiatives inattendues du vice-roi. Ainsi, Boctor Touta, le père de Rizkallah, quand fut annoncée la fameuse loi dite de la *Moukabala*. Il était intarissable sur le sujet.

– Qu'est-ce que le khédive a encore inventé ? demandait mon père d'un air las.

– C'est une invention formidable, une invention de fils de pute ! s'exclamait Boctor. Cette formule arrange tout le monde : elle va permettre à l'État de liquider toutes ses dettes et aux propriétaires fonciers de gagner de l'argent. Écoute bien : ceux qui paieront dès maintenant six annuités d'impôts fonciers verront leur impôt définitivement diminué de moitié. C'est-à-dire que, jusqu'à la fin de mes jours, je paierai deux fois moins d'impôts !

– La formule me paraît un peu compliquée.

– Aussi peu compliquée que le cul de ma mère ! Six années d'impôt foncier représentent trente millions de livres sterling. Exactement le montant de la dette. D'un coup, plus de dette ! Quant aux propriétaires, ils vont gagner l'équivalent d'un placement perpétuel à 8 %. Un placement détourné, sans enfreindre l'interdiction islamique du prêt à intérêt.

– Je ne vois pas, disait Lolo.

– Réfléchis, tapette ! En ne payant, jusqu'à la fin des temps, que la moitié de l'impôt, les propriétaires vont faire un bénéfice de 8 % sur leur capital.

– Bon, et alors ?

– Et alors, *ya tizz !* c'est comme s'ils prêtaient à 8 %.

Lolo se grattait la tête en fronçant le sourcil…

Dans un autre style, Rizkallah, le fils de Boctor, savait lui aussi se mettre sur le chemin de l'argent. M. Xavier-Saillard l'employait désormais à temps plein. Devenu le porte-serviette du riche négociant, mon cousin avait quitté le consulat de France, où plus aucun poste – pas même celui de premier *drogman* – n'était à la hauteur de ses véritables ambitions. Il voulait gagner de l'argent, beaucoup d'argent. Chez M. Xavier-Saillard, au moins, il jonglait avec des chiffres à longueur de journée.

Je l'entends encore lancer sous forme de boutade :

– Nous faisons du vingt pour cent : nous achetons à vingt et revendons à cent.

Mais je finis par me demander s'il s'agissait vraiment d'une boutade. Tout était possible dans le climat d'agiotage effréné de cette période…

Le passage de Rizkallah au consulat de France lui avait permis, comme prévu, de devenir « protégé » français. À ce titre, il échappait à la justice locale et n'était plus soumis à l'impôt. Son domestique en profitait aussi : tant qu'il serait employé par un « protégé », ce jeune homme malingre éviterait la conscription. Autant dire qu'il avait intérêt à bien se tenir, en remerciant le Ciel de recevoir pour salaire trois plats de fèves quotidiens.

– C'est le protégé du protégé, commentait mon père d'une voix consternée.

# 3

Je m'aperçois que je sais très peu de chose, finalement, du Walid el-Ahlaoui de ces années-là. Était-il parti comme volontaire au Soudan, pour bénéficier d'une double solde et d'une possibilité de promotion ? Ou contraint et forcé, comme il devait l'affirmer par la suite, pour appuyer peut-être ses thèses sur l'imposture khédiviale et la rapacité des Anglais ?

J'ignore même la date exacte de son départ. Sans doute arriva-t-il dans la région de Khartoum au début de 1872, au moment où Sir Samuel Baker, employé par le khédive, réclamait des renforts pour combattre les tribus rebelles. L'expédition confiée au célèbre explorateur anglais ne manquait pas d'ambition, puisqu'elle devait permettre à l'Égypte de contrôler entièrement le Nil, de ses sources jusqu'à la Méditerranée.

– Ismaïl rêve d'un grand empire africain qui le rendra plus riche, plus puissant et encore plus indépendant de Constantinople, expliquait Nassif bey.

Walid el-Ahlaoui s'aperçut très vite qu'il ne participait pas à une promenade militaire. Cette guerre était cent fois plus pénible que celle de Crète où il avait gagné son grade de *yousbachi*. Au bout de plusieurs mois au Soudan, le jeune officier ne parvenait toujours pas à s'habituer à la température suffocante, à l'humidité de l'air et aux conditions détestables dans lesquelles il vivait. Les combats contre les indigènes qui résistaient à la « pacification » étaient d'une violence inouïe. Walid fut malade pendant trois jours lorsqu'on retrouva le corps d'un de ses collègues, mutilé, après avoir subi les pires tortures. Il demanda à être rapatrié, ce qui ne lui fut pas accordé. Baker pacha en personne s'adressa à lui, par le biais d'un interprète, en soulignant la nécessité de poursuivre cette mission civilisatrice :

– Il ne s'agit pas seulement d'établir des comptoirs de commerce. Ni même d'ouvrir les grands lacs à la navigation. Notre premier rôle est d'arracher à l'esclavage des hommes, des femmes, des enfants…

Walid songea alors à la « fabrique d'eunuques » découverte par son bataillon à l'entrée d'un village, près de Gondokoro : des garçons de six ou sept ans, destinés à des harems lointains, avaient été émasculés d'un coup de rasoir ; sur leur blessure, on avait versé de l'huile bouillante et de la poudre de henné, puis on les avait enterrés jusqu'à la taille, pendant vingt-quatre heures, pour laisser la plaie se refermer. Le regard éteint d'un de ces enfants ne le quittait plus… Il se résigna à rester au Soudan. Il n'avait d'ailleurs pas le choix. Mais il voua à Baker une haine féroce, comme s'il lui reprochait de l'avoir floué par un argument tronqué. Cette haine, l'officier la reporta peu à peu sur tous les Anglais. Il ne supportait ni leur arrogance ni leur mépris. Même leur compétence et leur courage les lui rendaient odieux.

Walid el-Ahlaoui avait commencé par haïr la France, pour l'avoir injustement fait dégrader sur la place des Consuls. Il haïssait maintenant l'Angleterre, pour des raisons moins évidentes. En attendant de haïr le khédive, qui était finalement au centre de tout cela : en 1863, à

Alexandrie, Ismaïl pacha n'avait-il pas toléré qu'on le dégrade en public ? Et n'était-ce pas lui, dix ans plus tard, qui l'avait envoyé en Afrique noire, dans ce bain de sang ?

Au Caire, nous étions très mal informés sur l'expédition coloniale. Les journaux se contentaient le plus souvent de reproduire les communiqués de victoire du khédive, sans avoir le moyen de les vérifier. C'était évidemment le cas de *L'Égypte*, subventionné par le Palais, qu'Albin Balanvin ne manquait jamais de brocarder.

– Dans ce journal, disait-il, seule la date est exacte.

À propos de la conquête du Soudan, le correspondant du *Sémaphore* en était réduit à des interrogations ironiques. Il se rattrapait sur d'autres sujets, plus accessibles, comme la politique intérieure ou la chronique théâtrale.

Lui ayant raconté un moment de panique survenu aux guichets de la Banque ottomane, en raison d'une fausse rumeur concernant les bons du Trésor, il m'incita à coucher cette histoire par écrit, à titre d'exercice. Je m'exécutai avec enthousiasme, mettant tous mes efforts à soigner le style de cet article, que je lui portai dès le lendemain.

Balanvin parcourut le texte, puis émit un grognement :

– Ce n'est pas mal.

Une bouffée de joie me mit le visage en feu.

– Voyons cela plus en détail, fit-il en s'emparant d'un crayon rouge. Venez vous asseoir près de moi.

D'un gros trait, il biffa le premier paragraphe.

– Inutile.

Il fit de même avec le deuxième :

– Mais pourquoi n'entrez-vous pas tout de suite dans le sujet ?

J'étais consterné. Dans les minutes qui suivirent, mon texte se mit à saigner de toutes parts. Ce texte, établi à partir de douze ou quinze brouillons, dont chaque mot avait été soigneusement pesé… Je serrai les dents, tremblant de déception et de colère.

– Ce n'est pas mal, répéta Balanvin en posant l'article sur une table basse. Nous allons essayer de lui faire une petite place dans *Le Sémaphore*. Mais, de grâce, à l'avenir, cessez d'être conventionnel ! Faites une œuvre, mon jeune ami. Une œuvre d'art !

Je faillis l'embrasser.

L'article, complètement remanié, parut la semaine suivante, sans signature. La relation très précise de l'incident survenu à la Banque ottomane était suivie d'un clin d'œil de Balanvin, qui rendait un hommage appuyé à l'activité infatigable du ministère des Finances :

*Jour et nuit, on y fabrique des bons du Trésor, certainement destinés à une activité très fructueuse pour le pays. Mais, bientôt, les moyens ordinaires ne suffiront plus, et on parle de commander aux Forges et Chantiers une machine puissante pour pouvoir satisfaire à tous les besoins du gouvernement…*

Au fond, l'épisode survenu à la Banque ottomane n'intéressait pas Balanvin. C'était du fait divers, comme il disait avec dédain. Cette histoire ne pouvait servir, à ses yeux, que comme prétexte à commentaire insolent.

Je commençais à comprendre ce qui nous séparait dans le journalisme : le correspondant du *Sémaphore* était un littérateur. Moi, je voulais d'abord raconter.

# 4

Un dimanche de mars, alors que je me levais pour prendre congé, Albin Balanvin me tendit un petit opuscule. C'était un texte édité à Paris, signé d'un certain E. Bauche et intitulé *L'Agonie du canal de Suez, nullité de ses résultats actuels, sa ruine prochaine*.

– Cet article fait, paraît-il, beaucoup de bruit dans les milieux de la Compagnie. Il serait intéressant d'aller voir cela de plus près, à Ismaïlia. Moi, je n'en ai aucune envie. Iriez-vous ?

D'émotion, je me rassis sans y avoir été invité. Sans doute étais-je bouleversé par la proposition de Balanvin, avec toute la confiance qu'elle supposait. Mais, plus encore, par la perspective d'aller dans la ville de Nada…

Je répondis oui, bien sûr, sans même penser à l'excuse que je devrais fournir à la Banque ottomane. Balanvin se proposa d'écrire à deux responsables haut placés de la direction générale de la Compagnie de Suez pour les avertir de ma visite.

– Et n'oubliez pas d'aller voir Étienne Mancelle et sa charmante épouse ! ajouta-t-il.

Ce conseil-là était peut-être superflu.

Averti de mon voyage à Ismaïlia où je devais passer cinq jours, Étienne Mancelle me fit savoir par retour du courrier qu'une chambre m'attendait chez lui et que j'y serais encore mieux qu'à l'hôtel. Nada avait griffonné quelques mots, de son écriture ronde et un peu penchée d'ancienne élève du Bon Pasteur, pour s'associer à cette invitation.

– Tu ne peux pas y aller les mains vides, me dit mon père. Il faudrait leur offrir un objet pour la maison.

J'avais l'embarras du choix, leur désert de Suez ne devant pas être très approvisionné. Il me manquait cependant l'habitude de tels achats : après une matinée entière dans les magasins du Mouski, je déclarai forfait et entrai à la bijouterie Falaki pour y acheter une petite horloge.

– J'ai exactement ce qu'il te faut ! m'assura l'oncle Alfred.

Il avait toujours exactement ce qu'il fallait au client… Sur ses conseils, je pris une pendule de table à coucou, avec un cadre en argent plaqué.

– Je t'ai fait un prix très doux, me dit-il.

– À ce prix-là, c'est donné, ajouta Lolo, comme un enfant de chœur répondant machinalement au célébrant.

Il emballa l'objet dans une page un peu douteuse – à tous points de vue – du *Moniteur égyptien*, le nouveau nom de *L'Égypte*, et le ficela avec des nœuds à n'en plus finir, comme si le coucou risquait de s'envoler.

Je fus conquis par la petite gare d'Ismaïlia, posée en plein désert. Une sorte de balcon courait tout le long de cette construction de bois, avec de légers cintres supportés par des colonnettes. Des Bédouins et des marchands de figues étaient paisiblement assis sur la voie. Ils ne s'en écartaient que deux ou trois fois dans la journée lorsqu'un train s'annonçait de loin par le sifflet de sa locomotive.

Étienne Mancelle, en bottes et veste kaki, saluait une dame de sa connaissance, encombrée dans une crinoline, qui était descendue du train avant moi. Il s'était un peu arrondi. Nous nous serrâmes les mains avec effusion avant de monter dans son tilbury. Le cheval avala au petit trot une route de sable, bordée d'arbres maigrelets, et déboucha sur la place Champollion.

– Nous sommes arrivés, me dit Étienne gaiement en m'indiquant avec son fouet une maison aux volets lilas.

J'avais la gorge nouée d'émotion. Cela faisait cinq ans que Nada était mariée, cinq ans que je ne l'avais pas revue.

La porte s'ouvrit pour laisser passer une fillette qui courut en direction du tilbury mais s'arrêta net en me voyant.

– Et alors, Eugénie, on ne dit pas bonjour ? demanda son père, visiblement charmé par l'enfant.

Mais je n'avais d'yeux que pour Nada, qui était apparue dans l'encadrement de la porte. Les bras croisés sur la poitrine, bien campée sur ses jambes, elle me regardait en souriant. Je lui adressai un petit signe de la main pour cacher mon trouble.

Eugénie fit diversion en courant vers sa mère. Nada la prit dans ses bras et s'approcha pour m'embrasser. Je retrouvai l'odeur de sa peau, cent fois volée au cours de nos déjeuners familiaux quand je me penchais vers elle pour ramasser une serviette qui tombait souvent…

– C'est notre chambre d'amis, me dit-elle en montant l'escalier. Elle donne sur la place. J'espère qu'Eugénie et Lucien, qui dorment en face, ne te réveilleront pas.

Lucien était âgé de deux ans. En nous annonçant sa naissance, Étienne nous avait précisé que l'accouchement avait été difficile. J'imaginais alors une Nada boursouflée, abîmée par ses couches. Mais la jeune femme que je venais de revoir n'avait jamais été aussi séduisante.

Ma pendule à coucou fut accueillie chaleureusement. J'eus cependant la surprise, en entrant dans le salon, de trouver une foule de bibelots du même genre : une horloge à balancier, une pendulette, une grosse montre de marine posée sur une console d'acajou… À croire que les magasins d'Ismaïlia étaient encore mieux fournis que ceux du Caire ou d'Alexandrie.

Nous déjeunâmes sur la véranda, à l'abri du soleil. Une vigne épaisse donnait de la fraîcheur à cet endroit charmant, garni de meubles en osier. Nada s'adressait au domestique dans un arabe encore marqué par des intonations syriennes.

Ils me demandèrent des nouvelles de toute la famille. Nous parlâmes en détail de chacun, à commencer par mon père, pour lequel ils avaient, l'un et l'autre, une réelle affection. Puis j'exposai à Mancelle l'objet exact de mon voyage.

– Vous allez provoquer quelque inquiétude chez les responsables de la Compagnie, me dit-il d'un air songeur. Ici, on redoute les commentaires du *Sémaphore d'Alexandrie*… Je vous félicite, en tout cas, d'avoir trouvé une place dans un organe aussi influent.

J'expliquai que je n'étais pas un rédacteur de l'hebdomadaire, mais un collaborateur d'Albin Balanvin.

– Ah, ce cher Balanvin ! fit Étienne en souriant. Je peux vous dire que ses articles sur l'inauguration ont été lus et commentés ici avec passion. Aucun autre journaliste ne s'était permis de dire certaines choses aussi fortement… Peut-être auriez-vous intérêt à ne pas trop citer son nom… Mais enfin, je suis sûr que vous ferez pour le mieux. Et, en tout cas, je suis à votre disposition…

Ce ne fut ni la difficulté de mon reportage ni le voisinage d'Eugénie et Lucien qui m'empêchèrent de m'endormir avant trois heures du matin. Simplement le fait d'être là, à Ismaïlia, à quelques pas de la chambre de Nada. Jamais je ne m'étais senti autant attiré par elle. Jamais pourtant elle ne m'avait paru aussi inaccessible, avec un mari et deux enfants… Étienne l'appelait « mon petit bouchon ». Cela me paraissait ridicule et me gênait.

Mon premier rendez-vous était fixé à dix heures du matin. Je me rendis à la direction générale de la Compagnie pour y rencontrer l'un des responsables. C'était un bâtiment imposant, un vrai palais, avec de somptueux bureaux qui dominaient le lac Timsah.

– Je pensais que vous étiez français, me dit mon interlocuteur, d'un air pincé. J'aurais dû m'en douter : ce nom, Touta…

Pris de court par sa réaction, j'en oubliai ma première question. Il me vit fouiller maladroitement dans mon carnet et cela accentua son air méprisant. Je n'étais pas européen, n'appartenais pas vraiment au *Sémaphore d'Alexandrie* et, qui plus est, ne connaissais pas mon métier… Brusquement, le regard condescendant de cet ingénieur en chef me mit en fureur. Je décidai de réagir et de le mitrailler de questions.

– Pouvez-vous m'expliquer, demandai-je, pourquoi les deux premières années d'exploitation ont été catastrophiques ?

Le Français fronça les sourcils.

– Le mot catastrophique ne me paraît pas…

– D'après les chiffres de M. Bauche, seuls 486 navires ont transité d'une mer à l'autre en 1870. On en attendait beaucoup plus, n'est-ce pas ?

– Ce chiffre est complètement dépassé.

– 765 passages en 1871…

– Je vous signale que nous en avons eu plus de 1 000 l'an dernier.

– 1 082, en effet. Mais cela représente un tonnage beaucoup plus faible que les prévisions.

Il me regarda d'un air perplexe. Puis, changeant de ton, il m'invita à prendre place dans un fauteuil, à l'autre bout de la pièce, près de la porte-fenêtre, et me proposa un café.

– Vous voyez ce navire à hélice, là-bas ? me dit-il d'un air songeur. C'est cela, notre véritable clientèle. Il n'y a malheureusement pas encore assez de navires à vapeur de par le monde. Et la guerre franco-allemande a ralenti le processus de modernisation.

– Est-il exact, demandai-je, que près du tiers des navires se sont échoués dans le canal la première année ?

– C'est exact, mais les accidents diminuent de trimestre en trimestre. Tous les pilotes ne dominent pas encore les manœuvres dans les courants et dans les courbes. Ils n'ont qu'une seule hélice, leur safran est trop petit…

Une heure plus tard, l'ingénieur en chef me raccompagnait jusqu'à la porte de la direction générale et m'invitait à le revoir au besoin. Je me rendis à pied jusqu'à la place Champollion, rempli de fierté.

Si quelqu'un n'était pas impressionné par mon titre de journaliste, c'était bien Nada : *Le Sémaphore d'Alexandrie* ne lui disait rien. J'en fus d'abord désarçonné. Puis ravi de constater que ma présence à Ismaïlia lui plaisait pour d'autres raisons. Avec moi, elle se retrouvait un peu en famille. À preuve, cette manière de m'adresser de temps en temps des phrases en arabe – une langue qu'elle ne parlait plus ici qu'avec les domestiques ou les marchands des quatre-saisons. Même dans les magasins, tout se faisait en français.

– Ici, mon cher, vous êtes en France ! me lancerait Félix Percheron, le collègue de Mancelle, au cours d'un dîner chez le chef du dragage.

Étienne était occupé toute la journée. Moi, je vivais au rythme de mes rendez-vous, ce qui me laissait du temps pour bavarder avec Nada. Elle me fit visiter la ville, et j'étais ému de me promener à ses côtés. Sans doute me prenait-on pour son frère. Je m'inventais un rôle de chevalier servant… Nous nous rendîmes ensemble, à deux reprises, à La Belle Jardinière. Je l'aidai à choisir une pékinade de soie et une robe anglaise pour la petite Eugénie.

Ismaïlia possédait un établissement de bains, au bord du lac Timsah, ouvert aux dames le matin et aux messieurs l'après-midi. Nada m'invita à l'y rejoindre à l'heure du déjeuner. J'arrivai un peu plus tôt que prévu, mon entretien avec le directeur de l'hôpital ayant été écourté. De loin, je la vis sortir de l'eau, en compagnie de deux autres jeunes femmes. Elles riaient et poussaient de petits cris, comme des enfants. Leurs robes mouillées collaient à leurs corps. Puis, très vite, elles disparurent de mon champ de vision.

Quand Nada ressortit de l'établissement de bains, une demi-heure plus tard, elle avait encore les cheveux humides. Son visage rayonnait. Ses lèvres lourdes, privées de fard, se confondaient avec sa peau brune, ce qui était extrêmement troublant.

Nous rentrâmes à la maison. Le domestique nous servit un léger déjeuner sur la véranda. Il faisait chaud. Nada, qui s'était machinalement déchaussée, taquina du pied son fauteuil en osier. Le pied de Nada… Elle bâilla, les yeux à demi fermés. Le bain l'avait épuisée. Je la regardais en souriant, avec un léger vertige. Je me sentais prêt à toutes les folies.

– Mon Dieu, j'ai de la couture à faire ! dit-elle brusquement en se levant. Ma robe ne sera jamais prête pour ce soir…

La réception chez le chef du dragage, à laquelle nous étions conviés, me permit d'observer à loisir la société française d'Ismaïlia. Tout ce petit monde se connaissait et se rencontrait dans des circonstances semblables plusieurs fois par mois. J'entendais de nombreuses plaisanteries allusives dont le sens m'échappait. Nada, rayonnante dans une robe de satin rose dont le décolleté découvrait les épaules, semblait très à l'aise parmi ces Européens. La Syrienne timide des débuts avait cédé la place à une jeune femme sûre d'elle-même qui, visiblement, ne laissait pas les hommes indifférents. Je n'aimai pas la manière dont l'un ou l'autre lui avait baisé la main en entrant.

Un petit groupe de messieurs se forma dans le fumoir. J'y fus accueilli et présenté par le maître de maison, comme journaliste au *Sémaphore d'Alexandrie*. Il y eut quelques exclamations, puis la conversation reprit et on m'oublia.

Les regards étaient tournés vers un personnage bien plus intéressant que moi : un membre du conseil d'administration de la Compagnie, arrivé la veille de Paris. Les nouvelles, disait-il, n'étaient pas bonnes. Les actionnaires, qui n'avaient pas touché de dividendes depuis l'inauguration du canal, se plaignaient ouvertement. Certains demandaient même la liquidation de la Compagnie.

– L'emprunt n'a rapporté que cinq millions de francs, précisa l'administrateur. Il faudrait augmenter les droits de transit.

– Augmentons-les ! s'écria Félix Percheron. Nos clients paient des taxes sur le tonnage net, ce qui est une escroquerie.

– Vous n'avez pas tort, répondit le Parisien. Nous avons essayé d'imposer aux Messageries maritimes un calcul sur le tonnage brut, et la justice nous a donné raison. Mais les armateurs anglais, italiens et autrichiens ont réclamé un arbitrage international.

– Ah non, pas d'arbitrage international ! C'est ce cher Napoléon III, rappelez-vous, qui avait arbitré contre la corvée…

La discussion fut interrompue par des voix féminines et des applaudissements. Tout le monde était convoqué dans le grand salon pour écouter un duo d'Offenbach, accompagné au piano.

– Encore ! murmura Percheron, que le répertoire commençait visiblement à lasser.

Il alla fumer un cigare sur la terrasse.

Après ce petit récital, très applaudi, les dames demandèrent au nouvel inspecteur du Télégraphe, un jeune homme plein d'esprit, de leur lire la bonne aventure. Elles se dégantèrent l'une après l'autre, très excitées. Nada livra sa jolie paume à ce Parisien aux cheveux gominés, qui en explora chaque sillon avant de déclarer de manière sentencieuse :

– Mademoiselle, je vois un mariage dans l'année.

Toutes les dames s'esclaffèrent, en criant à l'inspecteur penaud que Mme Mancelle était déjà deux fois maman…

La veille de mon départ, Étienne Mancelle nous proposa une promenade après dîner. D'ordinaire, il partait marcher seul, une trentaine de minutes au crépuscule, le long du canal d'eau douce.

– La promenade au crépuscule est sa seule débauche, m'avait dit Nada en souriant.

C'était une soirée délicieuse, sans lune, mais avec un ciel admirablement étoilé. Plusieurs couples déambulaient sur la place Champollion, au milieu des buissons de roses.

– Connaissez-vous une seule ville au monde qui soigne ses plantes aussi bien que notre Venise du désert ? me demanda Mancelle.

Je ne connaissais pas beaucoup de villes dans le monde… Tous les jours, un arroseur passait dans les rues, avec un petit véhicule équipé d'un robinet et traîné par un chameau. Cet étrange attelage était comme un symbole d'Ismaïlia. Je me promis d'en parler dans mon article. Je parlerais aussi des lettres en attente, exposées dans un cadre devant le bureau de poste : ces lettres n'avaient pas trouvé leur destinataire, parti pour les Indes ou pour l'Europe ; peut-être les lirait-il un jour, déjà jaunies, en refaisant escale dans ce port de mer au milieu du désert…

Nous poussâmes jusqu'au canal d'eau douce. Le quai, planté de deux rangées d'arbres, n'était pas éclairé. Mancelle, très gai, vantait les mérites du bon air d'Ismaïlia. Il marchait à grands pas devant nous, en étirant les bras comme un gymnaste et en faisant des exercices de respiration.

Nada s'arrêta pour regarder passer une barque avec un fanal. Les occupants nous saluèrent dans un français cassé. Nous leur répondîmes en excellent arabe, ce qui les mit en joie. L'un d'eux entonna alors une chanson pour amoureux, tandis que la barque s'éloignait lentement en direction de Suez, emportant sa mélopée :

– *Ya leïli, ya aïni*…

Nada se tourna vers moi. Elle avait le regard noyé de larmes. Sans réfléchir, j'approchai mon visage du sien et embrassai ses yeux humides. Je sentis son souffle, l'odeur de sa peau. J'effleurai ses lèvres entrouvertes du revers de la main. Je la sentis frémir. Mais elle se détacha de moi. Nous poursuivîmes notre route en silence, pour rejoindre Mancelle, loin devant, qui faisait encore des respirations.

# 5

Ai-je besoin de dire que dans le train qui me ramenait au Caire le canal de Suez était le cadet de mes soucis ? Je ne pensais qu'à Nada.

Nous nous étions quittés sans la moindre allusion au séisme de la veille. Quelques phrases banales de remerciement de ma part, une invitation très formelle de sa part à revenir à Ismaïlia, devant un Mancelle souriant qui tenait les rênes de son tilbury.

– Tu as l'air bizarre, me dit mon frère Alexandre à mon retour à la maison.

Je haussai les épaules, partagé entre le souci de n'en rien laisser paraître et le désir très fort de parler de Nada. Mais ce balourd d'Alexandre était la dernière personne à qui confier un secret. Quel secret, au demeurant ? J'ignorais tout des sentiments de Nada. Ne s'était-elle pas abandonnée un instant, sous le coup d'une forte émotion ? Mais je me souvenais d'autres gestes d'elle au cours de mon séjour : ces exclamations en arabe, pendant nos dîners, dont la signification échappait à Mancelle et qu'elle appuyait par des clins d'œil amusés. Ou cette manière, à La Belle Jardinière, de me chuchoter à l'oreille un « je suis contente », sans rapport évident avec le coupon de popeline qu'elle tâtait de la main… Que dire à Alexandre ?

Pendant deux dimanches d'affilée, je tins la vedette à nos déjeuners familiaux. Les questions fusaient de toutes parts.

– T'es-tu approché du canal ? demandait tante Angéline en s'aspergeant d'eau de bergamote. Il paraît que le soleil tape si fort qu'on voit l'eau fumer.

– Qui raconte ces sottises ? s'écriait Alfred Falaki. Si l'eau fumait, elle se serait évaporée, voyons ! On m'a dit, au contraire, que le mélange des eaux des deux mers refroidissait le canal. L'un de mes clients a même vu des blocs de glace qui flottaient à la surface, parole d'honneur…

Mon cousin Rizkallah écoutait d'une oreille distraite ce débat climatique. Il ne s'intéressait, lui, qu'à la température financière de l'isthme. Son patron devait avoir un quelconque intérêt dans l'affaire, comme actionnaire du canal ou comme usager.

– Est-il exact, me demanda-t-il, que la Compagnie veut calculer les droits de transit sur le tonnage brut plutôt que sur le tonnage net ?

Ma réponse positive semblait le contrarier. Ou peut-être le montrait-il pour faire l'important. En face de nous, Lolo se grattait la tête d'un air perplexe.

J'avais remis à Albin Balanvin un long article, bourré d'informations précises, qui ne comptait quasiment aucun commentaire. Il le lut, le relut, puis finit par murmurer d'un air dégoûté :

– C'est du reportage !

Je redoutais ce genre de remarque, mais aurais-je pu écrire autrement ? Je n'avais ni les moyens, ni sans doute l'envie, de « faire du Balanvin ». C'était du reportage, en effet. J'avais observé, écouté ; j'avais appris des choses et pris plaisir à les raconter. Était-ce un crime ?

Balanvin dut constater cependant que l'article avait sa cohérence, malgré quelques platitudes. Tout s'enchaînait convenablement : les descriptions, les chiffres, les propos recueillis, les explications… Je ne cherchais pas à embellir le tableau, mais concluais que les statistiques évoluaient dans le bon sens et que, tôt ou tard, le canal atteindrait ses objectifs.

Le correspondant du *Sémaphore* biffa quelques phrases de-ci de-là, changea quelques mots, puis me lança :

– Cet article mérite une signature. Quel pseudonyme voulez-vous adopter ?

Je choisis le nom très français d'Armand de Maubuisson, qui le fit sourire.

Un pseudonyme s'imposait doublement, en effet, puisque je n'étais pas journaliste et que j'avais le malheur de porter un nom oriental. On aurait admis Maxime, mais pas Touta…

Ce prénom, je le dois évidemment à notre patriarche, le grand Maximos. Mon père, qui l'admirait beaucoup, avait fait sa connaissance en 1849, quelques mois avant ma venue au monde, dans des circonstances exceptionnelles.

Le docteur Touta s'était rendu à Alep, en Syrie, avec d'autres grecs-catholiques d'Égypte, pour présenter ses hommages au patriarche. Celui-ci revenait de Constantinople en triomphateur après avoir obtenu du sultan la reconnaissance civile de notre Église, attendue depuis plus d'un siècle. Grâce à ce firman historique, nous ne dépendrions plus du patriarcat grec-orthodoxe et ne subirions plus les avanies de ce clergé persécuteur qui nous faisait payer très cher notre ralliement au pape. En Syrie, nos prêtres pourraient enfin exercer leur ministère sans être obligés de se cacher. Nous aurions nos propres tribunaux et nos propres impôts, puisque Maximos III Mazloum se voyait officiellement désigné comme chef de « la nation roméo-catholique ».

Alep, sa ville natale, où il était interdit de séjour depuis quarante ans, lui fit un triomphe. Tous les grecs-catholiques pleuraient dans la cathédrale, illuminée de mille chandeliers et traversée de nuages d'encens.

Plusieurs réceptions furent organisées les jours suivants chez les notables du quartier de Salibieh. C'est là que mon père fit la connaissance d'un jeune négociant en soieries de Damas. Bel homme, au visage rieur, ce Georges Sahel parlait avec admiration de sa fille unique, Nada, âgée de deux ans. Un prêtre présent, qui s'était mépris sur ses propos, lui avait lancé :

– Le bon Dieu voulait sans doute vous punir d'un quelconque péché, monsieur Sahel. Rassurez-vous, Sa miséricorde est grande. La prochaine fois, il vous donnera un garçon.

Le négociant de Damas avait échangé un regard amusé avec le docteur Touta. Ils bavardèrent et se découvrirent lointains cousins. Une amitié allait naître, entretenue par deux ou trois voyages d'affaires de Georges Sahel au Caire dans les années suivantes.

Le patriarche n'avait rien d'un mondain. Dans les réceptions organisées en son honneur, il parlait peu, mangeait à peine et évitait de regarder la maîtresse de maison. D'une manière générale, Maximos se montrait très distant envers les femmes, auxquelles il n'accordait d'audience que derrière une grille. Cet homme austère couchait à la dure et portait en permanence une chaîne de fer contre la peau, par souci de pénitence. Mon père lui trouva le visage fatigué.

Il faut dire que Maximos avait passé toute sa vie à se battre. D'abord, au sein de sa propre Église, où certains le soupçonnaient de tendances hérétiques, puis contre le patriarcat grec-orthodoxe, qui prétendait remettre au pas les grecs-catholiques. Il s'était installé à Constantinople pour tenter d'approcher le sultan. On l'en empêcha pendant des années. Mais sa volonté de fer, son sens de la diplomatie et sa connaissance du turc, de l'arabe, du français et de l'italien lui permirent en fin de compte d'arracher le fameux firman…

Quelques mois après le retour du docteur Touta en Égypte, et alors que ma mère venait d'accoucher, le climat se dégrada brusquement à Alep. Une nuit, plusieurs maisons chrétiennes de la périphérie furent mises à sac, et leurs habitants molestés. On craignit que le quartier de Salibieh, où se trouvaient les différents évêchés, ne fût attaqué à son tour. Notre patriarche dut se cacher chez un notable grec-catholique, après avoir pris soin de se rendre à la cathédrale et de consommer les saintes espèces pour les préserver de la profanation.

Le soleil venait de se lever quand des bandes de musulmans se présentèrent devant Salibieh. Elles en brisèrent les portes, pillèrent les églises et y mirent le feu. Maximos put se réfugier en lieu sûr, mais en se déguisant en femme musulmane ! Je pense souvent à cette scène étrange. L'ecclésiastique austère, avec un voile sur la tête, peut-être un collier et des bracelets…

Le gouverneur d'Alep était tout de même tenu d'assurer la sécurité d'un patriarche qui venait de se faire reconnaître par le sultan. Il lui procura une escorte de cinq voitures pour quitter la ville mais, cette fois, Maximos dut se déguiser en général européen… Notre patriarche gagna Antioche dans cet accoutrement. Puis il prit un bateau pour Beyrouth où il arriva, épuisé, après avoir essuyé une violente tempête.

Mon père le revit en Égypte quelques années plus tard, lors de l'inauguration du chemin de fer Alexandrie-Le Caire. Maximos emprunta le premier train, en compagnie de diverses personnalités, dont Ferdinand de Lesseps. Il était cependant très affaibli. Une forte douleur à la jambe ne le quittait plus.

– Vous devriez vous reposer, Béatitude, lui dit le docteur Touta. Et renoncer à monter à cheval.

Il ne fut pas entendu. Sentant sa mort prochaine, Maximos redoublait d'efforts pour bâtir des églises, tenir à distance les grecs-orthodoxes, combattre le prosélytisme latinisant des missionnaires européens et contrecarrer les manœuvres des évêques de sa propre Église qui briguaient la succession… Il mourut dans d'atroces souffrances, à Alexandrie, après une rétention d'urine qui avait duré plusieurs jours. C'était en août 1855, en pleines chaleurs. On transporta sa dépouille au Caire par le chemin de fer. J'étais trop jeune pour assister à ses funérailles, en l'église de Darb-el-Guéneina. Il paraît que la température était étouffante. Les messieurs de la chorale s'épongeaient le front avec des mouchoirs de soie. Tante Angéline gémissait et menaçait de tourner de l'œil…

– Sans Maximos Mazloum, nous serions encore des parias, dit souvent mon père.

Il m'arrive de penser à ce grand homme, auquel je dois mon prénom, avec une certaine affection.

# 6

Mon article parut le mois suivant. Cela me valut un nouveau succès en famille, aussitôt suivi d'une polémique sur le choix du pseudonyme. Armand de Maubuisson faisait-il assez français ? Deux camps s'opposaient, comme pour la manière de manger la *kobeiba*…

Bien qu'amputé de quelques paragraphes à Alexandrie, cet article me comblait. Je le lisais et relisais avec infiniment de plaisir et d'émotion.

Étienne Mancelle, dont je craignais la réaction, m'écrivit peu après pour m'en féliciter et me faire savoir que, dans l'ensemble, il avait été bien reçu à Ismaïlia. Ravi, j'en fis part à Balanvin.

– Les compliments ne sont pas toujours bon signe, marmonna-t-il.

Par la suite, *Le Sémaphore* reçut deux ou trois lettres véhémentes, me reprochant de ne rien comprendre au fonctionnement du canal de Suez et m'accusant de vouloir salir la Compagnie. J'en fis une maladie, ce qui amusa beaucoup le journaliste :

– Vous en connaîtrez d'autres, mon jeune ami. Et de bien plus méchantes, croyez-moi ! Dans ce métier, on doit apprendre à recevoir des coups.

Il ne croyait pas si bien dire…

Dans les mois qui suivirent, *Le Sémaphore d'Alexandrie* fut interdit de parution à deux reprises, à cause d'articles au vitriol de son correspondant au Caire. Cela n'entamait en rien la détermination de Balanvin, qui avait l'appui de la direction de l'hebdomadaire : non seulement les lecteurs réclamaient ses articles, mais des annonceurs exigeaient désormais que leurs réclames paraissent dans la même page.

Balanvin s'intéressait de très près aux finances égyptiennes. Dans une correspondance remarquée, il dénonça la politique d'endettement du khédive, l'accusant presque ouvertement de conduire le pays à la faillite. Jamais notre ami n'était allé aussi loin. À ma grande surprise, *Le Sémaphore* ne fut pas suspendu.

Le lundi suivant, il était onze heures du soir quand on frappa à notre porte. Je découvris avec étonnement le domestique noir du journaliste, une lampe tempête à la main.

– Que me veut ton maître à cette heure-ci ? demandai-je, étonné.

– C'est le docteur que je viens chercher, fit-il d'une voix tremblante.

Le domestique s'était d'abord rendu en courant chez le docteur Rigaudier. Mais l'égyptologue amateur – celui dont on disait qu'il enterrait les vivants et déterrait les morts – n'était pas revenu d'une excursion scientifique au Wadi Natroun. Le domestique, affolé, avait alors songé à quérir mon père.

Un quart d'heure plus tard, nous étions au chevet d'Albin. Il gisait, sans connaissance, sur son grand lit de cuivre. Un drap taché de sang pendait sur le chambranle. La canne à pommeau de nacre était par terre, brisée en plusieurs morceaux.

– Quand ils m'ont entendu rentrer, racontait le domestique, les agresseurs se sont sauvés par la fenêtre. Ils étaient deux…

Révolté, je voulais appeler la police. Mon père m'invita plutôt à venir l'aider, après avoir réclamé de l'eau chaude, du linge propre et une bouteille d'arak. Nous retirâmes avec précaution à Albin sa veste et sa chemise. De grosses taches sombres zébraient sa peau. Une peau de marbre, très blanche…

Grâce à l'arak, le journaliste reprit connaissance peu à peu. Il nous lança d'une voix faible, sans réussir à sourire :

– Quel beau sujet pour une correspondance du *Sémaphore* !

L'affaire fit grand bruit, au Caire comme à Alexandrie. *Le Sémaphore* publia un éditorial indigné, tandis que le consul de France exprimait son émotion aux autorités égyptiennes. Le khédive ordonna personnellement une enquête, qui ne donnerait aucun résultat.

En diagnostiquant deux côtes et une jambe brisées, mon père avait vu juste. Les agresseurs s'étaient acharnés aussi sur les poignets d'Albin, comme s'ils avaient voulu lui ôter l'usage de la plume. Notre ami serait immobilisé chez lui pendant plusieurs semaines. N'étant pas du genre à faire du journalisme en chambre, il devait normalement suspendre sa chronique. Mais pouvait-il se taire après une telle tentative d'intimidation ?

Un après-midi, alors que je lui rendais visite, il me demanda si je voulais l'aider. La réponse allait de soi. Il ne me vint même pas à l'esprit que je courrais quelque risque en collaborant avec le correspondant du *Sémaphore*.

– Bien sûr, expliqua-t-il, vous ne pourrez vous rendre à toutes les réceptions où l'on m'invite, croyant m'acheter. Les gens influents ne vous connaissent pas et ne vous feront donc aucune confidence. Mais au moins pourrez-vous ouvrir les yeux, tendre l'oreille, m'apporter un peu de l'air du dehors…

Je me mis aussitôt en chasse, selon les instructions de Balanvin. Tous les deux ou trois jours, je venais lui rendre compte de mes recherches, qui n'étaient pas toujours concluantes. Naturellement, mon travail à la banque en pâtissait. Le journalisme faillit même me valoir un licenciement immédiat le jour où, m'étant déclaré très malade, je fus aperçu sur la place de l'Ezbékieh par le sous-chef caissier. C'était heureusement un homme vénal : j'achetai son silence pour la moitié de mon salaire de ce mois-là.

Travailler avec Balanvin était passionnant. Je voyais se transformer sous mes yeux les informations que j'avais glanées ici ou là, et qu'il complétait par les récits de ses visiteurs ou simplement grâce à son intuition et ses connaissances. Un fait anodin, rapproché de deux ou trois autres, apparaissait soudain dans toute sa lumière. C'était comme un jeu de patience, avec des éléments à assembler.

Je découvrais le plaisir de fouiner et de comprendre. Balanvin était un enquêteur hors pair, toujours aux aguets. Rien ne lui échappait : il semblait tout savoir, à tout moment, sur tout le monde. Moi-même, je me sentais fusillé en permanence par ce regard implacable, qui pouvait être terriblement moqueur. J'étais toujours un peu sur mes gardes, tournant sept fois la langue avant de parler.

Ayant réuni des informations, il me paraissait naturel de les ordonner, puis de les raconter dans un article, aussi clairement que possible. Balanvin, lui, en faisait une « œuvre d'art ». Sous sa plume, la matière se métamorphosait. Elle changeait presque de nature, devenant chronique insolente. Je devinais que jamais je ne pourrais écrire de cette manière. Mais au moins apprenais-je, au contact de ce brillant littérateur, à aimer les mots et à fuir la banalité. Être clair ne signifiait pas être plat…

Le jour où, muni de sa nouvelle canne à pommeau de nacre, le correspondant du *Sémaphore* marcha jusqu'au salon, il me lança d'un ton coupant :

– Les journalistes ne sont pas des greffiers. Ils sont des témoins.

Puis, passant doucement la main sur la poitrine de l'éphèbe en marbre :

– Nous sommes témoins, avocats, procureurs. Parfois, aussi, accusés. Et condamnés alors à recevoir des coups !

# 7

*CORRESPONDANCE DU CAIRE*
*À Monsieur le Directeur*
*du Sémaphore d'Alexandrie*

*Le 20 août 1873*

*Nous sortons, Monsieur, de trois jours de festivités grandioses pour célébrer le firman que Sa Majesté le sultan a daigné accorder à Son Altesse le khédive. Ce n'étaient partout qu'arcs de triomphe et illuminations. On estime à un million de francs la somme dépensée par le gouvernement à cette occasion.*

*Ce firman consacre la souveraineté de l'Égypte : Ismaïl pacha peut désormais souscrire librement des emprunts, entretenir des effectifs militaires illimités, établir des lois et conclure des conventions avec les puissances étrangères. Certes, l'Égypte reste partie intégrante de l'Empire ottoman, mais aucune autre province ne jouit d'une telle indépendance.*

*On n'obtient rien sans rien, me direz-vous, et vous aurez raison. Pour conquérir de tels privilèges, le vice-roi a dû déployer beaucoup d'efforts et consentir des sacrifices considérables. Son peuple lui en saura certainement gré.*

*Un homme a joué dans toute cette négociation un rôle essentiel. Il s'agit d'Abraham bey, l'agent du khé-*

*dive à Constantinople, qui n'a cessé, depuis des années, de plaider la cause de son maître avec les arguments les plus persuasifs. Cet Arménien habile, beau-frère de Nubar pacha, ministre des Affaires étrangères, a su gagner à sa cause de nombreux fonctionnaires ottomans et plusieurs journaux, tout en répondant chaque fois, avec le plus grand tact, aux désirs de Sa Majesté impériale.*

*Chacun sait que le sultan Abdel Aziz éprouve, pour les animaux en général et pour les oiseaux en particulier, une passion qui l'honore. Eh bien, je puis vous assurer, Monsieur, qu'Abraham bey a fait tout ce qu'il était humainement possible pour offrir à Sa Majesté les bêtes les plus belles, les plus saines, les plus rares.*

*Les connaissances d'Abraham bey en ornithologie étaient assez modestes. Il eut cependant la bonne fortune de trouver un excellent catalogue, établi par un artiste parisien, qu'il acheta et offrit à Sa Majesté. L'œil de celle-ci fut attiré par trois espèces remarquables : l'oie bernache, le goura couronné et le lolophore resplendissant. L'agent du khédive en commanda aussitôt un certain nombre, malgré leur prix élevé. Le sultan daigna accepter ce présent. Mais il s'avisa alors que ses volières étaient mal disposées et s'en ouvrit à Abraham bey. Celui-ci télégraphia au khédive pour lui suggérer de faire réaliser à Paris de nouvelles volières. Ismaïl pacha donna son feu vert, sachant que la note serait de cent mille francs.*

*Dans les mois qui suivirent, le sultan étendit sa sollicitude à d'autres espèces d'oiseaux. Abraham bey acheta ainsi en Europe des faisans d'Amherst et des merles bronzés. Il remua ensuite ciel et terre pour se procurer des couroucous vivants. Sans succès, malheureusement. Sa Majesté eut la délicatesse de ne pas insister, et se contenta de perruches tricolores, de colombes poignardées et d'une vingtaine d'argus qu'on était allé chercher aux Indes.*

*Je ne voudrais pas laisser croire, Monsieur, que le sultan Abdel Aziz ne s'intéresse qu'aux oiseaux. À maintes reprises, l'agent du khédive a été conduit à lui procurer des chevaux de course ou des chiens d'une espèce très rare que l'on ne trouve qu'à Londres. Sa Majesté avait exprimé également le désir de recevoir du bétail. Saisi de cette demande, le khédive réunit quatre cents moutons de différentes couleurs, cinquante béliers du Fayoum et de nombreuses vaches de la province de Menoufieh. Il affréta un navire spécial, le* Mansourah, *pour conduire ces présents aux pieds de Son Auguste Maître.*

*En prévision du séjour qu'il devait faire à Constantinople, Ismaïl pacha engagea de grands travaux dans sa propriété d'Emirghian. Un chalet spécial fut construit pour le sultan qui avait promis une visite. Les matériaux les plus riches furent réunis à cette fin et on limita les embellissements prévus dans les autres bâtiments de manière à ne pas éclipser le kiosque de Sa Majesté. Pour l'ensemble de la propriété, trente mille ballons d'éclairage et autant de lampions furent commandés à Paris.*

*Ismaïl pacha arriva à Constantinople le 21 mai dernier, précédé de sa réputation de générosité. Tous les hauts fonctionnaires de Constantinople se précipitèrent à Emirghian pour le saluer. C'était une véritable procession. Le khédive sut remercier à sa manière chacune des personnes présentes.*

*Accueilli par le sultan avec une délicatesse et une bienveillance remarquées, Ismaïl pacha lui renouvela ses sentiments filiaux. Il n'ignorait pas les difficultés financières de la Sublime Porte. Oserais-je suggérer, Monsieur, que le don de six cent quatre-vingt mille livres turques qu'il fit à cette occasion accéléra la signature du fameux firman ?*

*Albin Balanvin.*

# 8

Ismaïl le Magnifique ne reculait devant aucun sacrifice. Cette année-là, il décida de marier en même temps quatre de ses enfants, dont Tewfik, le prince héritier, et décréta que les festivités dureraient un mois entier.

Je ne peux oublier ces quatre semaines de splendeurs et de folie. Les cadeaux destinés à chacun des jeunes couples occupaient des voitures entières, protégées par des filets aux mailles de fer. Ces voitures, qu'escortaient des soldats en grande tenue, roulaient au pas dans les rues du Caire pour nous permettre d'admirer la vaisselle en or massif, les *chibouks* sertis de diamants et mille autres objets précieux.

Chaque soir, des chanteurs, des danseurs, des jongleurs, des acrobates ou des bouffons se produisaient devant le palais rose et vert de Kasr-el-Aali, résidence de la reine mère, où logeaient provisoirement les quatre fiancées. Sur l'esplanade, des rafraîchissements étaient servis gratuitement « à toute personne honorable », tandis que des centaines de moutons, d'agneaux, de poulets ou de dindons étaient distribués dans les quartiers populaires.

Nassif bey, qui avait pu assister avec son épouse à l'une des quatre noces, nous en faisait des récits extraordinaires. La reine mère, couverte de bijoux, était descendue par l'immense escalier aux balustrades de cristal, accompagnée d'esclaves qui agitaient de grands éventails en plumes d'autruche. Puis, la fiancée avait fait son entrée, entre deux haies d'eunuques tenant chacun un candélabre allumé. Les invités se poussaient, pour prendre les bonnes places. On ferma les portes, et des dames de la cour plongèrent les mains dans de grands sacs pleins de pièces d'or, très fines, qu'elles jetaient par brassées en direction des personnes présentes.

– Ces soleils d'or ruisselaient sur nous. C'était comme le bruit du vent dans les feuilles, racontait Nassif bey, dont l'épouse se ferait faire un collier avec quinze de ces pièces.

Mais les noces des quatre enfants du khédive allaient être éclipsées par un autre mariage, bien plus important à nos yeux, et infiniment plus troublant : celui de Rizkallah. À la famille sidérée, mon cousin fit savoir par lettre qu'il était fiancé à une demoiselle Aghion, une juive !

Une juive ! Tante Angéline en tomba à moitié évanouie. Il fallut la ranimer au moyen d'une forte dose d'arak.

– Une juive ! Il va épouser une juive ! répétait-elle.

Lolo, épouvanté, s'interrogeait sur les mesures à prendre. Pouvait-on encore fréquenter Rizkallah ? Ne fallait-il pas commander une messe spéciale à notre curé, et même suggérer à l'évêque de venir bénir les maisons à nouveau ?

La main sur le cœur, Alfred Falaki proclamait :

– Je ne reproche qu'une seule chose aux juifs : c'est d'enlever les petits enfants pour les égorger et pour boire leur sang.

Mon père levait les yeux au ciel, sachant qu'en cette matière un démenti de Dieu lui-même serait sans effet.

Rizkallah allait donc épouser une juive... On s'inquiéta de la réaction de Boctor, son père, qui passait pour avoir le cœur fragile. Mais on fut très vite rassuré : ce vieux filou savait que les Aghion figuraient parmi les riches familles alexandrines. Poussant quelques jurons pour la forme, il se consola aisément du malheur qui survenait à l'aîné de ses treize enfants. La question n'était plus de savoir si Boctor Touta acceptait les Aghion, mais si les Aghion, qui devaient être des gens fins et distingués, ne tomberaient pas à la renverse en voyant Boctor Touta...

L'audace de Rizkallah m'impressionnait. Sans aller jusqu'à imaginer un mariage d'amour – mon cousin ne fondait jamais ses choix sur des bases aussi volatiles –, je ne pouvais exclure une part de sentiment dans cette affaire. Peut-être fallait-il tenir compte du contexte alexandrin. Là-bas, la société ne fonctionnait pas exactement comme celle du Caire. Ce qui faisait chez nous l'effet d'un tremblement de terre n'était peut-être à Alexandrie qu'un scandale. Dans cette ville si cosmopolite, les rapports entre les différentes communautés répondaient à une alchimie très complexe. Des relations inattendues pouvaient se nouer entre gens d'un même niveau social. Et comme Rizkallah avait le don de vivre sur des échasses... Il faisait déjà partie de ces Alexandrins qui, lorsqu'ils prennent le train pour Le Caire, disent d'un air hautain : « Je vais en Égypte. »

Toujours est-il que son mariage enrichissait le vocabulaire de tante Angéline. Il y avait eu « la maronite », en la personne de ma mère. Puis « l'orpheline », avec Nada. Nous avions maintenant « la juive », qui ferait couler des flots de salive pendant des années et des années. Parce qu'elle était juive, mais surtout parce qu'elle était riche…

Avec quel soulagement aurais-je appris, six ou sept ans plus tôt, que Rizkallah se mariait ! Il aurait pu épouser qui il voulait : une maronite, une copte, une juive, même une négresse du Darfour… du moment que Nada échappait à son costume blanc.

Désormais, je me fichais bien de ses projets matrimoniaux ! Celle que j'aimais appartenait à un autre. Elle vivait loin de moi, dans un désert peuplé de roses. Je ne pouvais prendre le risque d'aller vers elle, ni même de lui écrire. Elle m'avait laissé baiser ses yeux humides, le temps d'un sanglot. Je m'accrochais à cet instant. Peut-être m'aimait-elle… Mieux valait vivre dans l'illusion, plutôt que de risquer d'être rejeté par elle, à jamais.

# 9

Cela faisait cinq ans qu'Alfred Falaki était en procès. En procès contre la terre entière, ou à peu près, puisque les quatre escrocs qui avaient dévalisé sa bijouterie pendant les festivités d'inauguration du canal de Suez étaient de quatre nationalités différentes : un Égyptien, un Français, un Italien et un Grec. Leur arrestation, par un heureux hasard, avait permis de retrouver la plupart des objets volés dans une écurie de Choubra. Il manquait cependant une vingtaine de montres et pendulettes que notre oncle réclamait à cor et à cri, en exigeant des dommages pour les dégâts commis lors de l'effraction. La justice suivait son cours…

L'Égyptien comparut devant un tribunal indigène, présidé par un ancien magasinier de l'arsenal. Ce juge, plus ou moins analphabète, passait pour un homme intègre : on racontait que, lors d'un précédent procès, ayant reçu un bakchich consistant du plaignant et un bakchich encore plus consistant de l'accusé, il fit acquitter ce dernier, mais rendit à l'autre son argent jusqu'à la dernière piastre. Alfred Falaki, qui était au courant de cette histoire, lui glissa dans la main quelques billets et remporta son procès.

Pour les trois autres escrocs, c'était une autre affaire. La justice indigène n'avait aucune prise sur eux : chacun devait être déféré devant son tribunal consulaire.

L'Italien disparut aussitôt. On pensait qu'il avait quitté l'Égypte. Son consul, sincèrement désolé, reçut Alfred Falaki, lui offrit un café *mazbout* et se lança dans une longue et émouvante explication des difficultés d'exercice de son travail. L'oncle en ressortit les larmes aux yeux, avec le sentiment de s'être fait un ami, peut-être même un client.

Le Français, lui, comparut assez rapidement, grâce à l'intervention de Rizkallah. On le condamna à rembourser la moitié des objets disparus, mais il fit appel. L'affaire passa ainsi à un autre tribunal, en France, dont l'oncle bijoutier était encore sans nouvelles cinq ans après.

Quant au Grec, c'était un voyou notoire, déjà poursuivi pour plusieurs autres escroqueries. Le consul ne demandait qu'à le punir, mais il fit habilement savoir à Alfred Falaki que son épouse adorait les bijoux. Dès l'entrevue suivante, notre oncle lui remettait une petite boîte contenant deux boucles d'oreilles en argent. Le consul fit des manières, puis empocha l'objet. C'est à ce moment-là que l'oncle Alfred aperçut une pendulette posée sur le bureau, qui ressemblait étrangement à l'une des pièces volées dans sa bijouterie. Il avança machinalement la main pour l'examiner.

– Non, non, ne touchez pas ! cria le consul. Je ne vends jamais de souvenirs de famille. Je ne veux même pas entendre votre prix. Ne dites rien, s'il vous plaît. Cela me ferait trop mal. Quittez ce bureau, je vous en prie…

Et, prenant l'oncle par la main pour le reconduire jusqu'à la porte, il lui promit de s'occuper de son affaire.

Quelques semaines plus tard, on apprenait que l'escroc grec avait changé de nationalité : il était désormais espagnol. Toute la procédure devait être recommencée… De guerre lasse, Alfred Falaki fit une croix sur ses horloges et décida d'en rester là.

Si la réforme judiciaire de 1875 était intervenue quelques années plus tôt, l'oncle Alfred aurait pu obtenir satisfaction… Cette réforme aura été la grande œuvre du khédive Ismaïl, sa seule réussite en fin de compte. Je ne regrette pas que *Le Sémaphore d'Alexandrie* se soit battu pour elle. Je le regrette d'autant moins que cette bataille m'aura permis de faire un pas supplémentaire dans le journalisme. Le « procès Falaki », comme nous l'appelions en famille, ne m'avait-il pas sensibilisé à la question judiciaire ? J'ose même dire que c'est moi qui ai convaincu Albin Balanvin de l'absurdité du système alors en vigueur.

– Cette querelle m'ennuie prodigieusement, m'avait-il dit en 1874, dans les mois qui suivirent sa convalescence. Si cela vous amuse, proposez-moi de petits textes. Moi, je ne fais rien.

Je crois qu'il s'en est un peu mordu les doigts par la suite. M'ayant laissé le champ libre et permis d'acquérir une certaine compétence en la matière, il s'est retrouvé en porte à faux lorsque la réforme judiciaire est devenue la grande question pendante entre l'Égypte, les puissances européennes et la Sublime Porte.

À Alexandrie, la direction du *Sémaphore* tricotait des éditoriaux un peu pédants en faveur de la réforme. Armand de Maubuisson, lui, réussissait de temps en temps à glisser de courts articles, aussi simples et précis que possible. Mes arguments, formulés avec nuances, visaient à rassurer les nombreux lecteurs européens qui s'inquiétaient des changements annoncés.

– Vous les prenez à rebrousse-poil en essayant de les séduire, marmonnait Balanvin. Plaire, toujours plaire… Il vous faudra apprendre à déplaire, mon jeune ami.

Je l'écoutais, un peu désemparé, mais ne parvenais pas à formuler de manière agressive ce qui me semblait être une évidence : il était absurde que les étrangers relèvent de dix-sept ou dix-huit juridictions consulaires différentes, en échappant à la justice locale.

– Absurde ? Pourquoi absurde ? s'indignait mon cousin Rizkallah. Ne vois-tu pas que l'Égypte est un pays trop divers, par les races et les religions, pour avoir une justice unique ? D'ailleurs, un pays de civilisation encore incomplète ne peut prétendre à une justice moderne.

Le « protégé français » avançait un autre argument, qu'avait dû lui souffler M. Xavier-Saillard :

– Des Européens entreprenants et généreux se sont établis en Égypte et y ont engagé des capitaux considérables. Ils l'ont fait sur la foi de traités anciens et de certains usages. On ne change pas les règles du jeu au milieu de la partie… D'ailleurs, ajoutait Rizkallah, tu devrais cesser d'écrire sur ce sujet. C'est ridicule.

Je me limitais modestement à des exposés de cas, soulignant l'incohérence du système. Une seule fois, je me permis un commentaire, dont une partie fut publiée :

*Est-il normal qu'un crime, commis conjointement par des individus de plusieurs nationalités, puisse donner lieu à des jugements distincts, et donc à des peines différentes ? Personne n'a intérêt à laisser se perpétuer un tel système. Valable peut-être du temps de Mohammed Ali, pour protéger une poignée d'Européens, il ne se justifie plus aujourd'hui alors que des dizaines de milliers d'entre eux sont établis en Égypte. Étant beaucoup plus nombreux, les étrangers ont beaucoup plus d'occasions de commettre des délits, d'entrer en conflit les uns avec les autres, ou avec des indigènes. Leurs privilèges finissent par se retourner contre eux : les indigènes refusent en effet de traiter avec des partenaires aussi avantagés, et les relations commerciales s'en trouvent restreintes. Les étrangers se sont donné une justice défensive, une cuirasse. Mais comme toutes les cuirasses, celle-ci gêne leurs mouvements…*

Deux semaines plus tard, Balanvin me transmit d'un air dédaigneux un mot de Nubar pacha m'invitant à venir le voir. Le ministre des Affaires étrangères, qui se battait depuis des années pour une réforme judiciaire, avait été frappé par l'article d'Armand de Maubuisson et voulait l'en féliciter. Je regardais le bristol griffonné sans y croire. J'étais rouge d'émotion. Balanvin haussa les épaules :

– Méfiez-vous de cet Arménien. Nubar a servi successivement quatre vice-rois. C'est un caméléon, malin comme un singe.

Avec beaucoup de fierté, je me rendis au domicile du ministre. On me fit attendre très longtemps dans un vestibule orné d'une grande statue de la Vierge. Nubar pacha m'accueillit enfin, en me tendant la main. À mon accent, il s'aperçut que je n'étais pas français. Cela l'agaça certainement mais, en bon diplomate, il fit semblant de n'en rien voir et m'invita à m'asseoir à sa droite sur l'ottomane :

– J'ai l'autre oreille un peu dure, me dit-il d'un ton familier. J'ai trop fumé dans ma vie.

Cette entrée en matière me mit un peu plus à l'aise. « Ah, il vous a fait le coup de la surdité ! » me dirait Balanvin, quand je lui raconterais l'entrevue.

Sourd ou pas, le vieux diplomate savait se faire entendre. Je comprendrais plus tard qu'il ne m'avait pas fait venir pour le simple plaisir de me féliciter. S'il révéla, au cours de cette conversation, un détail inédit sur son projet de tribunaux mixtes, c'était évidemment pour que j'en fasse état dans un article. Nubar avait l'art d'envoyer ainsi des signaux aux puissances européennes et d'attendre les réactions, quitte à démentir ensuite.

C'est exactement ce qui se passa.

Le ministre des Affaires étrangères m'avait rappelé les grandes lignes de son projet : toutes les affaires civiles et commerciales opposant des personnes de nationalités différentes relèveraient de tribunaux spéciaux, appelés tribunaux mixtes. Il ajoutait cependant une précision nouvelle : dans ces tribunaux, les magistrats européens seraient prépondérants mais, du jour de leur nomination, ils deviendraient des fonctionnaires égyptiens.

Je m'empressai d'en faire un article. Et Nubar démentit aussitôt. J'en étais stupéfait, et d'autant plus humilié que la direction du *Sémaphore* télégraphia à Balanvin pour demander qui était l'imbécile qui signait du nom de Maubuisson.

Quelques semaines plus tard, le projet officiel du gouvernement égyptien fut publié. Il contenait, mot pour mot, ce que j'avais écrit. La direction du *Sémaphore* y consacra un éditorial, mais oublia de féliciter l'imbécile du Caire. Pour ces messieurs, je n'existais pas.

# 10

Je me revois encore en train d'ouvrir la porte d'entrée, à laquelle plusieurs coups vigoureux avaient été frappés, et découvrant un officier en grand uniforme. Avec son tarbouche, sa tunique gris de fer, ses brandebourgs et son épée sur le côté, Walid el-Ahlaoui était méconnaissable. En cet homme élégant, solidement bâti, nul n'aurait reconnu le jeune officier venu onze ans plus tôt demander à mon père de lui apprendre à lire. Et encore moins le lieutenant en pleurs, subissant sa dégradation publique sur la place des Consuls…

Walid avait passé trois années au Soudan et au Darfour. Trois années d'enfer, qu'il était incapable de raconter, ne sachant par où commencer. La colonisation de ces régions sauvages, sous la conduite de militaires anglais engagés à grands frais par le khédive, lui avait au moins valu ce grade de *bimbachi* qu'arboraient fièrement ses épaulettes.

Nous nous assîmes spontanément autour de la table où il avait commencé à déchiffrer l'alphabet. Mon père observait son ancien élève avec une certaine émotion.

– Dans ma jeunesse, lui dit-il, on ne savait rien de l'Afrique noire. À l'école de médecine, la carte affichée dans l'amphithéâtre comportait un grand blanc. Chacun de nous la peuplait avec son imagination. J'y mettais des tigres, des lions…

– Elle était plus belle ainsi ! marmonna l'officier.

La lutte contre la traite des Noirs avait été un échec complet. Walid s'en était aperçu sur le chemin du retour à Khartoum, lorsque son bateau avait croisé trois dahabiehs remplies d'esclaves à destination du Sennar. L'Afrique, pour lui, était un mauvais souvenir qu'il cherchait à effacer.

L'officier ne se détendit vraiment qu'en apercevant Oum Mahmoud, qui apportait le café. Il l'apostropha familièrement, mais notre bonne était sans voix devant ce major en uniforme. Elle nous précisa par la suite que Walid el-Ahlaoui lui rappelait son mystérieux fils, ce Mahmoud que personne n'avait jamais vu… Après la visite de l'officier, elle ne balaya pas la pièce pendant trois jours : c'était sa manière de provoquer le retour d'un être aimé.

Je n'étais pas insensible, pour ma part, au charme de Walid el-Ahlaoui. Cet homme de trente-trois ans, à la peau sombre, dégageait une force troublante. On le sentait façonné par toutes les épreuves qu'il avait subies depuis l'enfance. Et, sous son air de sphinx, pointait déjà la révolte.

– C'est le turc que vous auriez dû m'apprendre, docteur ! lança-t-il à mon père. Toute l'administration a été mise à la langue arabe ces dernières années, sauf l'armée. Pourquoi l'armée échapperait-elle à la loi commune ? Nous sommes commandés par des Ottomans qui nous imposent leur langue et nous méprisent totalement.

Les propos de Walid el-Ahlaoui me rappelaient une remarque du khédive, faite en privé et rapportée par Balanvin. À quelqu'un qui lui demandait pourquoi il ne rompait pas carrément avec Constantinople et ne proclamait pas l'indépendance de l'Égypte, Ismaïl avait répliqué :

– Ce serait un suicide. Nous ne sommes qu'une poignée d'Ottomans dans un océan d'Arabes.

J'évitai de faire part de cette remarque à l'officier. Il ne nous appartenait pas à nous, chrétiens, d'entrer dans ce débat entre musulmans. Mais, dans le courant de la conversation, je lui précisai que je collaborais à un hebdomadaire francophone d'Alexandrie. *Le Sémaphore* ne lui disait rien. Il se contenta de bougonner :

– Alexandrie est une ville où les Européens font la loi.

Je lui fis remarquer que la justice venait d'être réformée, au moins en partie. Il haussa les épaules. De l'installation des tribunaux mixtes, qui nous avait tant occupés, Walid el-Ahlaoui ne semblait pas attendre grand-chose. Je me rendis compte qu'un abîme le séparait des lecteurs du *Sémaphore*. Moi, je me trouvais à mi-chemin. Comme une sorte d'intermédiaire. Mais un intermédiaire incapable de servir de trait d'union.

– Je n'aurais pas pu vous apprendre le turc, dit mon père en souriant. C'est une langue que nous, les *Chawam*, connaissons rarement...

Et, de fil en aiguille, il raconta à l'officier comment son grand-père, Antoun Touta, né à Alep, en Syrie, était venu s'établir en Égypte autour de 1740. Walid el-Ahlaoui posa poliment quelques questions mais je ne suis pas sûr que le sujet l'intéressait beaucoup. Aurions-nous pu, d'ailleurs, tout lui dire et tout lui expliquer ?

Antoun, notre ancêtre, appartenait à cette génération de chrétiens immigrés qui avaient trouvé, sur les bords du Nil, la paix et souvent la fortune. Ils avaient su s'adapter à un pays moyenâgeux, en sommeil depuis des siècles, qui était gouverné dans la plus grande pagaille par des mamelouks concurrents. Antoun commença par faire merveille dans le commerce. Puis il décrocha la fonction très recherchée de douanier de la ville de Rosette.

La deuxième génération eut moins de chance, ou moins d'esprit politique. Elle crut devoir accueillir les soldats de Bonaparte en libérateurs, poussant le zèle assez loin. Si mon grand-père devint le traducteur du général Menou, l'un de ses frères s'enrôla carrément dans une petite armée de volontaires chrétiens au service de l'occupant : ce Aziz Touta se vit obligé de repartir avec les Français, lors de la retraite de 1801, pour ne pas être lynché. Il fut par la suite l'un des mamelouks de l'Empereur qu'il suivit jusqu'à Waterloo. Mon grand-père, moins engagé que lui, choisit de rester en Égypte et en fut quitte pour l'incendie de sa maison.

La troisième génération grandit dans l'ombre de Mohammed Ali. Elle savait gré au fondateur de la dynastie égyptienne d'avoir éliminé les mamelouks et de protéger les minorités. La jeunesse de mon père fut marquée par ces années d'ouverture et de modernisation du pays, avec l'aide des ennemis de la veille : c'étaient des Français qui avaient la charge de réorganiser l'armée, le service de santé ou l'irrigation. Et c'étaient des gens comme nous qui jouaient les intermédiaires, grâce à leur connaissance des langues et à leur entregent.

Trois générations : l'émigrant, le transfuge, le citoyen… Ce qui ne nous empêche pas, à la quatrième, de rester des *Chawam*, jaloux de nos origines et de nos traditions.

# 11

Dans les semaines qui suivirent sa visite à la maison, Walid el-Ahlaoui trouva une nouvelle raison de s'indigner contre le khédive :

– Aujourd'hui, il vend le canal. Demain, il vendra ses palais. En attendant de nous vendre tous…

*CORRESPONDANCE DU CAIRE*
*À Monsieur le Directeur*
*du Sémaphore d'Alexandrie*

*Le 26 novembre 1875*

*Comme vous pouvez l'imaginer, Monsieur, il n'est question ici que de l'incroyable nouvelle qui a été rendue publique hier. Incroyable mais vraie : le gouvernement britannique a bien acheté, pour cent millions de francs, les 177 642 actions du canal de Suez détenues par le khédive. À l'heure où je vous écris, les sept caisses contenant ces titres ne se trouvent déjà plus au consulat anglais du Caire. Elles ont été embarquées à bord d'un vapeur venant des Indes et seront au début du mois prochain dans les coffres de la Banque d'Angleterre.*

*L'affaire s'est conclue dans le secret, avec une audace et une rapidité inouïes. En quelques jours, la maison Rothschild de Londres a mis quatre millions de livres à la disposition d'Ismaïl pacha. Il ne restait plus, au gouvernement et aux financiers français, qu'à s'indigner et à mouiller leurs mouchoirs. En d'autres temps, Monsieur, la Grande-Bretagne eût agi moins lestement, et moins rudement opposé son intérêt à nos susceptibilités. Mais la France, à peine remise de la défaite de Sedan, n'est-elle pas encore bien malade ?*

*Ainsi donc, l'Angleterre se trouve aujourd'hui en possession de presque la moitié du capital de la Compagnie universelle de Suez. Elle peut aujourd'hui contrôler ce canal, fait sans elle et contre elle. C'est dans la logique des choses : devenus les principaux utilisateurs de la voie d'eau, les Anglais ont tout intérêt à en fixer eux-mêmes les règles de transit. À cette raison commerciale s'ajoute une raison de sécurité politique, puisque la Compagnie détient la clé de la porte qui conduit directement aux Indes. Jusqu'ici, grâce aux canons de Gibraltar, la flotte britannique avait un accès garanti à la Méditerranée. Elle dispose désormais d'une libre sortie dans la mer Rouge.*

*« Je veux que le canal soit à l'Égypte, et non l'Égypte au canal », déclarait le khédive au début de son règne. Aujourd'hui, Monsieur, le canal est pour moitié à l'Angleterre. À qui sera l'Égypte demain ?*

*Et, puisque nous sommes dans les citations, permettez-moi de rappeler cette phrase du regretté Lord Palmerston, en 1859 : « Nous n'avons pas besoin de l'Égypte. Nous ne la désirons pas plus qu'un homme de bon sens qui, ayant une propriété dans le nord de l'Angleterre et une résidence dans le sud, ne désire posséder les auberges qui se trouvent sur la route. Tout ce dont il a besoin, c'est que les auberges soient bien tenues, toujours ouvertes et qu'elles lui fournissent, quand il vient, des côtelettes de mouton et des chevaux de poste. »*

*Mais c'était en 1859, Monsieur ! Le canal de Suez n'existait pas encore ; les Anglais le déclaraient irréalisable. Aujourd'hui, il fonctionne. Et Lord Palmerston est mort, paix à son âme !*

*Albin Balanvin.*

# 12

– Il faudrait filer à Ismaïlia pour recueillir les commentaires des gens de l'isthme, me dit Balanvin. Pourriez-vous vous libérer deux ou trois jours ?

Je courus faire part au caissier principal de la Banque ottomane du décès d'un oncle très cher d'Alexandrie et sautai dans le premier train, sans trouver le temps de télégraphier à quiconque. Avec un peu de chance, je devais arriver à Ismaïlia dans la soirée.

J'avais fait mon premier voyage là-bas, deux ans plus tôt, en tremblant. Je m'inquiétais alors, à juste titre, de l'accueil qui serait réservé à un journaliste amateur. Et l'émotion de revoir Nada, pour la première fois depuis son mariage, n'arrangeait rien. Là, le journaliste arrivait beaucoup plus sûr de lui, avec un petit carnet d'adresses. Quant à l'amoureux… Le caractère inopiné de ce voyage m'avait dispensé de réfléchir.

Naturellement, le train avait du retard, et ce n'est qu'à dix heures du soir que j'arrivai à Ismaïlia. La gare, faiblement éclairée, m'apparut encore plus petite que la première fois. Il était un peu tard pour me présenter chez les Mancelle. Mais, après avoir déposé mon bagage à l'Hôtel des Voyageurs, je ne pus m'empêcher de marcher jusqu'à la place Champollion. De la lumière filtrait derrière les volets lilas. Je frappai. Au bout de quelques instants, une fenêtre de l'étage grinça et la tête de Nada apparut dans l'entrebâillement. Son air stupéfait s'effaça dans un sourire.

– Quelle surprise ! fit-elle en m'embrassant.

Et, après avoir appris l'objet de mon voyage :

– C'est Étienne qui sera déçu ! Figure-toi qu'il est en mission à Port-Saïd pour toute la semaine.

– Dommage ! Et moi qui comptais sur lui pour me faire part du climat ici…

Elle envoya la bonne se coucher et, très simplement, m'introduisit dans la cuisine. En posant la bouilloire sur le poêle, elle enchaîna d'un air détaché :

– Le climat ici, demandais-tu ? Disons qu'il y a deux sortes de réactions. Certains, comme Félix Percheron, le collègue d'Étienne, ont été révoltés par la vente des actions du khédive. Moins révoltés d'ailleurs contre les Anglais que contre la maladresse de la France dans cette affaire. Et puis d'autres, comme mon mari, prennent la chose du bon côté en se disant qu'il vaut mieux avoir les Anglais dans la Compagnie que contre elle.

J'étais stupéfait. En deux phrases, Nada venait de résumer mon futur article. Je n'imaginais même pas qu'elle s'intéressait à ce genre de choses. Un peu plus tard, elle me dirait du même ton nonchalant :

– Je parcourais hier le dernier numéro du *Sémaphore*. Aucune allusion aux tractations entre Ismaïl et l'Angleterre. Il est curieux que personne, pas même Balanvin, n'ait eu vent de ce qui se tramait…

Nada lisait *Le Sémaphore* ! J'en étais ému, et déjà un peu inquiet du regard exigeant qu'elle semblait porter sur nos écrits. En versant l'infusion, elle nous ramena cependant à des sujets plus convenus, pour me demander des nouvelles de chacun des membres de la famille. Il m'était difficile de ne pas évoquer l'esclandre d'Alfred

Falaki, découvrant un anneau en argent, en provenance de sa bijouterie, à la cheville de Fawzia, la bonne, et s'entendant répondre par cette effrontée :

– C'est le *khawaga* Lolo qui me l'a offert.

Nada fut prise d'un fou rire à l'évocation des aventures nocturnes de Lolo. Cela rompit la glace entre nous. Je retrouvais la jeune fille espiègle de jadis qui, à table, nous aidait à subtiliser la fourchette du cousin en guêtres…

Elle ouvrit une boîte de métal et m'offrit un biscuit au sésame. Je le grignotai lentement, comme un enfant, dégustant chaque grain. Jamais repas ne m'avait donné autant de joie.

Nous parlâmes un peu d'elle, et d'Ismaïlia. De temps en temps, elle évoquait sa Syrie natale, mais sans insister. Et nous revenions à tante Angéline, à Rizkallah, à Oum Mahmoud, à Lolo, à l'oncle Boctor et ses gros mots… Il était plus de onze heures et demie. Je ne pouvais décemment prolonger cette visite.

– Je t'accompagne jusqu'à l'hôtel, me dit-elle.

– Mais tu ne vas pas rentrer toute seule ensuite, à cette heure !

– Pourquoi pas ? Étienne dit toujours qu'Ismaïlia est la ville la plus sûre du monde.

– Je pensais que c'était la ville la plus salubre du monde…

– La plus salubre, la plus sûre, la plus pratique, la plus élégante…

Elle se mit à rire. Le rire de Nada était irrésistible.

Nous franchîmes à pas lents la place Champollion, éclairée par de nouveaux becs de gaz. Je découvrais combien les soirées pouvaient être douces à Ismaïlia en novembre. « Les soirées les plus douces du monde », devait sans doute dire Mancelle…

Nous marchions lentement. Je goûtais chaque pas, chaque instant, avec un sentiment de bonheur intense. Nada était à mes côtés, silencieuse mais si présente. De temps en temps, les pans de sa robe me frôlaient.

L'Hôtel des Voyageurs me parut bien proche.

– Je te raccompagne, fis-je spontanément.

Elle sourit mais ne protesta pas.

Au retour, nous croisâmes de loin quelques couples, sortant d'un dîner. Plusieurs maisons, encore allumées lors de notre premier passage, s'étaient endormies.

– Je te rappelle que, demain, c'est dimanche, me dit Nada. Tous les bureaux de la Compagnie seront fermés. C'est à la sortie de la messe que tu pourras rencontrer les gens... Mais, à propos, je suis invitée à déjeuner chez Félix Percheron. Viens avec moi. Il sera ravi de te voir. Mais oui, mais oui... Un journaliste, tu penses bien...

Une petite crevasse dans la chaussée faillit lui faire perdre l'équilibre. Elle s'appuya sur mon bras et nous continuâmes ainsi.

La cloche de l'église latine sonna minuit. Une petite brise faisait frissonner les palmiers.

– Faisons encore quelques pas, me dit-elle.

Je n'avais pas osé le lui proposer... Dans les petites rues, autour de la place, il faisait plus sombre. Les vérandas des maisons formaient comme une allée couverte. Soudain, je pris sa main et la portai longuement à mes lèvres. Elle ferma les yeux.

– Nada..., murmurai-je.

Elle se détacha doucement de moi :

– Il est tard. Je dois rentrer. On se voit demain à la messe de onze heures ?

Sur le pas de sa porte, elle m'envoya un baiser avec les doigts et pénétra sans se retourner dans la maison aux volets lilas.

À l'entrée de l'église d'Ismaïlia, deux coquillages de la mer Rouge, scellés dans le mur, faisaient office de bénitier. En me signant, je cherchai des yeux Nada dans l'assistance. Elle n'était pas là. Je m'assis sur un banc de la travée de droite, derrière des messieurs en habit sombre. J'aperçus le chef du dragage, entouré de sa famille, qui me dévisagea sans me reconnaître.

Au moment où l'orgue lançait ses premières plaintes, Nada entra dans l'église, très élégante, le visage à demi masqué par une voilette de dentelle. Elle me fit un léger sourire. Félix Percheron, qui la suivait, m'aperçut alors et agita plusieurs fois la tête pour me faire comprendre qu'il m'attendait sans faute à déjeuner. Sa grosse moustache noire lui donnait un air de flibustier. Nada était accompagnée d'un autre homme, assez jeune, aux cheveux gominés, en qui je reconnus l'inspecteur du Télégraphe, le diseur de bonne aventure. Son air chafouin ne me plaisait pas.

Pendant toute la messe je ne fis qu'admirer Nada, placée sur la travée de gauche, à quelques pas de moi. Jamais je n'avais eu le loisir de la regarder ainsi, en toute impunité. Sa taille svelte et bien cambrée me troublait profondément. Avec son teint mat, souligné par le blanc de sa robe, elle éclipsait toutes les blondinettes environnantes. Je débordais d'amour, d'inquiétude, de jalousie…

Les premières phrases du sermon m'échappèrent, mais je tendis l'oreille en entendant le curé gloser sur « les bonnes et les mauvaises actions ». Quelques hochements de tête parmi les messieurs présents et un bref sourire de Nada dans ma direction me confirmèrent que le prêtre, s'exprimant à demi-mot, savait adapter son discours aux circonstances. Chacun pouvait entendre ce qu'il voulait de ces remarques sur « les actions qui coûtent et celles qu'on regrette », sur « les actions qui grandissent une entreprise et celles qui la dévaluent ». À Ismaïlia, la France narguait l'Angleterre. Entre Kyrie et Confiteor, la fille aînée de l'Église prenait Dieu à témoin contre la perfide Albion…

Le sable du désert, sur le parvis, blanchissait les chaussures des messieurs et les bottines des dames. Je pus me rappeler au bon souvenir du chef du dragage et de quelques autres responsables de la Compagnie. Deux d'entre eux me fixèrent un rendez-vous dans l'après-midi. Pour le reste, je devais m'en tenir au déjeuner chez Félix Percheron, car mon départ était fixé au lendemain matin à la première heure.

Percheron habitait toujours dans le quartier des Célibataires, bien qu'étant plus ou moins en ménage avec deux jeunes Soudanaises, achetées un peu avant l'inauguration du canal sur un marché d'esclaves clandestin. Son « petit harem », comme il disait après boire, ne lui valait pas que des amitiés dans la bonne société d'Ismaïlia. Mais nul n'osait s'en prendre ouvertement à ce vétéran, l'une des grandes gueules de l'isthme.

Étienne Mancelle lui ressemblait comme le jour à la nuit. Mais le hasard les avait mis côte à côte, et le mari de Nada était trop tolérant pour rompre avec quiconque. Ayant toujours tendance à voir le bon côté des choses et des gens, il rappelait que Percheron avait sauvé de l'esclavage les deux Soudanaises et que celles-ci étaient mieux traitées par lui que des épouses légitimes.

Nada, elle, avait reçu Percheron dans sa corbeille de mariage : il faisait partie des meubles en quelque sorte. La fréquentation de certaines épouses d'ingénieurs lui avait été beaucoup plus pesante que les fanfaronnades de cet Auvergnat à l'âme de colon. Elle avait sèchement remis en place Percheron le jour où il avait osé lui faire des avances. Depuis lors, il se tenait coi, impressionné par cette jeune femme séduisante, qui ne correspondait pas à l'image qu'il se faisait des « Levantines ».

Un domestique noir, en *gallabeya* blanche immaculée, servait les boissons.

– Dames d'abord, Ahmed ! grondait Percheron qui ne s'adressait à lui que par de brefs aboiements.

Je n'eus aucun besoin d'orienter la conversation : la vente des actions du khédive était sur toutes les bouches.

– Moi, chère amie, je ne suis pas comme votre mari qui veut voir le bien partout, disait à Nada le sous-chef des entrepôts. Cette entrée des Anglais dans la Compagnie est préoccupante.

– Préoccupante ? explosa Percheron. Vous voulez dire scandaleuse, terrifiante ! La myopie de notre gouvernement a été monstrueuse, une fois de plus. Il va falloir maintenant se mettre à l'heure anglaise : du thé pour tout le monde. Ahmed, thé !

Le domestique tendit l'oreille, d'un air inquiet.

– Mais non, idiot, pas thé. Pas whisky non plus. Du vin, du bon vin de chez nous. Pendant qu'il est encore temps, parce que après ça, les Anglais vont nous imposer leur loi. Ah, ceux-là… Je les entends encore cracher sur notre entreprise quand Port-Saïd n'était qu'une plage sauvage, inaccessible aux bateaux. Nous vivions sous la tente, mon cher, menacés par les rats. Et l'arme au pied, je vous prie de le croire, parce qu'on se demandait à tout moment si les Bédouins n'allaient pas nous attaquer ! Et pendant ce temps-là, à Londres, ces messieurs ricanaient, dénigraient. Nous les avons ignorés. Nous avons fait le canal. Puis leurs navires en ont profité. Et, aujourd'hui, ils le raflent. Ah, il est beau, le gouvernement français !

Un long débat s'engagea sur l'entrée de l'Angleterre dans le conseil d'administration de la Compagnie. Au café, nous y étions encore.

Des rendez-vous m'attendaient. Je proposai à Nada de la raccompagner chez elle en passant, mais elle me dit de ne pas m'inquiéter. L'inspecteur du Télégraphe se ferait sans doute un plaisir de lui offrir son bras… Percheron m'accompagna jusqu'à la porte.

– Ahmed, cognac ! aboya-t-il après m'avoir serré vigoureusement la main.

Mes entretiens s'étaient prolongés. L'un des ingénieurs avait absolument tenu à m'emmener faire un tour sur le lac Timsah à bord d'une mouche à vapeur. Au retour, nous avions rencontré l'un des responsables du Transit, et celui-ci, un homme jovial et bavard, me prenant pour un vrai journaliste du *Sémaphore*, allait me retenir chez lui jusqu'au dîner…

Un peu gêné, je frappai à neuf heures du soir à la porte lilas. Personne ne répondit. Terriblement déçu et un peu inquiet, je faillis partir quand Nada m'ouvrit.

– Excuse-moi, fit-elle. La bonne est au village arabe ce soir. J'ai dû coucher moi-même les enfants… Non, non, tu ne me déranges pas…

Personne ne pouvait oublier l'âge d'Eugénie, née avec le canal de Suez, six ans plus tôt. Elle avait désormais un deuxième petit frère qui était né depuis mon précédent séjour à Ismaïlia.

– Veux-tu les voir ? me demanda Nada. Ils sont endormis.

Nous montâmes au premier étage et pénétrâmes sur la pointe des pieds dans la chambre d'Eugénie, qui geignait dans son sommeil, avec deux poupées dans les bras. Puis nous allâmes dans celle des garçons.

– Ils sont superbes tous les trois, murmurai-je.

La chambre où j'avais logé la fois précédente se trouvait un peu en retrait, quelques marches plus haut. Sa porte était entrouverte.

– Tu l'avais connue bleue, me dit Nada. Elle est rose pâle maintenant.

– Rose pâle ?

– Oui, c'est ma couleur préférée… Le rose va très bien avec les meubles de frêne. Si tu veux voir…

En montant ces quelques marches, Nada fit un faux pas et se rattrapa à la balustrade. Elle eut une grimace de douleur puis s'appuya à mon bras. Je la soutins jusqu'à la chambre rose, éclairée par une lampe à huile, et l'aidai à s'asseoir sur le lit.

– Veux-tu, lui dis-je, que je délace ta chaussure ?

Je retirai avec précaution la bottine de tissu à bout verni, et le pied de Nada se retrouva dans mes mains. Je le massai doucement. Elle plissa les paupières. J'approchai mes lèvres de ce joli pied endolori. Et tout se bouscula…

Nous étions l'un contre l'autre. Quand je frôlai ses lèvres du bout des doigts, elle me mordit presque. Je lui pris le visage dans les mains, l'embrassai fébrilement.

– Nous sommes fous, gémissait-elle.

Et elle m'embrassait, à son tour, à pleine bouche, s'agrippait à mes épaules, écrasait sa poitrine contre moi.

Maladroitement, je tentai de retirer sa robe. Elle m'y aida. Son jupon fut à moitié arraché, et nous nous retrouvâmes l'un sur l'autre, soudés, haletants, pleins de douceur et de violence.

Combien de temps sommes-nous restés ensuite, côte à côte, apaisés, immobiles, emmêlés dans les draps, sous la flamme dansante de la lampe à huile ?

Les appels d'un enfant me tirèrent d'un demi-sommeil.

– Mon Dieu, Eugénie ! fit Nada en se levant brusquement.

Elle se rhabilla en vitesse, se rendit au chevet de la fillette qui avait fait un cauchemar, la calma, lui promit un peu d'eau de fleur d'oranger. Puis elle revint vers moi, m'embrassa, me répéta que j'étais fou, que nous étions fous, que je devais partir tout de suite…

Dehors, il faisait doux. La place Champollion sentait le désert et la rose.

# 13

Mon train partait très tôt le matin. Je m'en allai d'Ismaïlia sans pouvoir saluer Nada, après l'avoir quittée la veille comme un voleur. Mais j'emportais ses gémissements, le goût de sa bouche, l'odeur de sa peau.

Le chef de gare, coiffé de son tarbouche administratif à plaque de cuivre, cria en français :

– Mesdames et messieurs les voyageurs, en voiture !

Ismaïlia était certainement la seule ville d'Égypte où les employés du chemin de fer pouvaient ne faire des annonces que dans la langue de Molière…

– Ici, cher ami, vous êtes en France, m'avait dit la veille Félix Percheron. Et ce ne sera jamais l'Angleterre, croyez-moi ! La reine Victoria a peut-être acheté la moitié du canal à ce foutraque de khédive, mais pour s'emparer de la Venise du désert, elle devra nous marcher sur le corps.

Que m'importait Victoria ! Ma reine s'appelait Nada. Elle s'était donnée à moi, je m'étais donné à elle. J'étais fou, comme elle disait. Fou de joie… Et un peu inquiet, à vrai dire.

N'avions-nous pas trompé l'honnête Mancelle ? Honnête, il l'était en toutes circonstances. Lors de l'affaire Xavier-Saillard, en 1863, il avait refusé de tronquer son témoignage, quitte à se faire mal voir du consul de

France. Ensuite, il s'était interdit pendant trois ou quatre ans de faire la cour à Nada, respectant le désir de mon père de la voir terminer ses études.

– Étienne est un mari irréprochable et un père parfait, m'avait-elle dit le premier soir, en préparant l'infusion.

Les supérieurs d'Étienne Mancelle devaient sans doute l'apprécier aussi, comme en témoignaient ses promotions successives : après avoir dirigé la section du lac Timsah, il venait d'être nommé sous-chef du Transit, alors que son collègue Percheron, pourtant plus âgé que lui et plus ancien dans la Compagnie, végétait depuis des années à la division du matériel.

Des sentiments étranges m'agitaient, tandis que la locomotive, crachant des paquets de fumée noire, prenait son élan pour se lancer dans le désert. Je m'en voulais de tromper Étienne Mancelle, mais n'avait-il pas enlevé celle que j'aimais ? N'avait-il pas bénéficié pour cela de l'immense atout d'être français ? Je venais de caresser la femme qui lui appartenait en toute légalité, la mère de ses enfants. Cela donnait à Nada un attrait supplémentaire : mariée à un Français, elle n'en était que plus troublante à mes yeux. Non seulement je l'enlevais à Mancelle, mais je profitais en quelque sorte du passeport de celui-ci. À travers Nada, je m'approchais un peu de cette France qui me fascinait, avec ses forêts de sapins couverts de neige, ces toits de tuile rouge que je dessinais depuis l'enfance chez les Très Chers Frères, sans les avoir jamais vus.

Dans les jours qui suivirent, je m'aperçus de l'impasse dans laquelle je me trouvais. Il m'était impossible d'envoyer une lettre à Nada, sous peine de lui faire courir un danger considérable. J'attendais plutôt un signe d'elle, qui ne venait pas. Mais pouvait-elle de son côté prendre le risque de m'écrire ? Le souhaitait-elle, d'ailleurs, après ce qui n'avait peut-être été qu'un accident ? Cette incertitude me torturait.

Des idées un peu folles me traversaient l'esprit pour lui faire remettre un billet en main propre, par un quelconque messager. Ne devais-je pas me rendre moi-même à Ismaïlia ? Mais je craignais une réaction négative, peut-être même violente de Nada, dont les sentiments à mon égard ne me paraissaient nullement assurés. Peut-être estimait-elle que la folie que nous avions faite devait être effacée, définitivement oubliée ? Là, au moins, je vivais dans l'illusion. Je préférais encore son silence à un rejet qui m'aurait meurtri définitivement.

Depuis mon retour d'Ismaïlia, je mangeais peu, et cela n'avait pas échappé à mon père. Il me demanda deux ou trois fois si j'allais bien, mais n'insista pas, avec cette pudeur qui le caractérise et qui aura été finalement une grande barrière entre nous. Combien de fois, au cours de ma vie, n'aurais-je aimé être questionné, bousculé, maltraité par ce père trop respectueux de l'intimité des autres, ou trop inquiet pour s'y aventurer !

J'en arrive parfois à préférer l'attitude de tante Angéline. Elle se montre, et il se cache. Elle embellit, et il minimise… À force de vanter à tout le monde les mérites de « mon frère le docteur », elle finit par être plus connue que lui. Parlant un jour de papa, une dame un peu distraite, ou assez sotte, a lancé :

– C'est le frère de la sœur du docteur.

# 14

À Alexandrie, les affaires de M. Xavier-Saillard étaient florissantes. Le négociant français avait agrandi ses établissements : les célèbres initiales X-S étaient gravées désormais sur un deuxième hôtel particulier de la place des Consuls.

Rizkallah multipliait les voyages mystérieux au Caire. Un jour, il finit par annoncer triomphalement à la famille :

– Nous prêtons au khédive.

Tante Angéline affirmait que mon cousin venait tous les quinze jours d'Alexandrie avec deux valises bourrées de livres sterling et qu'il allait les remettre lui-même au palais. Les valises étaient si lourdes, ajoutait-elle, que deux gardes aidaient Rizkallah à monter le grand escalier. Mais d'autres détails que donnait Angéline – comme cette valise pleine de billets qui se serait malencontreusement ouverte sur le quai de Bab-el-Haddid – enlevaient toute vraisemblance à son histoire…

M. Xavier-Saillard était donc devenu créancier d'Ismaïl pacha. Celui-ci prenait maintenant l'argent où il le trouvait, et aux taux qu'on lui imposait. Au début du règne, les capitaux européens s'étaient mis à son service avec un empressement remarquable : tous les deux ans environ, une nouvelle émission de bons était lancée. À l'emprunt dit « des Villages » succéda celui des

Chemins de fer, qui fut suivi de l'emprunt de la *Daïra*, en attendant les bons de la *Moukabala*, et quelques autres... Mais les gros établissements de crédit refusaient d'aller plus loin. Le khédive, condamné à tenir ses échéances, s'engageait sur une pente de plus en plus glissante. Il empruntait désormais à de petits banquiers ou même à de simples négociants, comme M. Xavier-Saillard.

– À Londres et à Paris, les créanciers de l'Égypte commencent à prendre peur, expliquait Nassif bey, le collègue de mon père. Ils pressent leur gouvernement d'intervenir.

En mai 1876, le khédive fut contraint de créer une Caisse de la Dette, gérée par des commissaires européens. Et, quelques mois plus tard, le condominium franco-britannique était promulgué par décret : les finances publiques passaient sous la surveillance de deux contrôleurs généraux, un Anglais et un Français.

– Deux syndics de faillite, fit mon père.

– Disons plutôt le nouveau gouvernement de l'Égypte, ajouta Nassif bey.

Nous avions appris un nouveau mot : condominium. Un mot magique, qu'on employait à toutes les sauces.

– J'espère que le condominium va étudier l'éclairage de notre rue, lançait Alfred Falaki. Ces becs de gaz ne valent rien, ils s'éteignent continuellement.

Nul n'imaginait que la première conséquence du contrôle franco-anglais serait un sombre assassinat, perpétré dans les allées du pouvoir. Les contrôleurs généraux étaient à peine nommés, en effet, qu'on apprenait la disparition du ministre égyptien des Finances, le redoutable Ismaïl Saddik pacha, l'homme le plus puissant d'Égypte après le khédive. Albin Balanvin avait eu affaire à lui deux ou trois fois. Lors de l'inauguration du canal de Suez, il s'était permis de rendre compte de la fête galante discrètement organisée sur son bateau…

Connu sous le nom de Mouffatiche, Ismaïl Saddik pacha était la terreur des paysans. C'était lui qui, régulièrement, ordonnait la levée de nouveaux impôts, fixant une somme pour chaque province et laissant aux notables locaux le soin de la réunir, avec l'aide de Dieu et du *courbache*. Les notables se servaient au passage, mais malheur à celui qui n'atteignait pas l'objectif fixé !

Frère de lait du khédive, le Mouffatiche s'était lui-même rempli les poches à chacune de ces opérations. Ses domaines agricoles occupaient des surfaces fantastiques et son harem comptait plus de trois cents femmes, parmi lesquelles les plus belles danseuses du Caire.

Mais les campagnes, saignées à blanc depuis des années, étaient à la limite de leurs forces. Il n'y avait plus grand-chose à en tirer. Le ministre des Finances devenait non seulement inutile mais dangereux au moment d'ouvrir les comptes aux contrôleurs étrangers.

Commentant les bruits sinistres qui se répandaient au Caire, Nassif bey expliquait :

– Le khédive avait le choix : faire du Mouffatiche un bouc émissaire ou l'éliminer. Il a choisi d'en faire un bouc émissaire puis de l'éliminer.

On racontait que le ministre des Finances, officiellement condamné à l'exil au Soudan, avait été emmené sur le Nil et étranglé dans le bateau. Il se serait furieusement débattu. Le haut fonctionnaire chargé de récupérer son cachet, nécessaire à la signature des actes publics, aurait été mordu cruellement, perdant l'usage d'un doigt. Il ne se montrait plus en public que la main recouverte d'un gant... Dans les semaines qui suivirent, tous les biens du Mouffatiche passèrent dans l'escarcelle du khédive dont les propriétés agricoles grossirent ainsi de trente mille feddans.

*CORRESPONDANCE DU CAIRE*
*À Monsieur le Directeur*
*du Sémaphore d'Alexandrie*

*Le Caire, le 14 décembre 1876*

*La disparition de Son Excellence Ismaïl Saddik pacha n'a pas fini de susciter les rumeurs les plus étranges. Certains vont même jusqu'à affirmer que le ministre des Finances aurait été assassiné ! Ce sont de méchantes langues et je ne veux pas les écouter.*

*Vous ne pouvez pas vous figurer, Monsieur, combien j'aurais aimé vous donner des renseignements précis sur cette triste affaire. Malheureusement, trop de bruits contradictoires circulent au Caire. Dans ces cas-là, il vaut toujours mieux s'en tenir aux informations officielles.*

*Il paraît que Son Altesse soupçonnait depuis un certain temps le Mouffatiche de se livrer à des actes délictueux. Le trou d'un million et demi de livres sterling, constaté par les contrôleurs généraux dans la Caisse de la Dette, n'a fait que fortifier ses craintes. Le Mouffatiche aurait cherché aussi à monter les cheikhs des provinces contre le condominium, accusant le vice-roi de « livrer les finances aux infidèles ». Attristé, le khédive a estimé alors raisonnable d'obtenir la démission de son collaborateur, puis d'éloigner celui-ci du Caire afin qu'il ne puisse poursuivre ses manœuvres.*

*Il semble, Monsieur, que l'on profita d'une des nombreuses libations auxquelles le Mouffatiche avait la faiblesse de se livrer pour lui faire signer sa démission. Le vice-roi, qui s'est multiplié de sa personne dans cette affaire, aurait emmené lui-même son frère de lait jusqu'au palais de Guézireh où un bateau attendait sous vapeur. Après les adieux, que l'on imagine déchirants, le khédive confia le portefeuille des Finances à son fils Hussein et convoqua le Conseil des ministres pour décréter l'exil du Mouffatiche au Soudan. Les ministres, scandalisés par les documents qu'on leur montrait, prouvant la culpabilité de leur collègue, votèrent unanimement en faveur de l'exil.*

*Pendant plusieurs jours, des dépêches nous ont confirmé le passage du bateau, stores fermés, à chacune des étapes vers le haut Nil. J'ignore pourquoi le Mouffatiche ne s'y trouvait pas à l'arrivée, mais on me dit que la chaleur, le brandy et sans doute une émotivité excessive ont eu raison de la santé de cet homme robuste de quarante-six ans. Ce sont des informations que je tiens, Monsieur, de source officielle, et il serait de la dernière inconvenance de paraître les mettre en doute.*

*Albin Balanvin.*

# 15

– Nous n'aurions jamais dû la laisser partir seule ! répétait mon frère Alexandre, avec des larmes dans la voix.

J'étais aussi bouleversé que lui, malgré mon silence. Et je partageais son avis : jamais nous n'aurions dû laisser Oum Mahmoud se rendre ainsi à son village, près de Damiette, où elle n'était pas retournée depuis une éternité. La circoncision d'un petit-neveu, dont elle ne connaissait même pas les parents, ne méritait guère un tel voyage. Mais elle avait insisté pour prendre le train toute seule, cette machine fumante qui pourtant la terrorisait. On aurait dit qu'un besoin irrépressible de revoir sa famille l'avait saisie…

– La fête venait à peine de commencer, nous raconta sa sœur, quand nous la vîmes tomber à terre. Elle murmura : « Mahmoud, Mahmoud. Où es-tu, *ya Mahmoud* ? » Puis elle expira. Pauvre Khadiga !

Khadiga ? C'était la première fois que nous entendions le prénom de notre bonne, connue jusque-là par la seule référence à son mystérieux fils, Mahmoud. Mais nous étions trop émus pour interrompre le récit de la femme en noir.

– Nous l'avons enterrée le soir même de la circoncision…

– Dans quel cimetière ? demanda vivement Alexandre, comme s'il mettait en doute la mort de celle qui était une deuxième mère pour nous.

– Non, non, pas au cimetière, répondit la sœur d'Oum Mahmoud. Elle n'a pas voulu y aller.

– Qu'est-ce que c'est que cette histoire ? cria Alexandre qui commençait à s'énerver.

– Je vous dis qu'elle n'a pas voulu… Les hommes qui portaient la dépouille se sont arrêtés à mi-chemin du cimetière. La morte était trop lourde, elle refusait d'aller plus loin. Ça arrive de temps en temps… Les personnes du cortège – nous étions bien deux douzaines – ont fait cercle autour d'elle. On a essayé de la raisonner. On lui disait : « Il se fait tard, Khadiga, le soleil va bientôt se coucher. Allez, *habibti*, un petit effort. Laisse-toi faire… » Mais elle ne voulait rien entendre.

– Et alors ? demandai-je d'une voix impatiente.

– Alors, nous l'avons enterrée sur place, au bord du chemin.

Alexandre ne put retenir ses larmes. Il sortit de la pièce, me laissant seul avec cette inconnue à qui je n'avais plus rien à dire.

Elle me réclama un peu d'argent, tout en faisant mine de pleurer et de s'arracher les cheveux. Je lui donnai cinquante piastres. Elle redoubla de gémissements en se battant la poitrine, tandis que je la poussais vers la porte. Puis, brusquement, une question me vint aux lèvres :

– Pourquoi Khadiga s'appelait-elle Oum Mahmoud ? Où est ce Mahmoud qu'elle a enfanté ?

La sœur cessa aussitôt de gémir. Et, d'une voix glaciale :

– C'était une faiseuse. Elle n'a jamais eu de fils… Elle ne s'est jamais mariée…

Je la chassai, en commençant à me demander si c'était bien la sœur de Khadiga. Une seule chose semblait sûre, malheureusement : notre pauvre bonne était morte. Pour nous, elle resterait à jamais Oum Mahmoud.

En apprenant la disparition de celle qui avait tenu son ménage pendant vingt-cinq ans, mon père se contenta de hocher la tête. Mais nous sentîmes bien qu'il était désorienté.

– Le docteur a l'air d'être veuf une deuxième fois, disait tante Angéline à ses amies.

Dans les semaines suivantes, papa commença à parler d'une villa au bord de la mer, sur cette plage de Ramleh où nous nous étions baignés ensemble en 1868. Le terrain, appartenant à des Bédouins, ne coûtait pas grand-chose. Quant à la maison, elle pourrait être construite grâce à l'héritage d'un vieil oncle de Beyrouth, partageable à égalité avec Angéline.

Mon père fut aussitôt traité de fou par la plupart des membres de la famille. Qu'irait-il faire, à plusieurs kilomètres d'Alexandrie, au milieu des dunes et des champs de figuiers sauvages ? Boctor Touta n'était pas le moins stupéfait :

– Si tu veux une maison, viens à la campagne, comme les gens civilisés. Je te trouve une *isba* dix fois plus belle que la putain de villa que tu vas faire construire…

Alfred Falaki lâchait des sentences :

– Attention, tu vas construire sur le sable ! Il faut toujours savoir où on met les pieds. Regarde la valeur qu'a prise ma maison : moi, parole d'honneur, j'ai su profiter de l'offre du khédive. Il faut saisir les occasions quand elles passent…

Le docteur répondait par un vague sourire. Personne ne le ferait changer d'avis. Il envisageait d'aller passer dix jours à Alexandrie, chez Nassif bey, pour acheter le terrain et trouver un entrepreneur. Les plans étaient déjà dessinés dans sa tête. À la maison proprement dite, qui compterait huit chambres à coucher, s'ajouterait un petit pavillon.

– Oum Mahmoud aurait pu y habiter, murmura-t-il.

Alexandre avait vingt-cinq ans, et moi vingt-sept. Nous n'étions plus en âge d'avoir une bonne à demeure. Aucune femme n'aurait d'ailleurs pu remplacer Oum Mahmoud dans ses différentes fonctions, qui étaient autant affectives que ménagères. Il fut décidé d'engager un domestique, et c'est ainsi que Hosni arriva à la maison.

Les plus jeunes enfants de mes cousines Dabbour firent aussitôt la confusion et l'appelèrent Mahmoud. Par mimétisme, par distraction, ou pour une raison plus ambiguë, nous nous mîmes, nous aussi, à dire Mahmoud. Il s'en amusait. Et c'est ainsi que Hosni devint définitivement Mahmoud pour toute la famille.

# 16

Si les comptoirs de la Banque impériale ottomane avaient des plaques de marbre, ce n'était pas seulement pour épater le client : nous y faisions tinter les pièces de monnaie, distinguant ainsi les vraies des fausses. Ce tintement m'aura écorché les oreilles pendant des années !

J'exerçais mon métier de caissier correctement, mais sans aucune passion. J'avais la tête ailleurs. Il m'arrivait même, lors d'une pause, quand aucun client ne se présentait au guichet, de sortir subrepticement mon calepin et de noter un petit fait, une idée, voire une simple tournure de phrase qui pourraient me servir un jour pour un article.

Ma collaboration au *Sémaphore d'Alexandrie* était restée secrète pendant tout un temps. Mais je n'avais pas résisté à l'envie d'en parler à un collègue au moment du grand débat sur la réforme judiciaire. La semaine suivante, tous les guichets étaient au courant de mon activité parallèle. Le nom d'Armand de Maubuisson ne disait rien à personne. Il faut dire que très peu d'employés de la Banque lisaient *Le Sémaphore* et que mon pseudonyme n'y figurait que rarement. J'ai d'ailleurs constaté, au fil des années, combien les lecteurs mettent de temps à mémoriser une signature…

Cela n'empêcha pas les autres caissiers de me surnommer « le journaliste », puis « le Sémaphore ». Ils finissaient par le dire mécaniquement, sans même en sourire :

– *Ya Sémaphore*, passe-moi la monnaie de vingt… *Ya Sémaphore*, où as-tu mis le registre des bonis ?

Le mot, dans leur bouche, n'avait plus aucune signification, alors que pour moi il évoquait l'écriture, le monde extérieur, la liberté…

Un jeudi de mars 1877, en fin de matinée, les pièces ne cessaient de tinter sur les comptoirs. Trois ou quatre clients faisaient la queue devant mon guichet, tandis que je servais un Arménien insupportable qui demandait comme d'habitude une somme importante en pièces de dix paras. Soudain, mon regard fut attiré par une silhouette féminine, à moitié cachée par les personnes en attente. Machinalement, je me soulevai de mon siège et penchai la tête à travers les barreaux. Nada !

Elle me fit un léger sourire. Le cœur battant, je me levai, demandai à mon voisin de me remplacer et, sans attendre sa réponse, me dirigeai vers la sortie, laissant l'Arménien en plan avec ses pièces de dix paras.

Nada ! C'était Nada !

– Mais, qu'est-ce que tu fais là ? dis-je en effleurant ses mains gantées, alors que nous nous étions retrouvés dehors, sous les arcades.

Elle fit semblant de se vexer :

– C'est comme ça qu'on accueille les gens au Caire ?

Les gens ! Comme si Nada était « les gens »…

– Je suis venue te dire bonjour, ajouta-t-elle, l'œil malicieux.

Je l'aurais embrassée si nous ne nous étions trouvés en pleine rue.

– Et pour combien de temps es-tu au Caire ? demandai-je, fébrilement.

– Cinq heures environ. Mon train repart en fin d'après-midi.

S'amusant de mon air stupéfait, Nada fit mine d'admirer les arcades. Puis elle m'expliqua que son mari était parti pour deux jours à Port-Saïd où le sollicitaient divers travaux. Elle avait confié les enfants à la bonne, la faisant jurer de ne rien dire à quiconque. Et elle était montée dans le train du matin, le visage recouvert d'une voilette, en priant le Ciel de n'être vue par personne de sa connaissance…

J'avais le cœur en feu.

– Viens ! dis-je, en saisissant sa petite mallette. Je t'emmène à l'Ezbékieh.

Nada ne pouvait connaître ce jardin, aménagé pour les festivités du canal de Suez. Elle n'était jamais revenue au Caire depuis son mariage. Étienne, comblé par Ismaïlia, refusait de s'en éloigner, sinon pour des missions de travail à Port-Saïd. Il ne l'avait emmenée qu'une seule fois en France pour la présenter à sa famille. Nous avions reçu une lettre de Normandie, qui m'avait rendu malade…

Pour cacher mon trouble, je me lançai dans une savante histoire de l'Ezbékieh :

– Jadis, c'était une immense cuvette, qui se transformait en lac pendant la crue du Nil. On y organisait des fêtes nautiques aux flambeaux. Les eaux se retiraient en hiver, laissant place à un océan de verdure. Mais Mohammed Ali a fait assécher l'Ezbékieh, qui est devenue alors une forêt en pleine ville. Puis le khédive a tout rasé pour réaliser un parc gigantesque, à la française…

– Tu vas bien ? me demanda Nada, qui n'avait pas fait le voyage pour assister à une conférence sur l'aménagement des eaux et forêts de la ville du Caire.

Je répondis avec un sourire :

– Et toi ?

– Moi, je me sentais un peu seule, là-bas… J'attendais un mot de toi. Tu ne m'as jamais écrit.

Je me sentis rougir d'émotion. Aucun son ne sortait de ma bouche. Comment lui expliquer que je n'osais pas lui écrire, craignant de la gêner affreusement, ou redoutant de briser un lien qui me paraissait bien ténu… Mais, à son regard, je compris qu'elle avait tout deviné.

Nous continuâmes à marcher, côte à côte, jusqu'à l'entrée ouest de l'Ezbékieh. J'étouffais de joie.

Nada fut impressionnée par les hautes grilles du jardin. On payait une demi-piastre par personne pour franchir le tourniquet.

– Un jardin payant ? s'étonna-t-elle.

– L'aménagement de l'Ezbékieh, confié à des ingénieurs français, a coûté une fortune. Et il faut entretenir une armée de jardiniers. Mais je crois que la demi-piastre vise surtout à écarter les pauvres et les mendiants…

Nous empruntâmes l'allée qui montait vers le belvédère. Sur la droite, le pavillon de photographie étalait des décors de carton-pâte. Je racontai à Nada que Lolo s'y était fait immortaliser, quelques mois plus tôt, en maréchal ottoman, sur un demi-cheval de bois. Elle partit d'un rire inextinguible qui fit se retourner des promeneurs.

Nous nous arrêtâmes un instant devant la grotte artificielle pour voir jaillir la cascade.

– Attention aux embruns, dis-je. Tu vas te mouiller.

Mais Nada, immobile, fermait les yeux à demi en murmurant :

– C'est l'eau du Caire. Je n'ai pas oublié son odeur.

Nous montâmes par un petit chemin jusqu'au belvédère, fait en troncs de palmiers. La vue était superbe : une partie de la ville nouvelle s'étalait à nos pieds. Je lui montrai du doigt le quartier des Falaki, avec ses belles maisons entourées de jardins.

– L'oncle Alfred a fait une excellente affaire, dis-je en riant. Une de plus. C'est bon pour la dot de Lolo… Tu aurais pu épouser Lolo.

Elle me regarda d'un air étonné :

– Pourquoi me dis-tu ça ?

– Pour rien… Une bêtise… Excuse-moi.

Puis, d'une voix basse, sans la regarder :

– L'annonce de ton mariage avec Étienne m'avait brisé le cœur. Je ne m'en suis jamais consolé.

Elle s'arrêta, se tourna vers moi. Son regard était plein de douceur.

– Nada…

Ses doigts, effleurant ma bouche, me firent taire.

– Tu m'avais promis de m'emmener à un café-restaurant.

Je la pris par le bras, et nous descendîmes par un sentier ombragé jusqu'à un petit établissement très calme, équipé de kiosques pour repas particuliers. L'endroit était charmant, avec ses treillages recouverts de plantes grimpantes, qui donnaient de la fraîcheur.

– Il est magnifique, ton café-restaurant !

– Ici, au moins, on respire, comme dirait tante Angéline.

– *Hawa, hawa !*

Pendant tout le repas, nous ne cessâmes de rire en nous regardant dans les yeux.

– Tu dois être fatiguée, fis-je au moment du café.

Elle ne répondit pas. J'enchaînai, dans un murmure :

– Le Shepheard's est à deux pas…

Elle haussa légèrement les épaules, comme quelqu'un qui ne sait pas et se laisse conduire… Je hélai aussitôt le garçon.

Le Shepheard's m'apparaissait plus anonyme que le New Hotel, fréquenté par beaucoup de Français. Nous y arrivâmes une dizaine de minutes plus tard. En passant devant la célèbre terrasse, ornée de deux petits sphinx, Nada rabattit sa voilette. Un chasseur en livrée se précipita pour me débarrasser de la mallette de voyage et nous précéda à la réception.

– Tout est complet, monsieur, me dit le concierge. Je suis désolé.

– Même pour une nuit ? fit Nada derrière moi, en relevant sa voilette à demi et gratifiant l'employé d'un sourire irrésistible.

La chambre donnait sur un parc magnifique. Le jeune groom, qui voulait justifier son bakchich, nous expliqua que des gazelles gambadaient derrière les buissons et passaient de temps en temps sous les fenêtres.

Dès que la porte se fut refermée, Nada s'approcha de moi. Nous nous embrassâmes lentement, longuement, comme si nous attendions l'un et l'autre ce moment depuis une éternité. Les volets de la porte-fenêtre laissaient filtrer le soleil et quelques bruits d'arrosage.

– Nada, Nada…, murmurai-je, sans réussir à dire autre chose.

Sa robe était boutonnée dans le dos. Je dénouai, une à une, ces olivettes de fil noir, avec un calme qui me surprit. Les épaules nues de Nada m'affolèrent. J'y posai les lèvres, m'enivrant du parfum de cette peau brune dont j'avais tant rêvé. Elle agitait doucement la tête. Ses cheveux noirs, dénoués, me caressaient la joue.

Mes mains effleurèrent les seins de Nada. Elles y revinrent doucement, découvrant leurs formes, les enveloppant, les saisissant… Je ne sais plus qui de nous deux entraîna l'autre vers le grand lit de cuivre…

En raccompagnant Nada à la gare, deux heures plus tard, je ne me souviens que d'un sentiment d'euphorie. Nous étions l'un à l'autre, nous partagions un secret, plus rien ne serait comme avant.

– Ne reste pas sur le quai, me dit-elle. Je déteste les adieux.

À peine ouvris-je la bouche pour lui répondre qu'elle rabattit brusquement sa voilette, en murmurant :

– Ne bouge pas. J'aperçois derrière toi le sous-chef du dragage.

Nada avait prévu un boniment en cas de rencontre intempestive. Elle raconterait qu'elle s'était rendue au Caire pour une raison familiale, la maladie d'une vieille tante… Et si cela devait revenir aux oreilles de son mari, elle avait préparé une histoire un peu embrouillée, concernant le passage au Caire d'une parente de Beyrouth, dont je l'aurais informée, par l'intermédiaire d'un collègue de passage à Ismaïlia… Heureusement, le sous-chef du dragage n'avait rien vu.

Du compartiment où elle était montée, Nada me fit un petit signe de sa main gantée. J'avais promis de ne pas rester sur le quai. Je lui répondis par un baiser du bout des lèvres et me fondis dans la foule.

# 17

– Non, non, ne m'écris pas, m'avait-elle dit. Ce serait trop dangereux… Et, d'ailleurs, ça me ferait trop mal.

Je m'en voulais de ne l'avoir pas davantage interrogée sur cette remarque. Pourquoi, trop mal ? Il m'était impossible maintenant de le savoir, puisqu'une rencontre semblait exclue. Je ne me voyais pas arrivant à Ismaïlia, descendant à l'Hôtel des Voyageurs, et attendant que Nada m'y rejoigne sous un quelconque déguisement… Elle-même pourrait très difficilement recommencer son équipée du Caire – à supposer d'ailleurs qu'elle l'eût vraiment souhaité. Je pressentais que nous venions de vivre un événement unique. Notre rencontre, à l'Ezbékieh puis au Shepheard's, n'avait-elle pas été merveilleuse parce que improvisée ?

Ces questions m'occupaient l'esprit, tandis que tintaient les pièces de monnaie sur les comptoirs de la Banque impériale ottomane. Au moins savais-je que Nada m'aimait. Son absence m'était, à la fois, très douloureuse et enivrante. Elle m'aiderait, d'une certaine manière, à me jeter avec passion dans l'observation des événements politiques, qui allaient se bousculer.

Au cours des mois qui suivirent, j'aperçus à diverses reprises Walid el-Ahlaoui dans le quartier de l'Opéra. Il était méconnaissable, avec un uniforme plein de taches et des semelles trouées. Le *bimbachi* faisait partie des deux mille cinq cents officiers placés en demi-retraite pour raisons d'économie, et que l'état-major, composé de Turcs, avait fait en sorte de choisir parmi les Égyptiens de souche. Déjà très mal payés, couverts de dettes, ces officiers se retrouvaient dans la misère, surtout s'ils étaient pères de famille comme Walid.

J'osais à peine le saluer, de peur de le gêner. Un après-midi, nous nous retrouvâmes nez à nez devant la Banque ottomane. Il refusa le café que je lui proposai, prétextant une affaire urgente. Notre conversation ne dura que quelques minutes et fut glaciale. On le sentait bouillonnant de fureur. Le demi-solde maugréait contre les Turcs, mais aussi contre le « gouvernement européen » présidé par l'Arménien Nubar pacha. Nous n'en étions plus aux contrôleurs généraux, en effet, mais aux ministres étrangers en bonne et due forme : l'Anglais Rivers Wilson détenait le portefeuille des Finances et le Français de Blignières celui des Travaux publics.

J'ignore le rôle exact de Walid el-Ahlaoui dans la fameuse manifestation du 18 février 1879. Sans doute figurait-il parmi les militaires qui prirent violemment à partie Nubar et Wilson, avant de les enfermer dans un bureau. L'Arménien fut poussé contre un mur, et l'Anglais eut quelques poils de barbe arrachés…

On a dit par la suite que le khédive avait lui-même excité les officiers indigènes contre le « gouvernement européen » pour pouvoir se débarrasser de celui-ci. C'est probable. Nubar ne fut-il pas congédié aussitôt après l'agression dont il avait été victime ?

– Ismaïl a une curieuse façon de défendre ses ministres ! constata mon père.

C'est le prince Tewfik, fils aîné du khédive, qui fut chargé de présider le nouveau gouvernement. Il n'eut pas le temps de faire des étincelles : un mois plus tard, il était remercié à son tour… Invoquant la « pression populaire », le khédive constituait, avec un autre Premier ministre, « un gouvernement véritablement égyptien » ne comprenant aucun Européen.

Je pensais que Walid el-Ahlaoui allait crier victoire, d'autant que des mesures avaient été prises en faveur des officiers indigènes. Ses souliers neufs en témoignaient. Mais il me lança, au hasard d'une rencontre au Mouski :

– Ces ministres sont tous turcs. Il n'y a pas parmi eux un seul véritable Égyptien.

Sa remarque me mit mal à l'aise. Aux yeux de Walid, je ne pouvais être, moi, un véritable Égyptien. Notre famille, bien qu'installée sur les bords du Nil depuis plus d'un siècle, restait une famille de *Chawam.* Et Dieu sait si les *Chawam* étaient haïs dans les campagnes où certains d'entre eux se livraient à l'usure, comme l'oncle Boctor ! Certes, j'étais le fils du docteur Touta, pour qui Walid avait beaucoup de respect et qui lui avait appris à lire et à écrire sa propre langue. Moi-même je lisais et j'écrivais l'arabe sans doute mieux que l'officier. Mais, travaillant à la Banque ottomane, qui était franco-anglaise, collaborant à un journal francophone dirigé par des Français, je ne lui apparaissais certainement pas comme un « véritable Égyptien ». J'étais un *khawaga*, un monsieur d'ailleurs.

Le khédive Ismaïl avait poussé le bouchon un peu loin. Renonçant à lui faire entendre raison, les gouvernements de Londres et de Paris décidèrent, quelques semaines plus tard, qu'il n'était plus fait pour occuper la vice-royauté d'Égypte. Et ils surent en convaincre le sultan.

Le 29 juin, un télégramme de Constantinople, adressé à « l'ex-khédive Ismaïl », mettait fin à seize ans de règne. Les canons de la Citadelle saluèrent aussitôt la nomination de Tewfik. Le lendemain matin, le vice-roi déchu prenait le train pour Alexandrie. On assista à une émouvante accolade entre le père et le fils. Devant la gare de Bab-el-Haddid, les dames du harem, tout de noir vêtues, pleuraient bruyamment dans des voitures fermées.

Arrivé à Alexandrie, Ismaïl embarqua sur son yacht, le *Mahroussa*, avec ses femmes, une partie de ses concubines et de ses enfants, à destination de Naples, où le roi d'Italie avait mis le palais de la Favorite à sa disposition. Des notables locaux et de nombreux résidents européens vinrent le saluer à bord. Il y avait parmi eux le docteur Nassif bey et M. Adolphe Xavier-Saillard.

Le soleil n'était pas encore couché quand le *Mahroussa* largua les amarres. Debout sur le pont, le khédive déchu salua lentement de la main la terre d'Égypte où son grand-père, Mohammed Ali, avait débarqué soixante-dix-huit ans plus tôt.

Nassif bey ne put retenir une larme. N'était-il pas l'un des médecins traitants de ce flambeur magnifique qui avait inventé le titre de khédive ? Pourtant, en seize ans de règne, Ismaïl ne l'avait pas appelé une seule fois à son chevet.

– Je ne sais même pas s'il a du poil sur la poitrine ! disait le collègue de mon père d'un ton désolé.

Deux semaines plus tard, nous apprîmes par *Le Sémaphore* que Nassif bey faisait partie des médecins traitants du nouveau khédive.

– C'est son troisième vice-roi, remarqua mon père, qui me chargea d'aller porter un télégramme de félicitations.

Tewfik était le contraire de son père. À Ismaïl le Magnifique succédait un jeune homme terne, économe et monogame, qui ne ressemblait guère à un monarque.

– Ce garçon ne manque pas de qualités, disait Nassif bey. Mais ce sont les qualités d'un particulier.

Balanvin, plus méchant, commentait :

– Louis XVI a succédé à Louis XIV.

On savait que Tewfik n'était pas le fils préféré de l'ex-khédive. Au harem, on ne lui reconnaissait d'ailleurs le titre de prince que du bout des lèvres : sa mère était une ancienne esclave, remarquée un soir par Ismaïl pacha alors qu'elle dressait un lit dans une chambre du palais. Cette femme tendait, paraît-il, une croupe avantageuse et Ismaïl ne sut y résister. Il l'honora d'un bref caprice qui la rendit enceinte. Selon l'usage, elle alla faire ses couches au palais de Kasr-el-Aali, surnommé « la pépinière ». C'est ainsi que l'esclave devint la quatrième épouse du vice-roi et que Tewfik, aîné des garçons vivants, succéda à son père sur le trône.

Le nouveau khédive se retrouvait à la tête d'un pays en faillite, géré par les contrôleurs européens. Il devait tenir compte du mécontentement des officiers indigènes, mais aussi des manœuvres de son père qui, visiblement, ne se résignait pas à l'exil.

*CORRESPONDANCE DU CAIRE*
*À Monsieur le Directeur*
*du Sémaphore d'Alexandrie*

*Le Caire, le 18 juillet 1880*

*La courtoisie et les bonnes manières du nouveau khédive sont en train de lui gagner tous les cœurs. Les préventions à son égard disparaissent peu à peu, les esprits sincères achèvent de s'éclairer, la malveillance est déconcertée.*

*Son Altesse se montre à l'allée de Choubra dans un appareil très simple. De sa voiture, Elle adresse de petits saluts aux personnes qu'Elle rencontre et accueille les hommages avec sa bienveillance ordinaire.*

*Tewfik pacha ne peut ignorer cependant les manœuvres organisées autour de certains prétendants au trône : je parle des partisans du prince Halim, ce qui ne vous étonnera que médiocrement, mais aussi de ceux de l'ex-khédive. Ces personnes agissent certainement de leur propre initiative, car j'ai peine à croire, Monsieur, qu'Ismaïl pacha puisse chercher lui-même, le moins du monde, à gêner l'action de son fils bien-aimé.*

*Le nouveau khédive est contraint à des décisions douloureuses pour assainir les finances du pays. Ainsi vient-il d'annoncer la suppression de la* Moukabala. *Comme vous le savez, cette loi ingénieuse avait permis en 1871 aux propriétaires qui payaient par avance six annuités d'impôt foncier d'être définitivement exemptés de la moitié de leur charge fiscale. Eh bien, ce ne sera plus le cas : ils devront acquitter à nouveau l'impôt complet.*

*Ce sont les contrôleurs européens de la Dette qui ont réclamé la suppression de la* Moukabala. *Le khédive hésitait à les suivre. Comme à son habitude, il est allé chercher des inspirations auprès des consuls anglais et français. Ceux-ci lui ont fourni une excellente raison de se rassurer : les souscripteurs de la* Moukabala, *lui ont-ils dit, sont tous égyptiens. Ne bénéficieront-ils pas, un jour ou l'autre, de l'assainissement des finances de leur pays ?*

*Gageons, Monsieur, que l'esprit civique des propriétaires l'emportera sur le désagrément causé par cette mesure douloureuse mais sans doute nécessaire.*

*Le gouvernement, me direz-vous, n'a pas tenu sa promesse de 1871. Mais en matière politique, Monsieur, les promesses n'engagent que ceux à qui elles sont faites.*

*Albin Balanvin.*

La suppression de la *Moukabala* nous valut un grand numéro de Boctor Touta. Le père de Rizkallah n'eut pas de mots assez durs pour qualifier cette rupture de contrat :

– Moi, hurla-t-il, j'ai payé cette putain de *Moukabala* pour être dispensé à vie de la moitié de l'impôt foncier. J'ai rendu un service à l'État. Et voilà ma récompense ! Ah, pauvre de moi !

Avec sa grossièreté habituelle, Boctor se répandit sans retenue contre le nouveau khédive :

– Ah, le chien ! Il nous a enculés. Voulez-vous que je vous montre jusqu'où il nous a enculés ?

On ferma les fenêtres. On essaya de le faire taire. On apporta un peu d'eau de fleur d'oranger pour le calmer…

– Je m'inquiète pour Boctor qui a toujours eu le cœur fragile, me dit papa le lendemain, d'un air préoccupé.

Nous décidâmes d'aller rendre visite au père de Rizkallah dans son appartement du Mouski. Ses jurons s'entendaient de la rue, par la fenêtre ouverte. Assis sur un tabouret, Boctor prenait un bain de pieds dans une bassine d'eau savonneuse, tout en haranguant avec violence une demi-douzaine de voisins à propos de la *Moukabala*. À un moment, emporté par son élan, il ponctua sa philippique d'un pet retentissant…

– Sa santé est finalement plus solide que je ne le pensais, murmura le docteur Touta en sortant.

Rizkallah nous rassura tout à fait lors d'un voyage au Caire, le mois suivant : en guise de *Moukabala*, son père n'avait versé au départ que des arriérés d'impôts. Et il en avait profité pour régulariser quelques titres de propriété mal établis, le fisc ayant reçu l'ordre de se montrer conciliant envers les propriétaires pour les encourager à accepter l'offre du khédive. Au total, c'était pour Boctor une excellente affaire.

# 18

Cet été-là, Alfred Falaki me prit à part pour me confier un secret : il allait inaugurer une deuxième bijouterie – « une succursale », comme il disait pompeusement – à Alexandrie. Normalement, Lolo aurait dû en assurer la gérance, mais le mari d'Angéline n'avait aucun goût pour le suicide : il savait que son benêt de fils était tout juste bon à ouvrir et fermer le rideau de fer. Un gérant avait donc été trouvé, mais l'oncle se souciait de faire connaître le nouvel établissement. N'ignorant pas l'influence du *Sémaphore*, il voulait y passer une réclame et comptait sur moi pour obtenir un bon prix.

Très gêné, je lui fis remarquer que je n'appartenais pas à l'hebdomadaire et que, de toute manière, un journaliste ne s'occupait pas de ce genre de choses.

– J'ai compris, me dit-il. Quel est ton pourcentage ?

Mon sourire embarrassé fut mal interprété :

– Ah, je vois qu'on connaît les affaires ! bougonna l'oncle Alfred en frottant sa chevalière sur le revers de sa manche pour la faire briller.

Je ne savais plus comment m'en sortir. Après une vague promesse d'intervention auprès de la direction du *Sémaphore*, je réussis à détourner la conversation.

Le mari d'Angéline revint plusieurs fois à la charge au cours des semaines suivantes. Pour ma chance, il n'était pas fixé sur le texte de sa réclame. Et, comme il ne voulait pas jeter l'argent par les fenêtres, il consultait.

– Je veux mettre : « Bijouterie Falaki, les meilleurs prix. Rue du Mouski, Le Caire. Rue des Sœurs, Alexandrie. » Mais ne crois-tu pas que je devrais commencer par Alexandrie ?

Je répondais de manière très hésitante. J'entretenais ses doutes, faisant valoir qu'il fallait certainement commencer par Le Caire, où se trouvait la maison mère, mais que les Alexandrins seraient offensés si leur ville n'était pas citée en premier…

L'affaire nous occupa pendant des mois. Entre-temps, le magasin d'Alexandrie avait trouvé des clients, et l'oncle Alfred en tira la conclusion :

– Au diable, la réclame ! Jamais je ne donnerai une piastre à ces voleurs de journalistes !

Tante Angéline aussi me poursuivait à cette époque, mais pour une autre raison : elle avait décidé de me trouver une épouse. Cette marieuse émérite ne comptait pas seulement la « triangulaire » à son palmarès : on lui devait aussi quelques jolis succès, comme le remariage d'une veuve, très laide et affligée de nombreux tics, avec un beau jeune homme apparenté aux Dabbour. Il est vrai que la veuve habitait un petit palais du côté de Damiette et que sa santé chancelante autorisait tous les espoirs…

« Tante Hawa » venait d'essuyer néanmoins deux échecs manifestes : malgré ses efforts, ni mon père ni Lolo n'étaient sortis de l'état de célibataires.

– J'ai cessé de chercher pour le docteur, disait-elle à ses amies d'un air résigné.

Il était clair que son frère, devenu septuagénaire, ne se remettrait plus en ménage. Il vivrait – et mourrait – « dans le souvenir de la maronite », comme disait Angéline entre deux coups d'éventail.

Quant à Lolo, elle le trouvait très bien, finalement, dans ses jupons. On sentait ce garçon joyeux de vivre. Tranquille comme Baptiste, « Amour de sa mère » s'était installé dans un célibat moelleux, pimenté par des amours d'arrière-cuisine. Fawzia, la bonne des Falaki, toujours aussi aguichante, continuait à fournir ses prestations nocturnes, dont elle fixait elle-même le rythme et le prix. Chaque mois, l'utilisateur devait lui offrir une bague ou un bracelet, parfois un collier.

– Fawzia va bientôt ouvrir une bijouterie, disait en riant mon frère Alexandre, que je soupçonnais de fréquenter, lui aussi, cette peau d'ébène.

Lolo Falaki, âgé de quarante ans, ne cherchait plus à ressembler à un ingénieur français du canal de Suez. Il était très impressionné désormais par les greffiers des tribunaux mixtes. À la bijouterie, on ne le voyait plus qu'en tarbouche, portant un habit noir, avec des manches de lustrine et un crayon coincé derrière l'oreille. Du moins était-ce ainsi qu'il imaginait les employés de cette honorable institution…

Tante Angéline était donc de nouveau en chasse. Ayant perdu son frère et voulant garder son fils, elle avait jeté son dévolu sur moi. Je lui semblais être un client très facile à caser :

– Toi, avec tes yeux clairs…

Les jeunes filles à marier étaient le principal sujet de conversation d'Angéline et de ses amies.

– Je t'ai trouvé une perle, me chuchotait-elle en m'enveloppant d'un parfum de bergamote. Une vraie poupée. Son père possède cent feddans de terres dans le Fayoum.

Alfred Falaki, qui tendait une oreille distraite, commentait machinalement :

– Cent feddans ? C'est beau.

Mais je n'avais nulle envie de me marier. La seule femme qui m'intéressait s'appelait Nada, et elle vivait loin de moi, dans un désert où poussaient des roses... Trois fois, elle était revenue clandestinement au Caire. Et, trois fois, nous avions occupé pendant quelques heures la même chambre au Shepheard's. Mais, la troisième fois, Étienne était rentré de Port-Saïd avec une journée d'avance. Ne voyant pas son épouse et ne recevant de la bonne que des bredouillements incohérents, il commença à s'inquiéter. Nada arriva à temps, avec sa mallette de voyage. Elle dut sortir son boniment : le passage au Caire d'une parente de Beyrouth, dont je l'avais informée, par l'intermédiaire d'un collègue... Étienne la crut sur parole, s'inquiétant de savoir si le voyage ne l'avait pas fatiguée. Elle s'était sentie soudain très coupable de mentir à un homme aussi loyal. De toute manière, elle ne pouvait plus recommencer. Le Shepheard's, c'était fini.

Quand le parfum de sa peau, quand le souvenir de ses seins durs me tourmentaient un peu trop, il m'arrivait d'aborder quelque femme facile, attablée dans le jardin de l'Ezbékieh. Mes collègues de la banque connaissaient, comme moi, ces Grecques ou ces juives aux lèvres trop rouges, au rire trop fort, qui nous entraînaient dans une chambre miteuse des environs. On les disait très adroites, mais aucune d'elles ne m'a jamais fait oublier Nada, ne serait-ce qu'un instant...

Pour faire plaisir à tante Angéline, j'acceptais de temps en temps de venir prendre le thé chez elle, feignant d'ignorer que j'y rencontrerais une vierge aux yeux baissés, sagement assise à côté de sa maman. Ces jeunes filles de bonnes familles me paraissaient aussi fades qu'ennuyeuses. Un seul rire de Nada les aurait toutes éclipsées. Tant qu'à faire, je préférais encore mes humiliantes rencontres du jardin de l'Ezbékieh.

La bonne des Falaki servait les pâtisseries sur un plateau d'argent. Son corsage entrouvert apportait un peu de chair, si l'on peut dire, à ces réunions insipides. Quand Lolo avançait une main hésitante vers le plateau, je me demandais toujours s'il prendrait un *caak* aux noix ou s'il irait plus loin…

J'écoutais vaguement le caquetage de ces dames, sans apporter à la conversation ce qu'elles attendaient d'un journaliste (« Mon neveu prépare *Le Sémaphore d'Alexandrie* », disait tante Angéline) et, plus encore, d'un caissier de la Banque impériale ottomane (« Mon neveu est banquier »). Je n'avais nulle envie de briller en de telles compagnies.

– *Hawa, hawa !* gémissait ma tante quand la conversation languissait.

Et elle m'encourageait d'un coup d'œil complice, derrière son éventail.

# 19

Walid el-Ahlaoui, lui, n'avait probablement pas eu besoin d'une marieuse, quelques années plus tôt, pour épouser la sœur d'un camarade du 4e régiment d'infanterie… En ce début de 1881, il devait bien avoir cinq ou six enfants déjà.

Je n'ai jamais très bien su comment il était arrivé au 4e d'infanterie, commandé par le colonel Ahmed Orabi. Le hasard, peut-être. « La main de Dieu », comme il disait… À moins, tout simplement, que, subjugué par le talent oratoire du futur chef de la révolution, il n'ait réussi à se faire muter dans ce régiment.

Une agitation grandissante régnait dans les casernes. Les officiers de souche égyptienne reprochaient au ministre de la Guerre d'avoir promu, une fois de plus, des Turcs et demandaient son remplacement. Trois colonels, dont Orabi, allèrent porter une pétition en ce sens au président du Conseil.

Quelques jours plus tard, les signataires furent convoqués au ministère de la Guerre, pour y recevoir des instructions. À peine arrivés, ils se virent privés de leur épée et déférés devant un tribunal militaire présidé par un Américain, Stone pacha.

– Naturellement, nos chefs avaient pris leurs précautions, me raconta Walid. Depuis plusieurs jours, des bruits sinistres faisaient état d'un bateau, équipé de trois caisses de métal, destiné à les emmener dans le haut Nil et à les noyer comme le Mouffatiche. Le tribunal militaire était à peine réuni que plusieurs unités du 1er et du 4e régiment envahissaient la cour du ministère. Nous n'eûmes aucun mal à libérer nos colonels.

Le 1er régiment de la garde défila alors au grand complet, musique en tête et enseignes déployées, de Kasr-el-Nil au palais d'Abdine, pour demander au khédive d'étudier la pétition. Tewfik destitua aussitôt le ministre de la Guerre et rétablit les trois colonels dans leurs fonctions.

– Cela s'appelle un pronunciamiento, me dit Albin Balanvin en tapotant le pommeau de sa canne.

Les officiers, enhardis, déposèrent une deuxième pétition. Et, cette fois, il n'y eut ni convocation ni tribunal militaire. Le gouvernement accepta de modifier le système des promotions, d'accorder des soldes plus conséquentes et de remplacer par du vrai beurre l'infâme mélange de suif qui était utilisé dans les cuisines des casernes. Tewfik pacha alla même au-delà de la pétition en promettant de porter l'armée à dix-huit mille hommes.

C'était l'euphorie. Un grand banquet fut organisé au ministère de la Guerre, au cours duquel Orabi fit acclamer le nom du khédive.

Quelques semaines plus tard, je croisai Walid el-Ahlaoui devant la Banque impériale ottomane. Il portait un uniforme rutilant et arborait fièrement son nouveau galon de lieutenant-colonel, *kaïmakam*, à trente guinées par mois.

– Les rapports sont au beau fixe entre les officiers et le palais, dis-je à Balanvin.

– Ce n'est pas ce que j'entends dans les salons, me répliqua le correspondant du *Sémaphore*.

Une brève conversation avec Walid el-Ahlaoui, quelques semaines plus tard, dans un café de l'Ezbékieh, me fit comprendre qu'il avait raison. Alors que je soulignais la différence entre le khédive Tewfik et son père, le *kaïmakam* me lança, comme un crachat :

– Une vipère ne peut enfanter qu'une vipère !

En réalité, chacun des deux camps vivait sur ses gardes, persuadé que l'autre préparait un mauvais coup. Les colonels pétitionnaires soupçonnaient le palais d'acheter à prix d'or certains de leurs subordonnés. Ils ne faisaient confiance qu'à un seul homme, le nouveau ministre de la Guerre, qui les avait prévenus :

– Si, un jour, vous apprenez que je suis révoqué, faites attention : un danger serait imminent.

Autant dire que la révocation du ministre, en plein mois d'août, sema une vive inquiétude dans les casernes. Et quand les officiers apprirent que le 3ᵉ régiment était invité à se rendre à Alexandrie, la panique fut complète. Walid el-Ahlaoui, que Balanvin m'avait demandé de sonder, était en proie à une grande agitation :

– On sait très bien pourquoi le 3ᵉ régiment est convoqué à Alexandrie : ces salauds veulent provoquer un accident à la hauteur du pont de Kafr-el-Zayat pour faire tomber le train dans le Nil. Le 3ᵉ régiment ne fera pas l'erreur de prendre le train. Il ira à Alexandrie à pied, s'il le faut !

Ni en train ni à pied : plusieurs régiments choisirent de se mutiner. Le 9 septembre, aux guichets de la Banque, la rumeur courut que des soldats avaient pris position devant Abdine. Je confiai la caisse à l'un de mes collègues, et me ruai en direction du palais. Quatre mille hommes environ, baïonnette au fusil, étaient disposés en carré sur la place. Ils avaient apporté des canons.

Je n'eus pas grand mal à repérer le colonel Orabi, à cheval, un sabre à la main. C'était un homme trapu, aux épaules arrondies. Walid el-Ahlaoui se tenait debout à quelques pas de lui, très droit, avec un regard d'acier. Le souvenir de la place des Consuls me vint en mémoire. Dix-huit années étaient passées. Quelle différence avec le jeune lieutenant en larmes, la tête baissée, qui subissait sa dégradation en public !

Les balcons des maisons environnantes étaient déjà remplis de monde quand le khédive Tewfik arriva en voiture, accompagné de ses ministres, du contrôleur général anglais, M. Colvin, et de plusieurs autres personnalités. Il était livide. Nous ne savions pas qu'ayant été averti d'un mouvement de troupes, il venait de faire tout un périple, de Toura à la Citadelle, puis de la Citadelle à Abbassieh, pour s'assurer le soutien de régiments loyalistes. En vain.

Dans ma précipitation, je n'avais pris ni carnet ni crayon. Mais tout ce que je verrais cet après-midi-là s'inscrirait dans ma mémoire et je n'aurais aucun mal ensuite à raconter la scène, dans les moindres détails, à Balanvin.

Tewfik pacha donnait l'impression d'être pris de panique. Il n'arrêtait pas de se retourner vers les personnes qui l'accompagnaient, comme s'il quêtait des directives. M. Colvin lui chuchotait des conseils de fermeté.

Finalement, le khédive ordonna à Orabi de remettre son sabre au fourreau et de descendre de cheval. Le colonel rebelle obéit et vint au-devant de Tewfik pour lui exposer ses griefs. Le vice-roi aurait sans doute cédé sur-le-champ si M. Colvin ne lui avait encore glissé quelque chose à l'oreille. Il se retira alors, laissant les Européens présents négocier avec les mutins.

Je voyais la scène mais, bien sûr, n'entendais rien. J'apprendrais par la suite que les insurgés réclamaient le départ du président du Conseil. On leur répondit que le khédive avait télégraphié au sultan à ce propos et qu'il convenait d'attendre sa réponse.

– Nous attendrons la réponse, répliqua Orabi. Et si elle n'est pas favorable, nous attendrons qu'un envoyé du sultan vienne régler ce conflit.

Au bout d'un moment, le consul autrichien descendit en courant du palais pour faire savoir à Orabi que le khédive consentait à nommer un nouveau président du Conseil. Méfiant, le chef des rebelles demanda un texte écrit, qui lui fut apporté. Il se mit alors à le lire au milieu du carré. J'entendais mal de l'endroit où je me trouvais, mais les acclamations des officiers des premiers rangs étaient éloquentes.

Les chefs de la mutinerie sollicitèrent alors l'honneur de baiser la main du khédive. On les invita à entrer au palais. Par prudence, ils n'y allèrent qu'un à un, comme si le souvenir des mamelouks, exterminés par Mohammed Ali soixante-dix ans plus tôt au cours d'une réception à la Citadelle, était encore vivace…

Quand les régiments regagnèrent leurs casernes, je courus chez Balanvin pour lui rendre compte de ce nouveau pronunciamiento.

– Non, non, me dit-il, je ne vais pas décrire une scène à laquelle je n'ai pas assisté. Installez-vous à cette table, prenez une plume et racontez.

Pour une fois, un reportage – un « rapportage », comme il disait avec dédain – lui paraissait nécessaire. L'article, très détaillé, sur le pronunciamiento du 9 septembre 1881 parut donc dans *Le Sémaphore d'Alexandrie* sous la signature d'Armand de Maubuisson. Cela ne me valut même pas un mot de félicitations du directeur de l'hebdomadaire. Pour ces messieurs, qui me payaient à la ligne, par l'intermédiaire de Balanvin, je n'existais toujours pas.

# 20

Était-ce l'audace des officiers qui m'incitait à faire, moi aussi, une folie ? L'idée m'en était venue brusquement, quand mon père avait souhaité que j'aille vérifier l'achèvement des travaux de la villa de Ramleh. Trois jours de congé de la banque me permettraient aussi de rendre visite à la rédaction du *Sémaphore* où je n'avais jamais eu l'occasion de me présenter. Jusque-là, tout était raisonnable.

Un collègue partait la semaine suivante pour Ismaïlia. Je lui confiai une lettre insensée, à remettre discrètement à Nada : ne pourrait-elle trouver un moyen de s'échapper pendant quarante-huit heures pour me rejoindre à Alexandrie ? « Je t'attendrai, écrivais-je, le mardi 20 septembre, à la gare de Sidi-Gaber… »

Mon collègue revint au Caire, mission à moitié accomplie : il avait bien remis la lettre à sa destinataire, mais ne rapportait pas la réponse attendue. Aucun message n'avait été déposé le lendemain à son hôtel. C'était assez compréhensible après tout : Nada n'avait pu avoir le temps de prendre une telle décision et d'inventer un motif plausible pour s'absenter. Mais j'avais bon espoir… La veille du jour dit, je pris le train pour Alexandrie avec la conviction qu'elle m'y rejoindrait.

Les bureaux du *Sémaphore* se trouvaient rue Chérif, tout près de la place des Consuls. J'y allai avec une certaine appréhension, sachant que Balanvin s'était vu reprocher d'avoir fait appel aux services d'un non-Européen. Cette collaboration, bien qu'occasionnelle et masquée du nom d'Armand de Maubuisson, semblait entacher la réputation de l'hebdomadaire.

– Inutile de vous montrer là-bas, m'avait dit plusieurs fois le correspondant du Caire. Vous risqueriez d'y être mal accueilli.

Le réceptionniste, à qui j'avais indiqué mon nom de plume, revint des bureaux du premier étage en déclarant que personne ne pouvait me recevoir. Et il se tourna ostensiblement vers un autre visiteur. Furieux, je m'élançai dans l'escalier.

Dans une vaste salle du premier étage, quatre journalistes en manches de chemise jouaient aux cartes. Deux ou trois autres riaient bruyamment. Ce n'était pas exactement le tableau auquel je m'attendais.

– Le bureau du directeur, s'il vous plaît ? demandai-je.

– C'est pour quoi ? demanda d'un air sévère l'un des joueurs de cartes sans même me regarder.

Je faillis répondre quand une porte s'ouvrit dans le couloir. Les trois rieurs redevinrent sérieux en voyant arriver un homme massif, d'une cinquantaine d'années, qui tenait plusieurs feuillets à la main.

– Monsieur Bartillat ? fis-je en allant vers lui.

Pour toute réponse, il ajusta son lorgnon.

– Je suis Maxime Touta…

– Connais pas.

– Je suis Armand de…

– Décidez-vous, monsieur ! Je n'ai pas le temps de plaisanter.

– Armand de Maubuisson, qui vous a envoyé des articles du Caire…

Il réajusta son lorgnon, visiblement agacé.

– Très bien. Et alors ?

J'eus une seconde d'hésitation, ne sachant si je devais poursuivre posément mon propos ou me mettre à hurler. C'est alors qu'une voix lança :

– La chronique théâtrale est déjà en page, monsieur Bartillat.

– Déjà en page ! cria le directeur. Mais la chute ne vaut rien ! Arrêtez-moi ça.

Et il alla s'entretenir avec ses journalistes en me plantant dans le couloir.

Je sortis, fou de rage, des bureaux du *Sémaphore*. Les sentiments les plus violents m'agitaient. Je me voyais saisissant au collet cet odieux personnage et arrachant son lorgnon pour le jeter par terre. Le verre crissait sous mon soulier…

L'odeur des algues me calma. Une brise tiède courait entre les palmiers du bord de mer. En ce mois de septembre, Alexandrie était grisante. Je pensai à Nada, en me disant qu'elle arriverait le lendemain, et cette image chassa aussitôt celle de l'homme au lorgnon.

J'avais prévu d'aller à l'hôtel avec elle mais, pour cette première nuit, de camper seul à la villa. Cette expérience m'amusait. Il me suffisait de deux couvertures, d'un oreiller, d'un petit réchaud et d'une casserole, apportés du Caire.

Les loueurs de voitures, qui se disputaient la clientèle, me tiraient par la manche en hurlant. Je finis par prendre un cabriolet au cuir un peu fatigué mais dont le cheval semblait fringant. Je m'emparai des rênes avec plaisir et me dirigeai vers la porte de Rosette. Avant de sortir de la ville, je fis quelques achats : du pain, du fromage, du thé, des bougies… Et c'est au petit trot que nous nous engageâmes sur la route de Ramleh.

Je tombai aussitôt amoureux de cette route blanche, au sable fin, bordée de poivriers touffus. Le cimetière catholique dormait paisiblement, près du beau couvent des Dames de Sion. La route n'était pas très fréquentée en ce début d'après-midi. Je croisais de temps en temps des chariots, transportant des paysannes voilées de noir, accroupies sur deux rangées. On apercevait quelques villas aux couleurs criardes, entourées de hauts palmiers qui se balançaient sous la brise de la mer.

En moins d'une heure, je fus à la hauteur de la petite gare de Bulkeley. Il me restait à trouver le chemin qui conduisait à notre maison. Ce n'était pas évident. À trois reprises, il me fallut faire demi-tour, devinant la mer derrière les dunes, mais sans la voir. Les rares personnes que je croisais au milieu des champs de figuiers me donnaient, avec beaucoup de gentillesse, des renseignements parfaitement fantaisistes. Finalement, un Bédouin me conduisit sur la piste, avec un grand sourire : il était de ceux qui campaient en hiver entre les quelques propriétés existantes pour les garder.

C'est alors que je vis la mer, bleue et verte… J'en eus le souffle coupé. Qui oserait reprocher à mon père de s'installer ici ?

Le Bédouin, bientôt rejoint par deux autres membres de sa famille, m'accompagna jusqu'à la villa. Je les assurai que je n'avais besoin de rien et leur remis la petite somme d'argent convenue. Ils revinrent quand même une heure plus tard pour m'offrir des dattes et des figues de Barbarie.

La maison était simple et solide, comme l'avait voulue mon père. À l'intérieur, une forte odeur de plâtre se dégageait encore des murs. Les ouvriers étaient partis, leur travail achevé, laissant sur place un beau désordre : des planches, des morceaux de carrelage, du verre brisé, de la sciure de bois… Un tas de gravats occupait l'emplacement du futur pavillon, dont la construction avait été reportée à l'année suivante.

Je passai plusieurs heures à déblayer. Puis je me fis un souper frugal, à la lueur de deux bougies. Et je gagnai, épuisé, la plus belle pièce de l'étage, l'une de celles qui donnaient sur la mer, pour y passer la nuit. Je m'endormis par terre, sur les couvertures que j'avais apportées du Caire.

D'Ismaïlia, Nada ne pouvait arriver à Alexandrie que par deux trains : celui de onze heures du matin ou celui de cinq heures de l'après-midi. J'étais à peu près sûr qu'elle serait dans le premier.

Dès dix heures, j'attachai mon cheval devant la gare de Sidi-Gaber. C'était ridicule : depuis que le chemin de fer existait en Égypte, pas un seul train n'avait devancé – ou même respecté – son horaire… Mais c'était plus fort que moi. Je n'arrêtais pas de consulter la grande horloge et de scruter la voie.

Lorsque le train entra en gare, avec trente-cinq minutes de retard, mes jambes flageolaient. Adossé à un pilier, je balayai le quai du regard, avec un coup au cœur chaque fois qu'une jeune femme apparaissait à une portière. Dix fois, je crus apercevoir Nada au milieu de la cohue provoquée par les portefaix. Dix fois, je faillis m'élancer… Le quai se vidait lentement. Les derniers mendiants faisaient retraite. Il n'y eut bientôt plus que quelques employés du chemin de fer qui discutaient bruyamment.

Avant de quitter la gare, j'allai me renseigner une nouvelle fois sur le prochain train. Je posai la question à tous les guichets, pour plus de sûreté. Il n'y avait guère de doute : on l'attendait bien vers cinq heures de l'après-midi, comme tous les jours. Il ne me restait plus qu'à patienter.

J'aurais dû aller saluer mon cousin Rizkallah, ou présenter mes hommages à Nassif bey. Mais je craignais d'être invité à souper par l'un ou l'autre. Et, de toute manière, je n'avais envie de voir personne d'autre que Nada. Plutôt que de traîner en ville, je décidai d'aller me promener en voiture le long du canal Mahmoudieh. Cela me permettrait de passer devant le palais n° 3, où j'avais vu agoniser Saïd pacha, lors de ma première visite à Alexandrie en janvier 1863. Ma première rencontre avec Nada…

Détrôné par celui de Ras-el-Tine, le palais n° 3 n'était plus qu'un harem khédivial. Devant les lourdes grilles, j'aperçus deux vieux eunuques assis sur un banc. Ils tricotaient en silence, un écheveau de laine passé autour du cou… Je me souvenais de notre entrée, ce soir-là, dans le palais : les torches grésillantes, le kiosque du vice-roi, les infirmiers allant et venant dans un beau désordre. Et Nassif bey demandant fébrilement à mon père : « As-tu mon stéthoscope ? »…

Non, il n'y avait rien à voir. Je me dirigeai plutôt vers le jardin Antoniadis, tout proche, dont on disait que quarante jardiniers de toutes nationalités s'occupaient de l'entretien. Je passai un long moment dans ce paradis terrestre, au milieu des aloès, des citronniers et des mandariniers.

Nada n'était pas non plus au train qui arriva vers six heures de l'après-midi, avec cinquante-cinq minutes de retard. J'étais sidéré. Qui donc m'avait mis dans la tête qu'elle se serait rendue aussi facilement à Alexandrie, ou même qu'elle aurait voulu le faire, sur simple demande ? Comment avais-je pu monter toute cette histoire et m'en persuader ?

Je regagnai ma voiture la tête en feu. Je pris les rênes et fouettai le cheval. Je le guidai jusqu'à la sortie de la ville sans même me rendre compte que je le faisais. Et c'est dans cet état de demi-conscience que je me retrouvai à la villa une heure et demie plus tard. Le jour commençait à tomber. Je me jetai sur mes couvertures, triste à en mourir.

Une grosse voix caverneuse me tira de mon sommeil. On tambourinait à la porte, en bas. J'eus un moment de frayeur. Mais la manière dont l'homme criait « *Ya khawaga !* », avec une calme insistance, me rassura un peu.

– Qui est-ce ? fis-je, sans ouvrir la porte.

– C'est bien la maison Touta ? demanda la grosse voix.

– Oui, pourquoi ?

– Parce qu'il y a une dame dans la voiture, qui attend…

Je bondis. Jamais cocher ne fut accueilli aussi amoureusement. Mais ce n'était pas lui que je voulais embrasser… Nada était déjà descendue de voiture. Un sourire atténuait la fatigue de ses traits.

– Nous tournons depuis trois heures, fit l'homme en turban. La dame savait seulement que vous habitiez à la hauteur de Fleming…

Je lui donnai un pourboire royal, et il repartit dans la nuit.

Nada tomba dans mes bras. Nous nous embrassâmes avec une sorte de fureur joyeuse, mais elle tenait à peine sur ses jambes.

– Veux-tu manger quelque chose ? lui demandai-je. Il y a… du pain et du fromage.

Elle sourit :

– Tu as fait les choses en grand !

Je couvris son visage de baisers.

– À vrai dire, je suis morte de fatigue.

– J'ose à peine te montrer la chambre à coucher…

En riant, elle s'étendit tout habillée sur mes couvertures, par terre, « pour essayer ». Mais, au bout de quelques instants, elle ferma les yeux et s'endormit. La flamme de la bougie dansait sur son visage. Je la regardai, extasié. J'avais souvent vu Nada rire. Je l'avais vue plusieurs fois transfigurée de plaisir. Jamais je ne l'avais vue dormir. C'était un bonheur immense. Je restai ainsi, veillant près d'elle, jusqu'à une heure avancée de la nuit, avant de sombrer à mon tour dans le sommeil.

Le jour était déjà levé quand j'ouvris l'œil. Nada n'était plus à côté de moi : accoudée à la fenêtre, devant les volets entrouverts, elle regardait la mer. Une mer d'huile, douce comme un lac. Et moi, les regardant l'une et l'autre, je suffoquais de bonheur.

Le léger bruit des couvertures la fit se retourner. Elle n'avait plus sa tenue de voyage mais une sorte de robe blanche qui ressemblait à une chemise de nuit.

– Et si on se baignait ? chuchota-t-elle.

Je n'eus même pas le temps de l'embrasser. Elle courait comme une enfant sur la plage déserte, en direction de l'immense plaine turquoise qui se confondait avec le ciel. Elle ne s'arrêta qu'un instant, le temps de retirer sa robe, puis s'avança dans l'eau à pas lents. Je me dévêtis à mon tour et la suivis.

Je me demande parfois si un jeune Bédouin, posté derrière les dunes, n'était pas subjugué comme moi par ces cheveux noirs dénoués, cette taille fine et ces fesses qui se mouvaient lentement avant de disparaître peu à peu dans l'eau tiède… Nada nageait sur le côté, comme toutes les jeunes femmes devaient le faire, j'imagine, aux Bains d'Ismaïlia. De temps en temps, elle s'étendait sur l'eau, ses seins regardaient le ciel et sa toison noire me troublait. Je m'allongeais à côté d'elle, ébloui par le soleil. On entendait de légers clapotis.

Nous nagions doucement, côte à côte, dans cette eau immobile. De temps en temps, nos corps se frôlaient. Puis ils reprenaient leur course lente. Et, de nouveau, se rapprochaient, se touchaient, s'enlaçaient…

Deux heures plus tard, séchés, à peu près habillés, nous étions assis sur les couvertures, dans la véranda, en train de dévorer le pain et le fromage. Entre deux fous rires, Nada me racontait pourquoi elle avait dû passer par Le Caire et donc prendre un autre train, plus tardif. Arrivée à Alexandrie dans la soirée, elle était montée dans un fiacre, sommant le brave cocher de trouver par tous les moyens « une villa neuve à Fleming ».

– *Ya madame*, répétait le pauvre homme, au bout de deux heures de recherche, nous n'avons pas l'adresse.

– Ce n'est pas l'adresse que nous cherchons, c'est la villa ! répondait-elle d'une voix ferme. Essayons ce chemin, à droite.

– Tu es folle, disais-je, la bouche pleine. Partir comme ça, dans la nuit, avec un inconnu…

– Que veux-tu ? Personne ne m'attendait à la gare.

Je jurai que j'y étais arrivé à dix heures du matin. Elle faisait semblant de ne pas me croire, puis me reprochait ma promenade au jardin Antoniadis « avec Dieu sait qui »… Je la mangeais de baisers.

– Nous nous retrouverons une autre fois dans cette villa, lui dis-je. Et dans de meilleures conditions.

Elle ne répondit pas. Puis, à voix basse, avec un regard plus grave :

– Il ne faut pas chercher à répéter les moments heureux. Certains moments n'ont lieu qu'une fois.

J'eus peur de lui en faire dire davantage.

Quand le cheval nous emporta à l'assaut de la petite dune, Nada ne jeta pas un regard en arrière. Mais je la sentais séduite par les champs de figuiers, la route blanche de Ramleh, tout ce qui lui avait échappé la nuit précédente.

Son train partait à trois heures de l'après-midi, le mien un peu plus tard. Je lui avais proposé de déjeuner à la terrasse du Café de France, sur la place des Consuls. Nous choisîmes une table bien ombragée, un peu à l'écart.

À peine étions-nous assis que je vis arriver l'homme au lorgnon, accompagné de deux autres personnes. Il claqua dans ses doigts, et un serveur se précipita pour le conduire à l'autre bout de la terrasse où une table lui était réservée.

– C'est Bartillat, dis-je à Nada. Le directeur du *Sémaphore*. Je ne t'ai pas raconté ma visite, avant-hier, au journal…

En apprenant la scène, elle haussa les épaules :

– Moi aussi, à Ismaïlia, j'ai été regardée de haut. Non pas par Étienne, bien sûr, mais par les autres Français. Au début, ça m'a bouleversée. Puis, j'ai compris que, pour ne pas être regardée de haut, il ne fallait pas se mettre en bas.

– Que veux-tu dire ?

– Je veux dire que, devant les Européens, nous avons tendance à nous excuser d'être ce que nous sommes. Je ne vois pas pourquoi. Ce n'est pas parce que nous avons deux cultures au lieu d'une que nous devons nous sentir inférieurs !

Sa remarque me frappa.

– C'est toi qui aurais dû être journaliste ! dis-je avec admiration.

Nous parlâmes un peu de ce journalisme qui me tentait tant. Je pouvais sans doute être embauché dans une des publications de langue arabe, récemment créées par des *Chawam* comme nous. Ces journaux d'un type nouveau rencontraient un succès grandissant auprès du public égyptien parce que leur style direct rompait avec le verbiage habituel. Mon niveau d'arabe me permettrait, avec quelques efforts, de travailler dans un journal comme *Al Ahram*, fondé par les frères Takla. Mais, pour une raison que je n'arrivais pas à expliciter, je tenais à écrire dans la langue des Très Chers Frères, de Mancelle et de Balanvin.

Quand le maître d'hôtel français s'approcha de notre table pour prendre la commande d'un air hautain, je le fis volontairement patienter. Nada me lança un regard malicieux avant de demander :

– Vous n'avez pas de *foul* ?

– Comment, madame ?

– Du *foul*, des fèves.

Le maître d'hôtel faillit s'étrangler :

– Non, madame, nous ne faisons pas cet article.

– Nous sommes pourtant en Égypte, fit Nada d'un air ennuyé.

Puis, sans transition, avec l'air assuré d'une Française d'Ismaïlia :

– Votre muscadet est-il à la bonne température ? J'espère qu'il ne manque pas de corps… Et le beaujolais ? Pas trop jeune, j'espère… De quel cépage ? Comment ? Vous ne connaissez pas son cépage !

Le maître d'hôtel balbutia quelques paroles incompréhensibles et claqua presque des talons avant de se retirer. Nous partîmes d'un fou rire.

– Tu aurais pu lui demander aussi de la *taameya*…

– Comment dites-vous ?

– De la *taaaa*…

– Non, madame, nous ne faisons pas cet article !

Nous pleurions de rire.

Nada avait fait allusion au caractère unique de nos rencontres. Je savourais chacun des instants que nous vivions ensemble, en me disant qu'ils ne se reproduiraient pas.

Rien ne me garantissait même qu'elle accepterait de me revoir. Lors de notre conversation sur la plage, n'avait-elle pas voulu me préparer à l'idée que nous devions en rester là ?

En l'embrassant, sur le quai de la gare, je lui lançai, avec une légère pointe d'interrogation :

– Tu reviendras à la villa ?

La locomotive fumait bruyamment. Le sourire un peu triste de Nada me bouleversa.

# 21

Je ne rendis compte que très vaguement à Balanvin de ma visite au *Sémaphore*, disant que j'étais tombé à un mauvais moment, en plein bouclage du journal. Il ne me posa pas de questions, et l'affaire en resta là.

La situation au Caire évoluait de semaine en semaine. D'une révolte d'officiers, nous étions passés insensiblement à un soulèvement politique. Orabi représentait l'armée, qui représentait le peuple. Il demanda donc au khédive l'élection d'un véritable parlement.

– Un parlement ! s'exclama Balanvin en levant les bras au ciel. Nous aurons, une fois de plus, un ramassis de cheikhs flagorneurs. Le précédent khédive nous avait inventé une Chambre des délégués pour se faire bien voir des puissances européennes. À la première séance, quand on expliqua à ces braves notables de province que tout parlement comporte des bancs de gauche pour l'opposition, ce fut une épouvantable bousculade : ils voulaient tous s'asseoir à droite !

Ayant obtenu l'élection qu'il réclamait, Orabi accepta, dans un geste d'apaisement, de transférer son régiment à Tell-el-Kébir. Mais, plutôt que de se rendre directement à la gare, le 4$^{e}$ d'infanterie entra en ville par la porte de Bab-el-Nasr, passa à travers le Mouski, la place de l'Ezbékieh et la rue Clot bey, pour faire une halte à la mosquée de Hussein. Ce fut une marche triomphale. Un grand confiseur du Caire distribua des bonbons aux soldats pour le voyage. Dans toutes les gares, sur le passage du train, des foules en délire acclamaient Orabi et ses officiers.

Quelques mois plus tard, grâce aux informations de Balanvin, *Le Sémaphore d'Alexandrie* annonça qu'un nouveau gouvernement serait constitué, avec Orabi comme ministre de la Guerre. L'information stupéfia les Européens, avant d'être confirmée officiellement.

Le chef des insurgés fut élevé au rang de général et de pacha, avec un télégramme de félicitations de Constantinople.

– Ces congratulations électriques ne manquent pas de sel, me dit Balanvin. La Turquie est en train de soutenir l'homme qui n'a cessé de dénoncer l'hégémonie turque ! C'est d'un réalisme émouvant, mais j'ignore où tout cela va nous conduire.

La nomination du nouveau ministre de la Guerre allait être suivie d'une colossale promotion d'officiers orabistes : vingt-trois lieutenants-colonels, parmi lesquels Walid el-Ahlaoui, obtinrent le grade de colonel. Notre ami devenait donc *miralaï*, avec une solde de quarante guinées par mois. Cette deuxième augmentation en moins de deux ans lui permettrait de finir de rembourser ses dettes et d'élever un peu plus confortablement ses sept enfants. J'étais heureux pour lui.

Mon père me chargea d'aller présenter ses félicitations à son ancien élève. L'accès de la caserne d'Abbassieh était interdit aux civils, mais un planton compréhensif me laissa passer après avoir empoché une piastre. Walid el-Ahlaoui me reçut entre deux portes, avec l'air de quelqu'un de très occupé : il venait d'apprendre sa nomination à la tête du 5e régiment, basé à Alexandrie.

Était-ce le simple hasard qui ramenait Walid dans la ville où il avait été si profondément humilié ? Je suis tenté de croire qu'il envisageait ce retour depuis longtemps et qu'il n'avait ménagé aucun effort pour y parvenir. Sa loyauté totale à Orabi – alors que d'autres officiers avaient été achetés par le palais – l'autorisait sans doute à demander une faveur. Le nouveau ministre de la Guerre avait d'ailleurs tout intérêt à nommer un homme parfaitement sûr dans une région aussi stratégique qu'Alexandrie.

Nous connûmes quelques semaines de grande tranquillité, pour ne pas dire d'euphorie. Tout le monde semblait content : les officiers, bien sûr ; le peuple qui les suivait ; mais aussi les notables qui étaient bien représentés dans la nouvelle Chambre des délégués, et même les Européens, rassurés par le nouveau climat qui régnait au Caire. Le khédive Tewfik, rejoint en cela par les officiers indigènes, ne semblait craindre qu'une seule chose : les manœuvres de son père pour tenter de remonter sur le trône. Ismaïl pacha, quoique en exil, donnait l'impression d'être derrière le rideau.

Il y eut à ce propos un grand moment d'émotion quand on apprit que l'une des épouses de l'ancien khédive, accompagnée de sa suite, naviguait vers Alexandrie pour venir se faire soigner en Égypte. On ordonna immédiatement à des chaloupes de cerner le navire et d'empêcher le débarquement.

Compte tenu de son âge respectable, le docteur Nassif bey fut envoyé à bord pour examiner la princesse. Elle protesta avec indignation. Aucun médecin n'entrerait dans sa cabine, même en respectant toutes les règles de pudeur nécessaires en de telles circonstances : lumière tamisée, présence des eunuques, voile de protection… Nassif bey télégraphia au Caire pour faire part de son échec, en précisant que la princesse menaçait de mettre fin à ses jours si on ne l'autorisait pas à débarquer.

Tewfik pacha était sur le point de céder, selon sa bonne habitude, quand le général Orabi ordonna lui-même au bateau de s'éloigner des côtes égyptiennes. Cette initiative lui valut de chaleureux remerciements de la famille vice-royale.

Mais Balanvin n'était pas dupe de ces embrassades. Nous étions déjà entrés dans la phase des règlements de comptes et des complots.

*CORRESPONDANCE DU CAIRE*
*À Monsieur le Directeur*
*du Sémaphore d'Alexandrie*

*Le Caire, le 2 juin 1882*

*Vous dire que les esprits sont calmes serait faire tort à la vérité. Toutes sortes de rumeurs, y compris les plus folles, courent au Caire. Je me méfie cependant de ces bruits de harem et préfère m'en tenir aux faits. Permettez-moi, Monsieur, de récapituler la cascade d'événements que nous avons vécus depuis quelques mois et qui viennent de connaître un épilogue, sans doute provisoire.*

*Début avril, l'annonce d'un complot turco-circassien contre les officiers nationalistes fit une profonde sensation au Caire. L'un des généraux proches d'Orabi affirmait avoir trouvé de l'arsenic dans le bol de lait que lui prépare tous les soirs sa servante. Orabi lui-même et plusieurs de ses collaborateurs auraient échappé de peu au fer d'assassins.*

*Dans les jours qui suivirent, une cinquantaine d'officiers turcs devaient être arrêtés. Quelle ne fut notre surprise de savoir parmi eux le général Osman Rifki, l'ancien ministre de la Guerre, la bête noire des auteurs du pronunciamiento de l'an dernier ! Arrêtés et livrés à d'habiles geôliers, ce général et ses amis ne tardèrent pas à avouer leurs méfaits présumés. On les condamna à la dégradation et à l'exil au Soudan. Mais le khédive refusa de ratifier la sentence, faisant valoir qu'Osman Rifki était pacha et qu'il devait donc en référer au sultan.*

*Le climat se dégradait de jour en jour. Le Conseil des ministres finit par convoquer la Chambre en lui demandant de prononcer la déchéance du khédive. Un officier déclara publiquement : « Tewfik n'a qu'à prendre sa valise et loger à l'hôtel Shepheard's, en bon étranger qu'il est. »*

L'*arrivée d'une escadre anglo-française à Alexandrie, le 20 mai, ne fit qu'exacerber les sentiments des officiers nationalistes. On m'assure que plusieurs d'entre eux se réunirent autour d'Orabi, à la caserne d'Abdine, et qu'ils jurèrent, main levée, devant un Coran et une épée, de poursuivre leur combat jusqu'au bout.*

*La note conjointe anglo-française du 25 mai, demandant la destitution et l'exil d'Orabi, ne fit rien pour arranger les choses. Aux yeux de beaucoup d'Égyptiens, le chef des insurgés, devenu chef politique, était désormais un chef religieux appelé à chasser les « infidèles ».*

*Le 26 mai, le gouvernement refusait l'ultimatum franco-anglais et démissionnait. Une grande confusion régnait alors au Caire. Les consuls d'Italie, d'Autriche, d'Allemagne et de Russie crurent bon de se rendre au domicile d'Orabi pour lui demander de protéger les ressortissants européens. Le général leur rappela qu'il n'était plus ministre. Les consuls, auxquels ce détail avait peut-être échappé, firent quand même appel à sa bienveillante sollicitude.*

*De leur côté, des notables locaux se rendirent en délégation au palais pour demander au khédive de rappeler Orabi. Le chef de la délégation, non content de baiser le pan de la stambouline khédiviale, s'empara de la main de Son Altesse et promena ses lèvres sur le dos et la paume de cette dextre clémente. Le lendemain, un nouveau gouvernement était formé, avec Orabi comme ministre de la Guerre.*

*Nous en sommes là, Monsieur. Je n'oserais vous affirmer que l'été se conclura sur ce dernier épisode. Ici, tout le monde est dans l'attente de l'émissaire dépêché par le sultan pour apaiser les esprits. Aux dernières nouvelles, le bateau de ce pacha aurait quitté Constantinople et ferait route vers Alexandrie.*

*Albin Balanvin.*

# 22

Le mouchir Derviche pacha, envoyé spécial du sultan, arriva à Alexandrie le 7 juin 1882 à bord du yacht impérial l'*Ezzédine*. Le khédive voulait être le premier à le recevoir, mais Orabi ordonna aux commandants des 5e et 6e régiments de se rendre immédiatement au bateau. C'est donc en compagnie de Walid el-Ahlaoui et d'un autre colonel que l'auguste visiteur monta dans le train spécial qui devait le conduire au Caire.

Les officiers nationalistes avaient bien fait les choses. Jusqu'au palais de Guézireh, Derviche pacha eut droit à des ovations. Le nom du sultan, commandeur des croyants, était associé à celui d'Orabi par une foule nombreuse. De petits barbarins tapaient en cadence sur leurs boîtes de cirage en criant : « Vive l'islam ! »

Derviche pacha, ravi, reçut les orabistes à Guézireh. Il leur distribua près de deux cents décorations – dont la Medjidieh de première classe pour leur chef – et les assura que le sultan serait heureux de les accueillir à Constantinople. Les échos de ces gentillesses parvenaient jusqu'aux oreilles du khédive, qui en était outré.

Mais, au bout de quarante-huit heures, le comportement du chef de la mission ottomane changea du tout au tout. Orabi et ses amis se trouvèrent en face d'un homme désagréable et cassant. À un collègue de Walid el-Ahlaoui, qui venait de dénoncer devant lui l'attitude du khédive, le Turc répondit par une menace à peine voilée : il alla à la fenêtre et pointa le doigt vers la Citadelle, où Mohammed Ali avait fait massacrer les mamelouks qui refusaient de se plier à sa loi.

La volte-face de l'envoyé spécial du sultan commençait à se savoir en ville. Balanvin, à qui je fis part de mon étonnement, se mit à ricaner :

– Mon jeune ami, ce genre de personnage est toujours ramené à la raison par des arguments très simples. Depuis quelques jours, Derviche pacha est accablé de cadeaux par le khédive. On ne l'appelle plus que Bakchich pacha.

Une semaine plus tard, la direction de la Banque impériale ottomane, inquiète de la tension qui régnait au Caire, décida de transférer une partie de ses titres et bordereaux à Alexandrie, où mouillait l'escadre franco-anglaise. Je fus chargé, avec deux collègues, de ce transport, auquel devaient s'ajouter divers travaux de classement.

Ce voyage était loin de me déplaire. J'irais compléter l'aménagement de la villa que mon père voulait inaugurer en juillet. J'y retrouverais un peu du parfum de Nada... Et peut-être aurais-je l'occasion de voir Walid el-Ahlaoui un peu plus longuement qu'au cours de nos dernières rencontres au Caire.

Le siège de la Banque ottomane se trouvait sur la place des Consuls, pas très loin de la statue équestre de Mohammed Ali, inaugurée quelques années plus tôt. Ce bronze de cinq mètres de haut, fondu à Paris sur un modèle de Jacquemart, reposait sur un socle de marbre blanc. Le poing sur la hanche, coiffé du turban, le fondateur de la dynastie égyptienne dominait fièrement la célèbre place qui portait son nom, mais que tout le monde continuait à appeler la place des Consuls. De la salle des archives de la banque, je distinguais très bien l'énorme croupe de bronze du cheval.

Mon cousin Rizkallah habitait un appartement cossu sur le front de mer. Il fut ravi de me montrer ses domestiques, son mobilier Louis XIII et sa nouvelle victoria attelée de deux chevaux, « l'une des mieux suspendues de la ville ». Il me présenta aussi son épouse, cette juive qui suscitait encore tant de chuchotements en famille.

Bella Aghion portait mal son prénom : elle avait un visage assez ingrat, avec un nez pointu – « un nez juif », disait cet imbécile de Lolo. Mais elle s'exprimait avec beaucoup de finesse. Je fus frappé par la franchise de son regard et par une simplicité que l'on n'aurait pas soupçonnée chez une riche héritière d'Alexandrie. La raison pour laquelle elle avait épousé ce parvenu de Rizkallah resterait pour moi un mystère.

Nous parlâmes de la situation politique. Mon cousin m'apprit que les armuriers d'Alexandrie n'avaient jamais fait de si bonnes affaires : beaucoup d'Européens, prêts au pire, s'étaient procuré des fusils et des revolvers au cours des derniers jours. Le bruit courait en ville que des officiers anglais et grecs avaient soumis aux consulats un plan de défense, en cas de troubles. Ce plan prévoyait de regrouper la population étrangère dans les bâtiments de la place des Consuls et d'ériger des barricades, avec des hommes en armes, dans toutes les rues attenantes. Mais les consuls généraux avaient refusé le projet, estimant que de tels préparatifs ne pourraient qu'aggraver la tension.

Le 5$^e$ régiment de l'armée égyptienne était caserné à côté du palais de Ras-el-Tine. Après quelque hésitation, je m'y présentai et demandai à voir le colonel. On me fit attendre une bonne demi-heure, et j'en conclus que Walid el-Ahlaoui ne voulait pas perdre son temps avec moi. C'est lui-même pourtant qui vint à ma rencontre et proposa de me retenir à souper. J'acceptai avec plaisir.

Ce fut un repas frugal, sans couteaux ni fourchettes. Chacun trempait directement son pain dans le plat de *foul* fumant posé au centre de la table. Les soldats qui nous servaient étaient pleins de déférence pour leur chef, lequel ne se privait pas de les apostropher sévèrement. Sa nouvelle fonction l'avait déjà changé. Il s'exprimait avec impatience, sans craindre d'être schématique, voire grossier.

J'étais impressionné par cet homme de quarante ans, en pleine maturité, qui me faisait un peu l'effet d'un grand frère, malgré tout ce qui nous séparait. Je me disais que, si j'étais une femme, je n'aurais pas résisté au charme de ces belles mains foncées, aux ongles bien coupés, qui déchiraient avec force les lamelles de pain. Dieu sait pourquoi, le souvenir de Nada, rencontrant Walid el-Ahlaoui chez nous lors d'une leçon, me revint à l'esprit. Je me disais qu'ils auraient formé un beau couple. Je les imaginais nus, face à face, et sur les fesses de Nada, deux mains sombres étaient posées…

Walid el-Ahlaoui me parla longuement des travaux qui étaient prévus pour moderniser les quinze forts d'Alexandrie. À part celui d'Agami, très éloigné de la ville, ils étaient tous vétustes et mal équipés. La plupart dataient de l'époque de Mohammed Ali ; certains avaient même été construits sous Bonaparte. J'ignorais – et peut-être ignorait-il lui aussi, à ce moment-là – que l'aménagement des forts serait au centre du conflit avec les Anglais dans les semaines suivantes.

Après le dîner, il me fit visiter la caserne et les abords du palais de Ras-el-Tine. Nous parlâmes naturellement du khédive Tewfik. L'officier le considérait comme un homme fini. Pour lui, l'Égypte n'avait qu'un seul chef, Orabi, et tôt ou tard le sultan en tirerait la conséquence, malgré le rôle néfaste de ce vendu de Bakchich pacha.

Le soir, dans ma petite chambre d'hôtel, je notai tout ce que m'avait dit Walid el-Ahlaoui, en y ajoutant mes impressions. Cela occupa dix ou douze pages de mon calepin. Je me promis d'aller le revoir dès la semaine suivante, comme il me l'avait proposé.

Le 11 juin était un dimanche. Rizkallah m'avait invité à déjeuner en compagnie d'une vingtaine de personnes. Mon cousin trônait au milieu de son immense table, entre l'épouse du vice-consul de Grèce et la maîtresse en titre du directeur des grands magasins Ciccolani. Parmi les invités présents, il y avait aussi le fils aîné de M. Adolphe Xavier-Saillard, portrait craché de son père, qui noyait Bella de propos mondains.

Au moment où le homard était servi, nous entendîmes une détonation dans la rue. Personne ne s'en inquiéta. Le fils Xavier-Saillard, très en verve, racontait que, lors d'un dîner au Caire sous le règne d'Ismaïl, un immense plat d'argent avait été apporté devant le khédive : une charmante esclave y était recroquevillée, nue comme Ève avant le péché ; ses chairs appétissantes semblaient avoir rôti au soleil… Cette histoire émoustilla l'assistance, tandis qu'un délicieux vin d'Alsace coulait dans les verres de cristal.

Dehors, des détonations se succédaient. Un domestique vint avertir Rizkallah qu'une émeute avait éclaté en ville. Le déjeuner s'interrompit, car l'une des dames présentes fut prise de tremblements. On l'allongea sur un divan du salon et on lui fit respirer des sels. Nous étions tous autour d'elle. Son décolleté laissait apercevoir des seins charmants…

Mon cousin ordonna à un domestique de s'assurer que la porte de l'immeuble était bien barricadée. Un autre fut chargé de fermer tous les volets de l'appartement. Le vice-consul de Grèce voulait rejoindre son bureau, mais on le persuada d'attendre un peu. Nous poursuivîmes le déjeuner dans la pénombre.

Au café, je m'éclipsai, laissant Rizkallah fumer des cigares avec ses invités importants. Bella me raccompagna jusqu'à la porte en me donnant des conseils de prudence. Cette femme attentive et sensible ne m'aurait sans doute pas laissé partir si elle avait su que le centre d'Alexandrie était transformé en champ de bataille et que des dizaines de cadavres jonchaient déjà les rues…

À la hauteur de la place des Consuls, une fusillade me surprit. Je me mis à l'abri sous une porte cochère, puis gagnai mon hôtel au pas de course. Les rues étaient désertes. Il n'y avait apparemment pas grand-chose à voir.

Les yeux exorbités, la voix tremblante, le patron de l'hôtel me raconta ce qu'il savait. Vers deux heures de l'après-midi, alors que restaurants et brasseries regorgeaient de clients, une rixe avait éclaté dans la rue des Sœurs, pas très loin de la bijouterie Falaki. Un Maltais avait tiré son couteau et blessé un Arabe, avant d'aller se réfugier dans une maison. En un clin d'œil, le quartier s'était embrasé. De leurs fenêtres, des Européens tiraient des coups de feu, tandis que des indigènes déchaînés, brandissant des *nabouts*, fracassaient la tête des étrangers qu'ils trouvaient sur leur passage.

Dans les heures qui suivirent, le consul anglais, M. Cookson, fut grièvement blessé à la tête, tandis que plusieurs de ses collègues étaient malmenés. Dans le port, des Européens, revenant en barque d'une visite des cuirassés, avaient été assaillis et noyés.

– Mais où sont les forces de l'ordre ? criait le patron de l'hôtel.

Ce n'est qu'en fin d'après-midi que le 5e régiment d'infanterie entra en action. À la nuit tombée, des centaines de soldats occupaient les carrefours et désarmaient les passants.

On apprit par la suite que le préfet de police, indisposé, avait été obligé de se purger. Le lendemain, alors que beaucoup de monde voudrait lui demander des comptes, il serait invisible, en raison d'une paralysie qui le privait de l'usage d'un bras…

Walid el-Ahlaoui m'assura qu'il avait fait pour le mieux, dès que le commandant militaire d'Alexandrie lui avait donné l'ordre d'intervenir. Je n'ai jamais compris pourquoi cet ordre était arrivé si tard. Au cours du procès, personne n'a su l'expliquer.

Je télégraphiai à mon père pour le rassurer sur mon sort, en lui faisant savoir que je prolongerais mon voyage à Alexandrie. Quant à son propre séjour au bord de la mer, il risquait d'être compromis par les derniers événements.

Je n'avais jamais écrit aux Mancelle, sinon une seule fois, dix ans plus tôt, pour les remercier de m'avoir accueilli à Ismaïlia. Pourquoi me serais-je adressé à deux personnes à la fois, alors qu'une seule m'intéressait, à qui j'aurais voulu faire part de sentiments très secrets ? Mais le caractère exceptionnel des troubles survenus et l'écho qu'ils avaient certainement suscité dans la colonie française d'Ismaïlia m'incitaient à leur écrire. Je fis une lettre assez impersonnelle, sur le papier à en-tête de l'hôtel, dans laquelle je relatai brièvement les événements. C'était une manière d'indiquer à Nada que je me trouvais sur la côte et que je pensais à elle. Une phrase au moins de cette lettre, faisant allusion à la villa, la concernait seule…

# 23

Bakchich pacha s'était beaucoup attaché au khédive. Il ne manqua pas de l'accompagner à Alexandrie le 13 juin et de s'installer au palais de Ras-el-Tine avec la famille vice-royale. Cette arrivée nous donna quelques émotions, à cause des coups de canon protocolaires qui furent tirés. Certaines familles européennes n'en attendaient pas davantage pour faire leurs valises et se précipiter au port.

Il y avait déjà eu beaucoup de départs depuis le massacre de l'avant-veille. Par mesure de précaution, plusieurs banques avaient transféré leurs bureaux sur des navires ancrés dans le port. C'était le cas de la nôtre, et je travaillais donc les pieds dans l'eau. Notre principale activité consistait désormais à solder les comptes des personnes en partance.

Rizkallah était hors de lui :

– Il y a eu cinq cents morts, et l'escadre franco-anglaise se contente de nous regarder à la jumelle ! En d'autres temps, il aurait suffi d'un coup de sifflet du consul pour faire débarquer nos marins.

« Nos » marins… J'oubliais régulièrement que mon cousin avait le statut de protégé français. Sa remarque me rappelait qu'en 1863 le consul de France avait menacé les autorités égyptiennes d'une intervention militaire si les agresseurs de M. Xavier-Saillard ne subissaient pas le châtiment qu'il avait lui-même fixé. À dix-neuf ans de distance, la comparaison entre les deux événements semblait irréelle, presque comique.

Le palais de Ras-el-Tine était trop exposé à d'éventuels bombardements. Au bout de quelques jours, le khédive, accompagné de sa famille et de Bakchich pacha, le quitta pour se réfugier au palais de Ramleh, l'immense bâtisse rose que son père avait fait construire en dehors de la ville.

– Qu'il soit ici ou là-bas ne change pas grand-chose, me dit Walid el-Ahlaoui ironiquement.

Il m'avait de nouveau invité à dîner, en me faisant porter un billet à l'hôtel. Cette deuxième visite à la caserne fut encore plus intéressante que la première : j'y rencontrai plusieurs officiers et pus mesurer à quel point ils étaient montés contre les Européens, tout en rêvant à une Égypte différente. Ne connaissant que l'arabe et un peu de turc, ils se sentaient très étrangers dans cette Alexandrie cosmopolite où les affaires importantes se traitaient en français, en anglais ou en italien, et dont les garçons de café s'appelaient Socrate, Périclès ou Aristote.

Les échos qui leur parvenaient du palais de Ramleh nourrissaient le mépris des officiers pour le khédive. On racontait que, devant ses ministres, Tewfik manifestait un zèle exagéré, disant qu'en cas de guerre il prendrait un fusil et marcherait à la tête de l'armée égyptienne.

– Il faudra lui trouver un petit fusil, pas trop dangereux ! lança devant moi un lieutenant-colonel du 5e régiment.

Ses collègues s'esclaffèrent.

Ce soir-là, à mon retour à l'hôtel, une lettre m'attendait. L'écriture ronde et un peu penchée sur l'enveloppe me fit défaillir de joie. Un seul feuillet, de couleur rose, s'y trouvait.

Merci de ta lettre, Maxime. Je n'ose dire qu'elle nous a fait plaisir. Les événements que tu racontes de manière si précise, et dont nous avions eu ici des récits très incomplets, sont aussi tristes qu'inquiétants. Quand le sang commence à couler, les hommes ne savent jamais l'arrêter…

J'écris ces quelques lignes en vitesse pour les remettre à des amis qui partent dans moins d'une heure pour Alexandrie, espérant trouver une place sur un bateau en partance pour l'Europe. Ismaïlia n'avait pas connu un tel climat de panique depuis l'épidémie de choléra. Étienne passe la moitié de son temps à essayer de retenir les gens.

Que nous réservent les jours et les semaines qui viennent ? D'une certaine façon, le journaliste que tu es a de la chance d'être aux premières loges. Ouvre bien les yeux… et sois prudent !

Il ne faut pas regarder en arrière, Maxime. Ta vie est devant toi. Tu feras de grandes choses, et tu auras une famille, comme j'ai la mienne.

Je t'embrasse,

Nada.

Combien de fois ai-je lu cette lettre ? Au bout d'un moment, je la connaissais par cœur et me la récitais machinalement, en m'interrogeant sur chaque ligne.

Nada était tout entière dans ce style direct, sans fioritures. Pas un mot creux, pas un mot de trop. Du « Merci » au « Je t'embrasse », de ce vrai remerciement à un baiser dont je pouvais imaginer mille formes, que de choses étaient dites ou suggérées ! Certaines phrases m'emballaient (« Tu es journaliste »). Elle, au moins, le croyait, et croyait en moi : « Tu feras de grandes choses. » Mais la dernière phrase effaçait toutes les autres : « Ta vie est devant toi, Maxime »… Nada tirait un trait sur le passé et m'invitait à faire de même. « Tu auras une famille… » Allait-elle s'associer aux efforts de tante Angéline pour me trouver une épouse ? « Tu auras une famille, comme j'ai la mienne. » C'était clair : désormais, elle se donnerait entièrement à son mari et ses enfants, elle épouserait son désert peuplé de roses, sans plus se permettre des moments de folie avec moi.

Je lisais et relisais ces lignes. La joie d'avoir reçu la lettre s'estompait progressivement. Tant qu'à faire, Nada aurait pu y joindre une fleur séchée. Quelques pétales d'une rose fanée…

Sur la place des Consuls, le carillon lugubre de l'église anglaise sonna trois heures du matin.

# 24

L'amiral britannique, Sir Seymour-Beauchamp, avait reçu des renforts. Il était maintenant à la tête de plus de cinq mille hommes, avec huit cuirassés et sept autres bâtiments. Le 10 juillet, accusant les Égyptiens de continuer à placer des canons sur la côte, il exigea le désarmement de tous les forts d'Alexandrie.

Le Conseil des ministres se réunit aussitôt sous la présidence du khédive et répliqua, de manière très ferme, que seules quelques réparations urgentes avaient été entreprises, et que l'Égypte était chez elle, après tout. Gardienne de ses droits et de son honneur, elle ne pouvait rendre aucun fort ni aucun canon sans y être contrainte par le sort des armes.

Walid el-Ahlaoui, que je croisai devant la caserne de Ras-el-Tine, me lança avec fièvre, du haut de son cheval :

– Au premier coup de canon des Anglais et des Français, tous les contrats seront annulés. L'Égypte sera immédiatement libérée de toutes ses dettes. La guerre sainte sera déclenchée dans tout le monde musulman. Nous aurons un vrai calife…

Depuis la veille, les consuls européens étaient invités à embarquer leurs nationaux. Les *cawass* allaient de porte en porte, au milieu de la nuit, pour héler les retardataires.

Adolphe Xavier-Saillard avait quitté Alexandrie dès la mi-juin. Il gardait en mémoire l'épidémie de choléra de 1865 et ne voulait pas être le dernier à se sauver. Mais son fils aîné, que j'avais rencontré chez Rizkallah et qui m'était apparu bien belliqueux, refusait toute idée de départ. Avec quelques autres Européens armés jusqu'aux dents, il avait prévu, en cas de coup dur, de se retrancher dans un hôtel de la place des Consuls.

– Nous ne céderons pas devant la racaille ! répétait-il.

Le vice-consul de Grèce avait proposé à Rizkallah de l'héberger, avec sa famille, à bord d'un navire de guerre hellène, le *Hellas*.

– Veux-tu nous accompagner ? me demanda mollement mon cousin.

Je refusai. Il en parut très soulagé.

– Alors, tu pourras garder mon appartement… Tu es chez toi, ici. Prends tes aises… Je vais avertir les domestiques.

Et il courut leur en parler.

Quelques heures plus tard, à bord du *Hellas*, Rizkallah vit s'éloigner l'escadre française en direction de Port-Saïd. Elle ne participerait pas aux combats.

– Ah, les lâches ! cria un négociant grec.

– Je ne vous autorise pas à parler ainsi ! fit mon cousin avec hauteur.

– Monsieur a pourtant raison, nous avons un gouvernement de couards ! s'écria un restaurateur à l'accent marseillais qui se tenait près d'eux sur le pont. Les marins anglais sont prêts à se battre pour défendre trois mille de leurs concitoyens vivant à Alexandrie. Nous, Français, nous sommes plus de huit mille, et on nous laisse tomber. Gambetta, qui a des couilles, était prêt à intervenir. Mais cette lopette de Clemenceau a réussi à persuader nos députés de voter contre l'intervention.

Ce 10 juillet, tous les navires, à vapeur ou à voile, quittèrent le port l'un après l'autre. On mit à l'abri le yacht impérial de Bakchich pacha tandis que le *Mahroussa* du khédive était remorqué jusqu'à l'arsenal. Alexandrie ressemblait à une ville morte.

J'avais autorisé les domestiques de Rizkallah, qui logeaient habituellement sur la terrasse, près de leur poulailler, à venir dormir dans l'appartement. Ils n'osèrent occuper les chambres et étendirent leur paillasse dans un couloir.

Je passai la première partie de la soirée à noircir les pages d'un calepin pour noter tous les petits faits observés depuis la veille. « D'une certaine façon, le journaliste que tu es a de la chance d'être aux premières loges », avait écrit Nada.

Vers dix heures du soir, je sortis sur le balcon et m'accoudai au parapet de pierre. La nuit était splendide. De temps en temps, l'un des cuirassés anglais balayait la côte de rayons électriques pour surveiller les préparatifs égyptiens.

– Alexandrie, m'avait expliqué Walid el-Ahlaoui en me montrant une carte murale, ressemble à une botte dont la semelle serait tournée vers l'Europe. Elle est très difficilement défendable. Nous pouvons à la rigueur empêcher un débarquement, mais pas un bombardement.

Dans cette soirée calme, la lumière bleue des cuirassés anglais avait quelque chose de féerique. Je repensais au

*Phénix*, le bateau qui avait amené Nada en Égypte, une nuit de janvier 1863. Les passes d'Alexandrie, privées d'éclairage à l'époque, étaient trop dangereuses pour permettre à une quelconque embarcation de s'y aventurer. Le navire, bourré de réfugiés syriens, avait dû attendre le lever du jour pour entrer dans la rade…

À l'aube, l'esprit embrumé, je me couchai dans un lit Louis XIII, face à la mer. « Ouvre bien les yeux », avait écrit Nada.

# 25

La première détonation me réveilla en sursaut. Il était un peu plus de sept heures du matin. Nous en entendîmes plusieurs autres qui firent trembler les vitres de manière effrayante, puis ce fut l'embrasement : tous les forts égyptiens répondaient en même temps. Affolés, les deux domestiques de Rizkallah couraient d'une pièce à l'autre et me demandaient des instructions. Je les invitai à fermer tous les volets de l'appartement. Il n'y avait rien d'autre à faire.

Au bout d'un quart d'heure, je sortis prudemment sur l'un des balcons. On ne voyait pas grand-chose. L'escadre anglaise semblait gênée par le soleil et par la fumée que le vent lui renvoyait. Elle mit un certain temps à ajuster son tir. Je savais, de bonne source, que les artilleurs égyptiens ne disposaient que de quelques canons Armstrong, montés sur de mauvais affûts. Leurs autres engins avaient peu de chances de percer les cuirassés anglais. Face à eux, *L'Inflexible*, ce monstre flottant, crachait des projectiles de 406 millimètres qui menaçaient à tout moment d'atteindre des magasins de poudre très mal protégés.

Au fil des heures, on finissait par s'habituer au grondement du canon. Les domestiques de Rizkallah ne tenaient plus en place. L'un d'eux sortit sur le balcon.

L'autre alla vérifier sur la terrasse si son poulailler était toujours là. Moi-même, vers midi, je tentai une sortie prudente dans la rue.

Une certaine agitation régnait autour de l'hôpital européen. Des hommes couraient dans tous les sens, des femmes hurlaient. J'appris qu'un obus avait traversé le grand dortoir, faisant des morts et des blessés.

Visiblement, ce n'était pas la seule erreur des artilleurs de Sir Seymour. Au détour d'une ruelle, je faillis être renversé par un employé de la Poste égyptienne, en uniforme, qui transportait un enfant ensanglanté.

– Il va mourir ! me hurla-t-il. C'est mon fils. Je cherche un médecin.

La jambe de l'enfant saignait abondamment à la hauteur du mollet. J'avais déjà vu mon père intervenir dans un cas semblable.

– Posez-le à terre, dis-je à l'homme qui continuait à hurler.

Je lui pris l'enfant des bras et l'étendis moi-même sur la chaussée. N'ayant rien sous la main qui puisse servir de garrot, j'arrachai ma chemise et la nouai fortement sur la jambe du blessé, au-dessus du genou. Entre-temps, plusieurs personnes, alertées par les cris, étaient sorties des maisons.

– C'est mon fils ! répétait l'homme. Où y a-t-il un médecin ?

La plaie avait quasiment cessé de saigner. Il ne fallait pas maintenir le garrot trop longtemps, expliquais-je. Quelqu'un apporta une planche. On y étendit l'enfant, et il fut emmené Dieu sait où…

Je continuai ma route, torse nu. Dans le quartier du port, les rues étaient désertes. Seuls quelques chiens errants hurlaient à la mort. Soudain, une forte canonnade m'obligea à m'abriter dans l'entrée d'un petit immeuble. Toutes les vitres s'effondrèrent en même temps dans un bruit assourdissant. Des éclats de verre m'avaient blessé au bras. Je tamponnai la plaie avec mon mouchoir et, renonçant à me rendre plus avant, fis un long détour par le quartier arabe avant de regagner l'appartement de Rizkallah.

Les bombardements ne cessèrent qu'à cinq heures du soir. L'un des domestiques alla aux nouvelles et revint avec un sourire triomphant :

– Quatre cuirassés anglais ont été coulés. Peut-être même un cinquième… L'amiral Seymour a été capturé.

Je ressortis aussitôt. Dans la rue, plusieurs hommes en *gallabeya*, attroupés autour d'une fontaine, se tapaient dans les mains avec des cris de victoire :

– Seymour a été emmené à la gare, menottes aux poignets. Il est déjà en route pour Le Caire…

La maison de Nassif bey était distante d'une centaine de mètres. Je sonnai à la porte du jardin et un domestique très digne, à l'air triste, vint m'ouvrir.

Le collègue de mon père avait beaucoup vieilli, mais il gardait toute sa tête. Et il restait parfaitement informé de la vie de la cité, grâce à ses nombreuses relations. On venait de lui faire savoir que tous les forts égyptiens, sauf celui d'Agami, étaient anéantis. Au moment où nous parlions, Sir Seymour-Beauchamp devait sabler le champagne avec ses officiers à bord de *L'Inflexible*…

L'épouse de Nassif bey me proposa de rester dormir à la maison. Elle ne m'offrirait pas, bien sûr, la petite chambre qui donnait sur la mer, de crainte de nouveaux bombardements, mais celle qu'avait occupée mon père, en façade… Je la remerciai, en expliquant que je devais retourner d'urgence à l'appartement de mon cousin qui m'en avait confié la garde. Et je courus jusqu'à la caserne du 5e régiment.

Un drapeau blanc, immense, flottait au sommet du fort dont une partie était détruite. Des soldats équipés de seaux d'eau finissaient d'éteindre un incendie, heureusement assez éloigné du magasin de poudre. Un planton, très nerveux, me fit savoir que le commandant était absent. Devant mon insistance, il chargea son fusil et le pointa vers moi.

Une injure tomba du premier étage : c'était l'un des lieutenants-colonels avec qui j'avais dîné trois semaines plus tôt. Le planton rectifia aussitôt la position et me laissa passer.

Walid el-Ahlaoui était effectivement absent. Avec d'autres officiers supérieurs, il avait rejoint Orabi au palais de Ramleh pour rendre compte au khédive de la situation. J'attendis son retour pendant deux heures à la caserne, bavardant avec des gradés et tendant l'oreille à tous les propos qui s'y tenaient. On évacuait des dizaines de victimes, atrocement mutilées.

À son retour, Walid fut aussitôt entouré par les officiers présents qui attendaient des nouvelles. Le *miralaï* tremblait de fureur. Jamais je ne l'avais vu dans un tel état.

Le khédive, très remonté, avait demandé aux chefs de l'armée de défendre le fort d'Agami pour résister à un éventuel débarquement anglais. Son raisonnement était impeccable : on n'avait pas le droit d'aliéner une portion du territoire national sans autorisation du sultan. Bakchich pacha, qui se trouvait à ses côtés, approuvait de la tête.

– Je ne sais pas si nous avons affaire à des hypocrites ou à des inconscients, dit Walid el-Ahlaoui à ses subordonnés.

Puis, m'apercevant, il ajouta de manière un peu agressive :

– La presse tranchera.

La nuit fut sinistre. Tout Alexandrie était dans le noir. Seuls les rayons électriques venus du large fouillaient la ville de temps en temps. « Sois prudent », avait écrit Nada. Mais si je ne l'avais pas été tout à fait, c'était à cause d'elle : parce qu'elle m'avait fait comprendre que nous ne ferions plus d'imprudences ensemble…

Le lendemain matin, on n'entendait que les roues des charrettes transportant des cadavres défigurés, et les cris des femmes en noir qui les suivaient en hurlant.

Sur ce qui s'est passé ensuite, je reste, aujourd'hui encore, assez perplexe. Les témoignages sont contradictoires, et le procès n'a pas été vraiment probant. Je ne suis sûr que de ce que j'ai vu de mes propres yeux.

Au son des tambours et des clairons, le colonel Soliman Sami, commandant du 6$^{e}$ régiment, se rendit sur la place des Consuls et fit un discours. Il dit à la foule présente que la ville allait être occupée par les Anglais et qu'il fallait l'évacuer après l'avoir mise hors d'état de servir.

Les pillages commencèrent peu après. J'ai vu des soldats enfoncer plusieurs devantures, suivis par une horde hurlante qui allait se servir à pleines mains. Ils avaient déjà dévalisé une partie des magasins Ciccolani quand des cavaliers en uniforme arrivèrent. Walid el-Ahlaoui était parmi eux et criait des ordres. Mais les soldats, pris de furie, ne l'écoutaient pas. D'autres officiers intervinrent. En vain. Des Bédouins, entrés en ville, s'étaient joints aux pillards et galopaient à vive allure tout autour de la place.

Plus tard, dans la foule, quelqu'un aperçut plusieurs Européens à une fenêtre du Grand Hôtel de France. Des cris fusèrent et des pierres furent lancées en direction de l'édifice. On entendit un coup de feu. Il y eut un début de panique. C'est alors que des militaires enfoncèrent la porte de l'hôtel et montèrent…

Il paraît que les cadavres des trois Européens, parmi lesquels le fils de M. Xavier-Saillard, ont été traînés dans la rue. Je ne l'ai pas vu. Je peux seulement témoigner qu'à ce moment-là Walid el-Ahlaoui n'était plus sur la place : conscient de son impuissance et appelé sans doute à d'autres tâches urgentes, il avait déjà regagné la caserne de Ras-el-Tine.

Les premiers incendies commencèrent en fin d'après-midi. Les flammes jaillissaient de plusieurs maisons de la rue Chérif pacha, et la place des Consuls s'embrasa à peu près au même moment.

Des cavaliers parcoururent la ville pour alerter la population. On assista alors à un sauve-qui-peut général. Tout le monde se ruait vers le chemin de fer. Des femmes, des enfants et des vieillards furent piétinés dans cette course folle.

Plusieurs unités du 6e régiment avaient entouré le palais de Ramleh, ne laissant entrer ni sortir personne. Le khédive était prisonnier. Il réclama ses bottes et un fusil, au milieu des hurlements des petits princes et de leurs nurses. Le vieux Bakchich pacha, au bord des larmes, jurait qu'il mourrait à ses côtés.

Orabi fut invité à s'expliquer. Après divers palabres, il consentit à rappeler une grande partie des soldats. Ceux qui restaient allaient être courtisés toute la nuit par le khédive et le chef de la mission ottomane. Bakchich pacha distribua de nombreuses décorations. Au matin, la famille vice-royale n'était plus entourée de geôliers mais de farouches défenseurs.

Orabi avait décidé de regrouper son armée à Kafr-el-Dawar, à une demi-heure d'Alexandrie. Ce village, séparé de la ville par le lac Mariout, n'était accessible que par une mince langue de terre, aménagée pour le chemin de fer, ce qui en faisait une place imprenable.

Dans sa retraite, le régiment de Walid el-Ahlaoui bivouaqua sous les murs du palais n° 3, au bord du canal Mahmoudieh. Je passai là quelques heures en compagnie des officiers, me souvenant de l'agonie de Saïd pacha et du docteur Nassif bey attendant son stéthoscope… Les visages étaient tendus. De temps en temps, on entendait les aboiements d'un chien qui errait à l'intérieur du bâtiment désert.

Le régiment se mit en marche à la nuit tombée. Je partis seul, dans le noir, vers le centre de la ville abandonnée.

Ce n'est que vingt-quatre heures après le départ des troupes égyptiennes que les Anglais se décidèrent à débarquer, avec mille précautions.

Orabi avait envoyé un train spécial à Alexandrie pour chercher le khédive et le reconduire au Caire. Mais Tewfik n'était guère disposé à regagner sa capitale, entièrement contrôlée par les nationalistes. Il fit semblant de se rendre à la gare, escorté de soixante cavaliers. Mais, en route, il changea de direction et se rendit au palais de Ras-el-Tine où l'attendait Sir Seymour-Beauchamp.

Les nombreux Européens réfugiés sur les bateaux ne tardèrent pas à rentrer en ville. Ce fut la stupéfaction. La place des Consuls n'était plus qu'un amas de décombres. Seuls quelques rares bâtiments, comme le palais des tribunaux mixtes, avaient échappé à l'incendie et aux destructions.

Rizkallah, revenu à bord du *Hellas*, faisait le tour de la place pour la troisième fois, en hochant la tête. Les ruines du consulat de France, où il avait commencé sa carrière, fumaient encore. Les deux bâtiments de la maison Xavier-Saillard semblaient avoir été éventrés. Des blocs de pierre, sur lesquels étaient gravées les fameuses initiales X-S, avaient roulé jusqu'au pied de la statue équestre de Mohammed Ali, intacte, qui contemplait ce massacre avec dégoût.

Mon cousin donnait l'impression d'inspecter les lieux comme un huissier chargé d'une saisie. Il s'approchait d'une maison brûlée, déplaçait quelques objets épars, puis reculait de quelques pas pour mieux l'observer. Il voulait savoir si les propriétaires étaient partis, s'ils étaient revenus, combien ils avaient perdu… Son regard d'aigle brillait étrangement.

Par voie d'affiches, les Anglais firent savoir à la population que les pillards seraient traduits en conseil de guerre et que les incendiaires pris en flagrant délit seraient exécutés sur-le-champ. Une table fut effectivement installée sur la place des Consuls – devant les tribunaux mixtes, comme pour donner plus de légalité à l'entreprise. Des officiers britanniques écoutaient avec impatience les propos décousus des traducteurs. Je ne pouvais m'arracher à ce spectacle, sinon pour m'éloigner de temps en temps et inscrire des notes dans mon calepin.

Les condamnés étaient aussitôt liés à un arbre, fusillés et enterrés. Quelques pelletées de sable n'empêcheraient pas, la nuit venue, des chiens errants de déterrer les cadavres.

Bakchich pacha, estimant sa mission terminée, repartit pour Constantinople à bord de l'*Ezzédine*, après force embrassades. Il lui appartenait maintenant d'expliquer au sultan pourquoi et comment une force étrangère avait débarqué dans l'une de ses provinces.

Le khédive, de son côté, publia une déclaration vibrante pour annoncer qu'Orabi était destitué. Les troupes anglaises, soulignait-il avec indignation, se sont emparées d'Alexandrie sans qu'un seul coup de feu ait été tiré. « Ce fait déshonorerait l'armée égyptienne si la honte ineffaçable n'en retombait tout entière sur le ministre de la Guerre. »

Orabi ne tarda pas à rendre au khédive la monnaie de sa pièce. Quelques jours plus tard, un grand Conseil national, réuni au Caire en présence de plusieurs princes, du grand mufti, du patriarche copte, du grand rabbin et de cent notables, déclarait que Tewfik pacha, gardé par l'armée anglaise, avait agi contre les lois religieuses et politiques du pays, et qu'en conséquence son pouvoir était nul et non avenu.

Nous avions donc deux gouvernements, deux pouvoirs – sans compter celui des Anglais.

Les journalistes du *Sémaphore* étaient tous partis à bord de navires, la veille du bombardement. À leur retour, ils trouvèrent les locaux de la rédaction dévastés, mais l'imprimerie intacte. Ils trouvèrent aussi quelqu'un qui avait vécu sur place ces journées dramatiques, s'était longuement entretenu, à plusieurs reprises, avant et après le bombardement, avec les officiers du 5e régiment, et qui leur apportait un article-fleuve, relatant l'ensemble des événements. Dans ce texte, je ne défendais aucune thèse et ne cherchais pas à faire de phrases ronflantes : c'était un récit minutieux, racontant tout, même les détails les plus dérangeants.

Bartillat, le directeur du *Sémaphore*, s'enferma pendant une heure avec l'article dans ce qui restait de son bureau. Puis il courut à l'imprimerie.

– Je vous engage, me dit-il en passant. Sous quel pseudonyme voulez-vous signer ?

Je répondis sans hésiter que je m'appelais Maxime Touta et que ce serait mon nom de plume. Il retira son lorgnon, fronça le sourcil, mais n'insista pas.

Cet article fit le bruit qu'on sait. Il fallut réimprimer quatre fois. Jamais, depuis sa création au printemps 1863, *Le Sémaphore* n'avait atteint un tel tirage…

Je m'interroge souvent sur les circonstances de cet épisode, tellement déterminant dans ma vie. Je crois que si l'article, sévère pour toutes les parties, notamment pour les Anglais, fut publié, c'est en raison de l'effroi qui avait saisi beaucoup d'Européens en retrouvant leur ville : ils reprochaient à la force d'occupation d'avoir exagérément bombardé et, ensuite, d'avoir attendu quarante-huit heures pour débarquer, et un jour encore pour prendre position. Prudence excessive ou machiavélisme ? Le débat allait déjà bon train quand on s'arracha *Le Sémaphore*. Et les quatre éditions étaient déjà épuisées quand ce numéro fut interdit par les Anglais.

# 26

À mon retour au Caire, je trouvai une lettre de félicitations d'Étienne Mancelle. « Tout le monde parle de vous ici », m'écrivait-il. « Nous sommes fiers de toi », avait ajouté Nada de son écriture penchée.

Je n'aimai pas le « nous », mais peut-être s'agissait-il d'une simple clause de style. Seule comptait pour moi la fierté de Nada. Si j'avais choisi de devenir journaliste, n'était-ce pas d'abord pour briller à ses yeux ? « Tu feras de grandes choses », m'avait-elle écrit…

J'attendais depuis des années le moment où je lancerais aux autres caissiers de la Banque ottomane : « Non, messieurs, je ne ferai pas l'ouverture demain. Ni après-demain, d'ailleurs. Je deviens journaliste ! »

Les choses ne se passèrent pas ainsi. Le jour de mon retour, le caissier principal – un Syrien, qui me détestait – vint vers moi en me tendant les bras :

– Quel succès, *habibi*, quel succès !

Quand je lui annonçai mon départ, il trouva même le moyen de verser une larme.

Mon père regardait ma brusque notoriété d'un air songeur. Lui, il n'était pas du genre à s'afficher. Rien ne l'agaçait autant que la réclame que lui faisait sa sœur Angéline. Le médecin consciencieux, qui avait bâti sa réputation sur des décennies de travail dans l'ombre, voyait le nom de son fils aîné déjà plus connu que le sien, du moins dans certains milieux. Il en éprouvait une certaine perplexité. Le praticien ne comprenait guère l'observateur que j'étais devenu. Il soignait des gens et se sentait responsable de leur état. Moi, je mettais le doigt sur des plaies, celles qu'il me plaisait de désigner, sans avoir véritablement de comptes à rendre. Et, à la limite, un article inexact pouvait être corrigé par le suivant, rédigé avec la même netteté, le même aplomb.

La seule chose qui nous rapprochait était peut-être le vocabulaire : ayant exercé le métier d'interprète avant celui de médecin, le docteur Touta maniait le verbe avec compétence et respect.

– J'ai connu les mots avant de connaître les maux, me dit-il un jour avec le sourire.

Albin Balanvin n'avait pas attendu mon retour au Caire pour me féliciter. Son télégramme ne contenait que deux mots : « Bravo l'artiste. » Venant de celui qui m'avait initié au journalisme, cela valait tous les sourires des employés de la Banque impériale ottomane. Le correspondant du *Sémaphore* n'employait jamais les mots au hasard. « Artiste » signifiait que même un reportage pouvait être une œuvre d'art…

Au moment du bombardement d'Alexandrie, il ne restait plus guère d'Européens au Caire. Balanvin était l'un des rares Français à avoir refusé de partir.

– Si l'on me tue, je ne le vous pardonnerai pas, avait-il dit, sarcastique, au préfet de police, qu'il connaissait.

Ce préfet, un homme énergique, avait promis aux Européens d'assurer leur sécurité, et il s'acquittait avec zèle de cette tâche. Mais il ne pouvait empêcher le peuple d'exprimer sa fureur. Notre rue était traversée de temps en temps par une foule hurlante qui promenait deux chiens déguisés : l'un, portant une croix sur le dos, représentait l'amiral Seymour-Beauchamp ; l'autre, le khédive. Devant le jardin de l'Ezbékieh, à l'heure de la musique militaire, « le chien des Anglais » était dénoncé tous les jours par des orateurs debout sur des chaises.

Dans nos familles, les titulaires d'un statut de « protégé » ne s'étaient pas privés de quitter le pays, profitant des trains spéciaux mis en place par leurs consulats respectifs. Alfred Falaki, qui avait mystérieusement acheté un statut de protégé espagnol, baissa le rideau de fer de sa bijouterie après avoir vidé celle-ci de tous les objets précieux qu'elle contenait. Il en enterra une partie dans son jardin, en confia une autre à un coffre de la Banque ottomane et décida d'emporter le reste sur lui. Tante Angéline raconte que, sur le quai de la gare, tandis qu'ils avançaient, le cliquètement des colliers et bracelets couvrait presque le bruit de la locomotive…

Il eût fallu plusieurs compartiments pour transporter leurs trois filles, Rose, Marguerite et Violette, leurs époux Dabbour, employés dans la fonction publique, et leurs nombreuses progénitures. On se perdait dans ces trois familles emmêlées dont tous les enfants se ressemblaient. Dans les réunions familiales, quand on croisait une fillette à tresses, c'était toujours la même question :

– Et toi, tu es une rose, une marguerite ou une violette ?

Les garçons portaient tous des costumes marins. Ces nuées de Dabbour aux yeux sombres habitaient la même rue. Ils y restèrent pendant toute la durée des événements, barricadés derrière des volets clos.

Mon frère Alexandre, nouvellement marié, n'était « protégé » par aucun État. Il trouva quand même des places, au prix fort, dans un train en partance pour la Palestine et disparut avec son épouse et ses deux très jeunes enfants.

– Un second voyage de noces me paraît tout indiqué, disait-il en riant un peu jaune.

À vrai dire, plus d'un jeune homme de notre entourage se serait porté candidat pour voyager toute sa vie avec la belle Alice. Cette fille de joaillier, tout en finesse, avait beaucoup de distinction – et du répondant, ce qui ne gâchait rien…

Papa, lui, refusa obstinément de quitter l'Égypte.

– C'est mon pays, murmurait-il d'un air sombre.

Je crois qu'il était très marqué par l'occupation française. Pendant toute son enfance, il avait entendu parler des conséquences désastreuses du passage de Bonaparte en Égypte. Son père et ses oncles avaient été qualifiés de traîtres, même si un seul d'entre eux – le futur mamelouk de l'Empereur – avait pris les armes aux côtés des Français. Le docteur Touta craignait qu'une fois de plus les *Chawam* d'Égypte ne soient considérés comme des alliés de l'envahisseur européen.

– Depuis les croisades, disait-il, nous sommes les dindons de la farce. On nous oblige à choisir entre l'occupant chrétien et notre voisin musulman. Tôt ou tard, l'occupant finit par s'en aller, et il faut alors régler les problèmes de palier.

Devant l'insistance du consul de France, les religieuses du Bon Pasteur durent se résigner à quitter Le Caire. Le 14 juillet, après avoir dit une dernière fois les vêpres, elles partirent en pleine nuit, avec leurs orphelines, laissant la maison de Choubra à la garde de la Sainte Vierge. Pour plus de sûreté, elles en avaient marqué chaque porte et chaque fenêtre d'un scapulaire du Cœur de Jésus. Les voyageuses n'arrivèrent à Ismaïlia que la nuit suivante, après un périple plein d'émotions. On les hébergea au deuxième étage du tribunal.

Le lendemain matin, accompagnée de son mari et des enfants, Nada alla saluer ses anciennes maîtresses à bord d'un aviso français, stationné dans le canal de Suez. « Je les ai retrouvées exactement comme je les avais laissées, quatorze ans plus tôt », écrivit-elle à mon père. Une messe fut célébrée sur le pont. À l'élévation, trois sonneries de trompettes retentirent et le commandant cria d'une voix retentissante :

– À genoux ! Terre !

Étienne Mancelle, les larmes aux yeux, se pencha vers sa femme en chuchotant :

– La religion est toujours belle, mais qu'elle est imposante à bord d'un bateau, loin de la patrie !

Je ne sais pas ce que Nada ressentit à ce moment-là. Je l'imagine très droite, rayonnante dans une robe de tussor blanc, à pouf très cambré, et tenant une grande ombrelle à la main. Je pense souvent à cette scène estivale : c'est l'image de Mme Mancelle dans la splendeur de ses trente-cinq ans ; Mme Mancelle ayant « sa famille », comme elle me l'écrivait ; Mme Mancelle regardant droit devant elle, en essayant d'oublier des folies passées… C'est Nada d'Ismaïlia. Nada inaccessible.

Depuis le début des hostilités, Ferdinand de Lesseps se battait pour préserver la neutralité du canal de Suez. Il avait obtenu d'Orabi l'assurance que les troupes égyptiennes ne débarqueraient pas dans l'isthme. Restait à en convaincre les Anglais, ce qui était une autre affaire.

Le 26 juillet, un cuirassé britannique, *L'Orion*, s'engagea dans le canal puis remonta jusqu'au lac Timsah où il jeta l'ancre. Furieux, de Lesseps endossa son frac de cérémonie et, paré de toutes ses décorations, monta à bord pour protester. Le commandant du navire le reçut convenablement et l'assura de ses meilleures intentions. Mais, dès le lendemain, la presse britannique se déchaînait contre le président de la Compagnie universelle : des articles vengeurs suggéraient la création d'un second canal parallèle au premier, qui lui enlèverait tous ses clients.

Étienne Mancelle était consterné. Son collègue Félix Percheron, blême de rage, se déclarait prêt à poser un bâton de dynamite sous *L'Orion*. Mais il n'était pas encore au bout de son indignation…

Le 19 août, il y avait bal chez le chef du service du Domaine. Les Mancelle étaient à peine rentrés chez eux que, vers trois heures du matin, la place Champollion retentit de coups de fusils. Les enfants se réveillèrent en pleurant.

Les marins anglais pourchassaient d'invisibles éclaireurs orabistes. Ils firent quelques victimes, avant d'attaquer le village arabe, dont les habitants, épouvantés, s'enfuirent dans le désert. Entre-temps, *L'Orion* et un autre bâtiment tiraient des obus sur la petite ville voisine de Néfiche.

Le surlendemain, le lac Timsah était truffé de navires de guerre anglais, et des milliers de soldats en tunique rouge sillonnaient les rues d'Ismaïlia… Cet après-midi-là, comme chaque jour, Félix Percheron alla fumer des cigarettes et boire son soda brandy dans un café près de La Belle Jardinière. Mais, en sortant de l'établissement, il envoya son poing dans la figure d'un aide de camp du général Wolseley. Plusieurs personnes s'interposèrent et l'incident n'eut pas de suite.

# 27

Une grande bataille se préparait dans le Delta entre l'armée d'Orabi et le corps expéditionnaire britannique. Le directeur du *Sémaphore* m'avait demandé de rejoindre l'état-major égyptien à Tell-el-Kébir, puisque j'étais le seul rédacteur de l'hebdomadaire à connaître l'arabe. Walid el-Ahlaoui devait normalement m'y faire bon accueil.

Tous les stratèges savaient qu'Orabi concentrerait ses forces à Tell-el-Kébir. Quelques jours avant d'être emporté par une embolie, le vieux Nassif bey avait expliqué à son entourage :

– Depuis des siècles, cette position est considérée comme la meilleure pour repousser une invasion venue de l'est : les attaquants sont épuisés par la traversée du désert, alors que les défenseurs, adossés au Delta, ont l'eau et la nourriture en abondance.

Mais les généraux anglais ne voyaient pas les choses de cette manière. S'ils avaient massé leurs forces à l'est, dans l'isthme de Suez, c'est parce qu'ils estimaient, au contraire, que Tell-el-Kébir était l'endroit idéal pour défaire l'armée égyptienne : cette zone découverte permettait des manœuvres audacieuses, sans le risque d'une guerre défensive de longue haleine. Ils avaient donc tout fait pour encourager Orabi à rester dans la tradition.

Arrivé sur place, je cherchai désespérément le colonel du 5e régiment. Chacun déclarait l'avoir vu peu de temps auparavant et m'indiquait une fausse piste. Une grande effervescence régnait parmi les troupes égyptiennes. Je trouvai finalement Walid el-Ahlaoui derrière un immense tas de fusils et, pour la première fois, il me donna l'accolade. Il était visiblement heureux de constater que j'avais fait le déplacement.

– Nous recevons, de tout le pays, des volontaires, des céréales et de l'argent, me dit-il. Plusieurs milliers de fantassins de la Tripolitaine se sont joints à nous. Mais ils sont très mal armés. Pour remplacer leurs fusils à pierre, j'ai dû envoyer un train au Caire chercher des fusils Remington.

Grâce à Walid, je pus obtenir dans les jours suivants une interview d'Orabi. Le chef nationaliste me reçut sous sa tente. Il affichait une confiance totale dans l'issue de la bataille, promettant à l'Angleterre une défaite historique. « La reine Victoria, déclarait-il, peut encore rembarquer son corps expéditionnaire. Sinon, une bataille planétaire s'engagera, de l'Égypte aux Indes, qui embrasera toute l'Afrique et toute l'Asie… »

Il y eut, à la fin de ce mois d'août, diverses escarmouches. J'entendais, de loin, le bruit du canon. Le soir, au mess des officiers, Walid m'expliquait les tentatives avortées des Anglais, beaucoup moins nombreux que leurs adversaires et épuisés par la chaleur.

Le 26 août, pourtant, un groupe de dragons britanniques réussit à occuper l'écluse de Kassassine. L'eau, dès lors, ne manquerait plus à l'envahisseur. Et, presque au même moment, les officiers égyptiens apprenaient avec stupéfaction que leur chef d'état-major, Mahmoud

Fahmi pacha, était tombé entre les mains des Anglais, presque par hasard, alors qu'il circulait en civil, vêtu d'une redingote et d'un tarbouche.

Je dormais à poings fermés dans la nuit du 11 au 12 septembre quand toute l'armée anglaise massée à Kassassine replia discrètement ses tentes et se plaça en ordre de marche, régiment par régiment. Des milliers de fantômes s'avançaient dans le noir, traversant les champs de coton et de maïs. Ils étaient tous là : les Highlanders, les lanciers du Bengale, la Brigade écossaise... Ils approchèrent ainsi jusqu'à trois cents mètres des lignes égyptiennes. Et, brusquement, ce fut un déluge de feu. Les défenseurs de Tell-el-Kébir, abrités dans leurs retranchements, n'avaient pas prévu un tel scénario : alors qu'ils pensaient échanger le feu, le moment venu, avec des adversaires à découvert dans la plaine, des diables rouges s'étaient jetés en pleine nuit, baïonnettes au poing, sous le canon de leurs fusils.

Orabi fut l'un des premiers à quitter le camp, suivi d'officiers et de soldats. Je me joignis naturellement à eux. Nous étions déjà dans un train en direction du Caire quand les hourras des Scots et des Coldstreams annoncèrent que la bataille s'achevait...

Le corps de Walid el-Ahlaoui fut ramassé le lendemain, dans la plaine, criblé de balles. Son sabre traînait à quelques mètres de lui, près du cadavre de son cheval.

Dans la tunique de l'officier, tachée de sang, on trouva trois enveloppes. La première lettre était destinée à Orabi, et je n'en ai jamais su le contenu. Dans la deuxième, Walid enjoignait ses enfants à poursuivre des études, « car le peuple égyptien, s'il ne sait pas lire et écrire, ne se libérera jamais du joug de l'oppresseur ».

La troisième enveloppe était destinée « au docteur Boutros Touta, rue Neuve du Mouski » et renfermait quelques feuillets un peu jaunis. C'était un brouillon de la lettre adressée par Walid à mon père, en 1866, après la guerre de Crète, pour lui annoncer sa nomination au grade de *yousbachi*. Ce brouillon contenait à peu près autant de fautes d'orthographe que l'original, avec cependant un passage supplémentaire qui était biffé :

> Quand vous étiez venu me voir, docteur, à la caserne d'Alexandrie, le lendemain de l'humiliation publique dont j'avais été victime, vous m'aviez demandé si j'étais originaire du village de Mendela. Je vous avais répondu par la négative, ne sachant pas alors quelles étaient vos intentions. Aujourd'hui, je veux vous dire que je suis bien originaire de Mendela : c'est moi que vous aviez soigné quand ce chien de Turc, venu percevoir les impôts dans notre village, nous avait obligés à passer la tête dans un anneau de fer…

Mon père venait d'apprendre la mort de son collègue Nassif bey, et il en était très affecté. Je ne voulais pas lui infliger une nouvelle épreuve. Mais, en me voyant entrer dans la maison, la mine défaite, il devina tout de suite qu'un drame était arrivé.

Si elle l'émut énormément, la lettre de Walid el-Ahlaoui ne provoqua pas chez lui la surprise que j'imaginais.

– Je le savais, murmura-t-il. J'ai toujours su que c'était lui.

Naturellement, tante Angéline a fait tout un roman de cette histoire qui ne la concerne pas. Confondant les époques, mélangeant les protagonistes, elle raconte que le colonel du 5e régiment, invoquant les liens qui l'unissaient au docteur Touta depuis l'enfance, demandait à celui-ci d'user de son autorité pour convaincre le khédive de faire la paix avec Orabi…

À Tell-el-Kébir, Walid avait été de toutes les escarmouches. On le voyait toujours en première ligne, prenant des risques considérables. Il impressionnait ses collègues par son courage, son ardeur au combat et même des excès qui pouvaient paraître suicidaires. Je sentais, pour ma part, qu'il était très déçu par la tournure des événements. Quelques mois plus tôt, il croyait encore à une véritable révolution nationale et espérait qu'Orabi, porté par le peuple, deviendrait khédive à la place du khédive.

Était-il fasciné par le chef du mouvement national au point de ne pas voir ses insuffisances et ses incohérences ? Je suis enclin à penser que les yeux de Walid se sont dessillés au moment du bombardement d'Alexandrie et des violences qui ont suivi. À Tell-el-Kébir, il a bien voulu intercéder en ma faveur pour que j'obtienne l'interview d'Orabi, mais je ne sentais chez lui aucun enthousiasme. Il a assisté à l'entretien d'un air distrait, presque indifférent. Sans doute considérait-il la bataille perdue, devinant qu'à la première offensive anglaise plusieurs généraux égyptiens, à commencer par le premier d'entre eux, s'empresseraient de prendre un train pour Le Caire, en attendant de sauver leur tête.

Walid me savait à Tell-el-Kébir. Il savait que, s'il était tué, je prendrais connaissance de cette lettre laissée dans la poche de sa tunique et la remettrais à mon père. Mais pourquoi gardait-il ce brouillon ? Et ce secret, somme toute bien mineur ? Était-ce par orgueil ?

À force de me poser ces questions, j'en viens à me dire que, pour Walid, la lettre comptait peut-être davantage que son contenu. Ce brouillon était, au fond, le premier texte qu'il écrivait à quelqu'un. Dans la même poche se trouvait une lettre superbe, sans la moindre faute d'orthographe, adressée à ses enfants…

Après tout, c'est le secret de Walid. Il l'a emporté dans la tombe – je veux dire dans le trou, creusé par un soldat en larmes, au milieu de la plaine, près de Tell-el-Kébir.

# 28

*CORRESPONDANCE DU CAIRE*
*À Monsieur le Directeur*
*du Sémaphore d'Alexandrie*

*Le Caire, le 26 septembre 1882*

*Le retour du khédive, hier, dans sa bonne ville du Caire a été aussi solennel qu'émouvant. Les nombreuses personnalités qui l'attendaient sur le quai de la gare – ministres, ex-députés, ulémas, beys, pachas, propriétaires en tous genres – brûlaient d'impatience. Lorsque le train blanc khédivial s'immobilisa enfin, ce fut presque une bousculade. Chacun voulait être le premier à baiser l'auguste main. Les militaires britanniques observaient cette scène avec attendrissement.*

*Tewfik pacha a été accueilli à sa descente de train par le général Wolseley et par le duc de Connaught, fils de la reine Victoria, tous deux dans la tenue de guerre qu'ils portaient à la bataille de Tell-el-Kébir. Ils sont montés dans la même voiture que lui, en compagnie de Sir Edward Malet, consul général de Grande-Bretagne. J'ai entendu un pacha murmurer près de moi, les larmes aux yeux : « Le khédive rentre au Caire comme un enfant dans les bras de sa nourrice. »*

*Cent hommes de la garde anglaise, en grand uniforme, ouvraient la marche. Des soldats faisaient la haie tout le long du parcours, de Bab-el-Haddid au palais de Guézireh. Les musiques jouaient alternativement l'hymne khédivial et le* God save the Queen.

*Ce soir encore, la ville est illuminée. Trois jours de festivités ont été prévus, avec feu d'artifice.*

*Les soldats de Sa Gracieuse Majesté déambulent en ville avec leurs gros chevaux anglais. Le veston écarlate domine. Les Cairotes découvrent avec curiosité des fantassins aux mollets nus, aux jupons plissés, avec leurs souliers vernis et leur petit bonnet sur l'oreille.*

*On ne sait trop comment qualifier ces quelque vingt mille hommes en armes, qui s'apprêtent à défiler le 30 septembre dans les rues de la capitale. Ce ne sont pas des soldats du khédive, puisqu'ils ne dépendent pas de son autorité ; ce ne sont pas des soldats étrangers appelés par le khédive, puisqu'il ne les a jamais appelés. Ce sont, me direz-vous, des troupes d'occupation. Mais la Grande-Bretagne affirme avec force qu'elle n'entend pas occuper l'Égypte ! Des troupes d'une puissance protectrice, alors ? Mais le gouvernement de Londres se dit fermement opposé à toute idée de protectorat... Nous allons finir par croire, Monsieur, que la présence de ces soldats est purement accidentelle. Il s'agit sans doute de simples visiteurs.*

*« L'Angleterre n'a nulle intention d'annexer l'Égypte et ne se reconnaît aucun droit de le faire », répète-t-on dans l'entourage de Sir Edward Malet. « Ni annexion ni protectorat. Nous évacuerons l'Égypte dès que la sécurité et la tranquillité y seront assurées. » Mais ne le sont-elles pas déjà ? Pas un coup de feu n'a été tiré le 14 septembre lorsque la cavalerie du général Drury Lowe a fait son entrée au Caire. Orabi s'est aussitôt*

*rendu aux vainqueurs et a été emprisonné à la Citadelle.*

*L'entourage de Sir Edward Malet ajoute cependant que l'Angleterre ne retirera pas ses troupes des bords du Nil avant de « s'être assurée que l'Égypte est sur la voie de la stabilité et du progrès ». Le projet est louable, Monsieur, mais nul ne sait combien de temps il mettra à se réaliser. Nous nous trouvons devant un protectorat déguisé, d'une étendue indéterminée et d'une durée indéfinie.*

*Parmi les Français qui ont regagné Le Caire ces derniers jours, beaucoup regrettent amèrement que leur gouvernement ne se soit pas associé à l'action militaire de la Grande-Bretagne. « L'Égypte devient anglaise », affirment-ils. « Nous avons perdu l'Égypte. »*

*Me permettez-vous, Monsieur, une interprétation différente ? En ne débarquant pas ses soldats à Alexandrie, la France a peut-être gagné l'Égypte – je veux dire le cœur des Égyptiens. Si le pouvoir politique et économique lui échappera probablement, elle gardera, plus fortes que jamais, ses écoles, sa langue et son influence culturelle. L'Égypte sera peut-être anglaise mais elle pensera en français.*

*Albin Balanvin.*

*P.-S. Cette chronique sera la dernière. Depuis la naissance du* Sémaphore, *au printemps 1863, ma plume n'a cessé de gratter, et parfois d'égratigner. Adieu, chers lecteurs. Après vingt ans sur le pont, il est temps, pour moi, de gagner la cabine. Une nouvelle ère politique s'ouvre en Égypte, qui exige de nouvelles plumes et peut-être une nouvelle forme de journalisme. Je passe le témoin à Maxime Touta, en lui souhaitant bon vent.*

# TROISIÈME PARTIE

# Plaisirs d'été

# 1

Mai 1885

Oui, j'aime ces débuts d'été à Alexandrie. Étant arrivé avant tout le monde, je prends possession du sable et de l'eau. La saison est devant moi : je pense à tous les petits bonheurs à venir. Les petits bonheurs, et peut-être les grandes joies…

Ce matin, la mer est d'huile. J'ai couru et j'ai plongé, sous le regard pétrifié de Mahmoud que la Méditerranée épouvante. Il la prend pour je ne sais quel démon, à ménager absolument. On l'a même surpris l'année dernière en train d'y jeter des pièces de monnaie, comme pour acheter sa bienveillance.

Étendu, les bras en croix, sur cette eau silencieuse, je ferme les yeux à demi et laisse voguer mes pensées. Finalement, ces trois mois de suspension du *Sémaphore* vont me donner de vraies vacances. J'avais besoin de m'arrêter, de me regarder un peu, de cesser de scruter le monde avec gourmandise dans le seul but de le décrire ou de le commenter.

Mahmoud me fait de grands signes du balcon du premier étage. Je ne suis pas dupe. Il est parfaitement capable de diriger les travaux de peinture des deux jeunes Nubiens qu'il a engagés. Mon corps de crucifié ne manifestera aucun signe de vie. Ce regard affolé de Mahmoud m'amuse, mais sans doute en ai-je besoin pour me jeter à l'eau. La mer, au fond, me fait un peu peur. L'affronterais-je si personne ne me regardait ?

Le pinceau à la main, les deux Nubiens, presque nus, psalmodient à longueur de journée des chants indéfinissables. Leur corps de jais est zébré par endroits de peinture bleue ou rose. J'ai choisi du bleu pour les balcons et un rose pâle pour la chambre de Nada…

Mon père arrive dans quatre jours, et il faudrait que d'ici là les travaux soient terminés. Je veux lui éviter ce genre de tracas. Il a pris un coup de vieux ces derniers mois, avec des accès de fatigue et quelques trous de mémoire. C'est arrivé brusquement, sans préavis. Je crois qu'il en est plus étonné qu'affecté. Se baignera-t-il en public cette année ?

J'ai reçu la visite des Bédouins qui, d'octobre à mai, assurent la garde des villas. Je leur ai offert du thé, avant de leur remettre leur tribut annuel. Ils m'ont appris qu'un Anglais a fait construire une maison derrière la dune et que, pour lui, des tailleurs de pierre ont travaillé sans relâche une partie de l'hiver.

Si les Anglais s'y mettent aussi, au lieu d'estiver en Europe… Ramleh fait de plus en plus d'adeptes. À ce rythme, les jardins des villas vont finir par se toucher ! Quand papa a fait bâtir cette maison, nous étions presque seuls au milieu des dunes de sable et des champs de figuiers. L'idée de dépenser de l'argent à Ramleh paraissait saugrenue à beaucoup de membres de la famille. Aujourd'hui, ils sont bien contents d'être accueillis ici. Huit chambres à coucher – et même onze, en comptant le pavillon où vont loger, comme l'an dernier, Alexandre et sa famille – ne sont pas de trop.

Mon père pourrait se vanter d'avoir été l'un des premiers ramlistes. Mais qui l'a jamais vu se vanter de quoi que ce soit ? Heureusement, tante Angéline est là pour équilibrer : à l'entendre, le docteur aurait inventé les bains de mer…

Les balustrades des balcons sont parfaites. Dans la foulée, les Nubiens repeindront les volets, dans le même bleu. Mais la chambre de Nada ne va pas du tout. J'avais demandé une couleur pâle, non ce rose bonbon ! Ils la referont dès demain matin, et je surveillerai moi-même le mélange.

Pour les autres pièces, on verra. Il est impossible de tout repeindre chaque année. Les Falaki occuperont la chambre verte, au bout du couloir. Ainsi, on entendra moins Angéline. Et le vert la calmera un peu… Ça ne fera pas de mal à Lolo d'être un peu loin de sa mère. Le petit cabinet, près de la chambre des bonnes, lui conviendra parfaitement.

J'ai croisé l'Anglais sur la plage, accompagné d'un gros chien noir. C'est un homme trapu, de cinquante-cinq ans environ. J'ai fait un signe de la tête. Il ne m'a même pas répondu, préférant s'adresser à la bête qui lui ressemble. Ces deux bouledogues, sur la plage déserte, avaient un air sinistre.

Je ne suis pas de ceux qui font une fixation contre les Anglais, malgré les ennuis du *Sémaphore*. Mais il faut reconnaître que la plupart d'entre eux ne parviennent pas à cacher le mépris dans lequel ils nous tiennent.

Officiellement, ces messieurs n'avaient débarqué que pour protéger les résidents européens et restaurer l'autorité du khédive. Près de trois ans ont passé ! Plus personne ne parle de retrait. Les Anglais contrôlent l'armée, la police et toute l'administration. Chaque ministre est flanqué d'un adjoint aux yeux bleus qui lui donne des « conseils ». Le moindre planton a vite compris où était le pouvoir…

La veuve de Nassif bey est arrivée la première. Mahmoud l'a aperçue sur le chemin de la gare, accompagnée de sa petite-fille et de deux autres personnes. Elle m'a fait dire qu'elle nous attendait pour le thé, après-demain, dès l'arrivée du docteur.

Cette copte vive et gaie a toujours eu de la sympathie pour mon père. Depuis son veuvage, elle lui attache encore plus d'importance, comme s'il était le dernier témoin d'une époque évanouie. C'est pourtant une femme très moderne pour son âge, qui n'hésite pas à aller rencontrer des amies au Miramare entre cinq heures et huit heures du soir.

– Elle ne fait pas très copte, dit tante Angéline, croyant ainsi la gratifier d'un beau compliment.

# 2

Que l'Anglais de la dune ne m'adresse pas la parole, à la limite, je m'en fiche. Mais qu'il n'ait pas répondu au salut d'un vieux monsieur comme mon père est une goujaterie manifeste. Nous étions à quelques mètres de lui sur le chemin qui conduit à la plage. Son bouledogue est venu flairer nos souliers en poussant des grognements. Il ne l'a même pas appelé.

– À votre place, j'aurais fait un esclandre, nous a dit le petit-fils de Nassif bey.

Ce garçon brillant, éduqué chez les Pères jésuites, professe un nationalisme ombrageux. Il a eu des mots très durs pour les forces d'occupation, hier après-midi, au thé. Selon lui, le khédive a perdu toute crédibilité en septembre 1882, quand il est rentré au Caire sous la protection des baïonnettes anglaises. Quant à Orabi, c'est un traître :

– Il n'avait pas à se rendre si vite, et surtout pas à négocier avec ses juges au cours du procès. Cette sentence de mort, aussitôt commuée en exil à Ceylan, a été une honte. En écrivant au *Times* qu'il souhaitait voir l'Angleterre continuer son œuvre, Orabi s'est déconsidéré à jamais…

Mon père, qui trouvait l'atmosphère un peu lourde, a cité une phrase de son maître Clot bey :

– L'Égypte est trop loin de tous les empires qui pourraient aspirer à la posséder, pour qu'ils la gardent toujours. C'est pour cela qu'elle appartint successivement à tant de gens et qu'elle ne demeura à personne.

Puis, habilement, il a fait dévier la conversation, en nous racontant quelques souvenirs de l'école de médecine. J'ignorais qu'après l'extraction des premiers calculs vésicaux par ses élèves, le docteur Clot était allé les offrir, dans une petite boîte, à Mohammed Ali. « Je ne connais pas de pierres plus précieuses », avait dit le vice-roi.

La veuve de Nassif bey était ravie. Sa petite-fille, très attentive, ouvrait de grands yeux de biche. Âgée de dix-huit ou dix-neuf ans, elle ressemble à une statue pharaonique.

– Vous êtes très belle, mademoiselle, lui a dit le docteur Touta, sachant qu'il ferait plaisir à la grand-mère. On a envie de vous appeler Néfertiti.

À son âge, il peut se permettre de telles remarques…

Dans une lettre, Étienne Mancelle nous annonce qu'il ne pourra pas quitter Ismaïlia avant le 15 juin : ses nouvelles fonctions de directeur du Mouvement (il paraît que le titre exact est « directeur du Mouvement au service du Transit et de la Navigation de la Compagnie universelle du canal de Suez ») l'obligent à surveiller certains travaux sur place. Maudit canal ! Nada a cependant ajouté un petit mot pour dire qu'elle compte les jours qui la séparent de la villa… Ces deux lignes ont presque effacé la mauvaise nouvelle. J'y pense sans arrêt et elles m'enchantent.

En 1883, après les événements, personne ne voulait estiver à Ramleh. Nous avions inauguré la villa en petit comité. Mais la saison de l'année dernière a été charmante et, pour cet été, mon père a eu l'idée d'inviter les Mancelle.

Depuis leur réponse positive, je ne suis plus tout à fait le même. Moi qui essayais d'oublier Nada, qui croyais l'avoir presque oubliée... De vives émotions me traversent de temps en temps, comme des bouffées de chaleur. Je me retrouve plusieurs années en arrière, guettant une écriture ronde et un peu penchée.

Personne ne sait que Nada a déjà vu la villa, il y a quatre ans. Une villa alors sans meubles, sans peinture... J'espère que le rose de sa chambre lui plaira.

Albin Balanvin est libre comme l'air depuis qu'il a pris sa retraite. Je suis allé lui rendre visite au Miramare où il occupe une chambre très calme côté jardin. Nos rapports restent excellents mais ne seront jamais tout à fait clairs. Le correspondant du *Sémaphore* a eu la sagesse de céder sa plume en septembre 1882. L'a-t-il fait de bon cœur ? Le post-scriptum de sa dernière chronique m'avait blessé : j'attendais mieux que ce « bon vent » à Maxime Touta. Mais je ne l'ai dit à personne.

Depuis que *Le Sémaphore* est devenu quotidien et qu'il a été transféré au Caire, nos rapports se sont détendus. Les lecteurs ne comparent plus le « nouveau correspondant » à l'ancien. Balanvin lui-même a du mal à se repérer dans le journal, devenu plus moderne. Il en dit généralement du bien mais ne peut s'empêcher de lancer de temps en temps l'une de ces phrases assassines, drapées de velours, dont il a le secret.

La rédaction de ses Mémoires lui fait, en tout cas, beaucoup de bien. Il y travaille tous les matins. L'après-midi, il se mêle parfois aux conversations sur la terrasse ou va faire un tour sur la plage. Mme Buzel, la patronne du Miramare, est à ses pieds. J'ai souvent constaté que cet homme charmait le beau sexe, qui ne l'intéresse pas…

Les Mémoires de Balanvin promettent d'être passionnants. Cinq règnes y passeront, puisque notre ami est arrivé en Égypte sous Mohammed Ali, a vécu la période sombre d'Abbas, le laxisme de Saïd, les folies d'Ismaïl et qu'il continue, malgré sa retraite, à suivre avec beaucoup d'attention l'activité bien fade de Tewfik.

– Ce sont les fins de règne qui m'intéressent particulièrement, précise-t-il de son air malicieux, sachant que son projet inquiète bien des gens au Caire et à Alexandrie.

La maladie, pour ne pas dire la folie, de Mohammed Ali occupera plusieurs pages du livre. Balanvin reproduira des confidences inédites que lui avait faites le docteur Clot bey, à l'époque, sur la déchéance mentale du fondateur de la dynastie. Mon père est impatient de pouvoir comparer ces propos avec ses propres souvenirs.

Le règne suivant ne sera pas le moins intéressant. Abbas, détesté par les Français, risque de bénéficier dans ce livre d'une réhabilitation inattendue.

– Lui, au moins, n'a pas jeté l'argent des fellahs par la fenêtre ! m'a dit plus d'une fois Balanvin.

Il envisage de n'omettre aucun détail sur l'assassinat d'Abbas par deux jeunes mamelouks, et sur la manière dont le cadavre avait été installé ensuite dans un carrosse et promené dans les rues du Caire pour tromper Saïd, le prince héritier.

Sans doute trouvera-t-on dans ces Mémoires de discrètes allusions aux mœurs de Saïd, l'homme qui jouait à la guerre, en se déplaçant d'une ville à l'autre suivi de toute son armée… Je suis curieux de lire le récit de la mort de Saïd, moi qui ai quasiment assisté à son agonie au palais n° 3. J'ignorais que certains membres de la famille dénonçaient un empoisonnement, persuadés que le mourant avait été victime d'une mauvaise tasse de café.

À propos de l'affaire Xavier-Saillard, Balanvin m'a annoncé quelques détails inédits, mais il ne veut pas en parler pour le moment.

J'imagine que la plus grande partie du livre sera consacrée au règne d'Ismaïl. L'ex-khédive détestait le correspondant du *Sémaphore*. Mais, connaissant son influence, il l'avait reçu de nombreuses fois en tête à tête. Les comptes rendus de ces entretiens risquent d'être croustillants ! Balanvin s'est longuement entretenu avec lui lors d'un récent voyage à Constantinople. Il paraît que les invités du sultan aperçoivent souvent, en bout de table, un homme silencieux, à la barbe teinte en blond, mais qui se montre volubile et plein d'ironie si on l'interroge : l'ancien khédive n'a, semble-t-il, rien perdu de sa verve, et ses rancunes restent entières, même s'il ne nourrit plus aucun espoir de remonter sur le trône.

Je ne sais pas très bien ce que notre ami écrira sur ce brave Tewfik. Il n'y a à peu près rien à en dire, ni en bien ni en mal. Mais les Anglais offrent mille sujets de raillerie à une plume aussi talentueuse.

Trois éditeurs parisiens se disputent déjà ce manuscrit, que *Le Sémaphore* envisage de publier en feuilleton. Il est convenu avec l'auteur que, si certains passages sont trop gênants, le journal évitera de les reproduire pour ne pas s'attirer de nouveaux ennuis. Balanvin a traité cette affaire directement avec le patron. Il ne m'en a parlé que lorsque tout était réglé. Je ne lui en ai pas voulu pour cela. Il faut le comprendre…

Cet après-midi, au moment où je le quittais, il m'a lancé négligemment :

– Mon manuscrit méritera une relecture attentive le moment venu. Il faudra le regard d'un homme du métier, quelqu'un qui ait un œil, vous comprenez… Est-ce que vous accepteriez de me relire ?

Ce diable d'homme a réussi à me faire rosir d'émotion.

# 3

Mahmoud a deux terreurs : la mer et tante Angéline. L'annonce de l'arrivée des Falaki l'a mis dans tous ses états. Dès l'aube, il attelait la voiture que nous louons pour la saison, après m'avoir cent fois demandé s'il convenait de placer Lolo à côté de lui sur le siège pour laisser plus de place à *Sitt Angelina* et son époux.

L'arrivée de la famille Falaki à la villa aurait mérité une photographie. Lolo était impayable avec le casque de liège et la veste jaune à carreaux qu'il arbore désormais, croyant ressembler à un touriste anglais. Angéline, qui avait posé deux cartons à chapeau sur les genoux de son mari, agitait vigoureusement son éventail. Elle se plaignait d'autant plus de la chaleur que le cheval avait refusé d'avancer en montant la petite dune. Mahmoud tirait sur le licou, et les deux hommes étaient descendus pour pousser… Heureusement, l'air de la mer l'a calmée. Ici, à Ramleh, elle n'étouffe pas à l'heure de la sieste, grâce au « bain » qu'elle prend sur la véranda et que Lolo lui rappelle, chaque jour, en sortant de table :

– *Ya mami*, c'est l'heure de ton bain d'air.

Si quelqu'un a profité du bombardement d'Alexandrie, c'est bien Alfred Falaki. L'incendie de sa bijouterie de la rue des Sœurs, pendant les événements, lui a valu des indemnités substantielles. Les Anglais ont été très larges – « en puisant dans les caisses locales », souligne le petit-fils de Nassif bey – pour montrer que leur ère s'ouvrait sous le signe de l'abondance et de l'équité. L'oncle Alfred a déclaré avoir perdu de nombreuses pièces de valeur. Pourtant, selon plusieurs commerçants du voisinage, il avait déménagé toute sa marchandise dès la fin juin, une bonne douzaine de jours avant les pillages et les incendies. La mine réjouie qu'il affichait au moment du procès d'Orabi en disait long sur son barbotage. D'ailleurs, aurait-il ouvert une bijouterie à Mansourah l'année suivante sans avoir encaissé de très forts dédommagements ? Il est vrai que d'autres ont fait pire que lui : la veuve de Nassif bey nous citait l'autre jour le cas de son voisin, titulaire d'une double nationalité, grecque et française, tout en étant protégé espagnol, et qui en a profité pour déposer trois dossiers d'indemnisation…

C'était il y a trois ans déjà. Comme le temps passe ! On a oublié les trahisons des uns, les petites lâchetés des autres.

– Le soleil d'Égypte a des rayons qui effacent toute chose ! aime à dire Balanvin.

J'imagine qu'Alfred Falaki doit paraître bien vulgaire à la femme d'Alexandre. Élevée dans la soie, ma belle-sœur ne parle jamais d'argent. Elle a une distinction naturelle à laquelle il est difficile de rester insensible. Alice s'habille à la perfection. Je la trouve même physiquement très attirante, avec sa peau satinée et ses lèvres carmin. Elle me fait penser à un vase de porcelaine, sans le moindre défaut.

La naissance du petit Edmond, il y a quelques semaines, ne l'a nullement marquée. Elle a retrouvé sa taille de jeune fille et repris ses bains de sable. Au printemps, au Caire, elle va s'enterrer pendant des heures près des pyramides. Ici, c'est Alexandre qui lui creuse un trou à côté du parasol, et elle se protège la tête du soleil avec une sorte de calotte garnie de perles. Ses aînés, Henri et Yolande, qui jouent avec de petites pelles, viennent parfois jeter un peu de sable sur ce corps troublant aux trois quarts enterré.

Le docteur Touta regarde tout cela d'un air perplexe :

– Entre les bains d'air de ma sœur Angéline et les bains de sable de ma belle-fille, nous sommes gâtés…

La nurse autrichienne ne lâche pas les deux aînés d'une semelle. Elle leur apprend les bonnes manières, sous l'œil approbateur d'Alexandre. Je me demande parfois de quoi mon frère est le plus fier : d'avoir épousé Alice ou engagé une nurse autrichienne… Alexandre a pris un air de notable depuis qu'il s'est lancé dans le négoce du bois. La vie bourgeoise semble lui convenir tout à fait. On dirait qu'il n'aspirait qu'à cela. Et moi qui le prenais jadis pour original, sinon rebelle…

Le petit Edmond a fait une convulsion le lendemain de son arrivée ici. Il était dans les bras de la nurse quand on a vu soudain son corps se raidir et ses yeux se révulser. Il a été agité de mouvements brusques, dans tous les sens, avant de perdre connaissance.

Heureusement, le docteur Touta n'était pas loin. Il a calmé la nurse et débarrassé l'enfant de ses vêtements. Puis il lui a appliqué des cataplasmes aux jambes et des compresses d'eau froide sur la tête.

– Le mieux, dans ces cas-là, a-t-il dit, est de lui mettre deux ou trois sangsues derrière chaque oreille.

Ce n'est pas la première fois, paraît-il, que le nouveau-né fait des convulsions. Selon mon père, cela peut être dû aussi bien à un désordre cérébral qu'à une intelligence trop précoce.

– Le docteur pense qu'Edmond est un génie, a résumé tante Angéline à la terrasse du Miramare.

Les enfants d'Alexandre sont les meilleurs clients du petit ânier de la plage. Ils ont droit chacun à une promenade par jour. Mon frère s'est arrangé pour obtenir un prix : l'enfant à la *gallabeya* bleue lui compte une piastre pour trois tours, au lieu d'une piastre et demie. Seuls les riches, paraît-il, savent faire des économies.

Il faut voir comment la petite Yolande, âgée de trois ans à peine, tient les rênes du baudet ! Toute droite sur la selle de velours rouge, elle refuse qu'on la soutienne. La nurse autrichienne court après l'âne, empêtrée dans ses jupons…

Lolo est très fier de constater que le petit ânier le prend pour un Anglais.

– *Hello, mister !* lance ce garçon d'une douzaine d'années, en passant chaque matin devant le parasol des Falaki.

Ses yeux pétillent d'intelligence. Je crois que même si Lolo lui parlait en arabe, il s'arrangerait pour lui répondre en anglais…

Depuis son arrivée, mon cousin mourait d'envie de faire comme les enfants. Il a enfourché ce matin le petit âne gris, qui avançait péniblement, malgré les insultes et les coups de bâton de son jeune maître. Lolo, ravi, trottait sur le rivage. Ses grandes jambes touchaient presque terre.

Alfred Falaki, debout devant le parasol, l'observait avec des lorgnettes marines.

– Parole d'honneur, il mériterait une photographie ! a lancé tante Angéline, admirative.

« Amour de sa mère » aura quarante-cinq ans dans quelques jours. Un gâteau a été déjà commandé à Alexandrie, avec les bougies, mais on attend l'arrivée de Rose, Marguerite et Violette qui ont loué ensemble une grande maison à Fleming à partir du 1er juin. L'invasion des *dabbours* est imminente…

Je ne sais jamais combien ils sont, ceux-là. Pendant des années, les trois frères Dabbour, employés dans la fonction publique, ont butiné les trois fleurs au-delà du raisonnable. Il doit y avoir en moyenne une dizaine d'enfants de chaque côté. Même Alfred Falaki, le grand-père, semble s'y perdre entre les roses, les marguerites et les violettes, alors qu'il peut décrire par le menu chacune des boucles d'oreilles que renferment ses trois bijouteries du Caire, de Mansourah et d'Alexandrie.

# 4

Ce qui s'est passé la nuit dernière a évidemment été le principal sujet de conversation sur la plage, puis le soir, à la terrasse du Miramare.

Il devait être près de deux heures du matin quand de grands coups ont été frappés à notre porte. Nous n'avons pas entendu tout de suite : le bruit de la mer et du vent était assez fort. Mahmoud, qui couche au rez-de-chaussée, près de la cuisine, a été le premier réveillé. Mais, affolé, il refusait de répondre, affirmant que « la mer venait réclamer son bien », ou une ânerie de ce genre… J'ai dû ouvrir moi-même la porte d'entrée, et un coup de vent a fait trembler les vitres.

Un homme en *gallabeya*, portant un falot à la lumière vacillante, s'est présenté comme étant le domestique de l'Anglais de la dune. Il réclamait le docteur pour venir au chevet d'un jeune homme qui allait très mal. J'hésitais à réveiller mon père, mais il se tenait déjà dans l'escalier, à la recherche de sa trousse et de son paletot.

– Non, non, ce n'est pas la peine de m'accompagner, dit-il.

Je n'insistai pas, de crainte de le vexer. Là-haut, les Falaki dormaient à poings fermés.

Le docteur Touta monta dans le tilbury qui attendait devant la porte du jardin, et le domestique fouetta le cheval qui partit au milieu de rafales de vent. Dix minutes plus tard, ils étaient accueillis par les aboiements furieux du bouledogue noir, attaché à une chaîne. L'Anglais lui décocha un coup de pied dans les côtes et, armé d'une lampe à huile, indiqua le chemin à mon père, sans prononcer un mot.

Une dame aux cheveux blond cendré se tenait au chevet du malade. Celui-ci, âgé d'une vingtaine d'années, avait une forte fièvre et des frissons. Il respirait difficilement et crachait de temps en temps.

– Est-ce grave ? demanda la femme en français.

Le docteur Touta, qui prenait le pouls du jeune homme, ne répondit pas. Il releva les couvertures, déshabilla le malade et, tâtant ses côtes, découvrit un point très douloureux.

– Pneumonie, finit-il par lâcher.

L'Anglais se tenait près du lit, sans broncher. Sans doute se demandait-il s'il pouvait faire confiance à un médecin indigène.

Le docteur appliqua des vésicatoires sur le côté douloureux. Puis il attendit que la zone atteinte se décongestionne peu à peu. L'Anglaise, épuisée, s'était assoupie. Quant au père du malade, après avoir manifesté son impatience par un sourd grognement, il sortit de la pièce.

Un peu plus tard, il fallut administrer un purgatif au jeune homme puis l'aider à aller à la selle. Le domestique vint prêter main-forte à mon père. Ce remue-ménage réveilla l'Anglaise en sursaut. Elle poussa un petit cri en revoyant le visage cadavérique de son fils. Mais le docteur la rassura d'un geste apaisant de la main.

Un peu plus tard encore, il réclama une infusion pour exciter la transpiration du malade. Cette fois, c'est le père lui-même qui alla demander au domestique de réchauffer de l'eau.

Le docteur Touta ne rangea sa trousse et ne remit son paletot qu'à l'aube, alors que le jeune homme s'était endormi.

– Donnez-lui une cuillerée d'eau-de-vie avec du sucre toutes les deux heures, dit-il à la dame aux cheveux cendrés, qui avait les yeux mouillés de larmes.

Je n'avais pas réussi à dormir. Je m'en voulais d'avoir laissé partir seul, dans le froid, un vieil homme, fût-il médecin. Au bout du couloir, les Falaki ronflaient joyeusement.

Quand mon père est rentré, vers cinq heures du matin, il a été accueilli par un Mahmoud transpirant d'angoisse et entouré de toutes ses amulettes. Je suis descendu pour m'assurer qu'il se portait bien.

Que de fois, jadis, le cœur battant, n'avais-je entendu rentrer le docteur Touta... Mais c'était en ville, au Caire. Et il n'avait pas, alors, soixante-quatorze ans.

Ce matin, l'Anglais est venu jusqu'à chez nous en tilbury. Son fils se portait beaucoup mieux. Il a remercié mon père dans un français très correct, mais a refusé de prendre un café, déclarant qu'il était attendu en ville. Nous avons appris à cette occasion qu'il s'appelle Elliot bey et qu'il est l'un des sous-directeurs de la douane d'Alexandrie.

Dans l'après-midi, tante Angéline s'est taillé un beau succès à la terrasse du Miramare, racontant l'affaire du début à la fin, avec de nombreux détails inédits :

– Ce jeune homme était mourant. Son père avait appris qu'un seul médecin, dans tout Ramleh, pourrait le sauver. Il est donc venu supplier mon frère le docteur de se déplacer en pleine nuit… Et prépare la trousse… Et attelle le cheval… Et cours que tu cours… Je ne vous raconte pas le vent qu'il faisait…

# 5

La saison s'anime peu à peu. Il y avait au moins huit parasols sur la plage ce matin.

Huit parasols, mais pas un seul baigneur. J'ai plongé, et malgré des vagues assez hautes, nagé jusqu'à la bouée. L'aurais-je fait sans ces regards inquiets – et les yeux de biche de Mlle Néfertiti ? Je trouve de plus en plus de charme à cette jeune personne. Elle me rappelle un peu la petite Arménienne de l'hiver dernier. En mieux. Beaucoup mieux…

Assise sur un pliant, la robe légèrement relevée, la petite-fille de Nassif bey bavarde avec les jeunes Dabbour. Ses pieds nus sont à moitié enfouis dans le sable. Tout à l'heure, je l'ai fait rire en racontant ma première expérience journalistique à l'usine à sucre du khédive. Le pot de miel…

Mon métier de journaliste suscite le mépris poli des gens sérieux, ceux qui savent s'enrichir, comme Rizkallah ou Alfred Falaki. Mais il fait rêver les jeunes gens. Avec quelle attention les fils Dabbour écoutent mes histoires de salle de rédaction ! Si je me prends à ce jeu depuis quelques jours, n'est-ce pas pour faire briller les beaux yeux de la pharaonne ?

Je me demande ce qu'elle a pensé de l'oncle Boctor qui nous a fait la surprise d'arriver sur la plage vers onze heures. Il était allé voir les derniers travaux de la villa que son fils fait construire à un quart d'heure d'ici. Rizkallah n'a, paraît-il, pas lésiné sur les moyens. Une immense terrasse domine la mer, et tout le rez-de-chaussée est dallé en marbre de Carrare.

– Ton cousin en fait toujours un peu trop, a murmuré le docteur Touta.

Je ne suis pas sûr que l'oncle Boctor ait été mandaté par Rizkallah pour aller injurier les ouvriers. À l'entendre critiquer la pose du crépi, il a dû leur en envoyer de belles… Avec l'âge, il apparaît encore plus vulgaire que jadis.

C'est vrai que mon cousin en fait toujours trop, mais qui oserait le critiquer aujourd'hui ? Dans nos familles, sa réussite est citée en exemple aux enfants. Il faut voir l'air béat d'admiration des jeunes Dabbour, toutes fleurs confondues, chaque fois qu'est prononcé le nom de Rizkallah !

Le coup de génie du cousin a été d'acheter massivement des titres égyptiens en août 1882. L'action de la Dette privilégiée, cotée 91,5 au début de l'année, était tombée à 80 après les événements. Rizkallah s'était follement endetté pour en acquérir. On l'avait traité d'insensé, et plusieurs membres de la famille étaient intervenus pour lui faire entendre raison.

– Ce fils de chien va nous entraîner tous en prison ! hurlait Boctor, en crachant par la fenêtre.

La pauvre Bella ne savait plus où se mettre. Dans sa famille aussi, on s'inquiétait des initiatives de son époux. Mais, fin septembre, les actions remontaient à 95,5. Rizkallah vendait alors tout son stock, ainsi que des paquets entiers de *Daïra*, discrètement achetés au même moment et qui s'étaient envolés eux aussi… Il empochait le gros lot.

Nous avons encore parlé de Rizkallah cet après-midi en nous promenant sur la place des Consuls. Peut-on désormais mettre les pieds place des Consuls sans parler de Rizkallah ?

Lolo avait promis aux enfants de leur montrer un étonnant magicien qui découpe une femme en morceaux. Tout un groupe a décidé de se rendre en ville pour la circonstance. Les femmes voulaient faire des emplettes, Alfred Falaki devait passer à sa bijouterie, et moi j'en profiterais pour prendre des nouvelles au bureau du *Sémaphore*.

Cette antenne alexandrine a perdu beaucoup de son importance depuis la transformation du journal. Elle ne compte plus que deux rédacteurs, mais reçoit trois personnes en renfort à la saison chaude quand toute la cour, suivie des ministres et d'une bonne partie du corps diplomatique, vient prendre ses quartiers d'été à Alexandrie.

L'unique journaliste présent m'a confirmé qu'il n'y avait rien de nouveau. Malgré diverses démarches, les autorités ne sont pas revenues sur leur décision de suspendre *Le Sémaphore* pour trois mois. Cette affaire nous aura au moins valu une énorme publicité… et des vacances méritées.

Quand j'ai retrouvé le groupe sur la place des Consuls, Lolo était aussi troublé que les enfants par le spectacle de la femme-tronc, privée de ses mains et de ses jambes, qui répondait en italien aux questions des spectateurs.

– Il y a un truc, répétait-il.

Les plus petits étaient ravis de déambuler le long des acacias-lebeks et autour de la statue de Mohammed Ali, en plantant leurs dents dans un épi de maïs grillé. Nous avons tous fini l'après-midi en badauds, devant le kiosque. La musique de l'armée égyptienne a joué très honorablement une valse de Gounod et l'ouverture du *Barbier de Séville*, mais les polkas, ensuite, manquaient d'allant. Pour terminer, nous avons eu droit à l'hymne khédivial, et les enfants ont chanté en chœur *Salam Afandina*.

Tous les édifices de la place des Consuls ont été reconstruits. On chercherait en vain une trace des destructions de 82. C'en est presque honteux. Je ne reviens jamais ici sans un serrement de cœur. Aucun lieu ne réveille en moi autant de souvenirs, délicieux ou détestables.

Je nous revois encore, avec mon père, entrer au consulat de France pour demander Rizkallah. C'était un après-midi ensoleillé de janvier. L'immense esplanade, avec ses deux jets d'eau, semblait faire la sieste. J'avais treize ans… Quelques jours plus tard, la place était noire de monde : les Européens aux balcons ; des soldats égyptiens enchaînés les uns aux autres ; et un jeune officier en pleurs à qui on avait arraché ses galons… J'ai revu cette place, ornée de mille décorations, en 1868, pour accueillir le khédive Ismaïl de retour de Constantinople. M. Xavier-Saillard, qui dirigeait la pose de lanternes vénitiennes sur sa façade, nous avait à peine regardés… Et puis, ce jour funeste de juillet 1882, après le bombardement d'Alexandrie : Walid el-Ahlaoui parcourait la place à cheval et tentait en vain de décourager les pillards. Quand la fusillade a éclaté, il avait déjà quitté la place, j'en suis témoin. Je l'ai d'ailleurs écrit, et ce passage devait être lu intégralement dans le prétoire au cours du procès des orabistes…

Touta et fils, le grand magasin d'habillement de Rizkallah, s'étale sur trois étages. On y trouve à peu près tout pour les dames, les messieurs et les enfants. S'y ajoutent divers accessoires domestiques : tapis de Smyrne, rideaux brodés, couvre-lits… C'est un frère de Rizkallah qui tient le rayon des draperies et flanelles. Un autre frère qui dirige le comptoir des dentelles. Les vendeuses, chrétiennes ou juives, sont toutes plus ou moins cousines de Rizkallah ou de Bella.

Quand il est à Alexandrie, Boctor ne manque jamais d'aller au magasin. Il parcourt les rayons, joue au patron – alors qu'il n'a rien à voir dans l'affaire – et distille quelques jurons. Les vendeuses lui reprochent, paraît-il, des gestes lestes. Encore heureux qu'il ne crache pas entre les comptoirs, comme il l'a fait ce matin à la plage !

Touta et fils occupe l'emplacement de l'ancienne maison Xavier-Saillard. Un grand T est gravé dans la pierre, comme jadis le célèbre X-S. Mon cousin devait en rêver depuis qu'il portait la valise du Français.

Adolphe Xavier-Saillard n'est jamais rentré de Nice, où il s'était réfugié avant le bombardement d'Alexandrie. La mort tragique de son fils aîné l'a incité, semble-t-il, à liquider sa maison de négoce et à faire une croix sur l'Égypte. Rizkallah s'est démené comme un beau diable pour permettre à son patron d'être dédommagé très largement. Puis il a proposé d'acheter les deux bâtiments en ruine. Selon la rumeur publique, M. Xavier-Saillard lui aurait fait un très bon prix…

Voir notre nom de famille exposé en grandes lettres sur la place des Consuls m'aurait sans doute rendu très fier il y a encore une dizaine d'années. Aujourd'hui, ce Touta et fils me gêne plutôt, comme il gêne mon père :

– L'argent a toujours une odeur, tu n'as pas remarqué ?

À cela s'ajoute une raison plus personnelle. Je croyais m'être fait un petit nom, grâce au journalisme. De plus en plus, on me demande si je suis « parent des Magasins ». Triste monde ! Hommes de plume, nous ne faisons pas le poids.

# 6

Chaque matin désormais, nous recevons l'*Egyptian Gazette*. Ou, plus exactement, une moitié de l'*Egyptian Gazette*, puisque Elliot bey détache les deux premières pages en anglais et fait porter à mon père les deux autres pages, rédigées en français.

– Jamais journal n'a été mieux utilisé, commente en souriant le docteur Touta, qui a accepté le partage des frais proposé par l'homme au bouledogue.

*The Egyptian Gazette* n'est pas le quotidien que j'aurais choisi… Subventionné pour ne rien dire, il abonde en informations inutiles. On y apprend un jour sur deux que, la veille, « le khédive est parti à dix heures du matin de la résidence de Ramleh dans une voiture attelée en poste, il a fait une promenade sur les bords du canal Mahmoudieh et il est rentré à la villa khédiviale vers sept heures du soir »… Tante Angéline raffole de ce genre d'échos, qui lui donnent des sujets de conversation, le soir, à la terrasse du Miramare.

Mes excellents confrères subventionnés suivent avec beaucoup d'attention les bateaux bondés qui, chaque jour, partent pour l'Europe. Les voyageurs fuyant la canicule estivale ne sont pas tous des résidents étrangers. Il y a parmi eux beaucoup de pachas grassouillets qui vont réparer dans les villes d'eaux leurs forces épuisées par la dernière saison théâtrale. L'*Egyptian Gazette* publie scrupuleusement la liste des voyageurs de première et de deuxième classe de chaque navire, ajoutant généralement : « … et 65 voyageurs de troisième classe », ce qui nous évite une trop longue récitation de Lolo. Car mon cousin lit à haute voix toute la liste, sur la plage, à l'intention de sa maman. Tante Angéline pousse des exclamations à l'énoncé de certains noms. Elle ne doit pourtant pas connaître beaucoup de ces riches voyageurs…

Après avoir écouté la litanie de Lolo, ce matin, le docteur Touta n'a pu s'empêcher de raconter, une nouvelle fois, son départ à bord du *Masr*, commandé par Poisson bey, pour l'Exposition universelle de 1867. Il y a quelques années encore, il ne se serait jamais répété ainsi. Mais les jeunes ne se lassent pas de l'entendre décrire la réception aux Tuileries ou les emplettes gigantesques du khédive Ismaïl sur les grands boulevards parisiens. Et je dois dire que j'écoute moi-même toujours avec plaisir le récit de ses savoureuses conversations avec l'astronome Mahmoud bey : « Trouvez-vous normal, docteur, que l'Égypte compte sept systèmes de postes différents ? Avons-nous besoin d'une poste égyptienne, d'une poste française, d'une poste anglaise, d'une poste italienne, d'une poste autrichienne, d'une poste hellénique et d'une poste russe ? Un pays civilisé ne peut vivre de la sorte ! J'en parlerai à Son Altesse… »

Coincée dans une chaise longue un peu trop étroite pour elle, tante Angéline regrette généralement que la matinée soit trop chaude et réclame de l'air, de l'air :

– *Hawa, hawa !*

Ici, elle n'hésite pas à déboutonner sa robe, au risque de laisser entrevoir une volumineuse poitrine couleur de lait. Assis près d'elle sur un pliant, Lolo déchiffre l'*Egyptian Gazette* en poussant de temps en temps une exclamation :

– Écoute ça, *ya mami* : « Hier, le khédive est parti à dix heures… »

Je finis, inévitablement, par lire moi aussi ces deux pages insipides qui traînent toute la matinée sous nos parasols. Faut-il retenir le nombre des esclaves affranchis le mois dernier ? En mai, ils étaient quatre-vingt-deux, paraît-il, dont vingt et une femmes. Les Anglais sont très fiers de cette comptabilité mensuelle, qui est censée témoigner des progrès de l'Égypte sur la voie de la civilisation. Elliot bey a entouré l'information au crayon rouge pour être sûr qu'elle ne nous échappe pas…

Cet après-midi, tante Angéline a réussi à entraîner mon père au Miramare. Il s'est retrouvé au milieu d'une discussion très animée sur les effets du tabac. Nestor Gianaclis, le fabricant de cigarettes, exhibait fièrement le grand prix d'hygiène qu'il vient d'obtenir à l'exposition de Spa.

– Le tabac n'est pas seulement inoffensif, affirmait haut et fort ce monsieur : il met les fumeurs à l'abri de toutes les épidémies.

– Prouvez-le ! a dit le docteur Touta.

Loin de se laisser démonter, l'autre s'est lancé dans une longue tirade, truffée de termes médicaux, qui a impressionné l'auditoire :

– En pénétrant dans l'organisme tout entier, le tabac devient un antiseptique assez puissant pour s'opposer à l'invasion de tout principe infectieux et contagieux ; il devient un poison suffisamment atténué pour permettre de résister à l'action de toxiques plus violents…

– Non, monsieur, a répliqué vertement le docteur. Sachez que la cigarette produit une altération des dents, un trouble des digestions et des pertes salivaires susceptibles de causer l'amaigrissement. Sachez que l'excès de tabac occasionne l'angine de poitrine, congestionne le cerveau, prédispose à l'apoplexie, à l'hébétude, à la folie…

Cela n'a pas empêché plusieurs personnes d'allumer les cigarettes que leur offrait généreusement M. Gianaclis. Mon père est rentré à la villa très énervé, avec une forte migraine. Ces sorties ne lui conviennent pas du tout.

# 7

Je n'avais aucune raison de ne pas aller à ce buffet de gala au palais. C'était l'occasion de rencontrer toutes sortes de gens, de me montrer – il faut aussi se montrer dans ce métier – et peut-être de contribuer à régler les affaires du *Sémaphore*.

– Je passerai te prendre en voiture, m'avait dit Rizkallah, qui est installé depuis quelques jours dans sa luxueuse villa, à quelques tours de roue de chez nous.

Sans doute voulait-il me laisser admirer son nouvel attelage... Mais je ne m'ennuie jamais avec Rizkallah. Ses multiples activités font de lui un homme informé, un colporteur d'histoires en tous genres. Hier, par exemple, il s'est rendu à son magasin, puis à la Bourse, puis au consulat de France, en trouvant le temps de faire un saut au port pour saluer un banquier en partance pour l'Europe à bord du *Sénégal*. Il paraît que le quai était couvert de fleurs...

Infatigable, l'esprit continuellement en éveil, Rizkallah s'intéresse à l'argent, mais aussi aux gens, et c'est sa grande force. Il va au-devant d'eux, avec une facilité surprenante. Les femmes ne sont pas insensibles à son charme. On lui connaît au moins deux maîtresses au Caire, et une troisième à Alexandrie. Il passe de l'une à l'autre, sans oublier son épouse, gérant tout ce petit monde avec brio, comme il gère ses affaires. Nada elle-même m'a longtemps donné l'impression d'être séduite par l'activisme de Rizkallah. Je me trompais. L'authenticité et la loyauté de Mancelle avaient plus d'importance à ses yeux... Mais a-t-elle jamais été amoureuse de Mancelle ?

Je dois reconnaître que le landau de Rizkallah, luxueusement aménagé, avec des sièges de cuir vert et des poignées en ébène, est d'une suspension parfaite. Ignorant bosses et cahots, nous avons atteint le palais de Ras-el-Tine sans nous en rendre compte, comme sur un tapis de velours. Les nombreux invités du khédive semblaient être tous arrivés en même temps. Il a fallu faire la queue pendant dix bonnes minutes devant la porte monumentale, flanquée de ses colonnes de granit rose. Rizkallah est descendu trois fois de voiture pour saluer des gens.

La cour d'honneur du palais, qui domine la mer, était brillamment illuminée. Nous avons été accueillis au bas du grand escalier par les maîtres de cérémonie et conduits jusqu'aux salons. Là, j'ai perdu mon cousin, qui courait de l'un à l'autre, serrait des mains, donnait des accolades.

Les officiers supérieurs de l'armée d'occupation, très à l'aise, déambulaient d'un salon à l'autre, dans leurs uniformes rutilants. Je n'arrive toujours pas à m'habituer à ces Anglais coiffés du tarbouche et qui portent des titres de *bimbachi*, de *miralaï* ou de *kaïmakam*.

Le vieux Nubar pacha est passé près de moi sans me reconnaître. Je veux bien admettre qu'il ait oublié le journaliste amateur, reçu chez lui il y a plus de dix ans, à propos des tribunaux mixtes. Mais n'ai-je pas eu au moins deux occasions de l'approcher depuis qu'il est redevenu Premier ministre ? Sans doute ne veut-il pas se montrer en public actuellement avec un journaliste du *Sémaphore*. Balanvin, qui le déteste, lui a toujours reproché d'avoir choisi l'Angleterre contre la France.

Mais la France et l'Angleterre nous ont offert ce soir un charmant tableau. Il n'a échappé à personne que M. Camille Barrère bavardait amicalement avec Sir Evelyn Baring. Les deux consuls généraux tenaient visiblement à démentir qu'ils étaient en froid, surtout après la polémique qui a entouré la suspension du *Sémaphore*...

J'avais déjà parlé avec une vingtaine de personnes, quand les portes du buffet se sont ouvertes sur le grand salon tendu de satin jaune.

– Vous ne trouvez pas que la décoration des plafonds est un peu lourde ? me lança une voix familière.

Je ne m'attendais pas à rencontrer le petit-fils de Nassif bey au palais !

– La décoration des plafonds est peut-être un peu lourde, répliquai-je avec un sourire, mais les parquets sont d'une finesse exquise. Que voulez-vous, les palais sont comme les gens : remplis de contradictions.

Nous n'eûmes pas le temps de pousser plus avant notre conversation : Rizkallah s'approchait de nous d'un pas rapide. Il me fit savoir qu'il devait absolument partir, qu'on l'attendait à une soirée en ville... Ce n'était pas grave, le petit-fils de Nassif bey pourrait me raccompagner.

Je fus hélé par une voix grave, au fort accent anglais :

– Mais c'est le fils de mon voisin !

Elliot bey se tenait à l'entrée du salon, sans son bouledogue, une coupe de champagne à la main. Je ne l'aurais pas reconnu, avec ce tarbouche et cette veste d'un blanc immaculé.

– Alors, c'est vous, me lança-t-il, le journaliste du *Sémaphore* ! Vous devriez m'expliquer pourquoi votre journal ne nous aime pas.

– C'est vous qui le dites, répondis-je.

Il prit un air faussement attristé :

– L'embêtant, avec *Le Sémaphore*, c'est qu'on est obligé de le lire pour se tenir au courant.

Le compliment m'amusa. Je répliquai sur le même ton :

– Vous êtes dispensés de cette obligation pendant quelques semaines. Figurez-vous que les autorités nous ont suspendus.

– Je sais, je sais... J'ai dû m'abonner à l'*Egyptian Gazette*.

Après avoir échangé un regard, nous partîmes ensemble d'un éclat de rire que le petit-fils de Nassif bey ne pouvait comprendre et qui, probablement, le choqua.

– Comment voulez-vous, demanda-t-il d'une voix fébrile à l'Anglais, que le peuple égyptien aime une force d'occupation ? Un peuple peut-il accepter d'être dessaisi de la direction de son pays ?

Elliot bey avala lentement une gorgée de champagne.

– Je croyais savoir, fit-il, que depuis la fin des pharaons, l'Égypte n'avait eu que des pouvoirs étrangers ou des dirigeants d'origine étrangère.

– Ce que vous dites là n'est pas très aimable pour le khédive ! remarquai-je avec ironie.

Il s'aperçut de son erreur :

– Vous avez raison, monsieur le journaliste. Je n'aurais pas dû dire cela. Personne ne peut contester l'égyptianité de la dynastie de Mohammed Ali, installée sur les bords du Nil depuis quatre générations. Dieu sait d'ailleurs si Tewfik pacha est un homme estimable, un vrai patriote !

– Il vous donne, en effet, toute satisfaction, lança d'une voix aigre le petit-fils de Nassif bey.

L'Anglais ne releva pas.

– Le peuple égyptien, poursuivit-il, peut au moins reconnaître que, depuis 1882, l'ordre règne dans le pays. Les finances sont assainies. Le fellah est moins accablé d'impôts. L'emploi du *courbache* est interdit.

– C'est une plaisanterie ! Vous savez très bien qu'on fouette, dans toute l'Égypte, à longueur de journée.

– Mais parce que ce genre de pratique, jeune homme, ne se supprime pas par décret ! Il faut du temps – beaucoup plus de temps d'ailleurs que nous ne l'avions prévu nous-mêmes en prenant provisoirement en charge les affaires de l'Égypte. La tâche entreprise ne nous est pas apparue tout de suite dans son effrayante immensité. Et les moyens employés souffrent de leurs limites : je vous rappelle que nous ne sommes que des fonctionnaires anglais au service du khédive. Le consul britannique n'a, officiellement, aucun pouvoir. Croyez-moi : il eût été plus simple pour l'Angleterre de prendre entièrement en main le gouvernement du pays, de faire de l'Égypte un protectorat en bonne et due forme. Mais nous avons voulu respecter l'indépendance et la fierté du peuple égyptien.

L'Anglais fut interrompu par quelques applaudissements au passage du khédive, qui se retirait dans ses appartements. Puis il fut happé par un groupe d'officiers, très gais, qui comparaient les mérites des différents champagnes du buffet.

– J'aurais eu des choses à dire à votre ami britannique ! me lança le jeune copte avec regret.

– Ce n'est pas mon ami. C'est notre voisin. Votre voisin aussi… Vous pouvez le trouver deux jours par semaine sur la plage, vers six heures de l'après-midi. Mais méfiez-vous de son bouledogue…

Le petit-fils de Nassif bey partage avec sa sœur un regard de braise. Mais il lui manque le sourire amusé qui, par moments, éclaire le beau visage de Néfertiti. Dans la voiture qui nous ramenait à Ramleh, il m'a lancé :

– Évidemment, vous, les *Chawam*, vous avez largement profité de l'occupation anglaise. Vous occupez d'excellents postes dans la nouvelle administration.

– Je vous fais remarquer, répliquai-je, que la famille de mon père est établie en Égypte depuis 1740. Mohammed Ali n'était même pas né ! Et les *Chawam* n'ont pas attendu l'occupation anglaise pour s'engager dans la vie économique du pays, pour créer des journaux.

– C'est une question de mentalité. Vous vous tenez à part, vous vous distinguez du peuple égyptien.

– Nous ne sommes qu'une dizaine de milliers. Pour exister, nous avons sans doute besoin de nous distinguer un peu.

Il haussa les épaules, regrettant sans doute d'avoir fait dévier la conversation. Les *Chawam* n'étaient pas sa préoccupation principale. Après une longue minute de silence, il murmura d'une voix grave :

– Jusqu'à sa mort, malgré son âge avancé, mon grand-père figurait sur la liste des médecins traitants du khédive. Tewfik pacha, qu'il avait connu enfant, lui ouvrait son cœur de temps en temps. Un jour – c'était juste après le bombardement d'Alexandrie – il a dit à mon grand-père : « Nous sommes incapables de nous administrer seuls. Pour ne pas redevenir turcs, nous préférons être anglais. » Eh bien, moi, voyez-vous, je n'ai jamais été turc et je ne serai jamais anglais !

# 8

J'étais nerveux depuis trois jours. Je dormais mal et mangeais peu. Cette arrivée des Mancelle me donnait même, par moments, un battement des paupières, qui n'avait peut-être pas échappé à mon père.

Dix fois, j'ai demandé à Mahmoud s'il était prêt à atteler. Nous sommes arrivés à la gare beaucoup trop tôt. Et, comme le petit train de Ramleh faisait encore des siennes, nous avons attendu au total une bonne heure et demie, en bavardages pesants avec le cocher de Bulkeley que j'avais mobilisé pour le transport.

Étienne est descendu du wagon le premier, comme s'il était seul. J'ai été frappé par son visage épanoui et la progression de sa calvitie. Son nouveau titre de « directeur du Mouvement au service du Transit et de la Navigation de la Compagnie universelle de Suez » ne lui est pas monté à la tête : il conserve le regard doux et bienveillant qu'on lui a toujours connu.

Ses trois garçons suivaient, habillés de chemises à motifs assez semblables. Puis Eugénie est descendue, accompagnée de sa jeune sœur. L'aînée des Mancelle, âgée de seize ans, a un air assuré, un peu hautain. C'est une vraie Française d'Ismaïlia. Elle jetait un regard interrogatif sur le quai, comme étonnée de ne pas trouver de porteur à ses pieds. Mais, déjà, Mahmoud se précipitait, suivi du vieux cocher claudicant.

Moi, j'avais le cœur qui battait, presque comme jadis… Nada s'est montrée enfin, le pied cherchant la marche. Je m'attendais à la voir fatiguée, engoncée dans une tenue de voyage. Elle est apparue souriante, les cheveux au vent. Rayonnante. Personne ne lui aurait donné trente-huit ans. M'apercevant au milieu du quai, elle m'a envoyé un léger baiser de la main.

Les malles ont été chargées dans un joyeux désordre. Les garçons voulaient montrer leurs muscles. Étienne, toujours très simple, avait relevé ses manches et donnait un coup de main pour attacher un colis spécial, assez volumineux. J'allais d'une voiture à l'autre, pressant Mahmoud, houspillant le cocher, tandis que Nada regardait d'un œil amusé toute cette agitation.

– Depuis deux semaines, les enfants rêvent de Ramleh presque toutes les nuits, me dit-elle en voiture.

Et toi ? n'ai-je pas osé demander.

Quand nous avons franchi la petite dune et que la mer a surgi devant nous, quand un petit vent, plus fort que d'habitude, a manqué de faire envoler le chapeau d'Eugénie, j'ai vu Nada fermer les yeux à demi et respirer profondément. J'ai été, à cet instant, follement heureux. On aurait dit que tout recommençait.

Le docteur a fait visiter la villa. Je me suis éclipsé, ne voulant pas assister à des exclamations de Nada qui auraient sonné faux. Ce n'est pourtant pas son genre de jouer la comédie. Je suis sûr qu'elle en a fait le moins possible, tout en voulant être agréable à mon père.

Les Mancelle ont distribué ensuite de petits cadeaux aux différents habitants de la villa. Même Mahmoud s'est vu offrir un canif suisse qui l'a fait tressaillir de joie. Le docteur a été très touché de recevoir un volume de textes inédits de Clot bey, dans une somptueuse reliure de cuir gravé.

– C'est pour toi, m'a dit Nada en me tendant un petit paquet de couleur rose pâle.

– Le bloc de bois a été sculpté dans notre désert, crut devoir préciser Mancelle.

Cet encrier n'est pas de ceux, en effet, qui doivent se vendre au rayon papeterie de La Belle Jardinière… À son regard, j'ai compris que Nada s'était personnellement occupée de la commande. Et j'ai senti que cet encrier deviendrait à jamais, quelles que soient les circonstances, mon compagnon de route quotidien.

Les cadeaux terminés, Étienne Mancelle, aidé de ses fils, commença à déballer avec précaution le mystérieux et volumineux colis.

– Un vélocipède ! s'écria Lolo.

Il y eut un attroupement autour de l'objet.

– Attention, expliquait le directeur du Mouvement : en vélocipède, la vitesse ne doit pas dépasser vingt kilomètres à l'heure pour les gens entraînés, et quinze pour les autres.

Lolo fronçait les sourcils en essayant de comprendre. Mancelle poursuivait ses explications, en homme qui s'était bien renseigné avant de faire un tel achat :

– Sur le vélocipède, voyez-vous, il faut respirer par le nez. L'exercice est déconseillé avant douze ans, car il se fait un gavage aérien…

Eugénie, qui était allée se changer, fit sensation : portant une jupe courte et un pantalon à la zouave, elle s'approcha de l'engin pour y monter.

– Quoi ? Une jeune fille ! fit tante Angéline d'une voix étranglée.

– Rassurez-vous, dit Mancelle. Nous avons aussi une selle pour dames : plus large, comme vous voyez, sans bec et légèrement élastique.

– Une jeune fille ! répétait Angéline.

Mancelle, mi-amusé, mi-embarrassé, ajouta :

– Mais je vous assure, madame, que l'exercice modéré du vélocipède est un excellent sédatif du système nerveux. Selon notre médecin d'Ismaïlia, il combat avec succès la goutte, l'obésité…

– Une jeune fille de seize ans !

Le docteur intervint :

– Mais oui, Angéline, l'exercice n'a jamais fait de mal à personne, même aux jeunes filles ! Avec le vent dans la figure, le vélocipède donne certainement de la fraîcheur.

Eugénie s'élança sur le chemin.

– Pas trop vite ! criait Mancelle. Pas trop vite, Ninette !

Et, se tournant vers nous :

– Pour les jeunes filles, la vitesse ne doit pas dépasser douze kilomètres à l'heure.

Mon père riait de bon cœur. Je me demande parfois s'il n'est pas le plus moderne d'entre nous.

Nada a aimé le rose de sa chambre. Je devrais dire de leur chambre… Mais je n'arrive toujours pas à supporter l'idée qu'elle partage le lit de cet homme.

Il lui a fait cinq enfants. Cinq fois au moins, il l'a déshabillée, caressée, pénétrée. Je déteste y penser. Dans cet acte, il y a chez Mancelle comme quelque chose de vulgaire, d'anormal. Ce n'était pas à lui qu'elle aurait dû se livrer ainsi. Je veux croire qu'elle ne garde aucun souvenir de ces gestes et qu'il n'y a plus rien entre eux. Le soir, avant d'éteindre, il doit se contenter de déposer un chaste baiser sur le front de la mère de ses enfants…

# 9

Nada n'est pas de ces femmes qui font des chichis dès qu'elles approchent de l'eau, poussant de petits cris avant de s'enfuir à la première vaguelette. Elle a depuis longtemps l'habitude des bains dans le lac Timsah.

Alors que nous étions tous sous les parasols, je l'ai vue se diriger vers la mer d'un pas lent, y pénétrer jusqu'à mi-mollet, puis se pencher pour prendre un peu d'écume dans la main et se mouiller la nuque. Elle a avancé encore. Au bout d'un moment, elle s'est laissée glisser dans l'eau et a fait quelques mouvements de brasse.

Debout, près du rivage, Étienne Mancelle tenait déjà une serviette grande ouverte, en rappelant un principe de base, énoncé sans doute par son médecin d'Ismaïlia :

– Le bain de mer ne doit pas se prolonger au-delà du deuxième frisson. Aussitôt qu'on l'a éprouvé, il faut sortir de l'eau, s'essuyer promptement et ne point rester en repos.

Nada prend toujours des bains trop longs, selon le directeur du Mouvement. Il a agité sa serviette pour lui rappeler de sortir, puis a mis ses mains en porte-voix en criant de manière assez ridicule :

– Na-da ! Na-da !

Quand elle est sortie enfin, je n'ai pu détacher mon regard de ce corps troublant, aux hanches un peu lourdes, dont la robe mouillée épousait toutes les formes. Et j'en ai voulu terriblement à Mancelle qui l'entourait de sa serviette, l'enveloppait, la frictionnait… Nada nous a jeté un sourire, les yeux gris de sel, avant de se diriger vers la tente pour se changer.

Comment pourrais-je cesser de penser au bain que nous avions pris sur cette même plage il y a quatre ans ? Nos corps nus dans l'eau, se rapprochant, s'enlaçant. Mes mains sur les hanches de Nada, sur ses fesses… Dans mes rêves, Dieu sait pourquoi, ce sont les mains sombres de Walid el-Ahlaoui… Nous étions restés sans doute beaucoup trop longtemps dans l'eau, monsieur le directeur du Mouvement. Bien au-delà du deuxième frisson. Nous n'arrêtions pas de frissonner, à vrai dire, mais nullement de froid. Et quand nous sommes sortis, aucune serviette ne nous attendait. Nous nous sommes séchés aux premiers rayons du soleil. Il faisait doux. C'était l'un de ces matins de septembre où la mer, lisse comme un lac, légèrement embrumée, a décidé de ne pas se lever.

Je vous rassure, monsieur le directeur : après toutes ces imprudences, nous ne sommes point restés en repos. Dans la chambre du haut, sur mes trois couvertures disposées en matelas, nous n'avons cessé de nous effleurer, de nous empoigner, de goûter chacun le sel sur la peau de l'autre…

Depuis son arrivée ici, Nada me donne l'impression, non pas de fuir mon regard – ce n'est pas son genre – mais de neutraliser le sien. Comme si rien ne s'était passé entre nous dans cette villa, ou qu'il ne fallait plus y penser. Son attitude me paralyse entièrement. Je me retrouve dans l'état de l'adolescent de jadis, qui osait à peine la regarder mais la savait là, à côté de lui, et entendait son rire inimitable… Nada est là, et son rire n'a pas changé.

– Merci pour l'encrier, ai-je dit un peu plus tard, avant le déjeuner, alors qu'elle se trouvait seule sur la véranda, en train de regarder la mer.

Elle n'a dit ni « Je t'en prie » ni « Il n'y a pas de quoi ». Elle a seulement esquissé un sourire.

– Mais si je comprends bien, a-t-elle ajouté après un silence, tu ne vas pas l'utiliser pendant plusieurs semaines, puisque *Le Sémaphore* est suspendu.

– Détrompe-toi. Je ne cesse jamais d'écrire. Pas seulement des articles…

Elle ne m'a pas posé de questions. Puis, changeant de sujet :

– Il paraît que c'est ici que tante Angéline vient prendre ses bains d'air.

J'ai répondu oui, sottement. Comme si cette véranda, pour moi, était d'abord associée aux étouffements quotidiens de tante Angéline ! Devais-je lui rappeler que nous avions passé deux heures ensemble ici, après nos gestes d'amour, à boire du thé, à manger mon pain et mon fromage ? Deux heures de bavardages et de délicieux fous rires…

– À table ! a crié Angéline, de la salle à manger. La *sayaddeya* n'attend pas !

J'ai réussi à m'asseoir à la droite de Nada. Comme au temps où je laissais tomber ma serviette par terre et me rapprochais d'elle en la ramassant… Deux douzaines de Dabbour de tous âges ont participé à ce déjeuner, pour l'anniversaire de Lolo. Au dessert, le héros du jour a rempli ses poumons de manière effrayante pour éteindre d'un seul souffle les quarante-cinq bougies. On a applaudi. Puis Alfred Falaki a apporté le cadeau. Dénouant fébrilement la ficelle, « Amour de sa mère » a découvert, les yeux écarquillés, un matériel de pêche. Il s'étranglait de surprise :

– C'est exactement ce que je voulais !

Les enfants Mancelle semblaient, au début du déjeuner, un peu désorientés par toutes ces exclamations, ces cris, ces rires bruyants. Puis ils ont été emportés par le mouvement. Même Eugénie a fini par se dégeler en parlant du vélocipède avec deux Dabbour de son âge, roses, marguerites ou violettes – décidément, je ne les reconnaîtrai jamais !

Elle a seize ans : exactement l'âge de Nada à son arrivée en Égypte. Je n'arrive pas à imaginer que cette Française d'Ismaïlia, au nez pincé et à la voix métallique, est la fille de Nada.

Au café, Étienne a parlé de son travail. J'ai appris au passage que Félix Percheron était finalement devenu sous-chef de section du canal d'eau douce au service des Magasins. C'est sans doute son bâton de maréchal.

Il paraît que le transit du canal de Suez atteindrait six millions de tonnes cette année.

– À combien la tonne ? a demandé Alfred Falaki.

– Neuf francs cinquante, pour les navires chargés.

– C'est beau.

# 10

Les plaisirs de l'été sont sans limites… La nuit dernière, tout Alexandrie assistait à l'exécution du musicien ambulant, condamné pour le meurtre de l'épicier grec de la rue Nébi-Daniel, dont MM. les ministres avaient refusé la grâce l'autre semaine. De nombreux ramlistes s'étaient rendus en ville pour la circonstance. Je m'en veux beaucoup de m'être laissé piéger dans cette sinistre équipée.

Initialement, la pendaison était prévue sur la place des Consuls. Elle a eu lieu en fait à Moharram bey, parce que « le spectacle eût été lugubre pour les Européens », explique l'*Egyptian Gazette*. Ah, les hypocrites !

Dès trois heures du matin, une foule imposante se dirigeait vers le lieu du supplice, pour prendre les bonnes places. On voyait autant de canotiers que de tarbouches, et beaucoup de dames, anglaises, françaises, italiennes ou grecques, n'avaient pas voulu manquer le spectacle. Un service spécial d'omnibus était organisé.

En sortant d'un dîner sympathique mais interminable chez le directeur du *Sémaphore*, je suis tombé sur un groupe de ramlistes, parmi lesquels mon frère Alexandre. J'aurais dû refuser de les accompagner, mais la remarque d'un imbécile m'est allée droit au cœur :

– Si les journalistes ont peur d'assister aux exécutions capitales, qui alors en rendra compte ?

Je me suis senti dans la peau du jeune Boutros Touta, à l'école de médecine, rechignant à planter son bistouri dans la peau d'un opéré… Cette exécution n'était rien, après tout, à côté de celles auxquelles j'avais assisté en juillet 1882 sur la place des Consuls. Mais, curieusement, elle me semblait plus sauvage que les autres.

Quand on est venu le chercher, le condamné à mort a demandé à boire. Une gargoulette lui a été tendue, puis on l'a fait monter dans un fourgon cellulaire qui est parti au petit trot. Au milieu d'une pente, la voiture s'est enlisée dans le sable, et il a fallu la pousser avec l'aide d'une ribambelle de badauds.

Près de la potence, le *miralaï* George Harvey bey, commandant de la police d'Alexandrie, s'impatientait. Le condamné a demandé à faire sa prière, et il était difficile de le lui refuser. Puis il a réclamé encore un peu d'eau.

– À quoi cela lui sert-il de boire maintenant ? s'est exclamé Alexandre.

La trivialité macabre de mon frère m'a accablé. Il était trop tard malheureusement pour que je m'éloigne de ce lieu détestable, où un homme, rendu coupable d'un crime qu'il n'avait peut-être pas commis, allait mourir sous nos yeux.

Le condamné est monté sur la plate-forme. On lui a attaché les mains derrière le dos. La corde était trop courte et le bourreau faisait des efforts maladroits pour la dérouler. Harvey bey manifestait des signes d'impatience grandissants. Des spectateurs proches de la potence ont affirmé que le condamné, désireux d'en finir lui aussi, se serait hissé sur la pointe des pieds et aurait même donné un conseil au bourreau pour déplacer le nœud coulant. Mais c'est le genre d'histoires qui font ensuite les choux gras de tante Angéline...

Quand la trappe s'est ouverte, projetant le corps du malheureux dans le vide, j'ai senti comme un vertige. Au bout d'une minute ou deux, les médecins de service se sont approchés pour constater la mort. Le corps est resté pendu une heure, après que la police à pied et à cheval eut défilé devant lui.

Ce matin, la mer est de méchante humeur. Moi aussi. J'ai préféré ne pas me montrer devant Nada au petit déjeuner.

Si quelqu'un cherche les deux pages de l'*Egyptian Gazette*, elles sont au fond du jardin, dans la poubelle, découpées en petits morceaux.

La suspension du *Sémaphore* réussit à Bartillat. Je ne l'ai jamais vu aussi détendu qu'hier soir au dîner. L'œil malicieux, derrière son lorgnon, il a lancé :

– Au fond, la suspension est une mesure hygiénique, qui pourrait être appliquée à tous les journaux, à tour de rôle. On devrait nous contraindre de temps en temps à lever la plume et à faire une pause.

Naturellement, il n'en pense rien. Bartillat est une bête de presse, le journal est sa drogue quotidienne. Aucune femme ne pourrait lui procurer le même frisson que la dépêche inattendue qui arrive à l'heure du bouclage. Même sur son lit de mort, le directeur du *Sémaphore* demandera le dernier câble de Reuter ou de Havas.

Sa bonne humeur tient au fait que les carnets de commandes de réclames pour la fin de l'été sont déjà pleins. Les annonceurs s'attendent à une hausse du tirage dès la reparution et n'ont pas rechigné devant l'augmentation des tarifs qui leur a été annoncée. Seul l'oncle Alfred me casse les pieds depuis deux semaines pour que je lui obtienne « un bon prix », comme il dit…

Bartillat a pu s'entretenir brièvement l'autre soir au palais avec le consul général de France, lequel venait de bavarder avec son homologue anglais. Selon lui, le fameux éditorial du 8 mai n'était qu'un prétexte pour suspendre *Le Sémaphore*. En réalité, Sir Evelyn Baring n'a pas supporté que le journal consacre tant de place, pendant des semaines, aux déboires du corps expéditionnaire anglais au Soudan, après l'assassinat de Gordon pacha par les mahdistes. Il ne s'attendait pas à ce que la suspension du *Sémaphore* fasse autant de bruit et agite les chancelleries. Baring ne peut annuler la mesure sans perdre la face, mais il se gardera bien à l'avenir de refaire une telle erreur.

– Quel article nous préparez-vous pour le numéro de rentrée ? m'a demandé Bartillat en aparté.

J'ai répondu de manière très vague que j'y réfléchissais.

– Vous avez raison de vous reposer au bord de la mer, m'a-t-il dit en souriant. Mais j'espère que vous avez emporté une plume et un encrier.

Un encrier…

# 11

Nous étions tous sur la plage vers onze heures du matin, avec les familles de Rose, Marguerite et Violette au grand complet, ce qui finit par faire du monde. Quelques jeunes Dabbour couraient et plongeaient dans les vagues, sans doute pour attirer le regard d'Eugénie Mancelle. Des enfants faisaient un château de sable, sous la surveillance de l'Autrichienne. D'autres, plus âgés, étaient allés voir Lolo s'empêtrer dans sa canne à pêche. Sous les parasols, on papotait.

– Pensez-vous qu'il y aurait place à Ismaïlia pour une bijouterie supplémentaire ? demandait Alfred Falaki à Étienne Mancelle. Ça m'en ferait quatre, vous comprenez, et ça réglerait, le moment venu, tous les problèmes de succession : j'en léguerais une à Lucien et une à chacune des fleurs…

Soudain, mon père s'est levé et a ôté son peignoir : il était en tenue de bain. Nous l'avons vu s'approcher de l'eau. Les conversations se sont arrêtées.

– Mais, Boutros, qu'est-ce que tu fais ? s'est exclamée tante Angéline.

Le docteur Touta, maigre comme un clou, s'est avancé dans la mer. Machinalement, je l'ai suivi et j'ai plongé aussi. Nous nous sommes retrouvés quelques mètres plus loin, ruisselants d'eau et souriants. Heureux.

Sacré papa ! L'année dernière, il avait fait sensation en se baignant ainsi devant tout le monde, lui qui se contentait jusque-là de discrètes trempettes à une heure très matinale. C'était une manière de donner l'exemple, à soixante-treize ans. Une manière efficace puisque, dans les jours suivants, des messieurs et même des dames d'un certain âge allaient s'aventurer pour la première fois à quelques centimètres du rivage… Le docteur nous refaisait donc une démonstration cette année. Il fallait s'y attendre.

– Comment as-tu appris à nager ? lui demandai-je.

– Dans le Nil, comme tout le monde à l'époque. On ne se souciait pas beaucoup de la pureté de l'eau. Jusqu'au jour où de minuscules sangsues se glissèrent dans la bouche d'un des cousins et s'attachèrent à son palais. Il fallut les arracher avec des tenailles.

– Et la mer ?

– Oh, la mer, je ne l'ai découverte que bien plus tard, quand Nassif m'a invité chez lui, à Alexandrie. Il me traitait de fou. Je me suis baigné dans l'eau salée pour la première fois à vingt-cinq ans. Ça va faire un demi-siècle… J'avais trouvé une petite crique charmante, près de la place des Consuls. La place venait d'être aménagée, selon les plans de Mancini, sur un ancien champ de manœuvres…

Nous nagions lentement, côte à côte, quand je l'ai senti faiblir.

– Aide-moi à rentrer, a-t-il murmuré.

Je l'ai aussitôt saisi par le bras, puis par les côtes. Sa maigreur ajoutait à ma frayeur. Je ne l'imaginais pas si fragile. Heureusement, nous avions pied. Au bout d'un moment, il a voulu continuer tout seul :

– Laisse, laisse, ça ira…

Personne n'avait rien vu. Nous sommes sortis ensemble, escortés par les enfants qui tenaient leurs pelles à la main. Arrivés près des parasols, j'ai moi-même proposé à mon père de regagner la villa, d'une voix assez forte pour qu'on sache que cela venait de moi. Et, cette fois, c'est lui qui m'a suivi, tandis que les commentaires allaient bon train sur le nouveau bain du docteur Touta.

Il s'est appuyé à mon bras pour monter à sa chambre. Il s'est séché, s'est changé et couché aussitôt, sans même prendre le temps de retirer le sable qui collait à ses pieds.

– Il ne faut surtout rien dire à Angéline, m'a-t-il lancé d'une voix faible, en fermant les yeux.

J'ai demandé à Mahmoud d'aller chercher mon frère à la plage. Entre-temps, Nada est arrivée dans la chambre. Elle avait deviné, en nous voyant sortir de l'eau, que quelque chose n'allait pas.

– Crois-tu que je doive avertir le médecin de Bulkeley ? lui ai-je demandé.

– Ton père pourrait en être très vexé…

– Tu as raison. Attendons un peu.

Il dormait déjà. J'ai refermé doucement la porte et nous nous sommes retrouvés dans la pénombre. Les volets du couloir étaient clos, comme toujours à l'approche de midi.

– Nada, murmurai-je, tu te souviens de cette chambre ?

Elle me regarda, d'un air surpris.

– Nada…

– Non, Maxime, je t'en prie.

Et, au bout d'un instant :

– Ta vie est devant toi, Maxime…

Je faillis répondre, mais elle effleura mes lèvres de ses doigts, comme pour m'en empêcher. Nous entendîmes le pas pesant d'Alexandre qui montait l'escalier.

Le déjeuner a eu lieu sans mon père. Nous avons expliqué à tante Angéline qu'il avait préféré prendre une légère collation en arrivant et commencer tout de suite sa sieste.

Dans l'après-midi, Dieu merci, il allait beaucoup mieux. Et, ce soir, il a fait sa partie de whist avec les Falaki, comme si de rien n'était.

Moi, je ne tiens plus debout. J'ai laissé tous les autres aller s'amuser en ville. Après de longues discussions, ils ont décidé de faire deux groupes : l'un irait au théâtre Zizinia pour assister à un vaudeville italien, l'autre au théâtre Debbane pour une séance athlétique au cours de laquelle le fameux artilleur Nicoll, de la garnison britannique du Caire, devait accomplir des prodiges avec des poids et haltères. Si j'en crois l'*Egyptian Gazette* – et pourquoi ne croirais-je pas une publication aussi honorable ? –, ce monstre met chaque soir au défi quiconque en Égypte de le battre au sabre.

– Il fournit les armures et les casques, répète Lolo, dont c'est le seul sujet de conversation depuis trois jours.

Les émotions de la journée m'ont épuisé. J'ai découvert que mon père pouvait mourir et j'ai pensé à tout ce que nous ne nous étions jamais dit.

Et je pense à tout ce que j'aurais voulu dire à Nada tout à l'heure et qu'elle ne me laissera peut-être jamais exprimer.

# 12

Pour inaugurer sa villa, Rizkallah a voulu faire les choses en grand. Tous les membres de la famille étaient conviés à ce bal masqué qui ne comptait pas moins de trois cents personnes. Mon père a décliné l'invitation, comme on pouvait s'y attendre, faisant valoir que ce n'était plus de son âge. Tante Angéline et son mari, après un moment d'hésitation, ont déclaré forfait eux aussi. Ce qui a permis d'expliquer à Boctor Touta qu'il ne devait pas honorer de sa présence la soirée de son fils…

Je déteste les déguisements, mais il m'était difficile de refuser l'invitation de Rizkallah. D'ailleurs, Nada se faisait une joie d'y aller, comme son mari. Ils doivent avoir l'habitude de ce genre de manifestations à Ismaïlia. J'ai fini par me résigner à endosser une tenue de Bédouin, en me promettant de l'abandonner dès que possible au cours de la soirée.

Pendant trois jours, murmures et conciliabules n'ont pas cessé à la maison, avec la participation active des trois équipes Dabbour. Jeunes et moins jeunes essayaient des tenues, changeaient d'avis, consultaient… Alexandre et sa femme étaient particulièrement excités par ces préparatifs. Il a fallu faire plusieurs descentes aux grands magasins *Touta et fils* pour acheter des coupons de flanelle, de popeline, de soie ou de velours, des cravates, des nœuds, des chapeaux, de la dentelle et toutes sortes d'accessoires…

– Ton cousin gagne de l'argent, même quand il invite des gens chez lui ! murmura mon père avec un sourire.

Le soir du bal, je m'étais enfermé dans ma chambre, bien décidé à partir de la villa après tout le monde, en rasant les murs. J'attendis donc pour descendre que le calme soit revenu. Comble de malchance, Lolo était encore dans le hall d'entrée, déguisé en soldat anglais, avec une tunique rouge assez ridicule, des guêtres et un casque colonial. Tante Angéline finissait de lui ajuster le fond du pantalon. Elle recula d'un pas et le trouva ravissant.

Il ne me restait plus qu'à faire tout le chemin de la dune en compagnie d'« Amour de sa mère ». Lui, en soldat anglais ; moi, en Bédouin… Je priais le Ciel de ne rencontrer aucun passant attardé sur la route, et surtout aucun Bédouin… Arrivé à mi-course, je prétextai un besoin urgent et incitai mon cousin, avec une violence qui le surprit, à ne pas m'attendre.

L'entrée de la villa de Rizkallah était éclairée par une cinquantaine de *machallas* haut perchés dont les bûches résineuses laissaient échapper des milliers d'étincelles.

– C'est encore mieux que le palais de Ras-el-Tine ! me lança un jeune marquis aux cheveux poudrés que je reconnus sous son masque.

Il y avait un peu d'ironie dans la voix du petit-fils de Nassif bey. Et sans doute me jugeait-il grotesque, moi, avec ma *abaya*, ma *koufeya* et mes sandales… Je me consolai tout de même en apercevant, au fond du deuxième salon, Étienne Mancelle en sauterelle verte. Tout le monde trouvait qu'il était très réussi. Moi, je le trouvais bien ridicule, et cela me faisait plutôt plaisir.

– C'est le directeur du Mouvement au canal, expliquait Rizkallah à plusieurs invités importants, parmi lesquels je reconnus le vice-président de la cour d'appel des tribunaux mixtes, le consul d'Italie et le député de la Société israélite de bienfaisance.

Mon cousin s'étant déguisé en César, son épouse avait dû adopter une tenue de Cléopâtre.

– Elle en a au moins le nez, murmura méchamment une voix, tandis que je descendais dans le jardin à la recherche de Nada.

Construite par un architecte italien, avec de luxueux matériaux, la villa est prolongée par une grande terrasse qui donne sur la mer. Le jardin, de l'autre côté, est totalement abrité du vent. Par cette soirée très douce, avec ses deux cents lanternes vénitiennes installées pour la circonstance, on s'y sentait très bien.

– Tiens ? Néfertiti ! fis-je, amusé, en voyant la petite-fille de Nassif bey en princesse pharaonique.

– Non, Isis, si vous permettez…

Elle était superbe dans ce costume moulant. Et ses cheveux tirés en arrière soulignaient davantage ses yeux de biche. Un groupe de mousquetaires et d'écuyers l'entraîna vers la piste de danse et je me sentis brusquement très jaloux de ces jeunes gens.

Rose, Marguerite et Violette avaient cru devoir se travestir en fleurs, mais en échangeant leurs identités. On se perdait un peu dans cette affaire… Leurs époux, les trois frères Dabbour, employés dans la fonction publique, leur reprochaient des dépenses inconsidérées aux magasins *Touta et fils*. Eux-mêmes avaient des accoutrements mal définis. On se demandait, à la limite, si avec leurs costumes noirs ils étaient vraiment déguisés.

Je finis par trouver Nada, au fond du jardin, conversant avec des inconnus. Habillée en amazone, elle avait une jupe longue et ample, qui lui donnait un air de majesté. Elle m'aperçut, me fit un petit signe, mais continua à bavarder avec ses voisins. Vexé, je remontai dans les salons où l'orchestre jouait un air endiablé.

Des *soffraguis* en tenue rouge se faufilaient entre les danseurs avec de somptueux plateaux dans les mains. Un groupe d'Indiens, dans lequel s'était glissé un soldat anglais parfaitement grotesque, faisaient une sarabande.

La plus perdue dans tout cela semblait être Bella, la maîtresse de maison. Je m'approchai d'elle pour l'embrasser et la féliciter. Nous échangeâmes quelques banalités, mais César la hélait déjà pour lui présenter l'épouse du président du Conseil sanitaire, déguisée en arlequin.

L'orchestre lançait un quadrille. Isis et le groupe de jeunes gens qui l'entourait entrèrent sur la piste. Elle retira ses chaussures pour danser, ne gardant que les bracelets qui entouraient ses chevilles. Je fus troublé par ces pieds bruns, aux ongles peints, qui, à chaque pas, faisaient tressauter les anneaux d'argent. Isis était certainement la première pharaonne de tous les temps à danser aussi bien le quadrille croisé…

J'entendis un gros juron en arabe, dans mon dos.

– Les chiottes sont tout le temps occupées ! disait l'oncle Boctor à une dame. Je vais finir par faire dans mon caleçon.

– Comment ! Tu es là, mon oncle ? m'étonnai-je.

– Pas pour longtemps, Bédouin de mes couilles ! Si tu crois que je vais passer toute la soirée dans ce carnaval…

Tandis qu'il se dirigeait vers la sortie, je me débarrassai de mon accoutrement. Plus à l'aise dans la chemise, le pantalon et les chaussures que j'avais pris soin d'emporter, je proposai à Isis de danser. Elle me tendit les mains d'un geste charmant. Et nous fûmes aussitôt entraînés par l'orchestre... À la dernière note, tout le monde applaudit, mais la musique reprit aussitôt, et nous repartîmes en cadence, avançant, reculant, tournant, recommençant... Au bout de vingt minutes, épuisés et très gais, nous allâmes nous rafraîchir au buffet.

– Savez-vous, lui dis-je, que c'est dans la maison de vos grands-parents que j'ai habité lors de mon premier séjour à Alexandrie ? J'avais treize ans. Votre grand-père m'impressionnait beaucoup. Il semblait tout savoir sur la vie politique.

– La politique ne m'intéresse pas, fit Isis simplement. Quand je voyais mon grand-père, c'est de médecine que je le faisais parler. D'ailleurs, j'aimerais bien être médecin moi aussi.

Mon air stupéfait la fit sourire.

– Vous m'en croyez incapable ?

– Non, dis-je. Mais je ne savais pas que des femmes...

Nous fûmes interrompus par une voix joyeuse :

– C'est mon voisin journaliste ! s'exclamait un Tyrolien volumineux en culottes courtes.

Elliot bey baisa la main d'Isis. Il nous présenta son fils, un jeune homme au visage d'ange, venu apparemment sans déguisement. Ce garçon, que mon père avait vu une nuit, en piètre état, au fond de son lit, semblait se porter comme un charme.

– Le champagne de votre cousin méritait le déguisement, fit malicieusement le sous-directeur de la douane. C'est un très grand cru. Même en Angleterre, nous n'en faisons pas d'aussi bon !

Lolo s'approchait de nous, la mine épanouie. Depuis le début de la soirée, il s'était inventé un accent anglais, qui le rendait encore plus ridicule. Redoutant la réaction d'Elliot bey, je me précipitai au-devant de lui, réfléchissant au moyen de l'éloigner.

– Tiens, me dit-il, je ne t'avais pas reconnu. Sans doute parce que tu as changé de tenue…

D'une voix discrète mais ferme, je l'enjoignis de se rendre immédiatement sur la plage où l'attendait une surprise.

– Je ne comprends pas, me dit-il d'un air interrogatif.

– Justement, il n'y a rien à comprendre : c'est une surprise.

Je me retrouvai seul. Elliot bey était reparti vers le buffet tandis que son fils avait proposé une danse à Isis.

L'orchestre s'arrêta de jouer dix minutes plus tard. Rizkallah, les mains en porte-voix, invita tout le monde à se rendre sur la terrasse. J'y retrouvai mon frère Alexandre, un peu embarrassé par son justaucorps à manches bouffantes, et très déçu de la présence de deux autres saint-simoniens dans l'assistance.

– Ça m'apprendra à écouter les conseils de ma femme ! Je pouvais faire un superbe mamelouk…

La première fusée explosa dans le ciel, dessinant un énorme bouquet rouge et bleu. César nous avait même réservé un feu d'artifice… C'est alors que j'aperçus cet abruti de Lolo, avec son casque colonial, qui se tenait, les bras ballants, près des artificiers. Je me précipitai sur la plage, courus jusqu'à lui et, le tirant par la manche de la tunique, l'éloignai de la pyrotechnique.

En retournant vers la villa, il me remercia très sincèrement, avec son accent anglais :

– Quelle belle surprise ! J'étais aux premières loges. J'ai toujours voulu assister au départ d'une fusée.

Le regard amusé de Nada, en nous voyant approcher, m'indiqua qu'elle avait deviné quelque chose. Nous

nous regardâmes un instant et partîmes d'un fou rire, tandis que Lolo, les yeux écarquillés, suivait des pluies de lumière dans le ciel…

Les danses ont repris aussitôt après le feu d'artifice. Dans un angle du grand salon, nous allions surprendre un échange assez vif entre Isis et son frère :

– Je danse avec qui je veux ! disait la pharaonne.

Sans doute lui reprochait-il de s'être montrée sur la piste, à deux reprises, avec le jeune Anglais. Quelques personnes, dont ma cousine Violette, tendaient une oreille indiscrète. Finalement, le petit-fils de Nassif bey a entraîné sa sœur vers la sortie :

– Il est tard. Nous rentrons à la maison.

J'ai proposé à Nada une valse. Puis une deuxième… J'ai bien dû danser une dizaine de fois avec mon amazone. Nous ne nous sommes rien dit d'important, mais j'ai tenu sa taille, saisi ses mains, senti son rire dans mon visage et ses yeux dans les miens.

À trois heures du matin, Rizkallah, grand seigneur, a fait raccompagner tous ceux qui étaient venus à pied par plusieurs voitures. Lolo a eu la bonne idée de m'accompagner, et même de s'asseoir entre Nada et moi.

# 13

Je me suis réveillé un peu tard, l'esprit embrumé, en repensant au bal de la veille. J'avais le sentiment étrange d'avoir trompé Nada avec Isis, puis Isis avec Nada…

Dans l'après-midi, Mahmoud a fait plusieurs voyages pour nous emmener au Miramare. Les Mancelle voulaient saluer Albin Balanvin, tandis que tante Angéline brûlait d'entendre et de commenter les derniers potins sur la réception de Rizkallah.

– La petite-fille de Nassif bey a dansé deux fois avec le jeune Anglais, lança-t-elle en sucrant son thé. Je ne vous raconte pas le scandale… Il paraît que le frère de la jeune fille a fait arrêter l'orchestre, s'est avancé au milieu de la piste et l'a giflée devant tout le monde.

Une dame croyait avoir entendu deux détonations dans la matinée, du côté de la maison de Nassif bey.

– *Ayou !* fit tante Angéline. Il a sans doute voulu la tuer.

Je me trouvais à une table voisine, avec Balanvin et les Mancelle. Nada ne pouvait s'empêcher de sourire en percevant les échos de la conversation d'à côté :

– Ta tante aurait dû être journaliste.

– Tu veux dire romancière…

Étienne et Albin commentaient l'élection de Ferdinand de Lesseps à l'Académie française.

– Nous le voyons moins souvent dans l'isthme depuis qu'il préside la Compagnie du canal de Panama.

– Deux canaux, c'est beaucoup pour un seul homme, fût-il immortel…

Nous parlâmes de choses et d'autres pendant une bonne heure. De temps en temps, Mancelle prenait sa femme à témoin :

– Avec les arbres qui ne cessent de grandir, Ismaïlia embellit d'année en année. N'est-ce pas, mon petit bouchon ?

Cette appellation ridicule et l'évocation de leur vie là-bas me remplirent d'amertume.

Étienne et Nada sont rentrés ensuite à la villa avec tante Angéline. Je suis resté avec Balanvin qui m'a proposé d'aller marcher sur la plage.

Sa canne s'enfonce un peu dans le sable, mais il aime beaucoup ces promenades à pas lents, en fin d'après-midi, quand le soleil hésite encore à se coucher.

– Vous me paraissez un peu sombre, mon jeune ami… J'ai trente-cinq ans. J'imagine que, jusqu'à sa mort, Balanvin m'appellera « mon jeune ami ».

– Sombre ? ai-je demandé, en m'efforçant de sourire. C'est peut-être l'avenir du *Sémaphore* qui me préoccupe.

– Allons, allons ! Vous savez bien que *Le Sémaphore* ne s'est jamais si bien porté.

S'arrêtant de marcher, il tapota sur le pommeau de sa canne. Puis, d'un ton léger :

– Elle a épousé Mancelle, mais c'est vous qu'elle regarde. Vous auriez peut-être préféré qu'elle vous épouse et qu'elle regarde Mancelle ?

J'en avais le souffle coupé. Ce diable d'homme voyait tout. C'était la première fois qu'il se hasardait sur un sujet aussi intime. Mais sa remarque m'allait droit au cœur. Ainsi donc, Nada me regardait. Elle me regardait au point d'être vue… Je me sentais déjà beaucoup mieux, très bien même, presque euphorique.

Nous fîmes quelques pas en silence, puis, d'une voix enjouée, je le lançai sur le premier sujet qui me vint à l'esprit :

– Alors, ce chapitre sur l'affaire Xavier-Saillard ?

Ma question était stupide, Balanvin m'ayant déjà fait savoir à plusieurs reprises qu'il ne voulait rien en dire.

– L'affaire Xavier-Saillard ? Elle est simple, mon jeune ami.

Il fit de petits ronds avec sa canne dans le sable.

– Vous aviez les yeux rivés sur Walid el-Ahlaoui. Ce que je comprends, d'ailleurs… Moi, je m'intéressais au véritable protagoniste de cette affaire : je veux dire le soldat qui avait voulu frapper ce pauvre Xavier-Saillard.

Il se remit à marcher, tout en parlant :

– Le soldat en question avait un frère, qui était employé sur les terres de Xavier-Saillard. Ce paysan avait été fouetté deux semaines plus tôt, avec plusieurs autres ouvriers, sur l'ordre de mon aimable compatriote, pour une banale affaire d'horaire de travail.

– Je vois… Son frère a voulu le venger…

– Rien ne vous échappe ! Vous vous souvenez qu'Étienne Mancelle avait assisté à la scène, qu'il avait vu Xavier-Saillard se relever et donner plusieurs coups de cravache à l'agresseur ?

– Il était allé le raconter ensuite au consul de France, remarquai-je.

– Et le consul n'a pas voulu l'écouter… Figurez-vous que, le soir même, le jeune Mancelle, bouleversé, décrivait la scène en détail à sa mère, dans une lettre. J'ai retrouvé récemment cette lettre, lors d'un voyage en France. Mancelle m'a autorisé à la publier, mais sans citer son nom.

– Ça doit être émouvant…

– Intéressant, surtout : dans cette lettre, on apprend que l'agresseur et l'agressé ne s'étaient pas contentés d'échanger des coups, mais qu'ils s'étaient parlé, et de manière virulente.

– En arabe ?

– Xavier-Saillard comprenait un peu l'arabe. Mais c'est en français qu'il a hurlé au soldat que son châtiment serait pire que celui de son frère.

– Et Mancelle n'a rien dit…

– Mais si ! Il a tout dit au consul de France, qui a refusé d'enregistrer sa déposition. Puis, traumatisé par ce refus, notre jeune ingénieur n'en a plus parlé à personne.

En écoutant Balanvin, je me disais qu'Étienne Mancelle en avait peut-être parlé, des années plus tard, à Nada. Son petit bouchon…

– Le consul de France s'est saisi de cette affaire avec une passion suspecte, poursuivit Balanvin. Il cherchait une occasion de remettre à sa place le nouveau vice-roi qui s'était permis, quelques jours plus tôt, devant tout le corps diplomatique, de critiquer la corvée au canal de Suez. L'affaire Xavier-Saillard est tombée à point. Ismaïl a été obligé de se rendre lui-même à Alexandrie et de voir son armée humiliée en public. Il en a été meurtri, avant de faire des mains et des pieds pour obtenir le remplacement du consul de France.

– Walid el-Ahlaoui n'avait donc rien à voir avec tout cela ?

– J'ignore si le jeune lieutenant savait que plusieurs de ses hommes étaient allés prêter main-forte à l'agresseur de M. Xavier-Saillard. Tout ce que je sais – car je suis allé, moi aussi, comme votre père, à la caserne d'Alexandrie –, c'est que cette affaire l'a rendu très populaire et qu'il a juré, devant plusieurs autres officiers, de se venger.

– Ah non ! dis-je à Balanvin. Je puis vous assurer que Walid n'a été pour rien dans l'incendie de la maison Xavier-Saillard. Je l'ai même vu tenter de dissuader les pillards.

– Je n'ai jamais dit qu'il s'était vengé ainsi… Mais ce que vous ignorez peut-être, mon jeune ami, c'est qu'aussitôt nommé à la tête du 5e régiment d'Alexandrie, Walid el-Ahlaoui s'était présenté en grand uniforme chez Xavier-Saillard, avec un interprète. Non pas pour lui demander de l'argent, mais pour énumérer, dans un discours d'une rare violence, toutes les irrégularités, petites ou grandes, commises par mon infortuné compatriote, depuis la fameuse affaire de l'écluse du canal Mahmoudieh. La police, contrôlée à l'époque par les orabistes, connaissait tout cela. Je peux vous dire que l'interprète suait à grosses gouttes et qu'il n'avait pas osé traduire la moitié des propos de l'officier. Dans les mois suivants, si les Anglais n'avaient pas débarqué et si le pouvoir d'Orabi s'était confirmé, Xavier-Saillard aurait certainement été poursuivi en justice.

– Il a perdu un fils dans le bombardement d'Alexandrie…

– Et il a gagné la paix… Il s'est empressé de vendre son affaire et de se retirer à Nice. Votre cousin Rizkallah en a profité pour acheter les ruines des deux bâtiments. À un bon prix, me dit-on.

– J'espère que, du temps où il travaillait avec M. Xavier-Saillard, mon cousin n'avait trempé dans aucune… irrégularité.

Balanvin s'était arrêté de nouveau et faisait des ronds dans le sable.

– Mon jeune ami, dans certains métiers, on se salit parfois les mains… Remarquez, nous autres, journalistes, ne sommes pas exempts de ce genre d'accident, même si, avec nos plumes, nous prétendons ne nous tacher que le bout des doigts.

# 14

Personne n'a résisté à la mer ce matin. Une mer limpide, que pas un souffle ne trouble, et qui attire tout le monde comme un aimant. Quinze baigneurs au moins ont nagé jusqu'à la bouée. Cela ne s'était jamais vu de mémoire de ramliste.

Tante Angéline, qui se plaignait pourtant du manque d'air, s'est arrachée de son fauteuil pour aller jusqu'au rivage. Son pas pesant faisait des trous dans le sable humide. Même Mahmoud – équipé, il est vrai, d'amulettes spéciales – a fini par se hasarder au-delà des parasols.

Nada me regarde… J'ose à peine me retourner. Son regard est comme une caresse, qui m'effleure, me fait frémir, glisse doucement sur ma peau, s'arrête et m'enveloppe. Je me laisse prendre, je me livre tout entier… Il arrive que nos regards se croisent. Cet échange vaut alors les gestes les plus fous. Tout le reste appartient au passé. Le regard de Nada me comble désormais. Mais, pour cela, j'aurais besoin de sa présence, au moins de temps en temps…

Rose, Marguerite et Violette, entourées d'une nuée de jeunes Dabbour et des enfants Mancelle, sont entrées pour la première fois dans la mer jusqu'à mi-cuisse. Elles se tenaient par la main, en poussant toutes sortes de gloussements et miaulements, parfois de véritables hurlements. Mon père, à demi allongé sur une chaise longue, les regardait d'un œil amusé. Il se préparait, lui, à prendre son deuxième bain de la saison.

– Ne t'inquiète pas, m'a-t-il murmuré quand je l'ai vu se lever et ôter son peignoir.

Il s'est laissé glisser dans l'eau doucement, comme le font certaines femmes, torse en avant, derrière relevé… Ses bras ont fendu l'eau par des mouvements de brasse très lents. Puis il a fait la planche un long moment. Je n'ai pas résisté au plaisir de le rejoindre à la bouée.

Tenant d'une main les gros anneaux de cette boule blanche, nous avons échangé quelques phrases.

– La mer est belle, ai-je lancé de manière bien banale.

Il n'a pas répondu tout de suite.

– C'est par cette mer que toutes nos familles sont arrivées en Égypte. Elles venaient chercher la paix, ou la fortune… Parfois, simplement, un mari, comme ta pauvre mère… Je dis pauvre, parce qu'elle est morte. C'est stupide…

La boule blanche tanguait légèrement, selon la pression de nos bras. Mon père continuait à réfléchir à haute voix :

– Nos familles ont eu raison de venir en Égypte. Nous sommes bien ici. Je crois que nous ne repartirons plus jamais. Moi, en tout cas, je suis là pour toujours…

Il a souri :

– Oui, pour toujours : vous m'enterrerez, le moment venu, dans le joli cimetière de la route de Ramleh, près du couvent des Dames de Sion. Quelles que soient les folies des hommes, personne ne m'empêchera de continuer à dormir là-bas.

J'ai failli protester, lui dire qu'il n'y avait aucune raison de parler de cela. Mais il s'exprimait de manière si sereine, si joyeuse, que je me suis retenu. Côte à côte, nous avons regagné lentement le rivage à la brasse.

L'élégante Alice prenait un bain de sable, coiffée de sa calotte sertie de perles. Nous lui fîmes un petit signe, mais elle ne put y répondre que par un hochement de tête, ayant tout le reste du corps emprisonné par la masse brûlante. Armée de sa pelle, la petite Yolande continuait à l'enterrer, sous l'œil attentif de la nurse. Celle-ci ne la lâche plus des yeux depuis que la fillette s'est perdue l'autre jour dans les dunes.

« On pourrait lui mettre une sorte de laisse », avait dit l'Autrichienne, mais le docteur Touta s'était aussitôt élevé contre cette idée saugrenue, qui n'a pas eu de suite.

Mon père est allé se sécher. J'en ai profité pour faire une halte au parasol de la veuve de Nassif bey qui se trouvait momentanément seule.

– Votre petite-fille n'est pas à la plage ?

– Je l'attends. Elle était légèrement souffrante en début de matinée.

– Rien de grave ?

– Non, non… Le docteur Touta, qui a eu la gentillesse de passer à la maison tout à l'heure, assure qu'elle va très bien. Il lui a même conseillé de venir prendre un bain de mer.

– Papa a toujours été partisan des méthodes naturelles, dis-je en souriant.

– C'est un vrai médecin… Et un vrai Égyptien, ajouta-t-elle de manière un peu curieuse.

Avaient-ils parlé ensemble, en début de matinée, de cette histoire de cimetière ? Notre conversation a glissé sur l'Égypte, puis sur les Anglais.

– Le pauvre Nassif n'a pas supporté l'occupation, m'a-t-elle dit. Ce n'est pas un hasard s'il est mort quelques jours après le débarquement britannique à Alexandrie. Ça nous aurait fait, cette année, cinquante ans de mariage... Ma famille ne voulait pas que je l'épouse, figurez-vous... Mais je vous embête avec mes histoires...

C'est aux magasins *Touta et fils* que les Falaki ont acheté ce parasol à fleurs, un peu ridicule. Assis à l'ombre, la bedaine sur les genoux, Alfred Falaki égrène son chapelet d'ambre pendant des heures, en comptant Dieu sait quoi. Il m'a encore demandé cette semaine d'intervenir auprès de la direction du *Sémaphore* pour que je lui obtienne une réduction sur sa réclame.

– Dis-leur bien que je vais ouvrir une quatrième bijouterie. À Ismaïlia, cette fois...

Lolo, coiffé de son casque de liège, était plongé dans l'*Egyptian Gazette* :

– Écoute ça, *ya mami !* « Hier, le khédive est parti à dix heures du matin de la résidence de Ramleh dans une voiture attelée en poste... »

Angéline étouffait, malgré les deux éventails qu'elle agitait devant ses seins énormes.

– Lolo, amour de sa mère, passe-moi la gargoulette. J'ai besoin d'une goutte d'eau. Je meurs, parole d'honneur !

Juste à côté, Rizkallah était entouré d'une demi-douzaine de dames, suspendues à sa voix suave :

– Cet hiver, les femmes seront de vrais caméléons. Nous avons reçu beaucoup de velours à reflets changeants. Les couleurs seront le vert, le muguet, la prune et le castor. Attendez-vous, mes chéries, à des tissus épais et des zibelines… Non, non, plus de drap ! *Khalass !* J'ai commandé des cargaisons de serge armurée.

Elles en frissonnaient d'émotion… Puis, le cousin a fait rêver tout le monde en parlant, une nouvelle fois, du projet qui se prépare dans certains cercles d'Alexandrie et auquel il espère bien être associé :

– Je peux vous dire que lorsqu'il aura surgi de terre, l'Hôtel-Casino San Stefano sera le rendez-vous des élégances, le haut lieu de l'été à Ramleh. On viendra y prendre le thé, bien sûr, mais il y aura aussi des attractions pour chaque âge : bals, concerts, assauts d'armes, marionnettes, pantomimes… Oui, ma chérie, toute la saison ! De mai à fin septembre. Et je peux déjà vous dire que toutes les pièces seront éclairées à la lumière électrique ! La nuit, face à la mer, le San Stefano sera une sorte de paquebot scintillant…

– Et le Miramare, alors ? a demandé l'un des frères Dabbour.

– Le Miramare n'est rien du tout à côté de la merveille dont je vous parle ! Nous entrons dans une nouvelle époque, une ère de prospérité que l'Égypte n'a jamais connue. Le San Stefano va coûter des millions.

– C'est beau, a dit Alfred Falaki.

Le cercle s'est élargi à la veuve de Nassif bey et à sa petite-fille. Fatiguée, Isis ? Allons donc ! Elle n'avait jamais été aussi belle. Ses yeux se sont éclairés, et elle a même éclaté de rire quand j'ai raconté ma première visite au *Sémaphore d'Alexandrie* :

« Je suis Maxime Touta.

– Connais pas.

– Je suis Armand de…

– Décidez-vous, monsieur ! »

Rizkallah nous a précisé que sa villa serait agrandie très prochainement. L'architecte italien a imaginé, paraît-il, un kiosque au fond du jardin, sur le modèle de celui du palais n° 3.

– Mais, alors, tu vas nous faire une autre inauguration, un nouveau bal masqué ? a dit en plaisantant l'une des trois fleurs.

– Chiche ! a répondu César, qui adore ce genre de vantardise. Et, cette fois, parole d'honneur, nous aurons deux orchestres au lieu d'un. N'est-ce pas, Bella ?

Quand le petit ânier a traversé la plage avec son baudet, il a lancé à Lolo :

– *Hello, mister !*

Mais les enfants Mancelle se sont adressés à lui en arabe. Dire qu'ils ne connaissaient pas deux mots en arrivant…

J'ai été aussi heureux qu'eux quand Étienne leur a annoncé, devant tout le monde, qu'il allait faire construire une villa ici. Mon père l'accompagnera cette semaine chez les Bédouins pour négocier le prix du terrain.

– C'est Nada qui en a eu l'idée, a précisé le directeur du Mouvement. Mais je vous préviens : nous ne prendrons pas le même architecte que Rizkallah !

Nada souriait, sans rien dire. Nos regards se sont croisés.

La mer, irrésistible, attirait de nouveau tout le monde. Le docteur Touta s'est tourné vers Isis :

– Vous devriez prendre un bain, mademoiselle. Et même nager jusqu'à la bouée.

– Oh ! Je n'oserai pas aller jusqu'à la bouée.

– Maxime pourrait peut-être vous accompagner, a dit Nada en souriant.

# Table

DU MÊME AUTEUR

Les Nouveaux Chrétiens
*Seuil, 1975*

Le Défi terroriste
*Seuil, « L'Histoire immédiate », 1979*

Le Tarbouche
*prix Méditerranée 1992*
*Seuil, 1992*
*et « Points Grands Romans », n° P117, 2009*

La Mamelouka
*Seuil, 1996*
*et « Points », n° P404*

L'Égypte, passion française
*Seuil, 1997*
*et « Points », n° P638*

Les Savants de Bonaparte
*Seuil, 1998*
*et « Points », n° P885*

Alexandrie l'Égyptienne
*(en collaboration avec Carlos Freire)*
*Stock, 1998*

La Pierre de Rosette
*(en collaboration avec Dominique Valbelle)*
*Seuil, 1999*
*et « Points », n° 1185*

Mazag
*Seuil, 2000*
*et « Points », n° P916*

Dictionnaire amoureux de l'Égypte
*Plon, 2002*

Voyages en Égypte
*(en collaboration avec Marc Walter et Sabine Arqué)*
*Chêne, 2003 ; rééd., 2010*

Le Grand Voyage de l'Obélisque
*Seuil, 2004*
*et « Points Histoire », n° H360*

Fous d'Égypte
*(en collaboration avec Pierre Corteggiani, Jean-Yves Empereur et Florence Quentin)*
*Bayard, 2005*

Bonaparte à la conquête de l'Égypte
*Seuil, 2006*
*et « Points Histoire », n° H433*

L'Égypte d'hier en couleurs
*(en collaboration avec Max Karkégi)*
*Chêne, 2008*

Une soirée au Caire
*Seuil, 2010*
*et « Points Grands Romans », n° P2687*

Voyages en Égypte
*(en collaboration avec Marc Walter)*
*Chêne, 2010*

La Vie éternelle de Ramsès II
*Seuil, 2011*
*et « Points », n° P2834*

Le Pharaon renversé
Dix-huit jours qui ont changé l'Egypte
*Les Arènes, 2011*

Billets
*Seuil, 2012*

COMPOSITION : NORD COMPO MULTIMÉDIA
7 RUE DE FIVES - 59650 VILLENEUVE-D'ASCQ

CPI
BUSSIÈRE

Cet ouvrage a été imprimé en France par
CPI Bussière
à Saint-Amand-Montrond (Cher)
en juillet 2012.
N° d'édition : 10307-2. - N° d'impression : 122478.
Dépôt légal : juin 2010.